Amoureux de sa meilleure amie

———

Une proposition indécente

NAIMA SIMONE

Amoureux de sa meilleure amie

Traduction française de
ROSA BACHIR

Collection : PASSIONS

Titre original :
THE PERFECT FAKE DATE

© 2021, Naima Simone.
© 2023, HarperCollins France pour la traduction française.

Ce livre est publié avec l'autorisation de HARLEQUIN BOOKS S.A.

Tous droits réservés, y compris le droit de reproduction de tout ou partie de l'ouvrage, sous quelque forme que ce soit.
Toute représentation ou reproduction, par quelque procédé que ce soit, constituerait une contrefaçon sanctionnée par les articles 425 et suivants du Code pénal.

Si vous achetez ce livre privé de tout ou partie de sa couverture, nous vous signalons qu'il est en vente irrégulière. Il est considéré comme « invendu » et l'éditeur comme l'auteur n'ont reçu aucun paiement pour ce livre « détérioré ».

Cette œuvre est une œuvre de fiction. Les noms propres, les personnages, les lieux, les intrigues sont soit le fruit de l'imagination de l'auteur, soit utilisés dans le cadre d'une œuvre de fiction. Toute ressemblance avec des personnes réelles, vivantes ou décédées, des entreprises, des événements ou des lieux serait une pure coïncidence.

Le visuel de couverture est reproduit avec l'autorisation de :
© 2019 LIGHTFIELD STUDIOS/SHUTTERSTOCK/ROYALTY FREE

Tous droits réservés.

HARPERCOLLINS FRANCE
83-85, boulevard Vincent-Auriol, 75646 PARIS CEDEX 13
Service Lectrices — Tél. : 01 45 82 47 47 - www.harlequin.fr
ISBN 978-2-2804-8251-6 — ISSN 1950-2761

Composé et édité par HarperCollins France.
Imprimé en juin 2023 par CPI Black Print (Barcelone)
en utilisant 100% d'électricité renouvelable.
Dépôt légal : juillet 2023.

Pour limiter l'empreinte environnementale de ses livres, HarperCollins France s'engage à n'utiliser que du papier fabriqué à partir de bois provenant de forêts gérées durablement et de manière responsable.

- 1 -

— Je sais bien que tu m'as invitée à ce gala pour que je sois ta couverture. Si tu crois que je l'ignore, c'est que tu as sérieusement sous-estimé mon rôle de meilleure amie. Ainsi que mon intelligence.

Kenan Rhodes jeta un coup d'œil à Eve Burke, la jeune femme à son bras qui venait de le moucher. Et avec élégance.

Il ricana et attrapa deux flûtes de champagne sur le plateau d'un serveur. Il en donna une à sa meilleure amie puis but une gorgée de l'autre.

— Tu es trop méfiante. Déformation professionnelle, à mon avis. Tu as trop l'habitude que les élèves te mentent.

Pour la énième fois, il se força à sourire à une personne qui le dévisageait. La femme d'un certain âge lui répondit d'un signe de tête avant de se tourner vers l'homme qui l'accompagnait et de chuchoter derrière sa main gantée. Irrité, Kenan détourna la tête.

— Qu'y a-t-il ? demanda Eve.

— Rien.

Elle haussa un sourcil.

— Tu frottes ton pouce sur la cicatrice de ta mâchoire. Tu ne le fais que quand quelque chose – ou quelqu'un – te perturbe.

Il baissa la main qu'il avait portée à son visage sans

s'en rendre compte et lui adressa un regard agacé. Eve le connaissait si bien que c'en était parfois pénible.

— Soit. Ça fait six mois. Six mois, Eve. Et ils me dévisagent encore comme si j'étais une attraction. Comme si nous étions là pour les divertir.

Certes, son monde avait été chamboulé quand il avait reçu une lettre officielle requérant sa présence à la lecture du testament de Barron Farrell. Barron Farrell. Le P-DG du conglomérat Farrell International avait la réputation d'être un homme d'affaires brillant doublé d'un salaud impitoyable. Pourquoi avait-il souhaité que Kenan, vice-président du marketing dans la société de promotion immobilière de sa famille, assiste à la lecture du testament ? Le mystère avait été rapidement résolu : Kenan avait découvert qu'il était le fils illégitime de Barron. Selon le testament du défunt, Kenan et ses deux demi-frères, dont il n'avait pas soupçonné l'existence, devaient gérer ensemble Farrell International pendant un an, sinon la compagnie pesant plusieurs milliards de dollars serait démantelée et vendue aux plus offrants.

Kenan s'était retrouvé avec deux nouveaux frères.

Cain Farrell, l'héritier légitime que Barron avait élevé. Et Achille Farrell, créateur de logiciels et génie de l'informatique venant de Tacoma, dans l'État de Washington, que Barron n'avait jamais reconnu. Achille avait été élevé par sa mère célibataire, tandis que Kenan avait été adopté par un couple fortuné et élevé à Boston.

Depuis que cette histoire était devenue publique, les membres de la haute société de Boston ne cessaient de cancaner à propos des « Bâtards Farrell », comme ils avaient surnommé Achille et Kenan.

Eve serra sa main, l'arrachant à ses pensées moroses.

— Ce sont de petites gens, avec de petites vies, qui

sont en quête du moindre scandale ou du moindre ragot pour égayer leur existence. Et, voyons les choses en face, l'histoire est incroyable. Deux fils illégitimes, à qui Farrell lègue en copropriété sa multinationale ? C'est le genre de scandales que ces gens *adorent*. Mais ce n'est pas parce qu'ils te regardent comme si tu étais une attraction que tu dois leur offrir une performance. Tu es Kenan Rhodes. Tu ne danses pour personne.

Il s'éclaircit la voix et leva son verre.

— Bois ton champagne, murmura-t-il.

Avec un petit sourire narquois, elle obéit.

— Pas de quoi, glissa-t-elle malicieusement.

Il détourna le regard de sa bouche sensuelle et généreuse et fit mine de passer la foule en revue. C'était cela ou risquer que Eve ait un aperçu du secret qu'il avait réussi à garder pendant quinze de ses trente années de vie.

Ce ne serait pas une bonne idée de révéler devant Dieu, et devant tous les invités qui assistaient au gala annuel de la Fondation des Arts Brahmanes, qu'il était amoureux de sa meilleure amie.

Un amour unilatéral.

Une façon élégante et inadéquate de décrire l'enfer de sa situation.

Chaque fois que Eve déposait ses lèvres douces, presque trop généreuses, sur sa joue pour un baiser platonique, ou qu'elle pressait ses courbes sensuelles et voluptueuses contre son corps pour une accolade amicale, il était au supplice.

— Alors, dis-moi, fit Eve en lui donnant un coup de coude, de quelle mondaine trop zélée dois-je te protéger ce soir ?

Il inspira, humant son parfum aux notes de cèdre et de roses et l'odeur du beurre de karité avec lequel elle

7

hydratait sa peau. Les yeux bandés dans un hangar empli de milliers de bouteilles de parfum, il saurait reconnaître cette fragrance érotique et capiteuse. Elle taquinait ses sens quand il était réveillé et le hantait dans son sommeil. Il ne pouvait pas lui échapper – il ne pouvait pas échapper à Eve.

Même quand il faisait tout pour y parvenir. Parfois, il aimerait exorciser cet amour maudit.

Promenant son regard dans la salle de bal pleine de monde, il repéra rapidement une femme qui fournirait un bouc émissaire convenable pour satisfaire la curiosité de Eve. Heureusement – ou malheureusement, tout dépendait du point de vue – la jeune femme remarqua qu'il l'observait. Elle lui offrit un sourire séducteur.

— Peu importe, fit Eve. J'ai la réponse à ma question. Et j'aurais dû deviner. Elle est tout à fait ton genre.

— Mon genre ? Qu'est-ce que tu veux dire ?

— Presque aussi grande que toi. Taille trente-quatre ou, soyons généreux, trente-six. Je parie sur des yeux noisette ou verts. Le teint caramel et sans aucune imperfection. Les cheveux raides, grâce à un traitement à la kératine génial, ou au meilleur lissage brésilien que l'argent peut offrir. En un mot, parfaite.

Elle arqua un sourcil.

— Est-ce que ça t'évoque quelque chose ?

Oui. En d'autres mots, les femmes qu'il fréquentait – avec lesquelles il couchait – étaient des anti-Eve.

Grandes, alors que Eve était petite. Minces, alors qu'elle était plantureuse. Des yeux clairs et non d'une nuance chocolat, presque noire, dans laquelle il pouvait se noyer. Le teint plus clair que ce marron subtil qu'il rêvait de caresser. Des cheveux raides au lieu de l'explosion de boucles brunes naturelles qui encadraient le visage fascinant de Eve, avec sa structure délicate, ses grands yeux, son nez impudent et sa bouche pulpeuse.

Il y avait un domaine dans lequel elle n'était pas leur opposé – un domaine dans lequel ces autres femmes ne pouvaient absolument pas rivaliser avec elle.

Parfaite ?

Eve Burke était plus que parfaite. Elle était incomparable.

Il afficha un sourire narquois, pour faire comme si ce flirt innocent entre deux amis le laissait indifférent. Il avait l'habitude de faire semblant, après tout.

— J'ignorais que tu prêtais autant attention aux personnes que je… divertis, la taquina-t-il. J'ai une question, cependant. Pourquoi est-ce que ça t'intéresse ?

Elle haussa les épaules.

— Ça ne m'intéresse pas. Mais ça ne t'ennuie pas de tomber dans ces… clichés ?

Une colère irraisonnée s'empara de lui, le poussant à lui envoyer une pique à son tour.

— Si ça m'ennuie ?

Il se pencha vers elle jusqu'à ce que leurs fronts se touchent presque, jusqu'à ce qu'il puisse sentir son souffle parfumé au champagne.

— Pourquoi ça m'ennuierait ? Je ne vais pas les épouser, Eve. Je sais que je suis ton ami et que tu te considères peut-être extérieure à la haute société bostonienne, mais tu n'es pas sourde. Tu es intelligente et tu lis les journaux people.

Il plissa les yeux pour observer sa bouche et étudier ses lèvres pleines, rebondies, avant de soutenir son regard.

— Tu sais très bien pour quelle raison ces femmes aiment se servir de moi, et pourquoi j'aime qu'elles se servent de moi,

Une tension presque vibrante satura l'air. Eve ne bougea

9

pas, et lui non plus. Dans cet océan de gens, ils demeuraient immobiles comme des statues.

Une part de lui – la part qui en voulait à Eve de ne pas le *voir,* de ne pas le *désirer* – se réjouit que ses lèvres s'entrouvrent et que son regard s'assombrisse sous l'effet du choc.

Mais, bon sang… Il sentit son sexe se durcir sous son pantalon de smoking. Le désir et l'émerveillement se mêlèrent en lui. Il eut envie de caresser la peau douce sous ses beaux yeux.

Des yeux dans lesquels brillait une lueur de désir.

Du désir pour… lui.

Bon sang.

L'excitation courut dans ses veines.

— Eve…, murmura-t-il.

— Kenan. Eve. Je me disais bien que c'était vous.

Kenan se raidit, surpris par l'intrusion de la voix familière qui le ramena brutalement à la réalité. Lentement, il se retourna pour faire face à son frère aîné. Se forçant à sourire, il donna une accolade à Gavin Rhodes. Mais il ne regarda pas Gavin saluer Eve – c'était au-dessus de ses forces.

Et puis, il ne pouvait pas prendre le risque que l'un d'eux voie sa peine avant qu'il parvienne à la cacher.

Car Kenan venait de comprendre.

Ce désir dans les yeux de Eve, ce n'était pas lui qui l'avait suscité.

Bon sang, comment pouvait-il être si stupide, si bête ?

Non seulement il était secrètement amoureux de sa meilleure amie, mais, pour ne rien arranger, ladite meilleure amie était amoureuse d'un autre homme qui se trouvait être le frère de Kenan.

— Eve, tu es superbe, dit Gavin.

— Merci, Gavin.

Kenan n'avait pas besoin de la regarder pour voir la charmante rougeur qui colorait sans doute ses élégantes pommettes, ou pour la voir battre des cils. Il avait été témoin de ses réactions devant Gavin tant de fois qu'elles étaient gravées dans son esprit telles des cicatrices.

Il n'avait pas non plus besoin de regarder son frère pour savoir que Gavin ne voyait en Eve que la fille de l'assistante de direction de leur père, et non une femme sensuelle moulée dans une robe rouge profond, à la beauté splendide, qui le contemplait avec des yeux pleins de désir.

Car Gavin était un idiot aveugle.

Une amertume corrosive l'envahit. Et il s'en voulut d'éprouver un sentiment si négatif. Pourtant, il devrait être habitué maintenant.

Être en seconde place dans le cœur de son père était tristement banal. Mais c'était la raison pour laquelle il ne pouvait se permettre de révéler à Eve ses sentiments pour elle. Il était peut-être deuxième aux yeux de ses parents, et dans sa carrière. Mais il ne pourrait pas supporter d'être un second choix pour Eve.

— Où sont maman et papa ? demanda Kenan.

— Papa discute avec Darren et Shawn Young d'un nouveau projet éventuel à Suffolk Down. D'ailleurs, Darren a mentionné ton nom. Je crois que papa a l'intention de…

Il s'interrompit, souriant à une connaissance par-dessus l'épaule de Kenan.

— Je reviens tout de suite. L'appel du devoir, déclara-t-il.

Gavin lui donna une tape sur l'épaule puis s'éloigna.

Laissant Kenan avec un vide en lui.

— J'ai entendu ce qu'il a dit, glissa Eve en suivant Gavin du regard.

11

Bon sang, se rendait-elle compte que son désir pour Gavin se lisait dans ses yeux ?

Il serra les poings à l'intérieur de ses poches. Quand Eve se retourna vers lui, le désir ombrait encore son regard. Et une part de lui, la plus pathétique, voulut prétendre que c'était lui qu'elle désirait.

Mais sa fierté lui commanda de ne pas aller sur cette pente glissante.

Elle posa la main au creux de son bras, et, bien que les habituels picotements de désir courent sur sa peau, il se sentit aussi réconforté par ce contact physique.

— Ne laisse pas cette… information gâcher ta soirée, Kenan. Si tu décides de ne pas parler affaires avec ton père ce soir, c'est ton choix. Et il devra le respecter.

— Vraiment ?

Il secoua la tête et arqua un sourcil.

— Tu as déjà rencontré Nathan Rhodes, n'est-ce pas ? ironisa-t-il.

— Une fois ou deux.

Elle agita son verre devant lui.

— D'habitude, je réserve ça pour les situations d'urgence, mais si nécessaire je sortirai la carte « J'ai avalé de travers et ça a déclenché une crise d'asthme. » Je ne m'en étais plus servie depuis le mariage de Christina Nail il y a cinq ans.

Il ouvrit de grands yeux et fit mine de haleter.

— Tu ferais ça pour moi ?

— Page trois, paragraphe six, clause A, ligne deux du pacte d'amitié. Je dois être prête à offrir ma fierté et mes poumons à la cause.

Ils se regardèrent puis s'esclaffèrent.

— J'ai presque peur de vous demander ce que vous mijotez, tous les deux, lança Cain.

Le frère aîné de Kenan venait de les rejoindre, avec à son bras sa fiancée, Devon Cole.

— Rien de bon, à mon avis, plaisanta Devon. Ce qui explique sans doute pourquoi vous semblez vous amuser plus que tout le monde ici.

Kenan trouvait qu'elle ressemblait à une fée malicieuse, avec ses yeux verts pétillants.

— Restez sages, réprimanda Cain.

Mais un sourire étirait les coins de sa bouche sévère. Cain Farrell, capable de sourire. C'était un miracle qui émerveillait tout le monde. Devon Cole ne marchait peut-être pas sur l'eau, mais elle réalisait d'autres exploits.

Kenan haussa les épaules.

— Elle n'a pas tort, dit-il.

— Qui n'a pas tort ? intervint Achille Farrell, l'autre demi-frère de Kenan. Si c'est Devon, je suis d'accord. Si c'est Cain, Devon a quand même raison.

Cain observa Achille entre ses yeux plissés pendant que Devon souriait à Mycah Farrell, l'épouse d'Achille.

— Tu l'as bien dressé, à ce que je vois, commenta Cain.

Mycah hocha la tête sagement puis but une gorgée d'eau. Puisqu'elle était enceinte de cinq mois, elle ne pouvait pas boire d'alcool.

— Kenan, tu as une minute ? demanda Achille.

— Bien sûr.

Il serra la main de Eve, puis suivit son frère. Ils ne s'éloignèrent que de quelques pas. Assez loin pour parler en privé, et assez près pour qu'Achille puisse garder un œil sur la mère de son futur bébé.

— J'ai du nouveau pour toi, annonça son frère, portant sa bière brune à la bouche.

— C'est vrai ? Et où as-tu eu ça ? demanda-t-il en désignant la bouteille.

13

Achille eut un petit sourire satisfait.

— Jaloux ?

— Bon Dieu, oui !

— J'ai sympathisé avec le barman.

— Malin. Alors, de quoi voulais-tu me parler ?

— C'est à propos des recherches sur ta mère biologique. Tu es toujours sûr de vouloir que je mène l'enquête, dis-moi ?

Kenan inspira brusquement et retint son souffle. Puis il poussa un soupir tremblant.

— Oui, répondit-il.

Il fallait qu'il sache d'où il venait, et qui il était. Parce que ses frères avaient été élevés avec leurs mères naturelles, ils possédaient les informations essentielles sur leur filiation. Contrairement à Kenan, à qui il manquait une part de son identité. Son adoption était plénière, ce qui compliquait sa quête. Et ses parents n'avaient jamais voulu l'aider à découvrir ses origines.

Mais le testament de Barron avait rebattu les cartes. Du moins, du côté de son père biologique. Nathan et Dana étaient restés fermes pour ce qui concernait sa mère biologique.

Voilà pourquoi Kenan s'était tourné vers son frère. Achille était un génie de l'informatique et avait un vrai talent de détective.

Une fois de plus, Kenan se sentit coupable à l'idée d'avoir trahi les souhaits de ses parents. Depuis qu'il était en âge de comprendre le concept d'adoption, il était tiraillé entre le désir de connaître l'identité de la femme qui l'avait mis au monde et la peur de trahir Dana, sa mère adoptive.

Il avait essayé d'enfouir sa faim insatiable de vérité. Vraiment essayé. Par loyauté envers ses parents. Pour se

14

protéger. Et pour protéger la femme qui l'avait abandonné, aussi. Mais depuis l'arrivée de ses demi-frères dans sa vie…

Sa volonté de savoir était devenue trop forte.

— Une fois que tu auras ouvert la boîte de Pandore, Kenan…

Achille s'interrompit et l'observa. Il perçut sans doute sa détermination car il hocha la tête.

— Très bien, reprit-il. Mais as-tu au moins essayé d'en reparler à tes parents ?

— Inutile. Ils affirment que ma mère biologique ne voulait pas être identifiée ni retrouvée. Et ils sont décidés à respecter son souhait. Et puis, ils ont le sentiment, à raison, que ce sont eux, mes parents, et non la femme qui m'a abandonné…

— Elle t'a confié à l'adoption. Elle s'est sacrifiée pour t'offrir une meilleure vie. Elle ne t'a pas abandonné, fit valoir Achille.

— C'est vrai, mais inutile de les entraîner là-dedans. D'autant qu'il n'y a rien à dire. Car il n'y *a* rien à dire, n'est-ce pas ?

— Presque rien. J'avais juste besoin de m'assurer que tu n'avais pas changé d'avis, parce qu'une fois que je t'aurai donné ces informations, tu ne pourras pas revenir en arrière.

Achille soupira puis poursuivit :

— Je suis presque sûr d'avoir retrouvé l'avocat qui a géré l'adoption du côté de Barron. Tu sais déjà par le détective privé de Barron que notre père était au courant de ton existence et de la mienne depuis le début, et que, pendant des années, il n'a rien fait pour déclarer sa paternité. Donc, ta mère était libre de t'abandonner sans interférence de sa part. Et je pense avoir localisé l'avocat qui a géré la procédure avec tes parents et ta mère biologique. Je vais faire d'autres recherches et je te tiens au courant.

Le soulagement, l'excitation et – il ne pouvait pas se mentir – la peur le submergèrent. Il ferma les yeux un instant.

Achille serra son épaule, Kenan apprécia ce geste de soutien.

— Ça ira, murmura Achille. Nous veillerons sur toi. Quoi que nous trouvions.

Incapable de parler tant il était ému, Kenan hocha la tête.

— Retournons voir les autres, suggéra Achille. Eve n'arrête pas de nous lancer des regards, et je crois qu'elle va venir te chercher si je te garde plus longtemps.

Achille le scruta de si près que Kenan se sentit presque mal à l'aise.

— Kenan, juste par curiosité… Tu comptes lui dire un jour, que tu es amoureux d'elle ?

— Mais qu'est-ce que tu racontes ? rétorqua Kenan, rejetant la tête en arrière si vite qu'il eut mal à la nuque.

— Je ne faisais que poser une question.

— Tu…

Kenan secoua la tête. Et glissa ses mains tremblantes dans ses poches.

— Je ne vois pas de quoi tu parles.

Sans dire un mot, Achille le regarda longuement. Kenan était vraiment mal à l'aise, à présent.

— Désolé, fit son frère, passant la main sur sa barbe fournie, j'aime observer les gens.

— Bon sang, marmonna Kenan, fermant les yeux une seconde.

Quand il les rouvrit et croisa le regard compatissant de son frère, il réprima une grimace.

16

— S'il te plaît, Achille, ne me regarde pas comme si j'étais atteint d'une maladie incurable.

— Puisque j'étais amoureux d'une femme et que je refusais de croire qu'elle m'aimait il y a encore quelques mois, je ne peux pas m'empêcher de compatir.

Malgré la peine et l'humiliation qui lui serraient le cœur, Kenan gloussa.

— C'est juste, admit-il.

Après une brève hésitation, il demanda :

— Ça se voit tant que ça ?

— Non.

Kenan lui lança un regard incrédule.

— Je ne te mens pas, assura Achille. Comme je te l'ai dit, j'ai passé ma vie à observer les gens, et ce que tu traverses, je l'ai déjà vécu. Voilà pourquoi je me permets de te poser cette question : pourquoi ne sors-tu pas de cet enfer ? Vous êtes amis et, d'après ce que j'ai vu, parfaits l'un pour l'autre. Pourquoi ne pas lui avouer tes sentiments ?

Un sourire triste s'accrocha aux lèvres de Kenan. Achille avait trouvé le bonheur et voulait que ses proches aient la même chance.

À entendre Achille, mettre un terme à son tourment semblait simple. Mais ce n'était pas du tout le cas.

— Parce qu'elle est amoureuse de mon frère, répondit-il.

— Aïe ! C'est fâcheux.

Devant l'expression horrifiée d'Achille, Kenan ne put s'empêcher de rire. Achille cligna des yeux, puis rit à son tour.

— Tu es dans le pétrin.

— C'est la vie, répondit Kenan en soupirant. Merci, Achille. Pour…

— Pas de quoi.

Les deux hommes retournèrent vers leur petit groupe.

Eve rejoignit aussitôt Kenan et chercha son regard. Et il enfila le masque de meilleur ami, celui qu'il mettait depuis l'adolescence. Depuis qu'il avait compris que sa meilleure amie était devenue bien plus à ses yeux.

Elle effleura le dos de sa main du bout de l'index.

— Tout va bien ?

— Oui. Juste quelques questions professionnelles dont il voulait discuter.

Il avait menti avec aisance. Car, après toutes ces années à côtoyer Eve, cacher la vérité était devenu chez lui une seconde nature.

— Kenan, l'avertit Cain. Ils arrivent.

Kenan était déjà au courant. Car Eve avait serré sa main pour le prévenir. Et qu'il avait senti en lui ce mélange d'amour, de gêne et de frustration qui lui comprimait la poitrine et l'empêchait presque de respirer.

Comme il l'avait fait avec Eve, il enfila un autre masque ; il en avait plusieurs. Un pour le play-boy charismatique qui charmait les jeunes femmes mondaines de Boston. Un autre pour l'homme d'affaires sérieux qui traitait avec de grands groupes industriels. Un masque pour le jeune frère insouciant de Cain et d'Achille.

Et enfin, un masque pour le fils adoptif qui essayait d'être digne d'avoir été choisi par ses parents.

Ce dernier masque était fissuré par ses nombreux échecs, et sa volonté et son espoir étaient le ruban adhésif qui l'empêchait de tomber en morceaux.

— Maman. Papa.

Kenan s'avança pour saluer Nathan et Dana Rhodes. La fierté et l'amour emplirent son cœur, éclipsant temporairement sa peur.

Imposant, beau et distingué, Nathan Rhodes se remarquait aisément dans une foule. Dans cette salle de pleine de multimilliardaires, il n'était peut-être pas l'homme le plus riche, étant multimillionnaire, mais il était certainement l'un des plus respectés. Il dirigeait l'une des sociétés de promotion immobilière les plus anciennes et les plus prospères de l'État. Rhodes Realty Inc. jouissait même d'une solide réputation à l'échelle nationale. La mère de Kenan, belle et élégante, était l'une des figures de la haute société de Boston, mais elle siégeait aussi au conseil d'administration de l'entreprise familiale.

— Kenan, dit-elle, lui prenant les mains et déposant des baisers sur ses joues. Tu es superbe. Mais c'est normal, tu es mon fils.

Il sourit et l'embrassa à son tour.

— Bien sûr. Je tiens de ma mère.

Il se tourna vers son père et échangea avec lui une poignée de main.

— Papa.

— Kenan. Je pensais que tu passerais à la maison avant le gala. Tu nous as manqué.

Kenan se sentit coupable quand le regard de son père se porta brièvement sur Cain, Achille et leurs compagnes.

— Tu étais sans doute trop occupé, ajouta son père froidement.

Sa culpabilité se mua en colère. S'il n'était pas allé dîner chez ses parents, c'était parce qu'il avait voulu échapper aux sermons de son père sur la loyauté et la famille. Kenan était adulte, pourtant quelques minutes en compagnie de Nathan pouvaient le transformer en un petit garçon recherchant désespérément l'approbation de son papa.

Cain et Achille n'avaient rien à voir là-dedans.

Mais ni son père ni sa mère ne l'entendraient. Ils refusaient d'écouter tout ce qu'il pourrait leur dire sur Barron Farrell ou sur ses frères. Son départ de Rhodes Realty n'était rien de moins qu'une désertion à leurs yeux, une trahison impardonnable. Le seul moyen d'obtenir leur absolution serait de retourner travailler avec eux.

Peu leur importait que ses chances d'avancement dans la compagnie de sa propre famille soient entravées par les circonstances de sa naissance.

Ils se moquaient que chacune de ses contributions soit disséquée, rejetée, ou acceptée à contrecœur puis attribuée à un autre.

Peu importait que sa créativité soit étouffée et meure d'une mort lente et douloureuse.

Tout ce que ses parents voyaient, c'était sa défection supposée.

— Pas du tout, répondit Kenan avec la même froideur dans la voix que dans les yeux de son père. Je n'avais pas le temps de passer, c'est tout. Voilà pourquoi j'ai promis d'*essayer* de passer, au lieu d'affirmer que je viendrais.

Il sourit. Mais si son sourire semblait aussi forcé qu'il l'était, il aurait mieux fait de s'abstenir.

— Vous connaissez Eve, bien sûr.

— Ravie de vous revoir, monsieur et madame Rhodes, murmura Eve.

— De même, Eve, fit Nathan en hochant la tête.

— Eve. Tu es superbe, la complimenta Dana. Ta mère ne m'a pas dit que tu serais présente au gala quand je l'ai vue au bureau tout à l'heure.

Eve afficha un sourire contrit et lança un regard de côté à Kenan.

— C'était une invitation de dernière minute.

— Ah. Je vois, répondit Dana.

Kenan désigna d'un geste ses frères.

— Et vous connaissez mes frères, Cain et Achille.

J'aimerais vous présenter la fiancée de Cain, Devon Cole, et la femme d'Achille, Mycah Farrell.

Dana leur fit un signe de tête, mais son expression était glaciale. Quant à Nathan, il se contenta de dire :

— Puis-je parler en privé à mon fils, s'il vous plaît ?

Kenan se sentit à la fois humilié et furieux.

— Papa…

— Nous te verrons tout à l'heure pour la vente aux enchères, intervint Cain en lui donnant une tape sur l'épaule.

Son frère avait voulu le rassurer, lui faire comprendre qu'il n'y avait pas de problème. Mais cela n'apaisa pas la colère de Kenan. Rien dans cette situation n'était normal.

— Monsieur Rhodes. Madame Rhodes, dit Cain poliment.

Tu n'as pas à t'en aller. Ne pars pas. Reste.

Les exigences, les supplices, s'accumulèrent dans la gorge de Kenan. Il détestait plus qu'il ne redoutait l'idée d'être seul avec les deux personnes qui l'avaient élevé.

— Kenan.

Eve tira sur sa main jusqu'à ce qu'il reporte son regard sur elle.

— Tu ne danses pas, murmura-t-elle, lui rappelant leur conversation de tout à l'heure. Garde cela à l'esprit.

Puis elle s'en alla avec ses frères.

— Ça ne te suffit pas d'avoir abandonné notre entreprise pour rejoindre le conglomérat d'un homme qui n'a rien fait pour toi à part donner son sperme, pesta Nathan. Ça ne te suffit pas de nous avoir fait clairement comprendre que tu préfères ces… hommes que tu oses appeler frères en n'assistant même pas à notre dîner familial. Voilà que maintenant tu t'affiches publiquement avec eux plutôt qu'avec la famille qui t'a accueilli, qui t'a élevé, alors que

21

ce salaud et son fils ne voulaient même pas te reconnaître tant que ça ne leur apportait pas de bénéfice !

— Attention, papa, avertit Kenan en s'avançant vers lui.

Il parle sous le coup de la colère, de la souffrance.

Il se répéta ces mots, mais l'injustice des accusations de son père le martelait, lui laissant des bleus à l'âme qui ne guériraient pas aussi vite que des blessures physiques.

— Tu es à deux doigts de reprocher aux fils les péchés de leur père. Et, puisque nous savons, toi et moi, que Cain est autant une victime des manipulations de Barron que moi, je ne vois pas où tu veux en venir.

— Kenan, ne déforme pas les propos de ton père, intervint sa mère.

— Ce n'est pas ce que je fais, se défendit-il sans quitter Nathan des yeux. J'éclaircis les choses, c'est tout.

— Que se passe-t-il, ici ?

Gavin venait de les rejoindre. Son regard passa de son père à Kenan.

L'inquiétude assombrit les yeux bruns de son frère. Kenan se sentit coupable. Il aimait son frère, mais il lui en voulait aussi. Car Eve, la seule femme que Kenan ait jamais aimée, n'avait d'yeux que pour Gavin.

— Demande à ton frère, répliqua Nathan. Et tant que tu y es, demande-lui de définir le mot *loyauté*. À en juger par les gens qui l'accompagnent ce soir, je crois qu'il a peut-être oublié que son nom de famille est Rhodes. Peut-être voudrait-il que ce soit Farrell.

Kenan eut le cœur serré. En observant son père et sa mère, tous deux au teint brun clair et aux yeux foncés, ainsi que son frère, parfait mélange de leurs parents, il se sentit plus étranger que jamais dans sa propre famille. Ils étaient là, épaule contre épaule, formant sans le savoir un front uni contre lui. Le fils adoptif dont les yeux bleu-gris proclamaient sa différence et prouvaient qu'il n'était pas des leurs.

Qu'il n'avait pas sa place auprès d'eux.

— Nathan, s'il te plaît, intervint Dana, posant une main sur le bras de son époux.

Elle lança à Kenan un regard suppliant.

— Peut-on éviter d'avoir cette discussion ici ? enchérit Gavin à voix basse. Les gens nous regardent et jasent. Ce n'est pas bon pour notre famille, et ce n'est pas bon pour nos affaires. Nous verrons cela plus tard. Kenan, tu nous rejoins pour la vente aux enchères ?

Kenan recula d'un pas.

— Je vous retrouve là-bas. Je vais aller me resservir du champagne.

Il s'éloigna avant que Gavin puisse le retenir.

Il prit la direction opposée de la salle dans laquelle la vente aux enchères aurait lieu. Les hautes portes qui menaient à la sortie semblaient l'appeler, et il les passa, s'engouffrant dans le couloir. Plusieurs invités s'y trouvaient, mais il se fraya aisément un chemin pour s'enfuir.

S'enfuir.

Ce qu'il pouvait détester ce mot !

Au bout du couloir, il se retrouva devant d'autres portes imposantes. Il hésita un instant, puis saisit la poignée et sortit. Il se retrouva sur une terrasse, et l'air frais d'avril l'enveloppa. Selon le calendrier, le printemps était arrivé, mais l'hiver n'avait pas encore relâché son emprise sur Boston, surtout le soir. Kenan accueillit volontiers la brise sur son visage, la laissant se glisser sous son smoking. Il espérait qu'elle pourrait refroidir les embruns de sa colère, les charbons ardents de sa peine.

— À ce que je vois, le plus grand noceur de Boston est sur le point de quitter une grande soirée.

Des bras fins se glissèrent autour de lui, et quand le corps voluptueux de Eve épousa son dos, il ferma les yeux, partagé entre la douleur et le plaisir.

— Tout ce que j'avais à faire, c'était suivre les regards féminins énamourés pour savoir dans quelle direction tu étais parti.

— Menteuse. Il n'y avait presque personne dans le couloir.

— D'accord, je l'avoue. Je ne suis pas allée avec les autres et j'ai observé toute la scène avec tes parents et ton frère. J'ai attendu que tu quittes la salle de bal et je t'ai suivi.

— Pourquoi ? demanda-t-il d'une voix râpeuse.

Il la sentit hausser les épaules. Déposer un baiser entre ses omoplates. Il se raidit, s'efforçant de ne pas basculer la tête en arrière.

— Parce que tu avais besoin de moi.

C'était si simple et si vrai.

En effet, il avait besoin d'elle. De son amitié. De son corps.

De son cœur.

Puisqu'il ne pouvait avoir qu'une seule de ces choses, il la prendrait. Avec une femme comme elle – généreuse, douce, d'une grande beauté intérieure et extérieure – même une toute petite partie valait mieux que rien. S'il osait avouer ses véritables sentiments, il se retrouverait sans rien. Leur amitié serait finie, or Eve comptait trop pour qu'il prenne le risque de la perdre.

Doucement, il se retourna et la prit dans ses bras, la protégeant de l'air du soir.

— Il faut vraiment que tu retires l'activité « amie indéfectible » de ton CV. Primo, ça commence à être trop chronophage. Secundo, la cape de super-héroïne jure avec ta robe.

Elle releva la tête et lui sourit. Il replia les doigts contre elle, ce qui ne l'empêcha pas de suivre la courbe sensuelle de sa hanche.

— Sûrement pas, ça m'amuse trop. Tu es coincé avec moi, Kenan. Et je suis coincée avec toi. Amis pour toujours.

Amis.

Le mot lui fit l'effet d'un couteau que l'on enfonçait entre ses côtes.

— Oui, amis. Pour toujours, trésor.

- 2 -

Eve sourit au gardien qui venait de lui donner un badge visiteur afin qu'elle puisse entrer dans le hall. Les bureaux de Rhodes Realty occupaient le quinzième étage de cet immeuble, situé au centre de Boston. Eve venait y voir sa mère depuis si longtemps – vingt-trois ans – que cet endroit était comme une seconde maison pour elle.

— Merci, monsieur Leonard. Transmettez bien le bonjour à votre épouse, ajouta-t-elle, faisant un signe de la main au vieux monsieur tout en se dirigeant vers les ascenseurs.

— Certainement. Prenez soin de vous, mademoiselle Eve, et passez un bon après-midi.

Après lui avoir souri, Eve appuya sur la touche d'appel et, lorsque l'ascenseur arriva, entra dans la cabine et se laissa transporter jusqu'aux bureaux de Rhodes Realty. Quelques instants plus tard, le cliquetis des claviers, le bourdonnement des conversations et les sonneries de téléphone l'accueillirent. Aussi réconfortants que puissent être les bruits de cet environnement, Eve n'avait jamais été tentée de travailler ici. Ses aspirations l'avaient menée dans une autre direction, et à présent, elle enseignait l'histoire à des élèves de troisième dans un collège public de Boston.

Toutefois, trois ans plus tôt, la façon dont elle envisageait son avenir professionnel avait changé.

Non pas qu'elle puisse l'avouer à quiconque.

Du moins, quiconque à part elle-même, et Kenan.

Kenan. Elle sourit, comme à chaque fois qu'elle pensait à lui. Leur amitié était née à cet étage, lorsque Kenan avait sept ans et elle, six ans. Ce jour-là, Kenan rendait visite à son père, le nouveau patron de la mère de Eve. Quant à Eve, elle était cachée dans la salle de pause, car sa mère n'avait pas pu trouver de baby-sitter ce jour-là. S'étant échappé du bureau de Nathan, Kenan s'était faufilé dans la salle de pause. Il avait ricané en voyant le T-shirt de Eve, à l'effigie d'un célèbre dessin animé, puis lui avait offert la moitié de sa barre chocolatée. C'était ainsi que tout avait commencé.

Yolanda Burke n'avait pas été ravie que sa fille se lie avec le fils du patron. Vingt ans plus tard, elle désapprouvait toujours leur amitié. Elle avait peut-être encouragé Eve à suivre des études, à ne jamais laisser personne définir sa valeur ou son identité, mais Yolanda avait gardé certaines croyances d'un autre temps. L'une d'elles était qu'une frontière existait entre employeur et employé, que l'on ne devait pas franchir. Cette règle s'appliquait aux enfants desdits employeur et employé. Pour Yolanda, les deux mondes ne se mélangeaient pas.

Le fait que Eve refuse d'adhérer à cette règle rigide demeurait un point de discorde entre elles.

Ce n'était pas le moment de penser à cela aujourd'hui. Pas alors qu'elle avait une grande nouvelle à annoncer.

Se frayant un chemin dans le dédale des box de travail, elle arriva devant les portes qui menaient aux bureaux de la direction et annonça sa présence via l'Interphone. Quelques instants plus tard, elle pénétra dans un espace plus calme et plus luxueux. Des plaques dorées étaient accrochées aux portes, indiquant les noms du président, des vice-présidents et des cadres supérieurs. Bien évidemment, l'une des plaques était gravée au nom de Gavin Rhodes.

Gavin.

Le murmure de son prénom dans sa tête suffisait pour qu'elle redevienne la lycéenne énamourée qui avait supplié Kenan de l'emmener voir les matchs de football américain que disputait son frère.

Et lorsqu'elle apercevait Gavin, sosie de Morris Chestnut en plus jeune, l'onde de chaleur qui se propageait en elle n'avait rien à voir avec l'adolescente d'autrefois, et tout à voir avec ce que la femme qu'elle était devenue voulait de lui.

Son corps. Son amour.

À tout le moins, elle aimerait qu'il ne la voie pas uniquement comme la meilleure amie de son frère cadet.

Elle soupira. Ce n'était pas non plus le moment de songer à cela.

Le tapis épais et bleu étouffa le bruit de ses talons quand elle approcha du long bureau circulaire situé devant le sanctuaire de Nathan Rhodes. Yolanda Burke était à son poste.

En voyant sa mère, Eve sentit sa poitrine se gonfler d'amour. Mais, tels des prédateurs tapis dans l'ombre, d'autres sentiments s'infiltrèrent en elle. La frustration, la peur. Des sentiments qu'elle fuyait. Des sentiments qu'elle aimerait ne pas éprouver.

— Bonjour, maman.

Sa mère leva les yeux de son écran d'ordinateur et sourit. Petite et ronde, le teint brun foncé, les cheveux raidis parsemés de gris, Yolanda était une version plus âgée de sa fille. Eve espérait paraître aussi jeune à l'aube de la cinquantaine.

28

— Eve. Quand on m'a prévenue de ta visite, j'ai été étonnée. C'est une bonne surprise, en tout cas.

— J'ai une nouvelle à t'annoncer. Tu peux prendre une petite pause ?

Yolanda jeta un coup d'œil à son écran.

— Oui. Il faut que je me resserve du café, de toute façon.

Eve plissa le nez.

— Maman, tu en es sûre ? Il est 16 heures.

— Oui, j'ai encore deux heures de travail devant moi. Au moins.

Yolanda arqua un sourcil.

— Tu oublies que je t'ai souvent vue travailler tes cours le soir, un mug de voyage plein de café à la main, alors que ton seul déplacement se résumait à aller du salon à la cuisine ?

— Touchée, grommela Eve en souriant.

— C'est bien ce que je pensais.

Yolanda ouvrit la voie vers la salle de pause réservée aux employés. C'était dans cette pièce que Eve et Kenan avaient passé tant d'heures.

— Alors, que voulais-tu me dire ? demanda sa mère en glissant une capsule dans la machine à café.

— Eh bien…

Eve marqua un temps pour plus d'effet. Quand sa mère lui lança un regard par-dessus son épaule, elle sourit et déclara :

— On m'a nommée enseignante de l'année !

— Chérie ! s'exclama Yolanda.

Sa mère rayonnait. De fierté. Oui, c'était de la fierté qui illuminait son regard. Elle effaça la courte distance qui les séparait et serra Eve dans ses bras.

— C'est merveilleux ! Félicitations, Eve. Je suis si fière de toi !

29

Eve l'étreignit, respirant son parfum de gardénia, l'odeur de son enfance.

Puis elle recula et sourit.

— Merci. Je suis ravie et honorée.

— Il y a de quoi. Ça veut dire que tes pairs et tes responsables reconnaissent tes qualités non seulement en tant que professeure, mais aussi en tant que personne. Cela montre également que ton travail est reconnu. Tu mérites ce prix, Eve.

— Merci, maman.

Ce n'est pas la seule bonne nouvelle. Ce n'est pas le seul honneur que j'aie reçu.

Les mots lui brûlaient la langue. Mais Eve ne pouvait pas révéler à sa mère qu'elle avait remporté le prix de la meilleure petite entreprise, décerné par l'Association nationale des femmes entrepreneuses.

Car cela impliquerait qu'elle révèle à Yolanda qu'elle possédait une société.

Sa mère lui tapota l'épaule et alla chercher sa tasse de café. Eve étouffa un soupir, la culpabilité le disputant à la colère et à la tristesse.

La plupart des mères seraient ravies d'apprendre que leur fille était à la tête d'une entreprise florissante. Mais Yolanda Burke, membre active de son église et attachée aux principes stricts de son éducation baptiste, ne serait certainement pas heureuse de savoir que Eve était la propriétaire et la styliste d'Intimate Curves, une boutique en ligne de lingerie grandes tailles.

— Tu as prévu de fêter ça ? demanda sa mère par-dessus le bruit de la machine à café.

— Kenan m'invite au restaurant ce week-end.

Yolanda se retourna vers elle, le regard ferme et aiguisé.

Eve se retint de lever les yeux au ciel. À vingt-neuf ans, elle redoutait encore les réactions de sa mère.

— Maman, s'il te plaît…

— Tu as vingt-neuf ans, Eve, dit Yolanda comme si elle avait lu dans ses pensées. Tu devrais avoir un petit ami pour t'inviter au restaurant et fêter ce genre d'événements, pas un… meilleur ami, lâcha-t-elle avec une grimace.

— Eh bien, je n'en ai pas. Et Kenan est là.

— M. Rhodes a mentionné qu'il t'avait vue à un gala de bienfaisance le week-end dernier.

Même après vingt-trois ans de collaboration avec Nathan Rhodes, sa mère l'appelait encore par son nom de famille, au grand dam de Eve. Connaissant Yolanda, c'était sans doute elle qui tenait à cette formalité. Tout de même, après tout ce temps, Nathan n'aurait-il pas pu exiger qu'elle l'appelle par son prénom ?

— Kenan m'a demandé de l'accompagner à la dernière minute, et j'ai accepté. Ça ne valait vraiment pas la peine que je t'en parle.

— Apparemment, M. Rhodes n'est pas de cet avis.

Elle prit sa tasse et but une gorgée de café.

— Eve, je te l'ai déjà dit, et, bien que tu ne veuilles pas l'entendre, je vais te le redire : cette amitié avec Kenan Rhodes n'est saine ni pour toi ni pour lui. Il aurait dû inviter l'une de ses petites amies. Et toi, tu ferais mieux de te trouver un compagnon. Kenan et toi passez beaucoup de temps ensemble, par conséquent, vous vous empêchez mutuellement de vous caser. Je ne suis pas la seule à m'inquiéter. Ses parents aussi.

Nathan et Dana désapprouvaient-ils le fait que leur fils cadet soit le play-boy le plus convoité de Boston et qu'il refuse de se ranger ? Ou que sa meilleure amie soit la fille de l'assistante de direction ?

Comment réagiraient-ils s'ils découvraient que Eve était amoureuse de leur fils aîné ?

Sa mère ferait faire des prières pour elle, puis lui ferait un sermon sur les limites à ne pas franchir, et sur la place de chacun. Deux mondes séparés coexistaient : l'un habité par des gens comme les Rhodes et les Farrell, et l'autre par toutes les autres personnes. Les gens de ces deux mondes pouvaient travailler ensemble, mais ils ne se mélangeaient pas, que ce soit sur le plan social, financier, géographique ou amoureux. C'étaient des lois immuables, selon Yolanda Burke.

— Que me conseilles-tu, maman ? demanda Eve calmement. De rayer Kenan de ma vie ? Même quand il trouvera la femme qu'il voudra épouser, et que j'aurai une famille, nous serons toujours amis, et nous nous fréquenterons toujours.

Un étrange spasme lui serra le cœur. L'idée de ne pas voir Kenan, de ne pas se confier à lui, de ne pas entendre son rire grave et malicieux ou de ne pas laisser ce parfum réconfortant de bois de santal et d'agrumes l'envelopper dans son étreinte familière… Un sentiment sombre et douloureux l'envahit. Si douloureux qu'elle en eut le souffle coupé.

Encore plus étrange était le sursaut dans son ventre quand elle avait mentionné que Kenan tomberait amoureux et épouserait une autre femme… une autre femme qui pourrait passer le bout des doigts sur les taches de rousseur couleur cannelle qui ornaient son nez, ses pommettes hautes. Une autre femme qui pourrait voir son humour malicieux éclairer la beauté frappante de ses yeux gris-bleu. Une autre femme qui pourrait se blottir contre son corps ferme et musclé…

Un tourbillon d'émotions troubles s'empara d'elle.

Plutôt que de l'analyser, elle tâcha de l'ignorer. Le cœur battant et la bouche soudain sèche, elle alla à la fenêtre qui offrait une vue sur la rue animée.

— Maman, je suis venue partager une bonne nouvelle avec toi et te demander si tu étais libre ce soir. Je voulais t'inviter à dîner pour fêter ma réussite, pas remettre ce vieux désaccord sur le tapis.

— Eve, je veux juste le meilleur pour toi. Pas seulement en ce qui concerne ta carrière, mais aussi dans ta vie personnelle. Je ne veux pas que tu sois seule.

Bien qu'elle n'ait pas ajouté les mots *comme moi,* ils résonnaient entre les murs de la salle de pause.

En tant que mère célibataire, Yolanda s'était contrainte à de nombreux sacrifices. Elle avait tout fait pour que sa fille ait une éducation exemplaire et des notes excellentes. Elle l'avait même détournée de son intérêt pour l'art et la mode, deux passions qu'elle jugeait frivoles. Elle avait tenu à ce que Eve obtienne un diplôme universitaire qui puisse lui permettre d'avoir un emploi stable et respectable, afin qu'elle puisse subvenir à ses besoins. Ainsi, s'il arrivait quoi que ce soit – comme tomber enceinte et être abandonnée par le père du bébé –, elle pourrait aisément prendre soin d'elle ou d'un enfant.

Yolanda aurait pu refaire sa vie – Eve avait vu des hommes flirter avec elle – mais elle était restée célibataire par choix, afin de se concentrer sur son travail et sur sa fille. Et maintenant que Eve avait quitté le foyer familial et qu'elle avait non pas un mais deux métiers, sa mère était seule. Et cela attristait Eve. Une femme qui avait tant donné méritait davantage en retour.

— Je ne suis pas seule, maman.

Elle la rejoignit et la serra dans ses bras.

— Ce n'est pas parce que je n'amène personne chez

toi que je n'ai pas de petits amis. Peut-être que je n'ai pas envie de te les présenter. Tu as déjà pensé à ça ?

Yolanda émit un son incrédule.

— Combien en as-tu ?

— Des tas, affirma Eve.

Car le seul homme qu'elle désirait ne semblait pas remarquer qu'elle n'était plus une adolescente

— Je prie pour toi, Eve.

Eve rit et planta un baiser sur sa joue.

— Chez Abe et Louie ?

Sa mère hocha la tête puis avala une gorge de café.

— Entendu. 19 heures ?

— Je te retrouve là-bas. Je vais réserver une table.

Elle marqua un temps.

— Je t'aime, maman.

— Je t'aime aussi, ma chérie.

Quand sa mère quitta la pièce, Eve la regarda partir. Lorsqu'elle fut seule, elle murmura :

— J'aimerais que tu puisses être fière de tout ce que je suis.

- 3 -

Cain tapota l'écran de sa tablette puis regarda Kenan et Achille, assis face à lui dans des fauteuils de cuir, dans le coin salon de son bureau.

— C'est le programme de la réunion du conseil de la semaine prochaine. S'il n'y a pas de changement, je vais demander à Charlene de le finaliser et de l'envoyer par mail à tout le monde, dit Cain, faisant référence à son assistante.

— Ça me va, répondit Achille.

Kenan n'eut pas besoin de jeter un coup d'œil vers son frère, son aîné de sept mois seulement, pour le voir hausser les épaules. Achille ne s'intéressait pas beaucoup aux réunions du conseil, ou aux réunions de toutes sortes, d'ailleurs. La plupart du temps, il était absorbé par l'un de ses programmes informatiques ou par la gestion de la société de technologie que Farrell International avait récemment acquise afin de concevoir des jeux vidéo destinés à la jeunesse en danger.

— Je ne pense pas devoir vous rappeler que nous sommes à six mois de notre… – Cain émit un rire sec – échéance.

Non, il n'avait pas besoin de le leur rappeler.

Durant ces six derniers mois, Cain, en tant qu'héritier officiel, avait brillamment dirigé Farrell International. Bien que Barron ait créé le chaos en révélant dans son testament l'existence de ses fils illégitimes et ajouté une clause peu orthodoxe, Cain avait su montrer au conseil d'administration qu'il était un modèle de force et de stabilité. Quant à Achille, le fils dont tout le monde pensait qu'il aurait du mal à s'acclimater à Boston et à son monde impitoyable, il s'était trouvé un domaine dans lequel il excellait.

Contre toute attente, c'était Kenan, issu du monde élitiste et fortuné de la haute société bostonienne, qui n'avait pas fait ses preuves. Il n'avait rien accompli de notable pour l'instant. Et cela le contrariait, car n'était-ce pas pour cela qu'il avait quitté l'entreprise de sa famille adoptive ? Pas seulement pour se lier avec ses frères nouvellement découverts, mais aussi pour prouver qu'il avait sa place parmi eux, qu'il pouvait être un atout pour ce conglomérat dont il avait en partie hérité ?

Pour montrer sa valeur.

— Inutile de vous préciser que notre « anniversaire » sera dans tous les esprits lors de cette réunion, continua Cain. Ils chercheront la moindre brèche dans notre armure. La moindre fissure dans notre solidarité.

— Ils peuvent chercher autant qu'ils veulent, répliqua Achille en croisant les bras. Ils ne trouveront rien.

— Tu es inquiet, Cain ? demanda Kenan. Pour ma part, je suis d'accord avec Achille.

— Je ne suis pas inquiet. J'ai juste…

Cain écarta les mains.

— Il y a six mois, si quelqu'un m'avait dit que tous les trois nous serions ici, je lui aurais répondu d'arrêter l'alcool. Je n'aurais jamais cru…

Il secoua la tête.

— Je sais que personne ne croyait en notre réussite, reprit-il. Alors je veux m'assurer que tout va bien. Considérez cela comme une vérification. Achille ?

Achille acquiesça.

Quand Cain l'interrogea du regard, Kenan hocha la tête. Et il ravala le besoin de confesser que, non, tout n'allait pas bien pour lui. Que chaque jour il se sentait coupable de ne pas être à la hauteur.

Au bout du compte, il fit ce qu'il faisait toujours. Il enfila un masque et garda le silence.

— Bien, conclut Cain, s'adossant au canapé. Si vous voyez le moindre problème dans l'ordre du jour, envoyez-moi simplement un mail, et je…

— Attends, l'interrompit Kenan.

Il fit défiler la page sur sa tablette, son doigt planant au-dessus d'une ligne au bas du programme.

— Ici, sous la mention « nouvelle entreprise ». Ai-je bien lu ? Le sujet est la vente de Bromberg ?

— En effet.

Sous le choc, Kenan se redressa lentement.

— Tu plaisantes. C'est l'une des chaînes les plus anciennes, les plus solides et les plus connues du pays.

— Et depuis trois ans les profits sont en chute libre. C'est davantage un poids mort qu'une affaire lucrative. Nous devons au moins en discuter. Et il est probable que le conseil vote pour la vente.

Kenan fixa la tablette, le regard vide, son esprit passant en revue ses souvenirs. Enfant, il était souvent allé dans ce grand magasin avec sa mère. Des années plus tard, Eve et lui y avaient acheté leurs tenues pour le bal de promotion – une robe pour elle et un smoking pour lui. Bromberg avait une place à part dans sa mémoire. Et l'idée que la chaîne puisse être vendue à un autre groupe…

Une lueur d'excitation s'alluma dans sa poitrine. Et si… ? Et s'il pouvait sauver Bromberg ? Ce pourrait être l'opportunité dont il avait besoin pour prouver qu'il avait sa place chez Farrell. Pour montrer qu'il n'était pas seulement

37

une charmante vitrine, mais aussi un atout pour le groupe. Et il pourrait y parvenir en redressant une chaîne qui battait de l'aile. Le fait qu'il apprécie ce magasin était la cerise sur le gâteau. Il pourrait accomplir sa mission en faisant ce qu'il savait faire de mieux : concevoir une campagne de marketing, faire de la promotion, persuader les gens qu'ils désiraient ce qu'il avait à leur vendre.

Une idée jaillit dans son esprit, puis s'enflamma. Il lui fallut faire appel à tout son sang-froid pour ne pas bondir de sa chaise et courir se mettre au travail. Son cœur battait à coups redoublés et l'adrénaline se répandait dans ses veines.

Serrant la tablette des deux mains, il regarda Cain dans les yeux.

— J'ai une faveur à te demander, Cain.

— Je t'écoute.

— Pourrais-tu retirer la question Bromberg du programme ? Et la reporter jusqu'à la réunion suivante ?

Cain fronça les sourcils.

— Kenan…

— C'est beaucoup demander, j'en suis conscient. Et je sais que les affaires sont les affaires. Mais j'aimerais avoir du temps pour te présenter un projet visant à redynamiser la chaîne et à augmenter les profits. Cela nous éviterait de vendre. Si tu n'es pas convaincu par mes propositions, pas de problème. Mais dans le cas contraire, c'est peut-être une opportunité de sauver une chaîne emblématique, et, qui plus est, de gagner de l'argent.

De longues secondes passèrent. Kenan retint son souffle pendant que Cain l'observait, les mains jointes sous son menton.

— D'accord, finit par murmurer son frère aîné. Je vais

demander à Charlene de retirer la question Bromberg de l'ordre du jour. Il me tarde de voir ce que tu as à proposer.

— Je pense que tu vas adorer, promit Kenan en souriant.

Il le croyait vraiment.

À condition de convaincre Eve de l'aider.

- 4 -

Kenan gara sa Lexus noire devant le bâtiment de briques situé dans le quartier de Cambridge. Après avoir coupé le moteur, il consulta sa montre. 17 h 30. Eve était sans doute chez elle à présent. Il lui avait téléphoné pour s'assurer de sa présence. Il avait l'esprit en ébullition, et ce n'était que partiellement dû au projet qu'il devait lui présenter.

Bon sang. Un chien pressé de retrouver son maître se tiendrait mieux que lui. La simple vue de la rue tranquille de Eve, dans ce quartier résidentiel non loin d'Inman Square et de Union Square, l'avait fait vibrer d'excitation. N'était-ce pas pathétique ?

Marmonnant un juron, il ouvrit sa portière et sortit du véhicule. Il avait interprété le rôle du meilleur ami platonique tant de fois qu'il se glissait et sortait de son personnage en un clin d'œil. Mais cela n'allait pas sans effort, loin de là. Plus les jours, les mois et les années passaient, plus il avait du mal à jouer la comédie.

Malgré tout, il continuait. Car perdre Eve était inenvisageable.

Il n'avait pas besoin de s'asseoir sur le divan d'un thérapeute pour comprendre ses propres problèmes et pour savoir pourquoi il s'accrochait à Eve. Ses parents l'avaient choisi, pourtant, en particulier avec son père, il ne s'était jamais senti accepté, aimé sans conditions, sans ce « mais » présent en permanence.

40

Oui, tu es un Rhodes, mais pas de sang.

Dans leur foyer, cela n'avait jamais été un secret : Nathan préférait Gavin, son premier né, son fils biologique, celui qui portait son ADN. Parfois, Kenan se demandait si son père regrettait l'adoption… ou s'il l'avait souhaitée un jour.

Kenan n'avait pas choisi sa famille.

Mais il avait choisi Eve.

Et elle l'avait choisi, elle aussi.

Cela avait scellé leurs destins.

Et, oui, il était prêt à parier que son hypothétique thérapeute s'en donnerait à cœur joie avec lui.

Secouant la tête, il se dirigea vers l'appartement de Eve, situé au rez-de-chaussée, et frappa à la porte. Glissant les mains dans ses poches, il attendit impatiemment que Eve vienne lui ouvrir. Et quand il entendit ses pas, il se prépara. Pourquoi, il n'en avait aucune idée. C'était un effort vain. Après toutes ces années, Kenan n'avait jamais réussi à se préparer à l'effet de Eve sur lui.

Et à l'effet de son sourire. Celui qu'elle lui offrit à cet instant illumina son visage, rehaussa ses joues rebondies, et en réaction Kenan gonfla le torse. Puis il baissa les yeux, car ce sourire menaçait d'anéantir son masque d'indifférence, comme s'il était une planète se rapprochant du soleil.

— Bonsoir, dit-elle, s'effaçant pour le laisser passer. Entre. Tu avais l'air si mystérieux au téléphone que tu as piqué ma curiosité. Ce qui était sans doute ton but.

En effet.

Il entra et referma la porte derrière lui. Comme toujours, un sentiment de calme et de bien-être l'envahit. Avec ses hauts plafonds, ses parquets brillants et ses nombreuses fenêtres qui éclairaient les vastes pièces décorées dans un mélange de styles bohème et rustique, son appartement était un havre de paix.

Il alla dans le salon, remarquant les couvertures colorées sur le canapé, l'ordinateur portable sur la table basse, à côté de l'habituelle tasse de thé à la menthe poivrée. On était jeudi, ce qui signifiait que Eve travaillait ses cours ou mettait à jour le site web de sa boutique. Elle ajoutait souvent de nouveaux modèles de sous-vêtements, ou d'autres produits comme du musc, des lotions et des bijoux de commerçants et d'artistes de la région.

Elle aurait pu engager quelqu'un pour gérer son site Internet, mais elle aimait tout contrôler. Kenan avait dû se battre pour la convaincre de faire appel à un fabricant de vêtements, au lieu de continuer à coudre sa lingerie à la main. Elle avait plaidé pour garder cette touche personnelle ; il avait rétorqué qu'elle pourrait créer plus de modèles. Elle avait fait valoir que ce serait plus risqué ; il avait répliqué qu'elle pourrait développer sa marque et gagner plus d'argent.

Au bout du compte, il avait remporté le débat, et Intimate Curves, déjà prospère, avait explosé. Si Eve le souhaitait, elle pourrait quitter son emploi d'enseignante et se concentrer pleinement sur son entreprise, mais elle n'était pas prête à franchir cette étape.

Pour l'instant.

Il espérait que ce qu'il s'apprêtait à lui proposer la pousse dans cette direction.

— Tu veux bien t'asseoir, Eve ? Il y a quelque chose dont je veux te parler.

Il s'assit sur la chaise adjacente au canapé sur lequel elle prit place.

Un léger pli sur son front apparut tandis qu'elle ramenait une jambe sous elle. Il fixa résolument son visage et

42

non ses seins sous son fin sweat-shirt à capuche bleu, ou l'épaisseur sensuelle de ses cuisses fermes, révélées par son short délavé rose et bleu. Pour la énième fois, il se demanda si elle gardait certaines de ses créations pour elle-même. Il imagina comment ces bandes de dentelle et de soie souligneraient ses courbes… épouseraient des endroits doux et vulnérables qu'il donnerait tout pour toucher et goûter.

Seigneur. Il serra les dents, respirant à travers ses lèvres entrouvertes dans une tentative d'étouffer le désir qui l'étreignait. Oui, il était jaloux que des bandes de tissu profitent d'un plaisir, d'un honneur qui lui était refusé. Était-il en train de toucher le fond ?

— Que se passe-t-il ? demanda-t-elle, l'arrachant à ses pensées érotiques.

— Eve, commença-t-il, appuyant les coudes sur ses cuisses, j'ai besoin que tu m'écoutes jusqu'au bout avant de répondre ou de prendre une décision. Tu me le promets ?

Elle parut plus intriguée encore.

— D'accord, acquiesça-t-elle.

Il marqua une pause, le temps que son excitation et sa nervosité se tassent. Il n'avait droit qu'à un essai, et il fallait qu'il réussisse son coup. Eve était l'élément central de son projet. S'il ne pouvait pas la convaincre, alors son plan tomberait à l'eau.

— Kenan ?

Il reporta son regard sur elle.

— Ce n'est que moi, dit-elle avec douceur. Parle-moi.

Il soupira, puis il se lança.

— J'ai eu une réunion avec Cain et Achille aujourd'hui, et nous avons parlé de la vente potentielle du magasin Bromberg.

— C'est vrai ?

Elle secoua la tête, s'adossant au canapé.

— Ce grand magasin est une institution. Tu te souviens quand nous y sommes allés afin de trouver des tenues pour le bal de promotion ?

Elle émit un petit rire.

— Tu as trouvé ton smoking en une demi-heure, et tu es resté avec moi pendant les deux heures qu'il m'a fallu pour choisir une robe.

— Je m'en souviens, murmura-t-il. Et tu as raison. C'est une institution. Bromberg a une histoire, pas seulement ici à Boston, mais dans tout le pays. Un peu partout, des commerces bien établis ferment. Si je peux faire ma part pour sauver celui-ci, j'en serai heureux. Cain a accepté de m'accorder du temps pour élaborer un plan, que je présenterai au conseil d'administration.

— C'est merveilleux ! Ça en dit long sur la confiance qu'il a en toi. Et je suis sûre que ton projet sera fantastique. Tu es très doué, Kenan.

Une douce chaleur l'envahit. Eve avait toujours eu foi en lui, de manière inconditionnelle. Quand sa propre famille minimisait ses réussites, Eve avait toujours été là pour le soutenir et l'encourager.

— Merci, Eve. Ça me touche beaucoup.

Il se redressa et expira lentement.

— J'ai une idée pour relancer Bromberg. Cela implique de rajeunir son image, tout en attirant une clientèle nouvelle, plus jeune. Mon but est de mêler le classique et le moderne sans perdre ce que Bromberg a toujours représenté : l'élégance, la mode et le luxe. Je veux ajouter des produits abordables sans perdre le côté haut de gamme. C'est là que tu interviens.

Elle garda le silence, mais il remarqua la tension dans ses épaules raidies.

— Je veux inclure dans mon projet un partenariat exclusif avec Intimate Curves.

Elle haleta de surprise. Il connaissait Eve – il la connaissait bien. Sa réaction initiale serait un « Non » rapide et virulent. La peur de la nouveauté, de l'inconnu, de perdre le contrôle… Quelle que soit la raison principale de son refus, il devait rapidement lui montrer que son projet pourrait être profitable pour elle comme pour lui.

Et si cela ne suffisait pas… il jouerait sa carte maîtresse.

— Tu as promis de m'écouter jusqu'au bout avant de prendre une décision.

Il leva la main pour l'empêcher de protester.

— Intimate Curves est rapidement devenue l'une des boutiques virtuelles de lingerie grandes tailles les plus populaires et les plus prospères. Et elle vient de remporter le prix de la meilleure petite entreprise décerné par l'Association nationale des femmes entrepreneuses, ce qui est remarquable. Mais Intimate Curves n'est présente qu'en ligne. Je t'offre une occasion d'ouvrir un point de vente physique dans l'une des chaînes de magasins les plus connues et les plus respectées du pays. Cela amènerait ton entreprise à un tout autre niveau. Cela signifie aussi plus d'exposition. Tu pourras proposer dans cet espace des modèles et des produits qui ne seront disponibles nulle part ailleurs. Ce qui veut dire davantage de profits. Et puis, cela donnera à la chaîne une image plus jeune, plus moderne. Sans parler de l'inclusion qu'Intimate Curves symbolise sur le plan des tailles et de la sexualité positive.

Il se leva, trop excité à présent pour rester assis. Il était toujours dans cet état quand il préparait un nouveau projet. Il oscillait entre l'extrême concentration et l'agitation. Il traversa la pièce, se dirigeant vers les étagères remplies de livres – des textes sur les empereurs romains, sur la guerre de Sécession, mais aussi des romans sentimentaux. Puis il alla jusqu'à la cheminée imposante, à l'autre bout de la pièce.

Eve émit un petit rire incrédule.

— Kenan, je ne sais pas quoi dire. Que veux-tu que je réponde à cela ?

— Dis oui, Eve. Dis *oui*.

D'accord, il avait été incapable de garder une voix neutre. Mais avec Eve, tout effort de ce type était inutile. Elle pouvait deviner chacune de ses émotions, dans les moindres nuances. Sauf quand cela la concernait, bien sûr. Il semblait que quand il s'agissait d'elle, il était un maître de l'illusion.

— Quel est ton but réel, trésor ? demanda-t-elle calmement.

Mince.

Il grimaça presque. Presque. Et il confessa *presque* la vérité. Mais il y avait des choses qu'il ne pouvait pas avouer, pas même à sa meilleure amie. Il ne pouvait pas lui dire qu'il avait *besoin* de réussir. Il devait prouver au conseil d'administration de Farrell, à ses frères, à sa famille – à lui-même – qu'il avait pris la bonne décision en quittant Rhodes Realty. Que s'exposer à la colère et à la déception de ses parents n'avait pas été en vain. Qu'il était digne de faire partie de Farrell International.

Qu'il était digne d'être un Farrell.

Il avança vers le canapé et s'assit à côté d'elle.

— Je sais que tu aimes enseigner, Eve. Mais tu *adores* l'art et le stylisme. Tu n'es jamais plus vivante que quand tu dessines. Qui plus est, tu aimes aussi le défi que représente la gestion de ta propre entreprise. Ça – il montra le logo d'Intimate Curves sur l'écran de son ordinateur portable –, c'est ce qui devrait t'occuper à plein temps. Il te suffit de sauter le pas.

— C'est facile à dire pour toi.

Elle détourna les yeux, plongeant les mains dans ses boucles épaisses.

— Vraiment, Eve ?

Elle tressaillit.

— Je suis désolée, Kenan. Je n'ai pas réfléchi.

— Ça ne fait rien, assura-t-il, balayant ses excuses du revers de la main. Quelles sont tes objections ?

— Tu les connais, elles n'ont pas changé. Même si je suis si fière de mon prix, tu sais ce que j'ai pensé quand j'ai appris que j'étais la gagnante ? « J'espère que je n'aurai pas à accepter ce prix en personne. » L'idée que maman ou mes collègues apprennent ce que je fais me terrifie.

Elle secoua la tête et se fendit d'un rire sec.

— J'ai vingt-neuf ans, bon sang. Je n'ai plus l'âge de redouter l'opinion de ma mère sur mes choix de vie, et pourtant… – elle écarta les bras – voilà où j'en suis. Je sais bien que je ne peux pas consacrer ma vie à la satisfaire, mais l'idée de la décevoir alors qu'elle a tant fait pour moi, qu'elle a tant sacrifié…

— Combien de temps encore vas-tu te cacher ? Jusqu'à l'année prochaine ? Jusqu'à ce que tu aies trente-cinq ans ? Quarante ? Quand décideras-tu que cela suffit ? À quel moment tes rêves deviendront-ils plus importants que le confort de quelqu'un d'autre ?

Elle s'apprêta à répondre… mais aucun mot ne sortit. Il n'avait pas besoin d'une réponse. Il voyait dans ses yeux ce qu'elle désirait au fond d'elle.

— Six modèles, Eve. Six modèles exclusifs Eve Burke pour Bromberg, qui feront partie de mon plan de relance. C'est tout ce que je te demande pour l'instant. Si le projet est accepté, il faut compter six à huit mois pour sa mise en œuvre. Alors tu as un peu de temps pour déterminer dans quelle mesure tu souhaites t'impliquer. Je peux te trouver une équipe pour gérer le point de vente, alors, si tu tiens absolument à protéger ton identité afin de continuer à enseigner, et te concentrer sur la vente en ligne, cela reste une option.

Il marqua un temps.

— J'ai une autre offre, ajouta-t-il.

Elle haussa un sourcil.

— J'ai presque peur de te demander laquelle, plaisanta-t-elle.

Il ne sourit pas. La proposition qu'il s'apprêtait à lui faire était si douloureuse qu'il se demandait comment il arrivait à se tenir droit sur le canapé.

— Si tu acceptes de participer à mon projet, je t'aiderai pour ce qui concerne mon frère.

Les mots lui avaient brûlé la gorge. Une part de lui eut envie de les retirer. Mais il n'en fit rien. Ils restèrent suspendus entre Eve et lui telles des grappes de raisin mûres que Eve mourait sans doute d'envie de cueillir.

Elle le dévisagea.

— Mais de quoi est-ce que tu parles ?

Il se fendit d'un sourire en coin.

— Je parle de Gavin, servi sur un plateau. Ou de toi, servie à Gavin sur un plateau. Je ne sais pas ce que tu préfères. Quoi qu'il en soit, j'ai passé trente ans avec lui. Je le connais mieux que personne. Je t'adore, Eve, mais ton petit jeu de séduction avec lui est totalement inefficace. Tu veux un ticket avec lui, et je vais te le donner. Je ne peux pas te promettre que tu seras la prochaine Mme Rhodes, mais, si je deviens ton... coach en séduction, tu auras une chance.

— Coach en séduction ? ironisa-t-elle. Tu es sérieux ? Si tu penses pouvoir m'aider à séduire ton frère, pourquoi maintenant ? Pourquoi pas avant ?

Parce que je ne voulais pas que tu le séduises. Pas alors que j'avais encore l'espoir illusoire de te séduire moi-même.

Il ne nourrissait plus ce fantasme. Tout à l'heure, sur la route, il était parvenu à une décision difficile mais définitive.

Eve ne voulait pas de lui. Elle n'avait jamais voulu de lui.

C'était Gavin qu'elle aimait. Depuis toujours.

Alors, il devait abandonner son rêve.

Même si cela lui brisait le cœur.

Leur amitié, il n'y renoncerait jamais. Mais il abandonnait le rêve que Eve puisse tomber amoureuse de lui. Pendant quinze ans, il avait secrètement aimé et désiré une femme qui ne l'avait vu que comme un ami – ou pis, comme un frère. Il devait affronter la réalité et ne pas perdre une autre année, un autre mois, une autre journée, même, à espérer dans le vide. D'ailleurs, si par miracle Eve éprouvait les mêmes sentiments pour lui, il se demanderait toujours si elle se contentait de lui parce qu'elle ne pouvait pas avoir Gavin.

Durant toute son existence, il avait été un second choix. Le devenir pour Eve ? Cette idée lui était insupportable.

Au moins, il pouvait se concentrer sur son projet, et son avenir. Et ce faisant, il pourrait aider son amie à réaliser ses rêves, sur le plan professionnel et sur le plan amoureux.

Grâce à Eve, il prouverait qu'il avait sa place chez Farrell International, et qu'il n'était pas seulement le fils illégitime de Barron.

Il faudrait que cela lui suffise.

Pour l'instant, c'était loin d'être le cas.

— Parce que tu ne me l'as jamais demandé, répondit-il. Parce que je suis un horrible égoïste, et que cela m'arrange de t'aider maintenant.

C'était un mensonge, mais qui contenait suffisamment de vérité pour qu'elle puisse y croire.

S'il te plaît, crois-moi. Émotionnellement, je ne pourrais supporter que tu me perces à jour.

Elle pencha la tête, l'air suspicieux.

— Résumons. Je te donne six modèles.

— Des modèles exclusifs pour un point de vente Intimate Curves chez Bromberg.

— Je te donne six modèles exclusifs, je m'engage à ouvrir un point de vente, et, en échange, tu m'aideras à conquérir ton frère.

— Oui.

— Pourquoi ? murmura-t-elle.

S'il n'y avait pas eu cette pointe d'incertitude et de tristesse dans sa voix, il aurait pu lui faire une réponse désinvolte. Au lieu de quoi, il posa la main sur sa joue. Flirtant avec la limite de leur amitié, il passa le pouce sur la courbe de sa lèvre inférieure. D'avant en arrière. D'arrière en avant. Jusqu'à ce que le besoin de faire la même chose avec sa langue devienne trop fort. Alors, il s'arrêta.

— Que veux-tu savoir, Eve ? Pourquoi je t'aide ? Ou pourquoi je pense que Gavin voudra de toi ?

— Les deux.

Oui, il avait décidé d'aller de l'avant, de renoncer à Eve, mais cela ne voulait pas dire que sa tendance masochiste avait disparu. C'était la seule chose qui pouvait expliquer pourquoi il venait de glisser les mains dans sa crinière brune. La texture soyeuse lui arracha un gémissement. Ce ne fut que par la force de sa volonté qu'il parvint à l'étouffer. Mais rien ne put l'empêcher d'imaginer ses boucles sur son torse nu, son ventre... ses cuisses. Ou de visualiser ses propres mains enfouies dans sa chevelure jusqu'au poignet, écartant la masse de son visage pendant qu'elle l'accueillait en elle...

Bon sang...

La sueur perla sur sa nuque. Il retira ses mains et les posa sur ses jambes pour cacher la moiteur de ses paumes.

Eve lui avait posé une question. À propos de son frère. L'homme qu'elle désirait. L'homme qu'elle avait toujours désiré.

Ce n'est pas toi. Cela n'a jamais été toi.

Il se leva du canapé et alla à la fenêtre, observant la rue tranquille et les ombres grandissantes.

— Je t'aide parce que tu mérites d'être heureuse, d'assouvir tes désirs, d'atteindre tes objectifs. Tu mérites tout cela, Eve. Tu le méritais déjà avant. Mais peut-être que c'était moi qui étais égoïste. Je ne voulais pas te partager. Et je me rends compte que je ne peux pas continuer ainsi. Te brider, c'est me brider aussi. Je pensais ce que je disais. Tu ne devrais pas te mettre de limites juste pour préserver le confort de quelqu'un d'autre. Et cela inclut ma personne.

N'était-ce pas la vérité ?

Il se tourna vers elle.

— Quant à mon frère, il n'a peut-être pas remarqué la beauté qui était juste sous son nez, mais ce n'est pas ta faute. C'est lui, le responsable. Gavin est un idiot. Pis, un idiot aveugle. Mais si c'est ce que tu veux, je t'aiderai à susciter son intérêt. Il va tomber à la renverse, trésor.

Elle prit une profonde inspiration, et expira lentement. Ensuite, elle se leva et le rejoignit. Comme tout à l'heure, il riva résolument son regard sur son visage. Et il lut sa réponse dans ses yeux avant même qu'elle ne lui offre une poignée de main.

Une sensation terrible lui serra la gorge et emplit sa bouche d'un goût âcre.

Eve était là, face à lui, sa petite main dans la sienne. Son regard brun chaud semblait lui sourire. Et pourtant, il ne pouvait chasser le sentiment que l'excitation dans ses yeux venait de changer leur relation.

— D'accord, Kenan, j'accepte ta proposition.

— Marché conclu, alors.

Il serra sa main.

Et scella leurs destins.

- 5 -

Eve patientait devant le salon de coiffure et parcourait du regard Dorchester Avenue, cherchant des yeux la Lexus noire de Kenan.

En ce samedi matin, dans ce quartier situé près du front de mer, une foule de gens profitait d'une journée de printemps inhabituellement chaude. Autour d'elle, des clients entraient et sortaient du café littéraire, du salon de tatouage et des restaurants. Déjà, de la musique s'échappait de certains bars. Des gens achetaient de la citronnade fraîche à un vendeur de rue. Pour un touriste, la scène ressemblait sans doute à une grande fête de quartier. Mais il s'agissait simplement d'un week-end à Boston.

Eve consulta sa montre avec impatience. Ou plutôt, avec nervosité. Car elle allait franchir une grande étape. Procéder à un changement qu'elle envisageait depuis un moment, mais qu'elle avait hésité à faire car… Il y avait tant de raisons. Depuis que Kenan lui avait présenté sa proposition dix jours plus tôt, ces raisons s'étaient peu à peu transformées en excuses. Et elles se résumaient toute à une chose… La peur.

Car l'Esprit que Dieu nous a donné ne nous rend pas timides ; au contraire, cet Esprit nous remplit de force, d'amour et de maîtrise de soi.

Deuxième épître à Timothée, chapitre I, verset 7.

L'un des passages de la Bible préférés de sa mère.

Quand, en CM2, Eve avait été terrifiée à l'idée de lire son devoir sur Crispus Attucks devant sa classe, Yolanda avait cité ce verset. Lorsque Eve avait confessé la veille de son départ pour l'université qu'elle avait peur de quitter le foyer familial pour la première fois, sa mère lui avait chuchoté à l'oreille ce même passage, des larmes dans la voix.

Et quand elle avait appelé sa mère depuis sa voiture lors de son premier jour en tant qu'enseignante, Yolanda lui avait rappelé cet extrait.

Cela lui paraissait quelque peu sacrilège de murmurer ce verset maintenant, alors qu'elle priait pour rassembler le courage de conquérir un homme qui n'avait jamais montré aucun intérêt pour elle. Quel était le verset dans lequel il était question que Dieu comble les désirs de son cœur ?

Seigneur, elle allait finir en enfer.

— Eve.

En entendant la voix de Kenan, elle oublia sa damnation imminente. Il l'observa, le sourcil arqué.

— Bonjour, Kenan.

Elle tapota l'écran de son téléphone.

— Tu es en retard, souligna-t-elle.

Il haussa les épaules.

— Puisque tu n'as pas jugé important de me dire pourquoi je devais te rejoindre ici…

— Est-ce que ça compte…

Elle s'interrompit, remarquant sa barbe naissante. Cela faisait une semaine qu'ils ne s'étaient pas vus – leur plus longue séparation depuis l'université. Des poils soyeux et d'un brun clair bordaient l'arc sensuel de sa lèvre supérieure et recouvraient le creux sous sa lèvre inférieure.

Peut-être avait-il passé la nuit à boucler un dossier, ce qui était tout à fait possible puisqu'elle ne connaissait personne qui travaille autant que lui. Ou alors… il venait de quitter le lit d'une femme et n'était pas repassé chez lui pour se raser. Une hypothèse également plausible. Certes, il travaillait très dur, mais il se divertissait avec tout autant d'ardeur.

Si elle se penchait, sentirait-elle le parfum de l'autre femme ou l'odeur du sexe sur la peau de Kenan ?

Un feu s'embrasa en elle, lui coupant le souffle. Que lui arrivait-il ? Était-elle en colère ? Oui, mais cela ne semblait pas aussi… simple. Elle refusait de saisir l'autre mot que son esprit semblait si enclin à lui fournir. Non. C'était stupide, idiot. Pourquoi se souciait-elle des femmes avec lesquelles Kenan couchait ? Non, elle ne s'en souciait *pas*. Cela ne la regardait pas. Cela ne l'avait jamais regardée.

Alors pourquoi tiens-tu ton téléphone si fort ?

Elle desserra les doigts.

— Qu'est-ce que tu disais ? demanda-t-il.

— Rien. Si je t'ai demandé de venir, c'est parce que j'ai pris rendez-vous dans ce salon de beauté pour un relooking, expliqua-t-elle en désignant le salon derrière elle.

Il la dévisagea.

— Un quoi ?

Eve frissonna tant sa voix était grave, presque menaçante.

— Un relooking, répéta-t-elle.

Il continua de la regarder sans ciller. Bien qu'elle ne lui doive pas d'explication, elle enchérit :

— Je sais ce que tu penses. Et, non, je ne vais pas changer pour un homme.

Il croisa les bras.

— Ah, non ? Alors comment tu appelles ça ?

— Je change pour moi. Cela faisait un moment que j'y réfléchissais. Ne fais pas ça, l'admonesta-t-elle quand il serra les lèvres. Je ne mens pas. Il y a des choses que je veux changer depuis longtemps. Mes cheveux…

Elle toucha les pointes de ses mèches épaisses et bouclées, puis regarda son pull col en V simple et son jean moulant bleu brut.

— Mes vêtements… Je veux… quelque chose de différent.

Elle voulait sortir du lot. Être remarquée. Quand elle entrait dans une pièce, elle voulait que les hommes s'arrêtent en pleine phrase et que les femmes la regardent avec envie.

Était-ce si mal ? Superficiel, peut-être, mais était-ce mal ?

Peut-être. Mais elle s'en moquait.

— Et tu as décidé de passer à l'action ? Comme ça, subitement ?

— Je sais où tu veux en venir, et ma réponse est : « Et alors ? » Ta proposition concernant Gavin était peut-être le coup de pouce dont j'avais besoin, mais ce n'est pas pour lui que je veux changer. Pourquoi refuses-tu de croire que je fais ça pour moi ? demanda-t-elle, à la fois frustrée et agacée. Évidemment, tu ne peux pas me comprendre.

Il fronça les sourcils.

— Qu'est-ce que tu insinues, au juste ?

— Je t'en prie, Kenan ! Tu as un miroir. Et même si ça ne suffisait pas, le fait que les femmes se jettent à tes pieds devrait t'éclairer. Tu ne sais pas ce que c'est que d'être… invisible.

— Et toi, si ?

Il l'étudia, son regard gris-bleu parcourant son visage avec une telle intensité qu'elle réprima l'envie de baisser la tête, pour se cacher. Cela ne lui ressemblait pas. Kenan et elle ne se cachaient jamais rien.

— Tu ne pourrais jamais être invisible, Eve. Même si tu essayais.

— Tu dis cela parce que tu es mon ami.

Elle sourit et secoua la tête.

— Mais tu parles aussi comme quelqu'un qui n'a jamais eu de raison de douter de sa beauté ou de sa séduction, ajouta-t-elle.

Une émotion sombre passa dans son regard avant que ses cils ne le masquent. Que se passait-il ? Elle tendit le bras vers lui, effleurant son poignet, mais il recula. Elle ne devrait pas se sentir rejetée.

C'était pourtant le cas.

— Tu es vraiment décidée ? lâcha-t-il d'une voix dure.

Une bouffée de nervosité l'envahit, et elle frémit. Mais c'était justement la peur du changement, de l'inconnu, qui lui affirmait qu'elle faisait le bon choix. Elle avait éprouvé ce même sentiment lorsqu'elle avait décidé d'étudier en secret la mode. Quand elle avait lancé Intimate Curves. Et, plus récemment, lorsqu'elle avait accepté la proposition de Kenan.

Pour l'instant, les faits lui donnaient raison.

— Oui, je suis décidée.

Après un long regard, il sortit son téléphone de sa poche et s'éloigna. La curiosité et l'impatience le disputèrent en elle, et elle consulta l'écran de son propre téléphone. Elle avait rendez-vous dans un quart d'heure. Elle avait demandé à Kenan de venir pour la soutenir moralement, mais elle ne le laisserait pas la mettre en retard.

Après quelques minutes, elle se dirigea vers le salon. Kenan la rattrapa rapidement.

— Viens, lui intima-t-il, la saisissant par le coude.

— Quoi ?

Trop surprise pour désobéir, elle le suivit. Puis, reprenant ses esprits, elle s'arrêta.

— Attends, dit-elle en dégageant son bras. Que se passe-t-il, et où essaies-tu de m'emmener ?

Kenan soupira.

— Si tu es décidée à aller au bout de ton idée délirante, une relation m'a conseillé un salon dans Back Bay. Privé, haut de gamme, avec styliste et maquilleuse. Mais il faut que nous partions maintenant.

Il avança vers elle, envahissant son espace avec son parfum, son corps.

— Mais il faut que je te dise, Eve. Tu es parfaite. Comme tu es. Je t'ai promis de t'aider à capter l'attention de Gavin, mais je comptais simplement t'apprendre à flirter avec lui. Tu n'as pas besoin de changer pour lui, ni pour aucun autre homme.

Elle voulut protester, mais il continua :

— Je sais, tu fais cela pour toi. Je le répète, tu n'as pas besoin de changer. Puisque c'est ton choix, je te soutiendrai. Mais, Eve, ça…

Il plongea la main dans sa chevelure et serra ses boucles. Elle parvint à peine à retenir le gémissement qui monta dans sa gorge. De minuscules ondes firent trembler le creux de son ventre.

Non. Il s'agit de Kenan, se rappela-t-elle. *Mon meilleur ami.*

Elle cligna des yeux, posant les mains sur ses pectoraux. Pour le repousser, ou parce qu'elle avait besoin de sentir ses muscles sous ses paumes ?

Pourquoi ne pouvait-elle pas répondre à cette question ?

— Ça, Eve.

Il tira sur ses mèches, provoquant de délicieux picotements. Une nouvelle surcharge sensorielle qui la désarçonna davantage.

— Ça, tu n'y touches pas.

Il souleva les mèches et l'attira vers lui, jusqu'à ce qu'elle ait le front à un souffle de ses lèvres. Elle n'eut pas d'autre choix que de respirer son parfum aux notes de bois de santal et d'agrumes.

— C'est à moi, Eve.

C'est à moi.

Elle devait protester. Lui dire qu'il n'était ni son propriétaire ni son gardien. Qu'elle pouvait prendre ses propres décisions concernant sa coiffure, merci bien. Mais elle se tut. Car ses mots possessifs résonnaient dans sa tête – et entre ses jambes.

— Où allons-nous, déjà ? questionna-t-elle.

Durant de longues secondes, il ne bougea pas et garda le silence. Au bout du compte, il recula et lâcha ses cheveux.

— Je te l'ai dit, dans un endroit recommandé par une amie. Où es-tu garée ? Je vais chercher ma voiture et tu pourras me suivre jusque chez moi. Tu laisseras ta voiture là-bas, et nous irons ensemble au salon.

— Une amie ?

Comme l'amie qu'il avait probablement laissée alanguie, entre ses draps, après une nuit entière d'ébats ?

Il fallait vraiment qu'elle se ressaisisse. Entre douze et quatorze ans, elle avait eu un béguin secret pour Kenan. Mais c'était de l'histoire ancienne.

— Oui, une amie. Mycah.

— Oh ! c'est vrai.

Eve rougit d'embarras. Mycah, l'épouse d'Achille, avait de magnifiques boucles naturelles, comme Eve.

— Je suis garée au bas de la rue. Je te retrouve chez toi.

Sans attendre sa réponse, elle s'éloigna. Un peu de temps seule. C'était ce dont elle avait besoin. Du temps pour calmer sa nervosité, pour se recentrer. Pour annuler son rendez-vous et envoyer la facture à Kenan, puisque c'était à cause de lui qu'elle n'honorait pas son engagement.

Et peut-être pour examiner les restes du café qu'elle

avait bu ce matin. Peut-être y avait-il un ingrédient bizarre dans le breuvage. Rien d'autre ne pouvait expliquer ses réactions face à Kenan dans les dernières minutes.

Ou les pulsations au creux de son ventre.

Bonté divine.

— Je… je…

Eve contemplait son reflet dans le miroir lumineux du salon de coiffure. Elle secoua la tête, incrédule.

Puis elle regarda le reflet de la coiffeuse qui lui souriait.

— Vous êtes vous, dit Jasmine, faisant bouffer les boucles de Eve puis posant ses mains fines sur ses épaules. Splendide. Nous n'avons fait que vous ajouter un peu de glamour. C'est tout.

— Vous sous-estimez votre talent, répliqua Eve.

Elle était incapable de détourner les yeux de son reflet. De cette femme nouvelle au maquillage impeccable et à la coiffure parfaite.

Jasmine rit et retira la cape qui recouvrait ses épaules.

— Croyez-moi, j'ai travaillé avec des clients… difficiles. Vous n'en faites pas partie. Suivez-moi à l'accueil, je vais vous donner un sac de produits que vous pourrez utiliser chez vous.

— Avez-vous un manuel de trois pages et un tutoriel pour savoir comment m'en servir ? J'ai de sérieux doutes quant à ma capacité à récréer ça toute seule.

En souriant, Jasmine l'accompagna vers la porte de la pièce privée, réservée aux clients VIP. Eve Burke. Cliente VIP. Était-elle vraiment obligée de retourner dans le monde réel ? se demanda-t-elle.

Durant trois heures et demie, Jasmine et son équipe l'avaient totalement choyée. Coiffure, soin du visage, maquillage, manucure et pédicure. Eve n'avait jamais été si gâtée de toute sa vie. Lorsqu'elle était adolescente, faire des folies avec son argent était un concept dont elle avait entendu parler, et non une chose réelle. Maintenant qu'elle était adulte, et bien qu'elle soit enseignante à temps plein ainsi que dirigeante d'une entreprise florissante, elle éprouvait encore de la culpabilité.

Voir sa mère épargner le moindre sou pour faire en sorte qu'elle ne manque de rien l'avait marquée. Dépenser sans compter pour une nouvelle garde-robe de printemps alors qu'elle pouvait mettre cet argent de côté pour les coups durs lui semblait égoïste. Payer une fortune pour s'offrir une journée au spa ou des vacances alors qu'elle pouvait réinvestir cet argent dans son entreprise lui paraissait irresponsable.

Frivole. Le mot jaillit dans sa tête, prononcé par la voix austère de sa mère. Yolanda avait appliqué cet adjectif à bien des choses. L'amitié entre Eve et Kenan. Le fait que Eve veuille s'inscrire dans une école de danse. Son souhait de posséder le portable le plus récent du marché.

Son amour pour l'art et le dessin…

Eve secoua la tête et se ressaisit. Il n'y avait pas de place pour les pensées moroses aujourd'hui. Pas alors qu'elle avait entrepris les premières démarches concrètes pour devenir la meilleure version d'elle-même. Celle qu'elle avait eu peur de devenir durant toutes ces années.

Car cela signifiait s'exposer. Être vue. Faire face aux critiques potentielles. Au rejet éventuel…

Pour l'amour du ciel, arrête !

Pour rejoindre le comptoir de l'accueil, elle traversa l'espace d'attente, décoré dans des tons noirs, blancs et chrome. Deux canapés, des chaises et des tables meublaient l'espace. Des miroirs dorés ainsi que plusieurs photos encadrées de mannequins aux coiffures splendides ornaient les murs.

Kenan était assis sur le bras d'un fauteuil, les yeux rivés sur son téléphone. Comme s'il avait senti sa présence, il releva la tête. Lorsqu'il la vit, il ouvrit de grands yeux et se leva lentement.

Eve réprima l'envie de toucher son propre visage, ses cheveux, de s'agiter. Le regard de Kenan était particulièrement intense. Mais il n'était pas étouffant. Loin de là. Il se promenait sur elle tel un amant ondulant entre ses jambes. Une onde brûlante, aussi forte qu'un alcool non distillé, la traversa. Elle fit des picotements dans ses seins, durcit ses tétons. Embrasa son ventre. Fit trembler son sexe.

Mais que se passait-il ?

Elle chancela et saisit le bord du comptoir pour se soutenir. Ce n'était pas possible... Elle ne désirait pas Kenan. Pas sexuellement. C'était Gavin qu'elle désirait, depuis toujours. Peut-être que la perspective de le séduire enfin lui embrouillait l'esprit... et le corps. Cela faisait longtemps qu'elle n'avait pas eu d'amant. Qu'un homme ne l'avait pas touchée. Caressée. Honorée.

Oui, c'était sûrement pour cela qu'un seul regard de son meilleur ami la rendait raide de désir.

— Voilà, Eve, dit Jasmine en lui donnant un sac noir et blanc rehaussé de quelques touches de rose. Il y a tout ce dont vous avez besoin, et quelques petites choses amusantes que j'ai ajoutées. Et si vous avez la moindre question, n'hésitez pas à me téléphoner. Je vous ai joint ma carte.

— Merci infiniment, Jasmine.

Eve accepta le sac et, spontanément, serra l'autre femme dans ses bras.

— Vous n'avez pas idée à quel point j'apprécie tout ce que vous avez fait. Combien vous dois-je ?

— Ne vous en faites pas, tout est déjà réglé, répondit Jasmine.

Eve n'eut pas besoin de demander qui avait payé la note.

Après avoir dit au revoir à la coiffeuse, Eve avança vers Kenan. Il semblait tendu et taciturne. Il ne cilla pas, ne bougea pas. À nouveau, Eve se sentit nerveuse.

— Quoi ? fit-elle. Je n'ai pas changé de coiffure. Jasmine a juste ajouté quelques reflets.

Kenan ne disait toujours rien, se contentant de la regarder. Et cela commençait sérieusement à l'agacer.

Elle savait que le relooking était réussi. Ses boucles brillantes aux reflets acajou encadraient son visage et caressaient ses épaules. Grâce à la maquilleuse, ses yeux n'avaient jamais semblé aussi grands, ses pommettes aussi hautes, et ses lèvres, ornées d'une magnifique teinte bronze, aussi pulpeuses.

— Tu es contente ?

Elle eut un petit rire nerveux.

— Jasmine a fait un travail formidable.

— Ça ne répond pas à ma question. Tu es contente ?

— Oui.

C'était ce qu'elle voulait. Un nouveau look. Un nouveau départ. Une nouvelle Eve pour commencer un nouveau voyage, pour mettre de côté sa peur, pour séduire l'homme de ses rêves. Et peut-être pour devenir le visage de sa marque de lingerie.

— Oui, répéta-t-elle d'un ton plus ferme.

Il l'étudia longuement, et pour la seconde fois dans l'histoire de leur longue amitié, elle eut envie de se cacher pour échapper à son regard trop perspicace.

— D'accord, répondit-il. Viens, nous avons un autre rendez-vous.

Il se dirigea vers la sortie.

— Attends, dit-elle en l'attrapant par le bras. Quel rendez-vous ? Et c'est tout ? Tout ce que tu as à me dire, c'est « Tu es contente ? »

— Une boutique de vêtements.

Elle ne devrait pas être offensée. Après tout, c'était elle qui avait eu l'idée de ce relooking. Mais pourquoi fallait-il que Kenan s'implique à ce point ?

Elle inspecta sa tenue, parfaitement convenable mais simple.

— Regarde-moi, ordonna-t-il.

Elle obéit.

— Il n'y a aucun problème avec la façon dont tu t'habilles, Eve. Avec ton apparence. Avec la façon dont tu respires. Mais si je veux respecter ma part du contrat, je devrai t'emmener dans certaines soirées où Gavin sera présent. Et il te faut une garde-robe adéquate. Non, fit-il, levant la main pour l'empêcher de protester. C'est mon projet. Considère cela comme des frais professionnels.

Une fois de plus, il pivota sur ses talons et se dirigea vers la porte. La main sur la poignée, il ajouta :

— Et tu es renversante.

Eve le dévisagea. Quand Kenan fut sorti et que la porte se ferma derrière lui, elle resta figée sur place.

Il n'y a aucun problème avec la façon dont tu t'habilles, Eve. Avec ton apparence. Avec la façon dont tu respires, Eve.

Tu es renversante.

Elle plaqua la main sur son ventre, comme si ce geste pouvait calmer les tremblements qui la secouaient.

Peine perdue.

Elle poussa un soupir qui se mua en rire incrédule.

Il fallait vraiment qu'elle se reprenne. Aujourd'hui, elle était peut-être une sorte de Cendrillon, mais dans ce conte de fées, elle n'allait certainement pas tomber sous le charme de son meilleur ami.

C'était tout simplement impossible.

- 6 -

— Rappelle-moi pourquoi je suis là, déjà ? La veille d'un jour de classe ? maugréa Eve.

— Désolé. Est-ce que j'ai manqué la note qui précise que tu te transformes en citrouille à minuit ? Ou en cahier-journal ?

Eve émit un son incrédule.

— Très drôle. Crétin.

Kenan afficha un sourire narquois. Il murmura un merci à la serveuse qui venait de poser de la vodka et de la tequila sur la table, ainsi que du jus de canneberges et un seau à glace. Elle sourit à Kenan, qui répondit d'un signe de tête. Il plaisait à cette jeune femme, manifestement, mais il ne tenterait rien.

Ce soir, il se consacrerait entièrement à Eve.

Elle était assise à côté de lui sur un canapé rouge rubis, dans l'espace VIP du nouveau night-club dans lequel son frère avait investi. Gavin avait invité Kenan pour l'ouverture de l'établissement.

Eve était sa cavalière. Et s'il l'avait conduite ici, c'était pour respecter sa part du contrat.

Hélas.

Il aurait peut-être besoin d'un peu plus d'alcool s'il voulait aller au bout de cette soirée.

Il saisit la bouteille de vodka et se servit une généreuse quantité, sans y ajouter de jus de canneberges. Il but le

66

verre d'un trait, savourant la brûlure dans sa gorge. S'il se concentrait sur cette sensation, il pourrait oublier un instant la femme pour laquelle il se consumait de désir.

Il détourna les yeux pour échapper à son pouvoir d'attraction.

Mais c'était peine perdue. Son image était gravée dans son esprit – un corps voluptueux mis en valeur par un pantalon de cuir noir moulant, un chemisier de soie blanc à col lavallière et des bottines à talons aiguilles très sexy.

Elle était le sexe et l'innocence incarnés. Le péché et la douceur. Elle était une tentation pure.

Gavin ne pourrait pas lui résister.

Et Kenan ne pouvait s'en prendre qu'à lui-même.

Il se servit un second verre, de tequila cette fois.

— Hé, doucement ! La soirée ne fait que commencer, Kenan. Tout va bien ?

— Très bien.

Il servit un verre de vodka-jus de canneberges qu'il lui donna.

— Tiens, rattrape ton retard.

Il attendit qu'elle boive une gorgée puis la prit par la main.

— Viens, allons faire ce pour quoi nous sommes là.

Plus tôt il commencerait à lui apprendre comment harponner son frère, plus vite il pourrait se noyer dans l'alcool. Il fallait qu'il chasse les images de Eve et de Gavin enlacés, en train de s'embrasser et de se caresser. De plus, s'il était ivre, il oublierait de reprocher à son frère de prendre ce que lui-même convoitait.

— Je n'en reviens pas que ton frère ait investi dans cet établissement !

Elle s'accrocha à lui, descendant les marches de l'espace

67

VIP isolé par des murs de verre pour se diriger vers le bar et la piste de danse.

— C'est splendide, commenta-t-elle.

Kenan serra les dents devant l'émerveillement et l'admiration dans sa voix. Toute sa vie, il avait vu ses parents vénérer Gavin. Et voir Eve en faire autant…

Il lui fallait plus d'alcool.

Aussi vite que possible.

Pour faire passer le goût amer de la jalousie dans sa bouche.

Dès que le videur ouvrit la porte de l'espace VIP, la musique des basses jusqu'ici étouffée par les parois de verre les bombarda. Des centaines de gens étaient massés dans l'immense night-club, qui lui rappelait certains lieux de Las Vegas. Un escalier à double volée digne d'un palais anglais menait au second niveau, où un DJ était aux platines et où des gens dansaient sur les paliers et les passerelles. Au premier niveau se trouvaient trois bars, deux immenses pistes de danse et plusieurs espaces équipés de tables, de chaises et de banquettes. Un système d'éclairage projetait des rayons or, verts et blancs, et sur deux écrans géants des clips vidéo étaient diffusés.

À en juger par la fréquentation de ce soir, Gavin avait fait un bon investissement. Kenan était heureux pour lui.

En parlant de Gavin…

Son frère était à l'extrémité du bar principal, entouré d'hommes et de femmes qui se disputaient son attention. Au lieu de le rejoindre, Kenan conduisit Eve à l'autre bout du bar.

— On ne devrait pas aller saluer Gavin ? demanda-t-elle.

Elle se mit sur la pointe des pieds, ses lèvres effleurant son oreille. Même dans ses talons vertigineux, elle faisait une tête de moins que lui.

— Il ne sait sans doute pas que nous sommes ici, ajouta-t-elle.

— Il le sait. C'est grâce à lui que nous avons pu accéder à l'espace VIP.

Kenan glissa un bras autour de sa taille, posant la main sur la courbe pleine et sensuelle de sa hanche. Elle laissa échapper un souffle quand sa poitrine effleura ses pectoraux et qu'il l'attira vers lui pour se caler entre ses jambes. Une fragrance aux notes de cèdre et de roses l'accueillit. Il aimerait tant enfouir le visage au creux de son cou pour respirer son parfum délicieux…

— Kenan, murmura-t-elle.

— Chut. Leçon numéro un, Eve.

Il lui saisit le menton et lui mit la tête en arrière. Bon sang, il avait très envie de lécher ses lèvres, de la goûter de la seule manière possible pour lui.

— Tu ne cours pas après les hommes. Tu les laisses faire le travail.

Elle émit un son incrédule, mais il perçut le léger tremblement dans sa voix. L'incertitude.

— N'est-ce pas pour ça que je suis là ? Pour courir après Gavin ?

— Non. Je vais t'apprendre comment susciter le désir chez celui que tu convoites. Maintenant…

Il pencha la tête, laissant planer ses lèvres juste au-dessus de sa joue. Il plongea la main dans ses cheveux et serra ses boucles.

— Gavin est habitué à ce que les gens – les femmes – le poursuivent, le courtisent, se jettent à ses pieds. Et, bien que cela ne lui déplaise pas, il ne connaît pas l'ivresse de la chasse. Tous les hommes recherchent ce frisson, cette excitation. Ce défi. Le plaisir d'attraper sa proie.

— Kenan, tu parles de lui comme si c'était un animal, dit-elle avec un petit rire aérien.

Il serra sa hanche, puis s'intima de la relâcher. Ce n'était pas lui qui excitait Eve. C'était l'idée d'être capturée par Gavin. *Garde les pieds sur terre, bon sang.*

— C'est ce que nous sommes, trésor. Au fond de nous, nous sommes des bêtes et nous nous persuadons que nous sommes des prédateurs. En vérité – c'est notre secret – nous sommes vos proies depuis le début, et nous adorons quand vous nous chassez.

Elle battit des cils, et ses doigts fléchirent sur ses bras.

Soudain, il sut avec certitude comment elle s'accrocherait à lui s'ils faisaient l'amour. Il sut l'exacte pression que ses ongles exerceraient sur sa peau, ses muscles. Le désir le martela, et il se réjouit d'être un punching-ball.

— Kenan.

La voix grave et familière le ramena brutalement à la réalité. Tenant toujours Eve par la taille, il afficha un sourire forcé et se tourna vers son frère.

— Bonsoir, dit Gavin. Merci d'être venu ce soir.

Il porta un regard curieux et admiratif sur Eve. Il détailla son visage, s'attarda sur sa bouche pulpeuse avant de dériver vers son corps tout aussi pulpeux. La colère, la douleur, la jalousie – toutes ces émotions submergèrent Kenan et le firent trembler intérieurement.

Pourtant, il feignit l'insouciance.

— Pas de quoi. Je ne voulais pas rater ça, dit-il avec un grand sourire. Comme tu as précisé que je pouvais venir accompagné, j'ai convaincu Eve d'être ma cavalière.

— Et je m'en réjouis.

Gavin reporta son attention sur Eve, et, au lieu de son habituel sourire poli et distant, il lui offrit un sourire appréciateur et chaleureux.

— Eve, content de te revoir. Tu es… renversante.

— Merci, Gavin, murmura-t-elle.

Même sous le faible éclairage du club, Kenan remarqua qu'elle avait rougi. Ou peut-être la connaissait-il si bien qu'il l'avait imaginée rougir.

— Félicitations, au fait. Je disais justement à Kenan que je trouvais ce club fantastique.

— Merci, ça me fait plaisir. Il a fallu beaucoup de travail pour le rénover. J'allais me rendre dans l'espace VIP avec mes associés et quelques invités. Je serais ravi si vous vous joigniez à nous, tous les deux.

Eve sourit.

— J'en serais…

— Peut-être un peu plus tard, l'interrompit Kenan en la prenant par la main. Eve m'a promis une danse. On se retrouve tout à l'heure, Gavin.

Sur quoi, il emmena Eve vers la piste de danse bondée. Au lieu d'aller vers le centre, il s'arrêta au bord et attira Eve contre lui. Saisissant ses poignets, il les noua autour de son propre cou puis, passant les mains sur ses épaules, il les fit dériver jusqu'au creux de ses hanches. Ses seins étaient appuyés contre son torse, et tandis qu'il glissait une jambe entre ses cuisses rondes et fermes, un désir brut s'empara de lui.

— Qu'est-ce que tu fais ? demanda-t-elle en se raidissant.

Elle plaqua les mains sur ses pectoraux et le fusilla du regard.

— Je ne suis peut-être pas experte en flirt, mais je sais reconnaître un homme intéressé. Et Gavin était *intéressé*. Il nous a demandé de le rejoindre, pour l'amour du ciel ! Pourquoi lui as-tu dit non ?

— Ne me repousse pas. Remets tes bras autour de moi.

71

Elle obéit aussitôt, ce qui provoqua une réaction primaire en lui.

Il se pencha vers elle, semblant sur le point de prendre possession de sa bouche, un prélude à une autre sorte de conquête.

— Leçon numéro deux. Si le chien est le meilleur ami de l'homme, ce n'est pas pour rien. C'est parce que nous avons beaucoup en commun. Par exemple, un chien peut ignorer ou se désintéresser d'un os. Mais dès qu'un autre chien approche pour le renifler, soudain cet os est la chose la plus désirable et la plus délicieuse qu'il ait jamais possédée, et il le veut avec une détermination effrayante.

— J'hésite entre lever les yeux au ciel et me lancer dans une diatribe bien sentie pour t'expliquer qu'il est indigne de comparer les femmes à des os.

Ses ongles lui éraflèrent le cou, provoquant une légère douleur. Et une vague de plaisir.

Il secoua la tête et sourit.

— Trésor, je t'en prie. Ne fais pas comme si tu n'avais jamais entendu ce genre de choses. Je n'ai fait que dire la vérité en ce qui concerne Gavin. Il t'a invitée à le rejoindre dans l'espace VIP, et si je n'étais pas intervenu, tu l'aurais suivi si vite qu'il y aurait des traces de semelles sur cet escalier maintenant.

Elle voulut protester, mais quand il haussa un sourcil elle se ravisa et garda le silence.

— Fais ce que je te dis, Eve. Danse avec moi. Flirte avec moi. Fais comme si tu avais oublié que Gavin existait. Et fais en sorte qu'il te coure après. Qu'il te *conquière,* Eve.

Elle l'observa, l'air interloqué. Il soutint son regard, en essayant d'oublier que son cœur battait la chamade parce qu'il en avait trop dit. Il avait mis trop de passion dans ses paroles, bien trop pour un homme qui n'était qu'un ami.

Après de longues secondes, elle lui tourna le dos, leva les bras et ondula contre lui. Aussitôt, il s'embrasa. Il dansa avec elle, s'abandonnant au rythme intense de la musique, qui semblait synchronisé avec la cadence effrénée de ses battements de cœur.

Enfouissant le visage dans ses boucles, il cessa d'être Kenan, et elle cessa d'être Eve. Ils devinrent deux étrangers qui flirtaient avec leurs corps, qui s'adonnaient à des préliminaires.

À chaque balancement de hanches, elle effleurait son entrejambe avec son postérieur. Il devrait reculer, mettre un peu d'espace entre eux. Il le devrait vraiment. Mais il n'en fit rien. Il serra la mâchoire pour retenir un grondement d'excitation et dansa avec elle. La laissa ressentir l'effet qu'elle avait sur lui. Il trouverait une explication plus tard. Non pas qu'elle semble désapprouver. Peut-être était-elle aussi immergée dans cette comédie que lui ? Elle ne se retourna pas pour le fusiller du regard ou le tancer avec sa langue acérée. Au contraire, elle se frotta contre lui, encore et encore…

Une brume épaisse et érotique envahit son esprit, son corps. C'était le moment de se laisser aller.

Ce qu'il fit. Il pouvait s'abandonner aux sensations. Il se devait bien ça.

Elle se retourna, noua les mains autour de son cou et se colla à lui. Malgré le faible éclairage, il aperçut dans son regard assombri… une lueur de désir. Du désir pour lui ? Oui, se persuada-t-il. *Pour lui.* Un désir réciproque afflua en lui, bloquant sa capacité à penser, à analyser ses actes, à envisager les conséquences.

Plongeant la main dans ses cheveux, il lui mit la tête en arrière.

Son cœur cogna contre ses côtes. Pour s'échapper de sa

poitrine ? Pour l'empêcher de commettre l'erreur colossale qu'il était sur le point de faire ?

Peu lui importait. C'était son désir qui était aux commandes à cet instant.

Il approcha son visage du sien, assez près pour sentir le goût du péché sur ses lèvres entrouvertes. Une saveur de regrets et d'avidité mêlés.

Au diable ses scrupules !

Il pressa les lèvres sur les siennes.

Eve se raidit, et il la sentit trembler contre lui. Le bras autour de sa taille, il l'amena tout contre lui. Une alerte retentit dans le brouillard épais de son esprit, et il recula. Il n'était pas enivré au point de prendre de force ce qui n'était pas offert de plein gré. Mais ensuite, Eve s'alanguit, se lova contre lui, ouvrant davantage les lèvres pour qu'il puisse mieux l'embrasser.

Il gémit, ferma les yeux. Et céda.

Le désir impérieux, si longtemps réprimé, ne lui permettait pas d'être doux ou tendre, d'explorer avec nonchalance ce territoire à la fois tendrement familier et effrayant.

Toutes ces années de retenue le privaient de sa maîtrise de lui-même. Mû par son envie, et conscient que ce serait l'unique fois où il pourrait goûter sa saveur, il alla plus loin. Mêlant sa langue à la sienne, il l'aspira, la lécha, exigeant qu'elle lui rende son baiser. Qu'elle le dévore aussi ardemment, aussi éperdument qu'il se repaissait d'elle.

Et elle obéit.

Oh ! oui, elle obéit.

Ses ongles s'enfoncèrent dans son cou tandis qu'elle penchait la tête et rendait coup de langue pour coup de langue. Elle en réclamait davantage. Elle n'avait pas besoin de le pousser pour obtenir ce qu'il voulait lui donner, ce qu'il devait lui donner. Il explora sa bouche avec plus de force. Et quand elle mêla sa langue à la sienne, il ne put s'empêcher d'appuyer son sexe en érection contre son ventre. Au prix d'un effort, il étouffa le besoin criant de la porter dans ses bras, d'enrouler ses jambes autour de lui et de se caler dans cet endroit doux et torride entre ses cuisses. Elle émit un gémissement qui vibra en lui, dans son torse, son ventre, son pénis.

Ce fut ce son sensuel qui le ramena à la réalité.

Mais qu'est-ce que je suis en train de faire ?

La question ricocha dans sa tête. Brusquement, il interrompit le baiser. Il se lécha les lèvres, savourant cette dernière goutte d'elle. Car il faudrait qu'il s'en contente.

— Kenan, murmura Eve, appuyant les paumes contre ses pectoraux.

Elle le regarda, les yeux grands ouverts mais encore un peu brumeux, les lèvres enflées et humides de leur baiser.

Lentement, il la relâcha et recula pour remettre une distance très nécessaire entre eux. Comme si cela allait les aider ! Cela faisait quinze ans qu'il gardait ses distances, et pour quel résultat ?

— Gavin est encore au bar en train de nous regarder ? demanda-t-il, portant sa main à un souffle de ses lèvres. Est-il encore captivé par notre petit numéro ?

Les nuages dans le regard de Eve se dissipèrent. Elle l'observa longuement, puis jeta un coup d'œil vers le bar.

— Oui, il est encore là.

Elle reporta son attention sur lui, se mordillant la lèvre.

— Alors, ce baiser… C'était pour Gavin ?

Je me moque de Gavin. J'avais envie de goûter tes lèvres depuis plus de dix ans. Et maintenant que je connais ta saveur addictive et délicieuse, je suis peut-être encore plus fichu qu'avant.

Les mots dans sa tête étaient si sonores qu'il marqua

un temps avant de répondre, craignant d'avoir fait sa confession à voix haute. Eve continuait de le dévisager, l'air horrifié. Soulagé, il se ressaisit.

Oui, il était capable de faire semblant. À force de cacher ses sentiments pour Eve, il était devenu un excellent acteur.

— Bien sûr, mentit-il, l'attirant contre lui. Rappelle-toi ce que je t'ai dit. Gavin veut ce qu'un autre homme désire. Si ce baiser ne le fait pas réagir, alors rien ne le fera. Mais le fait qu'il soit encore là et non dans l'espace VIP signifie que tu l'intéresses.

— Mais, Kenan…

Elle posa un doigt sur ses lèvres encore humides, si tentantes.

Il recula encore, sans lâcher sa main.

— Ce n'est qu'un baiser, Eve. Un moyen de parvenir à nos fins. Tu veux Gavin, et je veux que tu participes à mon projet pour Bromberg. Je ne fais que respecter ma part du contrat.

Il essayait avec un peu trop de force de faire passer ce baiser torride pour quelque chose d'inconséquent. Mais ces précautions étaient nécessaires. Pour être certain que Eve ne découvre pas son secret, et pour se rappeler qu'elle n'était pas à lui. Elle était dans ce club pour Gavin, le seul homme qu'elle désirait réellement.

Et il ferait mieux d'éviter toute pensée du style « Et si ? » Il avait toujours été à la seconde place, que ce soit avec ses parents, dans sa carrière, ou dans le cœur de Eve.

Au moins, Eve et lui étaient amis.

Il était hors de question qu'il gâche leur relation.

— Allons voir si ça a fonctionné. Prête ?

Elle l'étudia de près. Cela le perturba. L'inquiéta, même.

Enfin, elle détourna les yeux, à son grand soulagement.

— Je vais d'abord aller me rafraîchir aux toilettes. Je ne serai pas longue.

— Je t'accompagne.

— Non, ça ira. J'ai juste besoin de quelques minutes.

Lorsqu'elle s'éloigna, il la suivit du regard. Puis il retourna vers le bar. Gavin y était encore.

— Kenan, tout va bien ? demanda son frère.

Fichtre, non. Rien n'allait.

Mais Kenan se força à sourire.

— Oui, tout va bien.

— Tant mieux, je voulais juste m'en assurer.

— Eve ne va pas tarder à me rejoindre.

Gavin s'appuya contre le bar.

— Je sais que ne sont pas mes affaires, mais je croyais que Eve et toi étiez juste amis ?

— C'est le cas.

Kenan commanda un whisky. Ce ne fut que lorsqu'il eut senti le liquide lui brûler la gorge qu'il ajouta :

— Si tu fais référence à ce que tu as vu sur la piste, ce n'était rien de sérieux. Eve et moi sommes juste amis, conclut-il.

— Tu en es sûr ? Ça avait l'air…

— J'en suis certain.

Il but une autre gorgée d'alcool, serrant son verre si fort qu'il crut qu'il allait se briser.

— Pourquoi cette question ? demanda-t-il, bien qu'il sache parfaitement pourquoi son frère l'interrogeait.

Gavin l'observa un instant. Puis il secoua la tête, un petit sourire aux lèvres.

— Je veux juste être certain que je ne marche sur les plates-bandes de personne. Elle… elle est superbe. Comment se fait-il que je ne m'en sois pas rendu compte avant ?

Kenan vida son whisky.

— Elle a toujours été superbe, dit-il calmement. Et, non, tu ne marches sur les plates-bandes de personne. Eve est célibataire.

— Tu es sûr que ça ne te dérange pas ?

Une amertume teintée de chagrin le tenailla.

— C'est la décision de Eve, pas la mienne. Mais, non, ça ne me dérange pas.

Gavin sourit de plus belle et lui donna une tape sur l'épaule.

— Génial. Merci, Kenan.

— Pas de problème.

En effet. Il n'y avait aucun problème.

Eve allait enfin séduire l'homme qu'elle désirait depuis des années.

Et, grâce au succès de son projet, Kenan aurait la reconnaissance qu'il recherchait. Il pourrait enfin prouver qu'il était plus que « l'autre fils Rhodes » ou le bâtard de Farrell.

C'était tout ce dont il avait besoin.

- 7 -

Préparer les cours. Fait.

Enregistrer les notes. Fait.

Ouvrir Netflix et sélectionner *La Chronique des Bridgerton* afin d'en visionner les épisodes… pour la sixième fois. Fait.

Eve sourit quand on sonna à sa porte. Elle se leva du canapé et prit quelques billets sur la table basse.

Commander une grande pizza trois viandes avec suppléments fromage et oignons. Fait.

Ces trois dernières semaines, elle avait beaucoup travaillé – au collège et pour Intimate Curves – et avait assisté à de nombreux événements. Il y en avait eu tellement… Kenan prenait sa promesse au sérieux. Il l'avait emmenée à des vernissages, des galas de bienfaisance, des soirées habillées, afin qu'elle puisse y voir Gavin. Elle soupçonnait presque Kenan d'essayer fébrilement de la jeter dans les bras de son frère… On aurait dit qu'il essayait de se débarrasser d'elle.

C'était ridicule ; Kenan et elle étaient amis depuis plus de deux décennies. Pourtant, cela n'empêchait pas cette pensée douloureuse de la tarauder.

En temps normal, elle l'aurait simplement interrogé pour être fixée. Elle aurait exigé de savoir ce qui se passait. Mais c'était *avant*…

Avant cette soirée au club.

Avant cette danse.

Avant ce baiser.

Non. Elle n'allait pas y repenser. Pour une fois qu'elle n'avait rien de prévu un vendredi soir, elle comptait bien rester à la maison, se détendre et ne pas passer une autre seconde à s'attarder sur ce baiser…

Un frisson la parcourut. Elle ne pouvait pas faire comme si elle n'avait pas glissé la langue dans la bouche de son meilleur ami. Ni prétendre qu'elle n'avait pas aimé ça.

Mince.

En grimaçant, elle se précipita vers la porte. Elle l'ouvrit à la volée, prête à échanger le pourboire du livreur contre la pizza qu'elle avait payée en ligne.

— Bonsoir… Kenan ?

Elle dévisagea son meilleur ami, la main sur la poignée. Des picotements qu'elle décida d'attribuer à la surprise la parcoururent.

— Qu'est-ce que tu fais ici ?

— J'ai une meilleure question. Pourquoi n'as-tu pas demandé qui était là avant d'ouvrir ?

— Écoute, *papa,* ce ne sont pas tes affaires, mais sache que j'attendais le livreur de pizzas.

— « Papa », fit-il, esquissant un sourire. Malin.

Elle réprima un rire et croisa les bras.

— Qu'est-ce que tu fais là ? Je croyais que nous n'avions rien de prévu ce soir ?

Elle le transperça du regard.

— Et si tu me réponds que nous avons une soirée, je ne donne pas cher de ta peau.

Il ricana. Saisissant ses hanches entre ses mains puissantes et élégantes, il l'écarta de son chemin pour pouvoir entrer dans l'appartement. Pendant qu'il fermait la porte, elle s'assura que sa peau ne picotait pas après ce contact physique tendre et néanmoins ferme.

Ce soir-là dans le club, il l'avait saisie de la même manière – douce et dominatrice à la fois. Des courants d'excitation l'avaient traversée. Elle s'était laissé porter, ce qui ne lui était pas arrivé depuis longtemps, consciente que Kenan la protégerait. Même si c'était lui qui lui faisait courir un danger.

Même si elle avait senti son érection contre elle.

Et voilà, les picotements d'excitation étaient revenus.

Mais que lui arrivait-il ?

Kenan était son ami. Son *meilleur* ami. Et en dehors de sa brève phase à l'adolescence, elle n'associait pas dans la même phrase Kenan, picotements, excitation et érection.

Non ?

Non, évidemment.

Elle alla chercher dans la cuisine la bouteille de vin qu'elle avait achetée tout à l'heure pour accompagner sa pizza.

— Au risque de me répéter, qu'est-ce que tu fais ici ?

— Où veux-tu que j'aille ?

Il la suivit et s'appuya contre le bar qui séparait la cuisine du salon spacieux.

— Voyons voir…, fit-elle, tapotant son index contre sa lèvre inférieure. Nous sommes vendredi soir. Tu es célibataire. Et tu n'as pas à m'accompagner quelque part. Ça veut donc dire que tu es libre.

Elle ouvrit le réfrigérateur et sortit la bouteille de vin.

— Donc, si tu n'es pas obligé de traîner avec moi, pourquoi es-tu chez moi ?

— D'abord, je veux mettre une chose au clair. Je n'ai jamais été obligé de « traîner » avec toi. Ça va peut-être t'étonner, vu que tu es souvent acariâtre, mais j'apprécie ta compagnie.

— Tu ne sais même pas comment on écrit « acariâtre », marmonna-t-elle. Tu n'as pas une fête à laquelle participer ? Des partenaires d'affaires à convaincre ? De belles jeunes femmes à divertir ?

Il l'étudia de longues secondes, le regard perçant.

— Si je ne te connaissais pas, je pourrais penser que tu essaies de te débarrasser de moi, Eve.

Elle se sentit un peu coupable. Comment expliquer que, pour la première fois depuis le début de leur longue amitié, elle avait besoin de s'éloigner de lui ? De sa vitalité débordante ? De sa sensualité presque viscérale ?

C'était surprenant. Déconcertant.

Troublant.

Elle avait souhaité prendre du temps pour retrouver son équilibre, et trouver un moyen de revenir à leur familiarité détendue. Une familiarité exempte de cette gêne nouvelle.

De la gêne ? Pourquoi tu n'appelles pas un chat un chat ?

Non, hors de question.

Voilà qu'elle se disputait encore avec elle-même ! Elle aurait dû acheter une seconde bouteille de vin.

— C'est ridicule, répondit-elle, chassant sa remarque très pertinente du revers de la main.

Elle déboucha la bouteille et remplit deux verres. Elle concentra toute son attention sur le merlot comme si elle pouvait lire l'avenir dans le liquide rouge bordeaux.

— Je me disais juste que tu voudrais passer une soirée sans moi.

— Eve. Regarde-moi.

Elle posa lentement la bouteille et leva les yeux vers lui.

— Tu as des regrets ? demanda-t-il.

Elle se figea. Des regrets ? En éprouvait-elle ?

Leur plan semblait fonctionner. Gavin flirtait avec elle, et ne cachait pas son attirance. Elle mentirait si elle prétendait que cela ne la flattait pas. Après avoir voulu attirer son attention durant toutes ces années, elle devrait être ravie. Gavin était beau, intelligent, charmant…

Et pourtant…

Elle posa le regard sur la bouche de Kenan. Pourtant, elle ne pouvait oublier ce maudit baiser. Cette étreinte moite, fougueuse, brute, qui la hantait pendant la journée et la poursuivait dans ses rêves. Elle avait été, et était encore, choquée de la vitesse avec laquelle elle s'était abandonnée à ce contre-courant de désir, oubliant le night-club, les gens autour d'eux, et la raison. Ce baiser avait relégué aux oubliettes les baisers qui l'avaient précédé et même ceux qui le suivraient. L'excitation monta en elle comme du beurre fondu – chaud, doux, totalement délicieux… et si mauvais pour elle.

Mais, alors que son monde avait tremblé, apparemment, le séisme dans le monde de Kenan n'avait pas atteint 0,5 sur l'échelle de Richter. Cela ne devrait pas la perturber. Kenan était l'un des célibataires les plus convoités de Boston, un play-boy charmant mais insaisissable. Il n'était pas novice dans l'art d'embrasser des femmes. Toutefois, si elle pouvait effacer de son esprit la façon dont elle s'était accrochée à lui et dont elle avait gémi contre sa bouche alors que Kenan semblait imperturbable, peut-être que le sentiment d'humiliation disparaîtrait.

Cesse d'être stupide. Elle secoua la tête et but une longue gorgée de vin. Évidemment que Kenan n'avait pas été troublé ! Il n'avait jamais montré aucun signe de désir pour elle, même quand il était un adolescent débordant d'hormones. Elle n'avait jamais été qu'une amie pour lui.

Ce qui lui convenait, puisque c'était Gavin qu'elle voulait, pas Kenan.

En es-tu cert...

Oh ! la ferme !

Du vin. Il lui fallait plus de vin.

— Non, je n'ai pas de regrets, assura-t-elle, répondant enfin à sa question. Pourquoi me demandes-tu ça ?

Son beau regard gris-bleu se promena sur elle. S'armant de courage, elle soutint son regard.

— Eve, je ne...

À cet instant, on sonna à la porte, au grand soulagement de Eve.

— La pizza est arrivée. Tu restes ?

— Tu m'as déjà vu refuser une pizza gratuite ?

Avant qu'elle puisse aller ouvrir, il leva la main.

— Je m'occupe du livreur. Tu te charges des assiettes et tu me sers un verre de vin tant qu'il en reste ? Tu regardes cette bouteille tel un lion sur le point de fondre sur une gazelle.

Mufle.

Il n'avait pas tort, ceci dit.

Quelques instants plus tard, il revint avec une grande boîte à pizza, et les parfums alléchants d'origan, de fromage et de pâte flottèrent dans l'air.

Elle apporta les assiettes ainsi que des serviettes sur la table basse.

— Pose la pizza, je vais chercher le vin.

Durant les quarante minutes suivantes, ils dégustèrent la pizza, burent du vin et regardèrent le premier épisode de *La Chronique des Bridgerton*. La décontraction confortable qu'ils avaient toujours connue était de retour. Et quand Simon et Daphne commencèrent leur fausse relation amoureuse, Eve songea qu'elle était heureuse que Kenan soit venu. Les soirées comme celle-ci lui avaient manqué.

— Si Daphne n'avait pas pris le duc au mot, je l'aurais fait, commenta Kenan. Simon est un type bien.

Elle gloussa puis rapporta les restes du dîner dans la cuisine. Quand elle revint dans le salon, Kenan tenait son bloc à dessin entre les mains. Elle eut l'envie instinctive de le lui arracher et de cacher ses œuvres. Mais elle serra le poing, s'avisant qu'il s'agissait de Kenan. Ce n'était pas un étranger. Ou sa mère.

Yolanda n'avait jamais compris le besoin de Eve de créer, de se perdre dans les pages de ses nombreux blocs. Elle avait toujours considéré la mode comme frivole. Par conséquent, Eve avait appris très tôt à être secrète pour se protéger, et cette habitude avait la vie dure.

— Tu dessines toujours sur papier d'abord ? interrogea Kenan en observant l'une de ses créations.

— Ça fait peut-être vieux jeu, mais j'aime coucher sur le papier la vision dans ma tête.

Enfin, il la regarda. L'admiration qui éclairait son regard lui coupa le souffle.

— Tu es tellement douée, Eve.

Une vague de plaisir l'envahit. Kenan n'avait jamais été avare de compliments, toutefois il était l'une des rares personnes à lui en faire. Elle n'avait jamais douté de la fierté ou de l'amour de sa mère, mais Yolanda n'était pas démonstrative. Elle montrait son affection à travers ses actes : elle avait subvenu aux besoins de Eve, l'avait poussée à faire des études. Pour les louanges, Eve pouvait compter sur Kenan.

— Merci, murmura-t-elle.

Elle alla prendre sa tablette sur le canapé.

— Je n'ai pas encore fini, mais tu aimerais voir les dessins que j'ai prévus pour ton projet ?

— Bien sûr ! s'exclama-t-il, enthousiaste.

Elle s'assit sur le canapé et Kenan prit place à côté d'elle. Son parfum frais et boisé la taquina. La chaleur de sa cuisse contre la sienne menaça de la déconcentrer. Prenant une grande inspiration pour se ressaisir, elle afficha sur sa tablette les modèles de lingerie sur lesquels elle travaillait.

— Voilà, dit-elle.

Elle lui tendit l'appareil, le ventre noué.

C'était la première fois qu'elle dessinait des pièces non destinées à son site de vente en ligne. Elle savait que Kenan faisait reposer le succès de son projet sur ses créations. Et elle ferait de son mieux pour l'aider à réussir.

Pendant les quelques minutes qui suivirent, il étudia les croquis, faisant défiler les images sur l'écran. Objectivement, elle pouvait dire que ces dessins comptaient parmi ses meilleurs travaux. Mais le soutien-gorge corbeille jaune pâle en forme de papillon, dont les bonnets de dentelle étaient les ailes, et le boxer assorti répondraient-ils à ses attentes ? Et le soutien-gorge bustier lilas en tulle et dentelle orné d'un petit ruban ainsi que sa culotte échancrée ? Elle aimait ces deux ensembles, mais cela ne signifiait pas que Kenan comprendrait sa vision…

— Quand j'ai pensé à ce projet pour la première fois et que je t'ai demandé ton aide, j'étais certain que tu réussirais.

Il leva la tête, le regard brillant.

— Mais, bon sang, Eve ! Tu as largement dépassé mes attentes et mes espoirs. Juste au moment où je me disais que tu ne pourrais pas me surprendre…

Il secoua la tête puis reporta son attention sur la tablette.

— Ces dessins sont tout simplement fantastiques. Merci, conclut-il.

Le soulagement et le plaisir pétillèrent en elle comme le plus cher des champagnes.

— Tu n'as pas à me remercier. Grâce à ce contrat, je gagne en visibilité.

— Non, c'est à moi de te remercier, insista-t-il, posant la tablette sur la table basse.

Il effleura du bout des doigts le dessin d'un soutien-gorge. Quand il replongea les yeux dans les siens, elle serra les poings, pour s'empêcher de se jeter sur lui, de l'allonger sur le canapé et de l'étreindre jusqu'à ce que son air sombre, presque hagard, disparaisse.

— Kenan…

— Tu me donnes de l'espoir, tu sais ?

Il tendit la main vers sa joue, mais au dernier moment il baissa la main et la glissa dans la poche de son pantalon.

— Beaucoup de gens pensent que tu profites de notre amitié à cause de mon nom de famille, et du fait que ta mère travaille pour mon père. Mais ce n'est pas la vérité, n'est-ce pas ?

Elle ne savait que répondre à cela ; elle était l'une de ces nombreuses personnes. Depuis le jour de leur rencontre, il était devenu non seulement son ami mais aussi son protecteur, son consolateur, son confident. Parfois, son sauveur. Donc, non, elle n'était pas d'accord avec lui.

— Quand toutes les autres personnes dans ma vie doutaient de moi, quand elles pensaient que je n'étais pas assez fort, pas assez intelligent ou pas assez « Rhodes », tu me soutenais. Tu m'as toujours accepté tel que j'étais, et auprès de toi, j'ai trouvé ma place. Tu m'as fait ce cadeau.

Le chagrin, la peine et l'amour qu'elle portait à Kenan formèrent un tourbillon en elle. Au cours de ces deux dernières décennies, elle avait vu comment la famille de Kenan fonctionnait. Et elle avait été révoltée. Certes, Nathan Rhodes était un mari loyal et un père dévoué. Et il n'avait jamais dit clairement qu'il préférait Gavin... Mais ses actes parlaient pour lui. Nathan félicitait Gavin pour ses notes, mais il critiquait le B de Kenan au milieu de tous les A... Il assistait à tous les matchs de football et de basket-ball de Gavin mais était rarement présent pour ceux de Kenan... Il emmenait ses deux fils au bureau mais il n'apprenait le fonctionnement interne de l'entreprise qu'à son fils aîné...

Nathan avait affirmé qu'il souhaitait que ses deux fils travaillent avec lui, mais en confiant à Gavin l'autorité, les titres et les responsabilités de P-DG, il avait clairement montré que son aîné recevait la part du lion en matière de respect, voire d'amour.

Eve en voulait à Nathan de constamment repousser Kenan. De plus, elle ne comprenait pas comment Dana pouvait rester passive et permettre que Nathan traite ainsi l'enfant qu'elle avait adopté et élevé avec la promesse de l'aimer autant que son fils naturel.

Elle ferma les yeux une seconde et tâcha de contenir sa colère. Kenan n'avait pas besoin de cela en ce moment.

— Tu m'as fait le même cadeau. Et tu m'as donné bien plus, Kenan. Tu me donnes bien plus.

Une émotion sombre passa dans son regard, mais elle n'eut pas le temps de la déchiffrer car il reporta son attention sur la tablette.

— Je me sens utile chez Farrell International comme je ne l'ai jamais été chez Rhodes Realty. Je me sens... bienvenu.

Il se leva, prit son verre et but une grande gorgée de vin. Tandis qu'il étudiait les profondeurs rouge rubis de son breuvage, Eve garda le silence. Elle avait très envie de le toucher, de le réconforter.

— Cain m'a accueilli, et il m'a confié la direction du marketing et des relations publiques du groupe. Mais le changement d'image de Bromberg… C'est énorme. C'est l'occasion de prouver à tout le monde que je mérite d'être chez Farrell. Et pas seulement parce que Barron a inséminé une femme et m'a transmis son ADN. Cela montrera que j'ai mérité ma place. J'étais terrorisé quand j'ai demandé cette opportunité à Cain. Mais dès que tu as accepté de m'aider, une partie de ma peur a disparu. Car tant que tu me soutiens, je suis fort. Je suis presque indestructible.

Émue, elle avança vers lui sans s'en rendre compte. En quelques pas, elle se retrouva devant lui… et le prit dans ses bras. Elle se colla à lui, serrant son grand corps puissant contre le sien, pour lui dire autrement que par des mots qu'il avait tout son soutien.

— Tu n'as pas à prouver que tu as ta place chez Farrell. Ou à montrer à quiconque que tu mérites ta place. D'ailleurs, il n'est pas question de mérite. Tu es autant le fils de Barron que Cain. Être chez Farrell est ton droit, et tu leur apportes ton génie, ta conscience professionnelle, ta perspicacité et tes talents uniques. Ils devraient être heureux de t'avoir à leurs côtés. J'ai passé peu de temps en compagnie de Cain et d'Achille, mais, manifestement, ils sont ravis. Ceux qui ne voient pas ce que tu apportes ou refusent de le reconnaître peuvent aller au diable.

En guise de réponse, il l'étreignit. Mais ce n'était pas suffisant. Elle avait besoin qu'il confirme qu'il l'avait entendue. Qu'il la *croyait*.

Elle s'apprêta à le lui dire, mais lorsqu'elle croisa son regard, ses mots moururent sur ses lèvres. Les yeux bleu-gris de Kenan semblaient éclairés par une flamme. L'idée de se laisser consumer lui traversa l'esprit.

Il caressa sa tempe, sa joue. Elle sentit son pouls battre à un rythme frénétique et primaire, dans sa tête, sa gorge, entre ses jambes. L'excitation se propagea directement dans ses veines. L'excitation et… le désir. Un *désir* pur.

Éloigne-toi.

Fais un pas en arrière.

Mets un terme à cette folie.

Son esprit lui lançait des conseils sages. Mais elle les ignora. Car quelque chose s'était emparé d'elle. Quelque chose de vibrant, de torride et de totalement inapproprié pour une meilleure amie.

— Kenan, murmura-t-elle.

Toujours pas de réponse. Il effleura de ses doigts le tracé de sa lèvre inférieure. Des terminaisons nerveuses dont elle ignorait l'existence s'allumèrent et dansèrent de joie. Avec un souffle tremblant, elle ferma les yeux, mit la tête en arrière…

La sonnerie soudaine et stridente de son téléphone résonna dans la pièce, la faisant tressaillir. Étrange, songea-t-elle, la mélodie ne lui avait jamais semblé discordante, jusqu'à ce moment. Jusqu'à ce qu'elle soit sur le point de supplier son meilleur ami de l'embrasser.

Elle se retourna vivement, cherchant l'appareil du regard. Ou peut-être était-ce une excuse bien pratique. Son cœur battait à se rompre mais pour une autre raison à présent. Qu'avait-elle été sur le point de faire ? À quoi avait-elle pensé ?

À rien. C'est bien là le problème.

Inutile de le nier. Oui, elle aurait embrassé Kenan. À nouveau. Et cette fois, elle n'aurait pas eu l'excuse de rendre Gavin jaloux.

Apercevant son téléphone sous un coussin du canapé, elle se précipita pour le saisir. Sans prendre la peine de vérifier qui l'appelait, elle balaya l'écran pour répondre.

— Allô ? fit-elle d'une voix essoufflée.

— Bonsoir, Eve. C'est Gavin.

Une vague glacée s'abattit sur elle. Suivie d'une vague de culpabilité. Malgré elle, son regard se porta sur Kenan.

— Bonsoir, Gavin. Comment vas-tu ?

La plupart des gens n'auraient pas remarqué le changement subtil dans l'expression de Kenan. Mais, parce que Eve le connaissait très bien, elle perçut la tension qui raidit son corps puissant. Nota le léger pincement de ses lèvres sensuelles.

— Je vais bien. Et mieux maintenant que je t'ai au bout du fil.

Ses paroles charmeuses auraient dû la flatter. Au lieu de quoi, Eve eut du mal à se concentrer sur la conversation. Toute son attention était accaparée par l'homme silencieux et maussade à quelques mètres d'elle.

— Tu es occupée ?

Elle détourna les yeux de Kenan. Impossible de continuer à le regarder tout en parlant à son frère. Pas quand elle pouvait encore sentir la promesse de son baiser sur ses lèvres.

— Non, pas vraiment. Je passe juste une soirée détente chez moi.

— Ça me paraît être une soirée parfaite. Surtout si je pouvais la passer avec toi, enchérit Gavin d'une voix plus grave, plus chaude.

Des volutes de plaisir s'élevèrent autour d'elle, et elle sentit une douce chaleur envahir son visage. Gavin flirtait avec elle, c'était indéniable. Oui, Gavin Rhodes voulait passer du temps avec elle. Une part d'elle – l'adolescente timide et amoureuse d'autrefois – était enchantée par ses mots.

— Je suis sûre que tu as des projets plus excitants un vendredi soir qu'un marathon de séries sur Netflix.

Elle sentit sa nuque picoter. Nul besoin de se retourner pour s'assurer que Kenan l'observait.

— Ça va peut-être t'étonner mais ça a l'air très tentant, répliqua Gavin avec un petit rire. Hélas, tu as raison, j'ai d'autres projets que je ne peux pas annuler. En fait, je t'appelais pour savoir si je pouvais prendre de ton temps vendredi prochain. J'ai envie de te voir dans d'autres circonstances que pendant un gala ou un vernissage. J'aimerais t'emmener dîner, Eve.

— Oh ! eh bien…

C'était ce qu'elle voulait, non ? Que Gavin s'intéresse à elle. Qu'il lui accorde son attention. Qu'il la désire. Cela faisait des années qu'elle en rêvait. Des années… Et maintenant qu'elle était sur le point de toucher son rêve du doigt, voilà qu'elle hésitait.

Inutile de se demander pourquoi. Le « pourquoi » se tenait derrière elle.

Non. Elle se pinça l'arête du nez. Kenan ne voulait pas d'elle ; hormis un unique baiser, qu'il lui avait donné dans le cadre de leur petite comédie, il n'avait jamais montré le moindre signe qu'il ressentait le même désir gênant et inexplicable qui l'avait parcourue à peine quelques minutes plus tôt. Kenan avait toujours été affectueux, et tactile. Il n'y pouvait rien si elle était débordée par ses hormones et qu'elle avait envie de se jeter à son cou.

Cette situation était malsaine. Sur bien des plans.

Kenan était son meilleur ami. Point. Il avait des amantes – nombreuses – pour assouvir ses besoins sexuels. Des femmes qui avaient la permission d'explorer son corps ferme et parfait. Elle n'était pas l'une d'entre elles. Et elle ne le serait jamais.

Ce qui lui convenait très bien, puisque c'était Gavin qu'elle désirait. Son fantasme inaccessible était soudain à sa portée. Ce n'était pas le moment de se laisser distraire et d'oublier son objectif.

Elle expira lentement et hocha la tête, comme si Gavin pouvait la voir.

— Oui, je serais ravie de dîner avec toi.

— Fantastique.

Elle devrait savourer ce moment. Mais son ventre noué l'en empêchait.

— Je t'appelle la semaine prochaine pour confirmer, dit-il.

— Ça me va.

— Eve… Je compte déjà les jours jusqu'à vendredi. Je te rappelle bientôt.

Elle murmura un au revoir et mit fin à l'appel. Un silence emplit la pièce, lourd, froid et oppressant. Elle avait réussi : elle avait enfin suscité l'intérêt de Gavin. Elle avait un rendez-vous galant avec lui.

L'exaltation, le bonheur effervescent de la victoire allaient la submerger d'une seconde à l'autre. Et chasser sa nervosité. Effacer le sentiment terrible d'avoir trahi son meilleur ami.

Jetant le téléphone sur le canapé, elle se retourna et se força à regarder Kenan. À quoi s'était-elle attendue ? À une expression de colère ? D'agacement ? Ou même de satisfaction ?

En tout cas, elle ne s'était pas attendue à cette expression vide et froide. Elle se figea, choquée et peinée. Jamais Kenan ne l'avait regardée ainsi auparavant.

Jamais il ne l'avait rejetée.

— Félicitations, murmura-t-il. C'est ce que tu voulais.

En effet, c'était ce qu'elle voulait… non ?

Elle nageait maintenant en pleine confusion. Elle devrait être aux anges. Et pourtant, tout ce qu'elle voulait, c'était… quoi ? Revenir à cette amitié détendue qu'ils partageaient depuis des années ? Remercier Kenan de l'avoir aidée à séduire l'homme de ses rêves ?

Se jeter dans ses bras ? Le supplier d'apaiser la douleur, de satisfaire ce désir lancinant… ?

— Merci pour le dîner, Eve. Je vais te laisser.

Il se dirigea vers la porte, attrapant son manteau et l'enfilant au passage.

— Kenan…

Elle ne savait que dire d'autre. Tout ce qu'elle savait, c'était qu'elle ne pouvait pas le laisser partir. Elle ne voulait pas qu'il s'en aille. Pas comme ça.

Il ne se retourna pas. La main sur la poignée de la porte, il déclara :

— Amuse-toi bien, Eve. Tu le mérites.

Elle resta là, immobile, alors qu'il sortait de son appartement. Et elle continua à fixer la porte longtemps après qu'il l'eut refermée derrière lui.

« Amuse-toi bien », avait-il dit.

Soit.

À présent, elle devait trouver un moyen d'y parvenir, alors qu'elle redoutait d'avoir perdu son meilleur ami.

94

- 8 -

— Je ne peux pas imaginer ce que c'est que de perdre un parent si jeune.

Gavin secoua la tête puis but une gorgée de whisky.

— Pauvre petite, reprit-il. C'est terrible. Enseigner n'est pas un travail facile. Non seulement vous êtes des éducateurs, mais aussi des confidents, des psychothérapeutes…

Il s'interrompit quand Eve fronça le nez.

— Pourquoi cette expression ? J'ai dit quelque chose de mal ?

Elle émit un petit rire.

— Non, pas du tout. Mais, à ta place, je n'aurais pas autant de compassion pour mon élève. Surtout si l'on considère que deux semaines après m'avoir dit qu'elle avait été absente pendant trois jours et qu'elle avait manqué son examen parce que son père était décédé, j'ai rencontré ledit père bien vivant lors d'un match de basket. Soit il est Jésus et a ressuscité, soit il n'a jamais passé l'arme à gauche.

— Tu n'es pas sérieuse. Ton élève n'a tout de même pas menti sur la mort de son père ?

Elle sourit.

— Eh bien, si ! Elle est même allée jusqu'à créer un programme funéraire, qu'elle a imprimé et qu'elle m'a apporté en guise de preuve. Elle était douée. Ou cinglée. Bien évidemment, la réunion parents-professeurs qui a eu lieu après cela a été très intéressante.

Gavin riait encore quand il s'adossa à sa chaise et passa la main sur sa mâchoire.

— Quel était son but ? demanda-t-il. L'a-t-elle au moins expliqué ?

— J'ignore comment elle a pu croire qu'elle pourrait garder un si grand secret. D'après ce que j'ai compris, le père est pilote et voyage beaucoup. Elle pensait peut-être que c'était sa mère qui viendrait à la réunion. Mon élève a quinze ans et n'a probablement pas réfléchi aux conséquences. Je suppose qu'elle pensait que manquer les cours pour assister à un concert des BTS à New York valait la peine.

— Les jeunes…

Ils échangèrent un regard et se mirent à rire.

Eve s'était amusée. Beaucoup amusée.

Qui eût cru qu'elle pourrait être aussi détendue avec le garçon dont elle était éprise depuis des années ? Elle avait même réussi à lui parler sans bafouiller. Le *steak-house* brésilien aux prix indécents et au décor somptueux n'avait fait qu'accroître sa nervosité. Et lorsqu'on l'avait conduite dans une pièce privée, où Gavin l'attendait dans un décor romantique – chandelles, roses et musique douce –, son anxiété avait grimpé en flèche. Et si elle renversait du vin ? Et si la manche chauve-souris de sa robe aux épaules dénudées plongeait dans l'huile d'olive quand elle tendrait le bras vers la corbeille de pain ? Et si elle s'étouffait et n'arrivait plus à parler ?

Mais elle n'aurait pas dû s'inquiéter. Charmant, drôle et gentil, Gavin l'avait mise à l'aise. Avec un splendide restaurant, une cuisine exquise et un séduisant gentleman pour lui tenir compagnie, la soirée avait dépassé ses attentes. Tout était parfait.

Et pourtant, elle avait hâte de s'en aller.

Les regrets et la culpabilité lui serrèrent la gorge, et même une gorgée de délicieux café ne put les déloger. Tout au long de ce fantastique dîner, elle aurait dû se concentrer sur l'homme en face d'elle. Mais son esprit n'avait pas cessé de dériver vers son frère. Que faisait Kenan ? Comment allait-il ? Était-il fâché contre elle ? Était-ce pour cela qu'il l'avait évitée toute la semaine ?

Les questions s'étaient bousculées dans sa tête, bruyamment, impoliment, sans se soucier de savoir quand et où elles arrivaient. Comme maintenant.

Elle était totalement perdue.

Vingt minutes plus tard, elle se leva, et Gavin lui recula sa chaise. Elle lui sourit tout en retenant un soupir. Elle avait eu beau souhaiter que son cœur batte la chamade, il s'était contenté de pomper du sang comme si c'était un jour ordinaire.

Depuis l'adolescence, elle rêvait que Gavin la regarde avec envie. Et maintenant que cela se produisait, elle était incapable de s'en réjouir. Car il manquait quelque chose.

Non, pas un vague « quelque chose ».

Ce qui manquait, c'était un désir irrépressible. Une faim vibrante qui lui donnerait envie de grimper sur lui comme à une corde dans un cours de gym au lycée.

Comme quand…

Arrête. Non, elle n'irait pas sur ce terrain.

Après avoir pris son sac à main, elle afficha un sourire plus éclatant encore, pour compenser son manque d'intérêt.

— Merci pour cette merveilleuse soirée, Gavin. Je me suis vraiment bien amusée.

— Moi aussi.

Il posa la main au creux de son dos pour l'escorter vers la sortie. Après un instant, il s'arrêta et la fit pivoter vers lui. À nouveau, elle se sentit nerveuse.

— Eve, je crois que je n'ai pas été très subtil pour te montrer que tu m'attires. Je suis désolé qu'il m'ait fallu autant de temps pour agir.

Il a fallu un relooking, de nouveaux vêtements et qu'un autre homme m'embrasse pour que tu me remarques.

Elle ravala cette pensée peu charitable, mais l'amertume ne disparut pas.

— Quand pourrons-nous remettre ça ? demanda-t-il, posant la main sur sa joue. J'ai très envie de te revoir.

Attendre que l'autre fasse des efforts ; ne pas céder aisément. Les conseils de Kenan tournèrent dans sa tête. Mais c'était un rappel inutile. Elle n'avait pas à faire semblant d'être timide. Son hésitation était bien réelle.

— Comme je te l'ai dit, j'ai passé une formidable soirée. Et passer du temps avec un ami autour d'un excellent repas n'est jamais une corvée.

Elle afficha un sourire forcé.

— Mes cours et mes autres responsabilités m'occupent beaucoup, mais appelle-moi la semaine prochaine, d'accord ? Nous trouverons un créneau.

Cela lui laisserait un peu de répit pour pouvoir déterminer ce qui n'allait pas chez elle. Pour savoir pourquoi l'idée d'un rendez-vous galant la laissait indifférente… et coupable.

— « Ami » ? répéta-t-il, passant le pouce sur sa joue. Soit, je m'en contenterai pour l'instant. Mais sache que je ne compte pas en rester là.

Il posa les lèvres à l'endroit où il venait de la caresser.

Un peu plus tard, elle lui fit un signe de la main tandis que le voiturier lui ouvrait sa portière. Ce ne fut que lorsqu'elle fut sortie du parking et qu'elle s'inséra dans la circulation dense d'un vendredi soir qu'elle poussa un grand soupir.

Lorsqu'elle s'arrêta à un feu rouge, elle prit son téléphone et appela Kenan. Les sonneries résonnèrent dans l'habitacle. À la quatrième, elle tomba sur la boîte vocale et raccrocha.

— Mince, Kenan.

Irritée, elle serra le volant. Elle consulta son tableau de bord ; 21 h 17. Lorsqu'elle avait eu Kenan au téléphone cette semaine, il n'avait pas dit avoir des projets ce soir. Néanmoins, même s'il en avait, il ne lui en aurait sans doute pas parlé. Mais qu'il soit chez lui ou en vadrouille, il pouvait tout de même *décrocher son téléphone !*

L'irritation se mua en colère tandis qu'elle fixait la route. Pour une raison qu'elle ignorait, il la punissait depuis vendredi dernier. Et elle en avait assez. Kenan allait lui parler. Discuter, c'était ce que les amis faisaient. Apparemment, il l'avait oublié.

Eh bien, elle allait le lui rappeler.

Kenan fixait l'écran de son ordinateur portable, mais les visuels que l'équipe marketing lui avait soumis auraient aussi bien pu être des hiéroglyphes tant ils lui paraissaient incompréhensibles. Plus il les regardait, plus les images se brouillaient.

— Nom d'un chien !

Il s'écarta de son bureau, sa chaise roulant sur le parquet de bois. Passant les mains sur son visage, il marmonna un juron.

Rester assis à essayer de travailler, alors que sa concentration s'était envolée depuis des heures, était idiot.

Il se leva et alla vers le bar au fond de la pièce. Il aurait dû accepter l'invitation de Cain et de Devon, et dîner avec eux. Même se rendre dans le mausolée que Barron Farrell avait considéré comme sa maison et légué à Cain aurait été plus agréable que de rester dans sa maison vide et trop silencieuse de Back Bay.

Puisqu'il vivait non loin du quartier animé de Fenway-Kenmore, il pourrait se rendre dans n'importe lequel de ses nombreux restaurants, toujours pleins le vendredi soir. Au lieu de quoi, il se servit un troisième whisky, et rumina.

Sirotant son alcool, il alla camper devant la fenêtre. La lune éclairait le jardin clos à l'arrière de sa maison de ville, donnant à ses haies, ses bancs de pierre et sa fontaine endormie un air mystérieux. Pourtant, Kenan était incapable d'apprécier ce décor. Il ne le voyait même pas.

Car des images de Eve en train de rire avec Gavin assiégeaient son esprit. Il voyait Eve tourner son magnifique visage vers lui, et recevoir un baiser. Allait-elle le suivre chez lui après leur dîner ? Le laisserait-elle l'emmener dans son lit, caresser son corps sensuel… ?

Assez.

Il se torturait. Il l'avait fait toute la soirée. Toute la semaine, même. Bien qu'il ait passé un marché avec Eve, il avait eu très envie de lui téléphoner pour exiger qu'elle annule son dîner avec son frère. Pour lui rappeler qu'elle était à lui, et qu'elle avait toujours été à lui.

Mensonges.

Il s'était habitué aux mensonges dans sa vie, mais il essayait de ne jamais se mentir à lui-même. Eve n'était pas, et ne serait jamais à lui.

Il fixa le liquide brun doré dans son verre. Au moins, il avait le whisky pour compagnon ce soir. Encore quelques verres et il ne se souviendrait même pas de son prénom. Tout oublier lui semblait très tentant à cet instant.

— Puisque tu es là, que tu n'es pas dans le coma et que tu es en un seul morceau, je suppose que tu vas bien et que tu ignores mes appels volontairement.

Kenan se raidit, envahi par un afflux d'adrénaline. Puis la voix et les mots s'enregistrèrent dans son esprit, et le choc provoqué par cette intrusion se dissipa.

Lentement, il se retourna, posant son verre vide sur son bureau. Et il croisa le regard furieux de Eve.

Le mélange habituel de plaisir, de désir, de souffrance et d'amour surgit en lui. Bien que plusieurs mètres les séparent, il avait l'impression de sentir son parfum de cèdre et de roses, et il saliva d'envie.

Et lorsqu'il remarqua sa tenue, il eut le ventre noué. Sa robe rouge rubis dévoilait ses épaules brun doré et moulait ses jambes.

Ainsi vêtue, elle était d'une sensualité à couper le souffle. Elle avait choisi cette robe pour Gavin.

Il saisit son verre et retourna vers le bar.

— Kenan.

— Je t'ai donné une clé de chez moi pour les urgences. Un incendie. Une inondation. Ma mort imminente après une chute et une fracture du crâne. Puisque ni les flammes ni l'eau ne détruisent mon plafond et que je suis debout, je suppose que nous ne sommes pas dans une situation d'urgence.

— Eh bien, puisque tu refuses de répondre à mes coups de fil et que tu es subitement trop occupé pour déjeuner avec moi, je me suis dit que le scénario d'une chute était possible et je suis entrée.

Du coin de l'œil, il la vit marcher vers lui. Elle prit le verre dans lequel il venait de verser du whisky et le vida d'un trait. Elle ne tressaillit même pas sous la force de l'alcool, songea-t-il avec une admiration réticente.

Elle fit claquer le verre sur le bar.

— Assoiffée ? demanda-t-il, le sourcil arqué.

— Énervée. J'espère que le whisky va m'apaiser

suffisamment longtemps pour que je puisse écouter tes explications. Pourquoi m'évites-tu ?

Kenan remplit à nouveau son verre et but une longue gorgée. Oui, il cherchait à gagner du temps, il l'avouait volontiers. Mais pouvait-il confesser que, en effet, il avait évité Eve cette semaine ? Un éloignement douloureux, mais nécessaire. Il avait eu besoin de distance pour se ressaisir, pour pouvoir feindre d'être heureux pour Gavin et elle lorsqu'il la reverrait enfin.

Il n'était pas encore à ce stade.

Et il ne risquait pas de l'atteindre quand elle était si près de lui et que la chaleur de son corps le réchauffait. S'il inspirait, humerait-il le parfum de son frère mêlé à celui de Eve ?

Il fit un pas en arrière. Puis un autre. Et encore un autre.

Il alla jusqu'à la cheminée et étudia les photos encadrées sur le manteau. Des clichés de sa famille et de lui. De Eve et de lui. Il y avait plusieurs photos de leur duo, prises au fil des ans.

Elle était son amie. Son secret. Son plus grand chagrin.

S'il le pouvait, il exorciserait ses sentiments pour elle, afin qu'ils soient tous les deux libérés. Fermant les yeux un instant, il prit une autre gorgée de whisky. L'alcool avait cessé de lui brûler la gorge après le second verre, mais quand une douce chaleur envahit son estomac, il s'en réjouit. Tout ce qui pouvait faire disparaître le froid glacé en lui était bon à prendre.

— Kenan.

— Comment s'est passé ton rendez-vous ? Mon frère s'est-il comporté en parfait gentleman ?

Ma tendance masochiste est encore très marquée, à ce que je vois.

Ses talons aiguilles claquèrent sur le sol quand elle

avança. Elle se glissa entre la cheminée et lui, ne lui laissant pas d'autre choix que de la regarder. De contempler ce visage qu'il voyait dans ses rêves et qui ne lui laissait pas de répit.

— Tu es soûl ?

Il ricana et but un peu de whisky.

— Hélas, non.

Pas encore.

— Kenan, que se passe-t-il ? Parle-moi.

Dans son regard, la colère fit place à l'inquiétude. Et cela le hérissa. Car son inquiétude était trop proche de la pitié. Il voulait beaucoup de choses d'elle, mais la pitié n'en faisait pas partie.

Cela réveilla sa fureur. Il était furieux contre lui-même de désirer bêtement l'impossible depuis si longtemps. Furieux contre Eve parce qu'elle le tourmentait avec son parfum, sa voix, son existence même. Furieux contre Gavin parce qu'il possédait ce que Kenan désirait le plus : l'amour de leur parent, leur fichu ADN. Et Eve.

Il posa son verre sur le manteau de la cheminée et plaqua les mains de chaque côté de Eve, la prenant au piège. Il n'aurait pas dû se réjouir qu'elle écarquille légèrement les yeux. Mais ce fut le cas. Un plaisir sombre et pervers le saisit. Et quand il se pencha vers elle, le souffle qu'elle retint lui fit l'effet d'une caresse intime.

Il serait prêt à vendre son âme pour avoir une vraie caresse.

— Te parler ? murmura-t-il.

Il pencha la tête, étudiant l'arc délicat de ses sourcils, la couleur brun chaud de ses yeux, l'évasement impudent de son nez, la sensualité évidente de sa jolie bouche, la brillance de son teint de miel… L'envie de la toucher le submergea. La jalousie qui le consumait et la quantité d'alcool qu'il avait avalée mettaient à mal sa maîtrise de lui-même.

— Que devrais-je te dire, Eve ? Que cette semaine a été un enfer ? Que j'ai essayé en vain de te chasser de mon esprit ? Ou que l'idée que tu sois avec mon frère ce soir m'a poussé à me noyer dans l'alcool ? Quel sujet veux-tu que je développe en premier ?

Le silence crépita. Sa raison lui commanda de reculer, de laisser de l'espace à Eve. De trouver un moyen de lui faire croire qu'il ne faisait que plaisanter.

Mais il ignora ces conseils.

— Pourquoi ? murmura-t-elle.

Elle semblait surprise, décontenancée, et… excitée ?

— Comment ça ? Pourquoi cette semaine calamiteuse, mes tentatives pour t'oublier ou mon envie de m'enivrer *off my ass* ?

— Oui.

Un silence tendu s'instaura à nouveau. Son instinct lui souffla de s'écarter du précipice au bord duquel il se trouvait.

— Toi d'abord, dit-il.

Il se redressa, mais la maintint captive entre ses bras.

— Pourquoi es-tu ici et non avec mon frère ?

Elle parut interloquée. Quand elle passa la langue sur sa lèvre inférieure, il serra le manteau de la cheminée. Son corps tremblait presque, tant il se retenait de l'embrasser.

— Mon rendez-vous avec Gavin est terminé. Tu n'as pas répondu à mon appel, et je m'inquiétais. Alors, je suis venue voir si tu allais bien.

Il ne voulait pas de son inquiétude. Il voulait…

Bon sang.

Cela ne servait rien. Il porta son regard sur son whisky.

Non, il avait assez bu pour ce soir. S'écartant de Eve, il se dirigea vers la porte du bureau.

— Eh bien, comme tu vois, je vais bien. Inutile de t'en faire.

Il alla dans le couloir pour gagner sa chambre.

— Ferme à clé en partant, lança-t-il.

Elle le suivit.

— Kenan, dit-elle, l'attrapant par le bras.

Il s'arrêta mais ne se retourna pas.

— J'ai menti, dit-elle.

Elle se plaça devant lui. Elle entrouvrit les lèvres, pourtant aucun mot n'en sortit. Laissant retomber sa main, elle détourna le regard.

— Je…, commença-t-elle.

Il ne dit rien. Par peur. Peur des mots qui s'échapperaient malgré lui.

— Oui, je m'inquiétais pour toi, Kenan, mais ce n'est pas pour cela que je suis ici.

Elle secoua légèrement la tête. Une boucle s'accrocha à ses lèvres peintes en rouge profond, qu'elle écarta d'un geste. N'était-ce pas ridicule qu'il soit jaloux de cette mèche de cheveux ?

— En vérité… le rendez-vous était très bien. Merveilleux, même. Gavin était parfait, tout comme la cuisine et la conversation. Mais…

Elle plongea le regard dans le sien, lui coupant le souffle.

— Toute la soirée, j'ai eu le sentiment que c'était… mal. Parce que je n'arrêtais pas de penser à toi. Tu es mon ami – mon meilleur ami. Je n'aurais pas dû regretter d'avoir décroché mon téléphone la semaine dernière. Je n'aurais pas dû me demander ce qui se serait passé si j'avais ignoré l'appel de Gavin. Je n'aurais pas dû…

Elle porta une main tremblante à ses lèvres.

— Je n'aurais pas dû avoir envie de ta bouche sur la mienne. De la sentir juste ici. D'en avoir besoin.

Kenan ferma les yeux un instant. Le désir hurla en lui, et le peu de maîtrise qui lui restait l'empêcha de bouger. De se précipiter sur elle et de la plaquer contre le mur. De lui donner sa bouche et tout son corps.

Devant son silence, elle recula en titubant.

— Je suis désolée.

Elle baissa la tête, plaquant la main sur son front.

— Mince, fit-elle en grimaçant. Je suis désolée, je n'aurais pas dû… J'ai franchi une limite, et… Nous sommes amis…

— Eve.

Le cœur battant, il lui bloqua le passage. Comment se faisait-il qu'il soit capable de parler, de penser, alors qu'un tel désir pulsait en lui ?

— Regarde-moi, ordonna-t-il.

— Non, ça va. Je…

— Ne me pousse pas à te supplier.

Cette fois, elle leva les yeux vers lui. Il approcha jusqu'à ce que seul un souffle les sépare.

— Car je suis prêt à te supplier. Tu as un grand pouvoir sur moi.

Il lui chuchota à l'oreille :

— Et je t'en veux presque pour ça.

Le souffle doux et tremblant qu'elle laissa échapper fut comme un baiser sur sa joue, une caresse sur son sexe.

— Kenan, murmura-t-elle, s'accrochant à la taille de son pantalon.

— Quoi, Eve ?

Il la fit reculer jusqu'à ce qu'elle soit dos au mur. Plaçant les mains de chaque côté de sa tête, il se pencha vers elle. Et elle l'assiégea – avec son parfum, sa chaleur, son souffle saccadé. C'était un assaut sur ses sens, et il était un prisonnier de guerre volontaire.

— Dis-moi ce que tu veux. Sois claire.

Elle ne répondit pas, mais un frisson la secoua. Il l'observa. Il vit la confusion et – *bon Dieu* – le désir dans ses yeux, presque noirs à présent. Il remarqua son hésitation dans le pincement de ses lèvres généreuses.

— Tu as besoin que je le dise ? questionna-t-il.

Lorsqu'elle hocha timidement la tête, il empoigna sa chevelure épaisse.

— Je peux le faire pour toi, Eve.

Il céda à l'envie irrésistible de la goûter. Juste un peu. Il posa les lèvres sur son front. Sur l'arête de son nez. Au coin de sa bouche. Il releva la tête, submergé par le bruit assourdissant de son pouls. Il fallait qu'il se calme. Il allait trop vite.

— Tu as besoin que je prenne possession de ta bouche comme je l'ai fait dans le night-club. Que je la presse, afin que tu sentes mes lèvres sur toi bien après la fin du baiser. Mais tu ne veux pas qu'il se termine, n'est-ce pas ? Tu imagines mes mains sur toi, dit-il d'une voix plus profonde, plus rauque. Tu te demandes si je commencerais par masser tes seins ou par taquiner ces charmants tétons.

Il observa les pointes durcies, bien apparentes sous sa robe. Magnifiques. Il fallait qu'il les ait entre ses lèvres, sous sa langue. Il secoua la tête et reporta son attention sur son visage. Où en était-il, déjà ?

— Tu imagines comment je pourrais donner du plaisir à ton corps splendide. Comment je m'enfoncerais en toi…

Il laissa planer sa bouche au-dessus de la sienne, et sentit chacun de ses souffles sur lui.

— Comment je te ferais l'amour, ajouta-t-il.

Elle ferma les yeux, et il vit sa bouche pulpeuse et tentante trembler.

Cela ne lui suffisait pas.

Il voulait sentir son regard sur lui.

— Regarde-moi, ordonna-t-il doucement.

Lorsqu'elle eut obtempéré, il demanda :

— Comment j'étais, Eve ? Est-ce que j'ai tapé dans le mille ?

— Oui, dit-elle, serrant sa taille et l'attirant vers elle. Oh ! *oui*.

Sa réponse fit voler en éclats sa retenue.

Il captura sa bouche, glissant la langue entre ses lèvres dans une attaque brusque et charnelle. Ils avaient dépassé le stade des préliminaires timides. Il l'embrassa comme un amant qui l'avait embrassée à maintes reprises.

Et c'était le cas.

Dans ses rêves, il avait conquis sa bouche bien des fois.

Gavin l'a-t-il embrassée ? Est-ce qu'elle est venue à moi en portant l'empreinte de mon frère sur elle ?

Une image de Gavin et Eve ensemble, dans cette position, tenta de se frayer un chemin dans son esprit, et l'espace d'un instant il fut troublé et s'interrompit. Cela importait-il que Gavin l'ait embrassée ? Oui. Et non. Si Gavin avait goûté sa saveur, alors Kenan ferait oublier à Eve le souvenir de leur étreinte. Demain, ses lèvres pulseraient encore après son assaut sur sa bouche.

Glissant son autre main dans ses cheveux, il la maintint immobile et commença sa mission. Marquer Eve au fer rouge. La posséder. Du moins, l'espace d'un soir.

Se hissant sur la pointe des pieds, Eve l'attira tout contre elle, rendant caresse pour caresse, coup de langue pour coup de langue. Ce n'était pas un baiser nonchalant ou tendre. C'était une fusion empressée, désordonnée, humide.

Parfaite.

La saveur fraîche de Eve le grisait. Il pourrait la boire comme son scotch préféré et la laisser le consumer. Le noyer dans la chaleur et le plaisir jusqu'à ce qu'il soit complètement ivre. Et il n'aurait aucun regret.

Voilà pourquoi il devait s'arrêter. Avant qu'ils n'aillent trop loin et ne puissent pas revenir en arrière. Il ferait mieux de…

— Encore. Donne-m'en plus, supplia-t-elle.

Puisque c'était elle qui le demandait, il accéderait volontiers à sa requête. Tout le plaisir serait pour lui.

Il reprit possession de sa bouche et laissa ses mains explorer son corps. D'abord, ses épaules nues et gracieuses. Puis la ligne délicate de sa clavicule. La courbe élégante de son cou gracile. Ensuite, il emprunta le même chemin avec sa bouche.

Juste là, dans le creux de son cou, son parfum de cèdre et de roses l'accueillit, chaud et capiteux. Il lécha sa peau. La mordilla.

Il fit dériver ses lèvres vers le haut de sa poitrine et glissa les mains juste sous ses seins. Et il attendit quelques secondes.

— Je peux ? demanda-t-il d'une voix rauque de désir.

Eve saisit ses mains et les remonta sur ses seins fermes. Elle arqua le dos, sa tête appuyant contre le mur. Battant des cils, elle se mordilla la lèvre inférieure. Elle était comme une œuvre d'art érotique en train de prendre vie.

Inspirant une bouffée d'air qui semblait chargée de désir, il passa les pouces sur les pointes tendues à travers sa robe, tout en se regardant faire. Il la touchait enfin, songea-t-il, émerveillé. Il n'était pas en train de rêver, et il n'allait pas se réveiller en sueur, tenaillé par un désir presque douloureux. Doucement, il mordilla un téton. Un grondement de satisfaction féroce monta en lui quand elle sursauta et poussa un petit cri.

Elle posa les mains sur sa nuque, l'encourageant en silence à aller plus loin.

Il trouva la fermeture Éclair au dos de sa tenue et l'ouvrit. Il ne lui fallut que quelques secondes pour faire glisser le vêtement sur ses hanches puis ses jambes.

— Trésor, murmura-t-il avec vénération.

Dans son soutien-gorge bandeau noir, sa culotte assortie et ses talons aiguilles, elle était époustouflante. À présent, le désir se déversait en lui comme de l'essence qui n'attendait plus qu'une allumette.

— Tu es magnifique, s'extasia-t-il, effleurant un sein du revers de la main. Si belle. Plus que je ne…

Il s'interrompit, gardant le reste de cette phrase qui en révélait trop. Il fallait qu'il se concentre sur l'instant présent. Demain, Eve le regarderait peut-être avec des regrets dans les yeux. Il n'allait pas prendre le risque d'aggraver les choses en lui révélant qu'il avait rêvé de la voir nue et tremblante devant lui un nombre incalculable de fois. Car la petite partie de son esprit qui n'était pas embrumée par le désir savait que Eve le ferait souffrir. C'était inévitable.

Quoi qu'il en soit, pour l'instant, tandis qu'il dégrafait son soutien-gorge et emplissait ses mains de ses seins parfaits, il n'en avait cure. Ce qu'il était en train de faire – il prit un téton entre ses lèvres – valait toute la peine qu'il ne manquerait pas d'éprouver.

Elle émit un sifflement, ses ongles éraflant son crâne tandis qu'elle s'accrochait à lui. Et quand il passa à l'autre sein négligé, elle le guida et se cambra pour mieux s'offrir à ses lèvres et à sa langue avides.

Et lorsqu'il s'agenouilla, saisit ses hanches et posa les

lèvres sur son ventre, elle commença une danse sensuelle qui l'invitait à se joindre à elle. Ce qu'il fit.

Avec sa bouche.

— Kenan, fit-elle, se balançant contre lui. S'il te plaît…

Elle n'avait pas besoin de finir sa phrase ; il avait compris sa demande. Et il répondit en mordillant son sexe à travers la dentelle fine de son sous-vêtement. Il écarta le tissu pour se repaître d'elle. Il la suçota, la mordilla. Mais bientôt, ce ne fut plus suffisant. Il acheva de la déshabiller, lui retirant ses escarpins et sa culotte. Puis il se remit à l'embrasser, remontant jusqu'au point sensible et engorgé au sommet de son sexe.

Le cri étouffé qu'elle poussa fendit l'air au moment où elle plaqua les hanches contre lui. Grondant contre sa peau, il contrôla les mouvements désordonnés et sauvages de Eve en la maintenant fermement contre sa bouche gourmande. À chaque coup de langue, chaque caresse sur sa peau enflée et chaude, son propre désir se renforçait.

Il n'avait jamais honoré le sexe d'une femme avec sa bouche auparavant, mais il s'agissait de Eve. Et il y avait une première fois à tout.

Il releva la tête, croisa son regard enfiévré. Un sentiment de fierté et de satisfaction l'envahit. Quoi qu'il se passe après cette nuit, il saurait que c'était lui qui avait suscité le brouillard de plaisir dans ses yeux, la rougeur d'excitation sur ses joues. Lui qui l'avait fait frissonner, et crier de plaisir.

— À toi de choisir, ma belle. Est-ce que tu veux jouir maintenant ou quand je serai en toi ?

Avec sa langue, il traça lentement un cercle autour de son clitoris. Elle le saisit par les épaules.

— Dis-moi ce que tu veux, Eve.

— Toi.

Elle haleta puis poussa un long et exquis gémissement quand il glissa deux doigts dans son sexe étroit.

— Oh ! bon sang. Toi.

Prenant son temps, il l'explora, tournant le poignet à la fin de chaque mouvement de va-et-vient.

— Tu n'as pas répondu. Maintenant ou quand je serai en toi, Eve ?

Pendant plusieurs secondes, elle ne répondit pas, trop occupée à chevaucher sa main. Et il la laissa faire, captivé par la vision qu'elle lui offrait. Elle gémit, se penchant pour prendre son visage en coupe, passer le pouce sur sa bouche. Il le mordilla puis le caressa avec sa langue.

— Toi. Je te veux en moi, dit-elle d'une voix râpeuse. J'en ai besoin. J'ai besoin de toi.

Il se figea, les mots pénétrant l'épais brouillard de son désir pour atteindre son cœur, son âme. Entendrait-il jamais ces mots en dehors de cette merveilleuse parenthèse ?

Écartant cette pensée, il se releva, tout en continuant de taquiner son bouton de chair rigide. Il pressa la bouche contre la sienne. Et elle s'accrocha à lui, glissant la langue entre ses lèvres et l'embrassant à perdre haleine.

— J'ai envie d'être doux avec toi, Eve. Tu le mérites.

Il la porta dans ses bras. Et quand elle enroula les jambes autour de sa taille et que son sexe chaud et moite se retrouva plaqué contre ses abdominaux, il ne prit pas la peine de réprimer le râle qui s'échappa de sa gorge.

— Mais je ne sais pas si j'en serai capable, ajouta-t-il.

Il avait envie d'elle depuis trop longtemps. Son corps tremblait de cette faim qu'il avait niée pendant des années.

— Ne sois pas tendre. Ne me ménage pas, murmura-t-elle au creux de son cou.

Puis elle le mordit. Un doux mordillement, mais qui

112

provoqua un afflux directement dans son sexe et qui faillit le faire trébucher.

Reprenant ses esprits, il marcha d'un pas ferme jusqu'à sa chambre et alla droit vers le lit. Avec précaution, il l'allongea sur le matelas. Sans détacher son regard de son corps aux superbes courbes, il ôta ses vêtements en hâte. Il n'avait plus qu'une idée en tête.

Être en elle.

Il grimpa sur le lit et s'agenouilla au-dessus d'elle.

— Kenan, susurra-t-elle.

Elle contemplait son corps, émerveillée, posant les yeux sur ses épaules, son torse, ses cuisses et son sexe dressé. Une caresse visuelle qui le fit pulser d'envie.

— Tu es superbe, Kenan.

Elle caressa sa joue et déposa un baiser léger sur sa bouche. Puis elle glissa la langue entre ses lèvres entrouvertes.

— Vraiment superbe.

Il enfouit le visage dans son cou. Pour se cacher. Car il savait ce que son expression révélerait de lui.

Puis il tendit le bras vers la table de chevet et sortit d'un tiroir un préservatif. Rapidement, il ouvrit l'emballage et déroula la protection sur lui avant de revenir vers elle. Eve noua les bras autour de son cou, l'attirant vers lui. À présent, son cœur battait fort contre ses côtes. L'amour, le désir et la peur tourbillonnaient en lui à une vitesse fulgurante. Une fois qu'il serait en elle, ils ne pourraient pas revenir en arrière.

— C'est ce que tu veux, Eve ? Il faut que tu en sois sûre.

— C'est ce que je veux. C'est toi que je veux.

Elle saisit ses épaules et l'attira contre lui.

— Viens en moi, Kenan.

Il ferma les yeux et leur donna à tous les deux ce dont ils rêvaient.

La chaleur. La pression. La moiteur.

Il réprima un cri rauque quand il s'inséra en elle. Rien n'avait jamais été aussi délicieux, aussi essentiel. Et rien ne comptait plus pour lui hormis être complètement enveloppé par Eve. Être pris en étau dans sa chaleur étroite et vibrante. Son corps lui commandait de donner des coups de reins puissants, de s'enfoncer en elle jusqu'à la garde. Mais une petite partie de lui, celle qui avait encore un semblant de raison, le poussa à s'arrêter. Il laissa à Eve du temps pour s'adapter à lui. Ils étaient meilleurs amis ; il savait donc qu'elle n'avait pas eu d'amant depuis longtemps. Et, bien que la sueur perle sur son corps tant il lui était difficile de se contrôler, il patienta. Car l'idée de lui faire mal était plus insupportable que d'être torturé par la délicieuse étreinte de son sexe chaud.

— À toi de me dire, murmura-t-il, déposant une pluie de baisers sur le contour de son visage. Dis-moi quand tu seras prête.

Elle fit glisser ses mains sur son dos et agrippa ses fesses.

— Ondule en moi. S'il te plaît.

— Bon sang, Eve…, gronda-t-il.

Il se retira lentement et gémit à nouveau quand la chair de Eve se contracta autour de lui, comme pour se plaindre de son retrait. Quand il ne resta plus que la couronne de son sexe en elle, il s'arrêta, puis revint en elle.

Jamais il n'avait eu le sentiment d'être à sa place, d'être totalement en sécurité, jusqu'à cet instant.

Il enchaîna les va-et-vient, lentement, tendrement. Serrant les dents, il lutta contre le besoin impérieux de la chevaucher durement, brutalement. Malgré ce qu'il avait dit, il était capable d'être doux.

— Tu as promis, souffla-t-elle avant de lui mordiller la lèvre inférieure. Prends-moi comme tu as besoin de le faire. Ne me ménage pas.

Cette fois, il l'écouta et se laissa enfin aller. La serrant dans ses bras, il se mit à la marteler de coups de reins furieux. Frénétiques. C'était ce dont il avait besoin.

Ce dont ils avaient besoin tous les deux.

Ils se livraient une guerre charnelle, s'assiégeant l'un l'autre. Les cris de Eve et ses propres gémissements fendaient l'air. Le bruit de leurs deux corps en sueur qui glissaient l'un sur l'autre créait une musique unique, qu'il rejouerait dans sa tête encore et encore.

Il ne pourrait pas tenir très longtemps. Déjà, des ondes électriques couraient le long de son dos, descendant jusqu'à la plante de ses pieds. Un faux mouvement, un tressaillement soudain, et il tomberait dans le précipice. Mais pas sans elle.

Glissant la main entre eux, il passa le pouce sur son bouton de chair engorgé, lui murmurant des mots excitants tandis qu'elle s'agitait et se cambrait contre sa main. Deux ou trois caresses suffirent pour qu'elle se contracte autour de lui dans une étreinte presque brutale, le poussant vers l'orgasme tandis qu'elle tremblait et criait de plaisir.

Sans qu'il sache comment, il parvint à tenir bon, fasciné de voir Eve en pleine extase. Il continua à onduler entre ses cuisses, déterminé à lui donner le plus de plaisir possible. Et ce ne fut que lorsqu'elle commença à s'alanguir qu'il déchaîna son propre désir.

Une part de lui voulait attendre encore. Pour avoir un peu plus de temps en elle. Mais son corps n'était pas de

115

cet avis. Une déferlante de plaisir s'abattit sur lui, et il suivit Eve dans les profondeurs de l'extase.

Il craignait, lorsqu'il remonterait à la surface, d'être seul. À nouveau.

- 9 -

Kenan sortit de l'ascenseur au quinzième étage. Le silence l'accueillit lorsqu'il entra dans les bureaux familiers de Rhodes Realty. En ce samedi matin, les employés n'étaient pas là, les téléphones ne sonnaient pas et le bourdonnement des voix ne flottait pas dans l'air. Kenan aurait trouvé étrange d'être convoqué par son frère pendant le week-end, s'il ne savait pas que les semaines de cinq jours ne s'appliquaient pas à Gavin ou à leurs parents. Quand il s'agissait de faire des affaires, ils répondaient présents. Kenan avait la même façon de travailler. Mais son père ignorait peut-être lui avoir transmis le goût de l'effort.

Il soupira et passa la main sur son visage. Non seulement il devait affronter son frère en sachant que Gavin désirait la femme avec laquelle Kenan avait couché hier, mais il devait aussi se battre contre ses fantômes.

Cela faisait des mois qu'il n'était pas revenu ici, dans cet endroit qu'il considérait autrefois comme sa deuxième maison. Non pas parce que ce lieu contenait des souvenirs douloureux, mais parce que Kenan ne s'y sentait pas le bienvenu. Et cela, depuis qu'il avait quitté la compagnie pour le groupe Farrell. Il était curieux de savoir pourquoi Gavin lui avait demandé de venir. Mais cette requête mystérieuse n'était pas la seule chose qui l'avait poussé à quitter sa maison.

L'autre raison était Eve.

Ou plutôt, ses pensées, qui tournaient toutes autour de Eve. À son réveil ce matin, après la nuit la plus torride qu'il ait jamais connue, il avait constaté qu'elle avait disparu. Il avait tendu le bras vers elle et n'avait trouvé que des draps froids. Aussitôt, les vestiges de son sommeil s'étaient évaporés, et depuis, il était partagé entre l'envie de téléphoner à Eve pour lui demander pourquoi elle avait filé à l'anglaise, et éteindre son smartphone au cas où elle l'appellerait. De peur de l'entendre dire qu'elle regrettait leur nuit d'amour…

Parfois, il valait mieux ne rien savoir.

Secouant la tête, il observa la porte close du bureau de son frère. Puis il regarda sur la gauche la porte de son propre bureau. La plaque à son nom n'y était plus. Cela n'aurait pas dû lui serrer le cœur. Ce fut pourtant le cas.

Kenan avait été effacé.

Serrant la mâchoire, il se dirigea vers le bureau de son frère. Il frappa à la porte et l'ouvrit sans attendre de réponse.

— Salut, Gavin. Pourquoi toute cette…

Il s'arrêta net quand il vit les deux personnes assises face au bureau de son frère.

— Maman. Papa, dit-il.

Perché sur son bureau, Gavin se redressa.

— C'est… une surprise, dit Kenan. Que se passe-t-il ? Il est arrivé quelque chose ?

— Non, tout va bien, assura Gavin. Entre.

Alors pourquoi tout ce mystère ? Pourquoi ai-je l'impression d'être tombé dans une embuscade ? Les questions lui brûlaient la langue, mais il les étouffa tandis que ses parents se levaient. Il éprouvait de la méfiance, mais aussi une joie prudente. Il aimait ses parents, et la tension dans leur relation, leur éloignement depuis ces huit derniers mois, avait été une punition. Un châtiment pour un crime qu'il n'avait pas commis.

Mettant de côté cette vieille blessure pour le moment, il referma la porte et avança.

— Kenan, dit sa mère, prenant ses mains entre les siennes.

Il se pencha pour l'embrasser sur la joue.

— Je suis contente de te voir.

Il avait remarqué le ton légèrement réprobateur de sa voix. Traduction : tu étais trop occupé pour voir ta propre famille.

— Moi aussi, murmura-t-il. Papa, comment vas-tu ?

— Je vais bien, Kenan.

Nathan arborait un air sérieux et distant.

Comme à son habitude.

— Bien que je sois heureux de passer du temps avec vous, je suppose qu'il y a une raison à cette réunion, dit Kenan. Et que votre présence n'est pas une coïncidence.

Il interrogea son frère du regard, qui eut l'élégance d'avoir l'air contrit.

— Alors, que se passe-t-il ?

— Papa, maman et moi voulions te parler de quelque chose. D'une proposition, si tu le permets.

Kenan sentit un malaise l'envahir.

— D'accord.

Son regard passa de son frère à ses parents. Tous affichaient la même expression neutre.

— Je vous écoute.

— Depuis quelques semaines, nous négocions avec Darren et Shawn Young de Brower Group, pour un projet de d'immeubles à usage mixte à Suffolk Down, déclara son père. Nous sommes sur le point de conclure un accord.

— C'est merveilleux. Félicitations. Un projet avec un

aussi grand groupe que Brower ne peut qu'être bénéfique pour Rhodes Realty.

Nathan croisa les bras.

— Exactement. Je suis heureux que tu le comprennes.

Il marqua une pause, et le malaise de Kenan s'étendit de sa poitrine à son ventre.

— Car Darren et Shawn nous ont clairement fait comprendre qu'ils préféreraient que tu fasses partie de l'aventure, reprit Nathan. Ils ont apprécié ton travail sur le projet d'Allston Yards, et ils veulent que tu refasses la même chose pour eux.

Kenan fronça les sourcils.

— C'est flatteur. Mais ils savent que je ne fais plus partie de l'entreprise, n'est-ce pas ?

— Oui, ils le savent parfaitement, intervint sa mère d'un ton agacé. C'est pourquoi ils ont posé cette condition peu subtile. Ils veulent que tu t'impliques dans le projet.

— Tu veux dire que si je ne dirige pas l'équipe marketing, le contrat tombe à l'eau ?

Gavin avança vers lui, enfonçant les mains dans ses poches.

— C'est ce qu'ils sous-entendent, mais je ne sais pas s'ils comptent vraiment s'en tenir à cette stipulation.

Il jeta un regard vers ses parents puis reporta son attention sur Kenan.

— Ce que papa et maman essaient de te dire – ce que *nous* essayons de te dire – c'est que nous aimerions que tu reviennes chez Rhodes Realty.

Abasourdi, Kenan dévisagea son frère. Un maelström d'émotions le submergea. Il était sous le choc, mais il était aussi en colère, car après tout ce temps ses proches souhaitaient son retour uniquement par intérêt. Il éprouvait

120

de la joie, aussi, à l'idée qu'ils aient besoin de lui. Et de la peine, parce qu'il allait les décevoir ; il n'avait pas le choix.

— J'adorerais vous aider, mais je ne peux pas quitter Farrell maintenant. Je vous ai expliqué la clause du testament. Pendant un an, je dois rester au sein de la compagnie, sinon nous perdons tout. Cain, Achille et moi. J'ai pris un engagement, et je ne peux pas revenir dessus.

— Donc, tu laisserais notre entreprise familiale manquer une grosse opportunité parce que tu as déserté pour rejoindre une autre société ? Pour t'associer à des hommes que tu connais depuis quelques mois à peine, alors que tu fais partie de notre famille depuis trente ans ? s'exclama sa mère.

Elle émit un rire sans humour, aussi tranchant qu'un scalpel.

— Ce que nous avons bâti ensemble compte donc si peu pour toi ? ajouta-t-elle.

Ce qu'ils avaient bâti ensemble ? songea-t-il, amer. Il n'avait jamais eu le sentiment d'être réellement accepté. Son nom de famille lui avait permis d'avoir un bureau ici, mais certainement pas d'obtenir le respect. Un respect offert sans condition à Gavin. Même les talents d'homme d'affaires de Kenan n'avaient pas été appréciés ou reconnus à leur juste valeur, encore moins par Nathan.

Ces mots aigres, il les ravala. Dana n'avait pas envie de les entendre, et Kenan savait qu'il était futile d'essayer de leur faire comprendre sa position. Une frustration brûlante se mêla à sa colère impuissante. L'espace d'un instant, il redevint ce garçon qui s'était toujours senti orphelin, et qui regardait derrière une vitre la famille parfaite et *complète* dont il n'avait jamais fait partie.

Prenant une grande inspiration, il enferma ses émotions

et barricada son cœur. S'il ne laissait pas sa famille y entrer, elle ne pourrait pas le faire souffrir.

Du moins, c'était sa théorie.

— Maman, je ne pense pas avoir à gratifier cette question d'une réponse, puisque tu la connais déjà, dit-il calmement. Tu sais que je vous aime et que je vous aiderais si je le pouvais. Mais tu me demandes de trahir ma promesse. Or, papa et toi m'avez appris que la parole d'un homme est essentielle. Si je ne tiens pas parole, il n'y a pas que Caïn, Achille et moi qui subirons les conséquences. Cela aura un effet négatif sur les employés, les investisseurs, et d'innombrables autres personnes. Je refuse de faire une chose pareille.

— Quid de ton engagement envers nous ? tonna son père. Et des promesses que tu nous as faites, à nous qui sommes ta famille ? Rien ne devrait passer avant cela.

— Caïn et Achille sont aussi ma famille, papa, murmura Kenan. Même si tu refuses de reconnaître leur existence, ce sont mes frères.

— Ce sont des *foutaises* ! s'écria sa mère. Rien que des foutaises !

Un silence tendu s'abattit sur la pièce. Gavin et Kenan dévisagèrent Dana, abasourdis. Kenan pouvait compter sur les doigts d'une main les fois où il avait entendu sa mère prononcer des mots vulgaires. Et il ne l'avait jamais vue rouge et tremblante de colère.

Il jeta un coup d'œil vers son père, qui observait son épouse, l'air indéchiffrable.

— Maman, dit Gavin en avançant vers elle. Tout va bien, je…

— Non, Gavin ! Rien ne va dans cette situation, fulmina-t-elle avant de se retourner vivement vers Kenan. *Nous* sommes ta famille, Kenan. Nous avons toujours été là pour toi, et *nous* méritons ta loyauté totale. Pour une raison que j'ignore, tu l'as oublié, et tu me fais honte.

Il tressaillit tandis qu'un vide béant se formait dans sa poitrine.

— Ces derniers mois, tu as agité Barron Farrell sous notre nez comme s'il était un grand sauveur, juste parce qu'il t'a légué une compagnie à diriger. Comme si ton nouveau poste te rendait supérieur à nous, asséna-t-elle.

— Ce n'est pas vrai, protesta-t-il d'une voix blanche.

Mais Dana ne sembla pas l'entendre, emportée dans sa diatribe au vitriol, qu'elle avait sans doute gardée en elle depuis un moment. Elle pointa l'index sur lui et continua d'une voix tremblante de fureur :

— Eh bien, laisse-moi t'éclairer, Kenan. Indépendamment de son argent, de son statut et de son influence, Barron Farrell était un salaud, et tu ne devrais pas être fier qu'il soit ton père ou d'avoir ses fils pour frères. Il n'y a rien d'honorable dans son nom de famille. Nous t'avons élevé, aimé. Mais tu es piégé dans leur toile, et tu nous as oubliés.

Après lui avoir décoché un dernier regard noir, elle quitta la pièce.

Une vive douleur pulsait en lui. Elle lui coupait le souffle, l'empêchait de parler. Kenan se demandait même comment il parvenait à tenir debout.

— Kenan, elle ne voulait pas dire cela…, fit Gavin, tendant le bras vers lui.

La tristesse assombrissait le regard de son frère.

Kenan regarda son père.

— Ah, non ? murmura-t-il.

Sans attendre de réponse, il sortit comme il était entré.

Seul.

123

- 10 -

Eve posa son stylet, observa l'écran de sa tablette et sourit.

Oui, elle avait vraiment fait du bon travail.

Elle se leva du canapé et s'étira, tout en continuant d'observer son dernier dessin, destiné au projet de Kenan. Un croisement de bandes complexe mais sensuel constituait l'ensemble soutien-gorge et culotte, offrant un aperçu de peau tout en étant suffisamment couvrant. Le style de ce modèle était ouvertement sexy, et elle l'adorait. Kenan aussi allait aimer...

Elle fronça les sourcils, baissant lentement les bras.

Kenan.

Cela faisait un peu plus de douze heures qu'elle avait quitté son lit et filé à l'anglaise. Elle aurait peut-être dû le réveiller et le prévenir de son départ. Ou...

Elle aurait pu rester.

Assaillie par les regrets, elle ferma les yeux. Elle ne regrettait pas d'avoir couché avec Kenan. Comment pourrait-elle se plaindre d'avoir connu des orgasmes multiples et prodigieux ? Elle n'était pas une hypocrite.

Ce qu'elle regrettait, c'était l'après. Le silence. L'incertitude qui l'avait saisie. Son inquiétude à l'idée qu'ils aient gâché une amitié de vingt ans.

La confusion, aussi, car, en réalité, elle n'était pas si inquiète.

Kenan l'avait-il hypnotisée ? Cela expliquerait pourquoi elle était prête à risquer leur longue relation pour avoir une autre nuit avec lui.

Elle se fendit d'un rire tremblant.

Elle était dans de beaux draps.

Tandis que les souvenirs de leur nuit assiégeaient son esprit, une onde de chaleur la parcourut. Elle serra les jambes pour contenir les pulsations entre ses cuisses. Elle revit les images érotiques. Kenan, possédant sa bouche comme si elle était de l'oxygène et qu'il en avait été privé depuis des années. Kenan, agenouillé devant elle, la tête en arrière, les yeux brillants, les lèvres enflées et humides. Kenan, étendu au-dessus d'elle, son splendide sexe contre le sien, prêt à s'enfoncer en elle…

Les pulsations s'intensifièrent au point qu'elle pressa la main sur son entrejambe. Elle en voulait plus – plus de plaisir, plus d'orgasmes, plus de Kenan. Elle était assez honnête pour l'admettre. Mais les conséquences de ce « plus » l'effrayaient. Son corps était peut-être prêt à risquer son amitié avec Kenan, mais son cœur ? Son esprit ? Beaucoup moins. Et, à en juger par le silence de Kenan aujourd'hui, le mal était peut-être déjà fait.

Le bruit de la sonnette l'arracha à ses pensées moroses. Dieu merci.

Son pouls s'accéléra tandis qu'elle approchait de la porte. Elle avait pourtant cru s'être remise de son faible pour Kenan lorsqu'elle était préadolescente. Elle n'avait aucune envie de revenir à cette période de mains moites et de rougissements permanents.

Oups. Trop tard.

Passant la main sur ses boucles rebondies, elle regarda par le judas. Stupéfaite, elle s'empressa d'ouvrir.

— Maman ? Quelle surprise !

Yolanda Burke sourit et embrassa Eve sur la joue.

— Une bonne surprise, j'espère. Ça fait quelques jours que je ne t'ai pas vue.

Eve s'effaça pour la laisser entrer.

— Je dînais avec des amis en ville et j'ai décidé de passer voir comment tu allais.

— Tu as bien fait, dit Eve en souriant. Tu veux boire quelque chose ? Un café ? De l'eau ? J'allais me servir un verre de vin.

— J'ai déjà bu deux verres pendant le dîner, admit Yolanda avec un petit rire. Il vaut mieux que j'opte pour un café.

— Madame boit en public ! plaisanta Eve.

Elle se rendit dans la cuisine pour préparer le café et se servir un verre de vin.

— Tu as beaucoup de travail en ce moment ? demanda Yolanda.

— Absolument. Et le temps commence à se réchauffer, alors tu sais ce que ça veut dire. Les élèves sont plus dissipés, et ils s'intéressent à tout sauf aux cours.

Prenant la tasse de café et son verre de vin, elle regagna le salon. Et s'arrêta net.

Yolanda se tenait devant le canapé, la tablette de Eve dans les mains.

La tablette qui contenait les dernières créations de Eve pour Intimate Curves.

Submergée par la peur, Eve serra la tasse et le verre plus fort. Elle ouvrit la bouche pour dire… quoi ? *Pose ça. Ce n'est rien. Je me suis juste remise à dessiner. Ce n'est pas ce que tu crois.*

Et si tu disais la vérité ?

Elle secoua la tête. Protéger son secret était une habitude si ancrée que le révéler n'était même pas envisageable.

— Qu'est-ce que c'est, Eve ? questionna Yolanda en brandissant la tablette. C'est toi qui as fait ça ?

Tendant l'oreille, Eve tenta de déceler le moindre signe de déception, de colère… de dégoût. Mais elle ne perçut rien. Aucune émotion ne colorait la voix de sa mère. Du moins si : elle était teintée de curiosité. Comment était-ce possible ?

Eve était à la croisée des chemins.

Elle pouvait continuer de cacher la vérité à sa mère concernant sa boutique de lingerie en ligne, pour éviter de la perturber et de la décevoir.

Ou alors, elle pouvait enfin se confesser, en espérant que leur relation survive à sa crainte de ne pas être la fille que Yolanda voulait… et que, franchement, elle méritait.

Fichtre, elle avait si peur…

Ravalant sa salive, elle pesa le pour et le contre dans sa tête, tandis que son cœur s'emballait. Elle se força à avancer et posa la tasse et le verre sur la table basse. Puis elle prit doucement la tablette des mains de sa mère et observa le dessin dont elle avait été si fière quelques minutes plus tôt.

Non. Dont elle était encore sacrément fière. Ce fut cette pensée qui lui permit de décider quel chemin elle souhaitait prendre.

— Oui, maman. C'est moi qui l'ai fait. C'est l'un de mes nombreux dessins.

Étrange… Elle s'était attendue à être libérée d'un poids grâce cet aveu, mais il n'en était rien. Et quand sa mère inclina la tête et la fixa de ce regard inébranlable que Eve avait toujours connu, elle eut un peu plus de mal à respirer.

— L'un de tes nombreux dessins, répéta Yolanda. Je ne savais pas que tu dessinais encore. Je croyais que tu avais arrêté au lycée.

Voilà. Ce pourrait être sa porte de sortie, songea Eve. Elle pourrait prétendre que, oui, ce n'était qu'un passe-temps. Mais elle était si lasse de cacher cette part d'elle-même à l'une des personnes les plus importantes de sa vie… Alors, elle prit une grande inspiration et se lança.

— Non, maman, je n'ai jamais arrêté. Je n'aurais pas pu, même si je l'avais voulu, et crois-moi, j'ai essayé, toutes ces années. Mais le dessin, l'art, le stylisme – j'adore ça.

Elle marqua un temps, tenaillée par l'angoisse. Malgré tout, elle reprit :

— J'adore enseigner, et c'est un merveilleux métier. Mais… ce n'est pas mon seul métier. Depuis quatre ans, je dirige Intimate Curves, une boutique en ligne de lingerie grandes tailles. Je suis la propriétaire et la styliste. Ceci – elle tapota la tablette – est l'une des créations qui seront vendues dans mon premier point de vente physique, chez Bromberg.

Sa mère la dévisagea, et son regard brun devint presque noir sous l'effet du choc. Après plusieurs secondes, elle détourna la tête, comme si elle ne pouvait pas supporter de voir sa fille. Le vide dans le ventre de Eve s'emplit de douleur, de chagrin et de colère. L'idée qu'elle dessine des sous-vêtements était-elle si choquante que sa mère ne pouvait même plus la regarder ? L'avait-elle déçue à ce point ?

Je suis une femme d'affaires dont l'entreprise a décroché un prix. Je gagne de l'argent en faisant ce que j'aime le plus. Mes créations vont être vendues dans une chaîne de magasins connue dans tout le pays. Tu devrais être fière de moi.

— Maman…, fit-elle d'une voix râpeuse.

Yolanda reporta son attention sur elle.

— Pendant quatre ans, tu m'as caché tout un pan de ta vie ?

La colère brillait dans ses yeux à présent.

— Je suis ta mère et je croyais que nous étions proches, que nous avions une relation qui te permettait de tout me dire. Manifestement, j'avais tort.

Une minute. Sa mère lui en voulait de ne pas lui avoir parlé de son entreprise ?

— Maman, je n'ai pas pensé...

— C'est juste. Tu n'as pas pensé. Tu n'as pas songé à ce que cela me ferait de découvrir *des années plus tard* que ma fille a une si piètre opinion de notre relation qu'elle me cache quelque chose d'aussi important qu'une entreprise, une carrière. Et pour quelle raison, Eve ? Que t'ai-je fait pour que tu me blesses ainsi ? s'exclama-t-elle, sa voix se brisant sur les derniers mots.

Yolanda contourna la table et se dirigea rapidement vers la porte d'entrée.

Affolée, Eve la suivit.

— Maman, je suis désolée. Je ne voulais pas te faire de peine. C'est ma faute.

— Tu as raison, c'est ta faute.

Elle ouvrit la porte, puis s'arrêta, main sur la poignée.

— Nous en reparlerons, Eve. Mais j'ai besoin d'espace. Je t'appellerai.

Sur quoi, elle sortit et ferma doucement la porte derrière elle. Eve aurait préféré qu'elle la claque. Ce bruit doux, étrangement, lui paraissait plus accusateur.

Plus définitif.

Bon sang, qu'avait-elle fait ?

Après ce qui lui parut des minutes, des heures, ou même des jours, alors qu'elle était toujours là, immobile, on sonna à sa porte. Eve se jeta sur la poignée et ouvrit.

129

Maman, s'il te plaît, laisse-moi une chance de te présenter mes excuses. Je suis tellement navrée... Je te le jure, je ne savais pas que...

— Kenan ?

Elle cligna des yeux, stupéfaite de voir son ami sur le seuil de son appartement.

— Qu'est-ce que tu fais ici ?

— Je suis venu pour te voir.

Il inclina la tête sur le côté, et son regard gris-bleu sembla plus lumineux lorsqu'il l'observa intensément.

— Qu'est-ce qui ne va pas ?

— Quoi ? Rien, mentit-elle. Rien.

— Mais bien sûr.

Machinalement, elle s'écarta pour le laisser entrer.

— Et ce « rien » explique pourquoi tu as l'air en état de choc.

Il ferma la porte à clé. Puis il l'attira contre lui. Ses bras, son parfum, son corps familiers l'enveloppèrent, et la glace dans laquelle elle était piégée depuis le départ de sa mère commença à se fissurer.

Là, dans l'entrée, elle raconta à Kenan la visite de sa mère et son accès de colère. Il l'écouta sans jamais la lâcher, même quand elle avoua d'une voix émue qu'elle avait blessé sa mère et qu'elle avait peut-être abîmé durablement leur relation.

— Je suis désolé, chérie, murmura-t-il.

Elle se blottit contre son corps puissant, recherchant sa force pour s'y appuyer.

— Je sais à quel point tu l'aimes, et je sais quel courage il t'a fallu pour lui avouer la vérité. C'est triste que la conversation se soit terminée ainsi.

— Si tu avais vu son visage, Kenan... J'ai toujours eu tellement peur de la décevoir, et finalement, c'est arrivé. Elle était en colère, mais surtout, elle était blessée. À cause de moi.

Elle se dégagea de son étreinte et se mit à arpenter la pièce.

— Toute ma vie, je me suis efforcée d'être la fille parfaite. Pour faire oublier le fait que j'étais un fardeau. Je ressemble à mon père, qui n'a pas eu assez de courage ou d'intégrité pour rester avec nous. Tu imagines comme ce doit être douloureux d'avoir un rappel constant de l'homme qui vous a abandonnée ? Alors, pour me racheter, j'ai essayé de ne jamais l'inquiéter, la perturber ou la blesser. Même si cela signifiait que je devais abandonner certaines activités qu'elle n'approuvait pas. Ou obtenir un diplôme et un travail dans un domaine qui ne me comblait pas, mais qui la rendait fière. Ainsi, elle n'avait pas à se faire de souci pour moi. Elle méritait cette paix, cette sécurité. Si pour y arriver je devais cacher une part de moi, c'était un prix raisonnable, et j'étais prête à le payer. Je ferais n'importe quoi pour elle.

— Mais, trésor, te l'a-t-elle jamais demandé ?

Elle se retourna vivement vers lui.

— Elle n'avait pas besoin de me demander quoi que ce soit. Tu ne comprends donc pas ? Elle s'est sacrifiée pour moi pendant toutes ces années. Il est normal que j'en fasse autant pour elle. Ce n'est pas le genre de choses que les gens qui s'aiment devraient avoir à demander.

Kenan approcha lentement, comme si elle était un animal blessé. Et, bien que cette pensée soit offensante, Eve avait en effet le sentiment d'être blessée. La douleur dans sa poitrine pulsait telle une plaie ouverte.

— Eve.

Il lui caressa les cheveux, posa la main sur sa nuque.

— Nous sommes amis depuis longtemps, reprit-il, et cela me donne un avantage que les autres n'ont pas.

Il porta son autre main à sa joue qu'il caressa du pouce. Durant de longues secondes, il l'observa, de son beau regard trop perspicace.

— Tu n'es pas, et tu n'as jamais été, un fardeau. Et ça me rend fou que tu parles de toi en ces termes. Depuis des années, je te vois essayer d'atteindre cette perfection que personne n'attend de toi – ni ta mère, ni le père qui vous a abandonnées – hormis toi. Tu es bien trop dure avec toi-même, tu t'épuises, tu te punis. Et pour quelle raison ? Parce que tu es la fille d'une mère célibataire ? Allons, Eve, tu n'as pas demandé à venir au monde ! C'était la décision de tes parents, pas la tienne. Et je peux affirmer avec une certitude absolue que ta mère n'a jamais regretté ce choix. Elle t'aime. Elle ferait tout pour toi. Elle *a* tout fait pour toi. Je crois que tu sous-estimes l'amour qu'elle te porte, et celui que tu lui portes, quand tu renonces à tes rêves et à ta passion. Elle ne voudrait pas que tu les sacrifies pour elle comme si c'était une sorte de pénitence. C'est une insulte à ta mère. À vous deux.

Il ponctua sa tirade d'un baiser sur son front. Eve ferma les yeux, savourant ce contact tout en songeant à ses paroles. Elle ignorait si elle les croyait. En tout cas, elle s'y accrocha comme à une bouée de sauvetage.

— Tu es un cadeau pour elle, Eve. Pour moi. Pas un fardeau.

S'il continuait, elle allait s'effondrer. Et son désir, sa confusion, ses sentiments mêlés de peur et d'amour se déverseraient sur eux. Elle ne pouvait pas laisser cela se produire. Pas maintenant. Pas alors qu'elle s'interrogeait sur sa relation avec Kenan, sur cet entre-deux entre l'amitié et… autre chose.

Elle hocha la tête et recula, forçant Kenan à la relâcher. Elle parvenait mieux à réfléchir quand il ne la touchait pas.

— À ton tour, dit-elle.

Elle se dirigea droit vers le verre de vin qu'elle avait laissé sur la table. Elle en avait besoin plus que jamais.

— Qu'est-ce que tu fais ici ? demanda-t-elle à nouveau. Et ne me réponds pas que tu passais dans le quartier.

Une tension érotique satura l'air. Du moins, pour elle. Car des images de la nuit dernière l'assaillaient – elle revoyait leurs deux corps nus et enlacés.

Prenant son verre, elle le vida à moitié avant de se retourner vers Kenan. À en juger par la lueur d'excitation dans ses yeux, il pensait à la même chose qu'elle. Mais il secoua la tête et baissa les yeux. Quand il reporta son attention sur elle quelques secondes plus tard, la lueur avait disparu, et Eve fut déçue.

Soit. Ils allaient donc occulter le sujet de leurs ébats cataclysmiques. Elle en prenait note.

— Franchement, je ne sais pas, finit-il par répondre. J'étais chez moi, je n'avais pas prévu de sortir. Ensuite, sans trop savoir comment, je me suis retrouvé dans ma voiture puis devant chez toi. Je crois que je ne pouvais pas supporter ma propre compagnie.

— Je comprends. Parfois, moi aussi, j'ai du mal à supporter ta compagnie, dit-elle en souriant par-dessus le bord de son verre.

Il ricana.

— Il y a quelque chose que tu ne me dis pas, avança-t-elle. Maintenant que tu as fait tout le chemin jusqu'ici, autant cracher le morceau.

Devant son absence de réponse, elle soupira.

— Mince. Il faudra du vin pour te faire parler ?

133

— Sans doute. Sûrement. Si tu as quelque chose de plus fort, ce serait mieux.

Quelques minutes plus tard, elle posa une bouteille de merlot sur la table basse et donna à Kenan un verre rempli à ras bord.

— Désolée, je n'ai rien de plus fort. Maintenant, raconte-moi tout. Et laisse-moi t'aider.

Baissant ses cils épais, il accepta le verre. Il effleura ses doigts au passage, provoquant un courant électrique qui alla jusqu'à sa poitrine. En son for intérieur, elle ordonna à ses tétons de ne pas se durcir sous son pull fin.

— Il semble qu'aujourd'hui ce soit la journée des problèmes familiaux, dit-il.

Il émit un rire sans joie.

— Gavin m'a téléphoné ce matin et m'a demandé de passer au bureau. À mon arrivée, j'ai constaté que mes parents étaient là aussi.

— Il ne t'avait pas prévenu de leur présence ? C'est bizarre.

Très bizarre.

— Non, et je n'ai pas tardé à découvrir pourquoi. Ils sont en pourparlers pour un gros contrat, et l'une des conditions est que je participe au projet en tant que directeur du marketing. Ma famille veut que je quitte Farrell et que je revienne chez Rhodes Realty.

Il se fendit d'un sourire sombre.

— Bien évidemment, c'est Gavin qui m'a expliqué tout ça. Mes parents ne le pouvaient pas. Ou ne le voulaient pas.

Elle posa son verre de vin sur la table et se pencha vers lui.

— Tu es sérieux ? Ils veulent que tu quittes une compagnie dont tu es copropriétaire et que tu retournes au bercail ? En un claquement de doigts ?

— Oui, en un claquement de doigts. Néanmoins, ce n'est pas ainsi qu'ils voient les choses. Selon mes parents, c'est à eux que je dois ma loyauté, et non au groupe Farrell, à Cain ou à Achille. Si je me souviens bien, ma mère a déclaré qu'ils méritaient ma loyauté totale et qu'elle avait honte de moi pour l'avoir oublié.

Il avait livré cette information avec une désinvolture que contredisaient les ombres sous ses yeux et la façon dont il serrait son verre. Une colère noire s'empara de Eve, chassant toutes ses pensées à l'exception d'une seule : se rendre directement chez les Rhodes et leur botter les fesses pour avoir osé remettre en question la fidélité et l'adoration de leur fils. Kenan avait toujours recherché désespérément leur acceptation et leur validation. Qu'ils aillent au diable !

Mais ce n'était pas de sa colère que Kenan avait besoin maintenant ; il avait besoin de l'écoute de sa meilleure amie.

— Tu sais que ce sont des foutaises, n'est-ce pas ?

Il émit un son incrédule.

— C'est exactement le terme que ma mère a employé quand je lui ai dit que je ne pouvais pas revenir chez Rhodes Realty.

Il posa son verre sur la table et passa la main sur sa barbe naissante.

— J'ai repensé à cette conversation toute la journée. Je me disais qu'ils avaient peut-être raison. Je connais Cain et Achille depuis quelques mois seulement. Mes parents, Gavin – ils sont ma famille. S'ils ont besoin de moi, je leur dois allégeance.

— N'est-ce pas toi qui viens de me dire qu'on ne doit pas tout à ses parents ?

Elle pointa l'index sur lui.

— Mettons de côté cette histoire de loyauté un instant

et parlons de tes demi-frères. Le temps ne détermine ni l'amour ni l'affection. Oui, tu ne connais Cain et Achille que depuis quelques mois, mais tu as créé un lien avec eux. Tous les trois, vous avez été amenés à vous connaître et à travailler ensemble dans des circonstances particulières, et ce que vous avez vécu depuis la lecture du testament de votre père unirait n'importe qui rapidement. Mais il n'est pas seulement question de cela, n'est-ce pas ?

Sans attendre sa réponse, elle lui prit la main et soutint son regard. Elle connaissait Kenan mieux qu'elle-même, et elle compatissait sincèrement.

— Il s'agit de couper le cordon. De voler de tes propres ailes, sans Rhodes Realty, sans ta famille. D'être toi-même, et de tracer ton propre chemin. Pas en tant que fils de Nathan Rhodes ou frère de Gavin Rhodes. Que tu aies tort ou raison, il s'agit de te prouver à toi-même que tu peux réussir seul. Et puis, il y a un autre élément à prendre en considération. Tu es heureux chez Farrell. Tu aimes travailler avec tes frères, qui t'apprécient, qui t'écoutent. Est-ce que je pense que tu te mets trop de pression ? Que tu cherches à atteindre cette perfection contre laquelle tu m'as mise en garde ? Oui. Mais chez Farrell, tu dois relever des défis, et tu aimes ça. Pourquoi quitterais-tu cette entreprise ? Cette histoire de loyauté inconditionnelle, c'est la vision de tes parents, pas la tienne. La loyauté n'est *pas* inconditionnelle, ni aveugle. C'est un mythe. La loyauté se mérite. Et, bien que tes parents méritent que tu sois loyal parce qu'ils t'ont élevé, ça ne signifie pas que tu dois leur consacrer toute ta vie.

Il serra sa main.

— Nous faisons la paire, tous les deux, fit-il valoir. Nous donnons des conseils mais nous avons du mal à en recevoir.

Il afficha un faible sourire.

— Merci, Eve.

— Tu ne me crois pas, n'est-ce pas ?

— Est-ce que tu m'as cru ?

— Oui.

— Menteuse.

Elle plissa les yeux puis secoua la tête et gloussa.

— Tu as raison, avoua-t-elle. Mais je te promets d'essayer.

Reprenant son sérieux, elle l'observa, l'émotion lui nouant la gorge.

— Si tu n'acceptes rien d'autre, Kenan, accepte au moins de croire ce que je vais te dire. Tu es la personne la plus extraordinaire que je connaisse. Tu es brillant, généreux, gentil et, oui, loyal. Tu as dit que j'étais un cadeau pour toi. En réalité, c'est moi qui ai de la chance de t'avoir pour ami.

Il porta sa main à ses lèvres et y déposa un baiser. Le spasme qui la traversa lui coupa le souffle et faillit la faire gémir. Une simple bise et voilà qu'elle était déjà excitée et moite.

— Il y a une autre raison à ma présence ici, dit-il d'une voix douce qui fut comme une caresse soyeuse sur sa peau. C'est parce que je suis faible. J'ai essayé de te laisser tranquille aujourd'hui, mais je voulais te voir. Respirer le parfum imprégné sur mes draps directement à sa source. Toucher ce corps que je sens encore sur mes mains. J'avais besoin de te regarder dans les yeux pour savoir si tu regrettais notre nuit.

La regrettait-elle ? Non. Au contraire, elle voulait réitérer l'expérience.

— Parle-moi, Eve.

Il embrassa sa main de ses lèvres avides. Qui aurait

cru que le nerf au centre de sa paume était directement lié à son sexe ?

— À quoi penses-tu, Eve ?

Elle s'éclaircit la voix.

— Je ne regrette pas notre nuit. Mais je mentirais si j'affirmais ne pas être inquiète.

Le regard de Kenan s'assombrit. Elle le connaissait suffisamment pour savoir qu'il lui cachait quelque chose.

— Inquiète ? À quel sujet ?

— Je me demande ce que cette nuit signifie. Et je m'interroge sur la suite. Sommes-nous juste des amis-amants à présent ? Quel effet cette nuit va-t-elle avoir sur notre amitié ?

Elle avait murmuré la dernière question, craignant d'entendre la réponse.

Si Kenan disait vouloir une amie-amante, elle serait anéantie, car elle ne pourrait pas supporter d'être traitée comme ses autres conquêtes. Mais s'ils essayaient d'avoir une vraie relation et que cela ne fonctionnait pas ? Et que leur amitié ne survivait pas, maintenant qu'ils y avaient ajouté le sexe ? Si elle perdait Kenan... Cela la détruirait.

Son téléphone vibra sur la table basse, l'arrachant à ses pensées et empêchant Kenan de répondre. À la fois frustrée et soulagée, elle prit l'appareil. Mais lorsqu'elle vit le nom de l'appelant sur son écran, la peur l'envahit. Elle jeta un regard vers Kenan, qui l'observait d'un air calme et froid. Il avait vu le nom sur le téléphone, devina-t-elle.

Gavin.

L'appareil continuait de vibrer dans sa main tandis qu'elle soutenait le regard de Kenan. Manifestement, il s'attendait à ce qu'elle décroche. Elle fut légèrement surprise de constater qu'elle n'avait aucune envie de décrocher. En fait, elle trouvait que ce coup de fil tombait

138

mal. Ce qui était très surprenant puisque Gavin était son fantasme depuis l'adolescence. Elle laissa l'appel basculer sur la boîte vocale et reposa le téléphone sur la table, sans quitter Kenan des yeux.

Elle remarqua l'étincelle de surprise dans son regard.

Une lueur suivie d'un feu si éclatant, si intense, qu'il sembla lui brûler la peau.

Tirant sur sa main, il l'attira à lui, et elle se laissa volontiers faire. Quand elle grimpa sur ses genoux, il prit son visage en coupe et l'approcha du sien, tout en lui laissant le temps de reculer si elle le souhaitait. Comme si elle allait leur refuser le plaisir qui les attendait !

Ensuite, il prit possession de sa bouche. Doucement. Tendrement.

Elle ferma les yeux pour retenir une soudaine montée de larmes. Mais elle n'interrompit pas Kenan. Elle n'exigea pas qu'il l'embrasse avec plus de force, plus de fougue.

Après tout ce qu'ils avaient subi aujourd'hui, ils avaient besoin de cette douceur.

Il prenait son temps, mais sous sa paume, Eve sentait son cœur battre à coups redoublés. Il faisait l'amour à sa bouche. C'était la seule description possible. Il faisait l'amour à sa bouche avec une telle ardeur qu'elle se mit à onduler frénétiquement des hanches. Elle s'accrocha à ses épaules, pressa la poitrine contre la sienne, et peu lui importait qu'il sente la dureté de ses tétons. Elle n'éprouvait aucune honte. Son désir avait pris les commandes et sa pudeur s'était envolée.

Saisissant ses mains, elle les plaqua sur ses seins enflés. Les gémissements qu'ils poussèrent tous les deux emplirent la pièce tandis que ses paumes la massaient, épousaient son corps, réapprenaient à le connaître. Et

139

quand il taquina ses mamelons de ses doigts puissants, elle rejeta la tête en arrière.

Mais ce n'était pas suffisant. Elle retira son pull, sous lequel elle ne portait pas de soutien-gorge. Les grondements de Kenan provoquèrent des sensations indécentes juste entre ses jambes. Il serra ses seins et captura un téton entre ses lèvres. Chaque coup de langue, chaque mordillement, provoquait une réaction dans le bouton de chair pulsant au sommet de son sexe.

Elle était déjà au bord de l'orgasme, rien qu'en sentant sa bouche sur son sein et son érection contre son ventre.

Quand il passa à son autre sein, elle empoigna son sexe raidi à travers son pantalon. Le râle presque sauvage qu'il laissa échapper fit grimper d'un cran son envie de se repaître de lui comme il se repaissait d'elle.

Mue par une impulsion, elle s'écarta de lui et échappa à ses mains qui essayaient de la retenir. Quand elle s'agenouilla sur le sol et se cala entre ses jambes, il cessa de protester.

Il glissa les mains dans ses cheveux et défit son chignon.

— Trésor… C'est ce que tu veux ? demanda-t-il.

Après avoir ouvert la fermeture à glissière de son pantalon, elle mit la main dans son caleçon noir, enroulant les doigts autour de son sexe chaud et rigide. Tous deux tremblèrent et gémirent d'excitation.

Elle se mit à le caresser, de la base jusqu'à la couronne, puis rencontra son regard brûlant.

— Tu n'as pas idée, murmura-t-elle.

Sans plus attendre, elle posa les lèvres sur le sommet de son sexe. Il sursauta, avançant un peu dans sa bouche. Elle l'accueillit, passant doucement la langue sur lui avant de reculer.

— Je veux tout de toi, ajouta-t-elle.

Qu'il comprenne ce qu'il voulait. Elle-même n'était pas certaine de savoir ce qu'elle souhaitait.

Fermant les yeux, elle entreprit de les rendre tous deux fous.

Encore et encore, elle le lécha, le mordilla, l'honora, acceptant avec plaisir chaque grondement, chaque râle, chaque éloge. Et quand il saisit sa tête, la maintenant immobile pour aller et venir dans sa bouche, elle exulta.

Lorsqu'il fut au bord de l'explosion, il se releva, glissa les mains sous ses épaules et la ramena sur le canapé. Avec des mouvements hâtifs, il lui retira son pantalon de jogging, la laissant nue et tremblante. Après quoi, il se déshabilla et déroula un préservatif sur lui. Se rasseyant sur le canapé, il la fit asseoir à califourchon sur lui. Puis il positionna sa verge dressée contre son sexe.

Leurs halètements rapides et rudes fendirent l'air tandis qu'elle descendait lentement sur lui.

Un cri strident monta dans sa gorge, mais elle le retint en serrant les dents. Prenant une profonde inspiration, elle s'arrêta pour se laisser le temps de s'adapter à son sexe puissant.

Elle déposa un baiser sur son front et s'accrocha à ses épaules.

— Tu es si étroite, ma belle. Si moite, si parfaite.

Il enserra sa taille et l'embrassa au creux de son cou.

— Totalement parfaite.

Elle ondula des hanches pour l'amener plus loin. À chaque centimètre supplémentaire, le plaisir brut et sauvage qui la traversait s'intensifiait. Enfin, il fut en elle jusqu'à la garde. Physiquement, elle pourrait s'en remettre, mais émotionnellement… ?

— Voilà, murmura-t-il d'une voix apaisante, passant

ses larges paumes le long de son dos. Regarde-toi. Tu es si belle, si douce.

Oui, elle pouvait être douce. Pour lui. Mais elle pouvait aussi être féroce et puissante. Et pour le prouver, elle remonta les hanches et redescendit brusquement sur son sexe, leur arrachant un cri à tous les deux.

Elle le chevaucha avec frénésie, ne lui laissant pas de quartier et ne s'en laissant pas non plus. Ce rythme furieux la transformait en une créature assoiffée de sexe qui la terrifiait et la ravissait à la fois.

Elle pouvait oublier que Kenan n'avait pas répondu à sa question sur le statut de leur relation.

Elle pouvait tout oublier, sauf le plaisir qui menaçait de la briser en tant d'éclats qu'elle ne serait jamais plus la même.

Elle se moquait bien des conséquences. Elle continua ses va-et-vient, poursuivant avec Kenan sa course vers l'apothéose. Elle glissa la langue entre ses lèvres pour réclamer qu'il l'embrasse en retour. Puis elle inséra la main entre eux et traça des cercles autour de son clitoris.

Il ne lui fallut que quelques secondes pour atteindre l'extase et l'entraîner avec elle.

Ses muscles intimes se contractèrent autour de lui. Elle rejeta la tête en arrière, criant son nom. Vaguement, elle l'entendit crier le sien, sentit ses coups de reins durs, presque brutaux, avant qu'il ne la serre dans ses bras.

Ensemble, ils basculèrent.

Quoi qu'il arrive, chacun rattraperait l'autre, elle en était certaine.

142

- 11 -

Les yeux rivés sur l'écran de son ordinateur, Kenan relisait un mail pour la énième fois.

Cela faisait presque deux jours que Gavin l'avait convoqué dans son bureau pour une réunion avec leurs parents. Depuis, Kenan n'avait pas reparlé à sa famille. Bien que sa conversation avec Eve l'ait un peu apaisé, la douleur n'avait pas disparu.

« J'ai honte de toi. »

Il avait beau essayer, il n'arrivait pas à chasser ces mots de son esprit. Ils le hantaient, le flagellaient. Il n'avait pas appelé ses parents, car affronter à nouveau leur déception pourrait l'anéantir. Et tant pis si cela faisait de lui un lâche.

Pourtant, Gavin, médiateur dans l'âme, avait déjà fait ce que Kenan et ses parents ne pouvaient pas faire. Parce que Kenan n'avait pas répondu à ses messages ou à ses appels, il lui avait envoyé un mail dans lequel il lui présentait ses excuses pour l'avoir piégé, mais aussi pour la réaction de leur mère. Gavin n'aurait pas pu prévoir que la réunion tournerait aussi mal, toutefois, Kenan se sentait un peu trahi. Gavin aurait au moins pu le prévenir du sujet de la conversation. Si Kenan avait su que sa famille voulait qu'il revienne dans l'entreprise familiale, il aurait pu au moins se préparer.

Fermant sa messagerie, il soupira et se cala dans son fauteuil. Il n'était pas encore prêt à répondre à son frère.

143

En toute franchise, il se sentait encore coupable et jaloux vis-à-vis de Gavin et de Eve. Coupable parce qu'il avait une liaison avec la femme à laquelle Gavin s'intéressait. D'autant plus que Gavin avait téléphoné à Eve juste avant qu'ils ne couchent ensemble samedi soir. Un moment extrêmement gênant.

Mais pas aussi gênant que la réaction de Kenan face à cet appel. Il avait été à deux doigts d'exiger qu'elle ne réponde pas. De la supplier de ne pas décrocher.

Écœuré par lui-même, il se frotta les yeux.

Depuis samedi, il avait couché avec Eve chaque nuit, chez elle ou chez lui. Mais aucun d'eux n'avait repris leur conversation sur le statut de leur relation. C'était Eve qui l'avait lancée, mais peut-être n'avait-elle pas envie de savoir.

Ces derniers mois, il avait sans doute développé un gène latent de lâcheté, car il n'avait aucune envie d'aborder le sujet.

Allons, mais qui croyait-il duper ? Quand il s'agissait de Eve, il avait toujours été un couard.

Bien que Eve l'ait laissé jouir de son corps, rien n'avait changé. Il avait encore trop peur pour lui avouer ses sentiments. Même si elle semblait l'avoir choisi au détriment de Gavin, il craignait encore d'être un substitut de son frère. Eve était amoureuse de Gavin depuis des années. Ces sentiments ne s'évaporaient pas en quelques jours. Que se passerait-il quand elle le reverrait ? L'amour et le désir reviendraient-ils ? Et qu'adviendrait-il de Kenan ?

Il serait brisé.

Ce qu'il vivait avec Eve était si nouveau... Cela faisait à peine une semaine. Comment pourrait-il croire que leur histoire allait durer alors qu'elle aimait Gavin depuis des années ? Puisque sa famille s'éloignait déjà de lui, il ne pouvait pas perdre Eve par-dessus le marché. Donc, oui, il choisirait volontiers la lâcheté et éviterait la conversation sur la nature de leur relation. Si cela lui permettait d'avoir plus de temps avec Eve – de la toucher, de l'embrasser, de s'endormir en elle – il éluderait la question. Car il n'était qu'un mufle égoïste.

Peut-être avait-il hérité d'un trait de caractère de Barron Farrell finalement.

Quelqu'un frappa à la porte, l'arrachant à ses pensées. Kenan leva les yeux et vit Achille entrer dans son bureau.

— Salut, dit Achille. Je tombe mal ?

— Pas du tout. Tu tombes très bien. Tu me sauves de moi-même.

Achille referma la porte derrière lui.

— Je peux t'aider ? demanda-t-il.

En dépit des circonstances, Kenan sourit. Quelques mois plus tôt, son frère aîné n'aurait jamais fait cette proposition. Renfermé et taciturne, Achille n'avait alors qu'un but : finir son année chez Farrell International et quitter Boston. Mais il avait fini par tomber amoureux de Mycah et par nouer un lien avec Cain et Kenan. Il ne serait jamais chaleureux et démonstratif, mais il avait fait des progrès, c'était certain.

— Non, ça va.

Achille eut l'air sceptique.

— Hé ! Mycah t'a encore emmené à des cours de préparation à la naissance ? Il y a des vibrations paternelles dans l'air.

Pour toute réponse, Achille lui décocha un regard noir.

— D'accord, d'accord, je retire ce que j'ai dit. Pas de vibrations paternelles, plaisanta Kenan. Mais si tu me questionnes sur mes sentiments ou que tu me donnes une tape dans le dos, tu vas le regretter.

— Je regrette déjà de t'avoir proposé mon aide.

145

Kenan rit.

— Je plaisantais. Quoi de neuf ?

Achille brandit une enveloppe en papier kraft.

— J'ai des informations concernant ton adoption.

Kenan reprit aussitôt son sérieux. Il aurait dû éprouver de l'excitation, mais ce fut un sentiment sombre qui vrilla dans sa poitrine.

Il se leva et contourna le bureau, ne parvenant pas à détacher son regard de l'enveloppe.

— Kenan ? Ça va ?

— Oui, ça va, murmura-t-il. Dis-moi ce qu'il en est.

— J'ai retrouvé l'avocat censé s'être occupé de ton adoption. Je dis « censé » parce que, Kenan…

Achille marqua un temps, ce qui ne fit qu'accroître la peur qui tenaillait Kenan.

— Sans trahir d'informations confidentielles, il m'a révélé que ce n'est pas lui qui s'est chargé de la procédure d'adoption. Les papiers que tes parents t'ont montrés étaient falsifiés.

Falsifiés.

Le mot tourna dans sa tête, encore et encore, de plus en plus sonore. Qu'est-ce que cela voulait dire ?

Achille approcha, le bras tendu vers lui.

— Kenan, tu m'entends ?

— Oui, fit Kenan. Quoi d'autre ?

Achille l'observa un instant puis répondit :

— J'ai poursuivi mes recherches en me disant que, peut-être, un avocat avec un nom similaire avait pris le dossier en charge. J'ai pensé qu'il s'agissait d'une erreur administrative. Mais je n'ai rien pu trouver. Et c'est bien là le problème. En fait, il n'y avait rien à trouver. Il n'y a aucun dossier d'adoption au nom de Nathan et Dana Rhodes. Et j'ai passé des mois à chercher. Il n'y a rien.

Kenan secoua la tête. Achille était son dernier espoir. Son frère était un génie de l'informatique. S'il n'avait pu déterrer aucun renseignement, alors Kenan n'avait aucune chance de découvrir un jour l'identité de sa mère.

— Ne t'en fais pas, Achille, dit Kenan, ravalant sa déception. Tu as fait de ton mieux, et je t'en suis reconnaissant. J'imagine que je dois renoncer.

L'air triste, Achille effaça la distance qui les séparait et le saisit par l'épaule.

— Non, tu n'as pas à renoncer.

Son frère soutint son regard un instant, puis lui donna l'enveloppe.

— Je t'ai promis de te donner des réponses. Et j'ai continué ma quête jusqu'à ce que je puisse tenir cette promesse.

Ne prends pas cette enveloppe. Ne la prends pas, sors de cette pièce.

La voix dans sa tête était stridente. Son cœur battait à se rompre. Un goût amer emplissait sa bouche. Pourtant, Kenan accepta l'enveloppe.

Il l'ouvrit et parcourut du regard l'unique document qu'elle contenait. Un certificat de naissance. *Son* certificat de naissance.

— Comment as-tu… ? commença-t-il, stupéfait. Mes parents m'ont affirmé que mon adoption étant plénière, je ne pourrais pas obtenir mon acte de naissance.

En guise de réponse, Achille secoua la tête. Kenan reporta son attention sur le document, le lisant avec une curiosité avide.

Enfant : Kenan Antony Rhodes.

Rhodes ? Pourquoi le nom de sa famille adoptive se trouvait-il sur son certificat de naissance ?

Père :

Aucune inscription.

Ce n'était pas une surprise. Barron Farrell n'aurait jamais accepté que son nom soit enregistré sur ce document.

Mère :

Dana Rhodes.

— Dana…

Il s'étrangla. Tituba. Il serait tombé si Achille ne l'avait pas retenu.

— Dana…, répéta-t-il d'une voix rauque. Qu'est-ce… ?

Ce n'était pas possible. C'était un mensonge, forcément.

Une vague de douleur déferla sur lui, lui volant son air, sa force, sa capacité à réfléchir.

— Je suis navré, Kenan.

La peine dans la voix et le regard de son frère confirma ce que son esprit engourdi ne parvenait pas à saisir.

Sa mère adoptive était sa mère biologique.

- 12 -

Eve se tenait devant la salle de pause de Rhodes Realty, se triturant les mains.

— Mais qu'est-ce qui m'arrive ? marmonna-t-elle.

Il s'agissait de sa mère. Elle n'avait jamais éprouvé de peur à l'idée de lui parler. De la nervosité, peut-être, mais pas de la peur.

Mais tu ne l'avais jamais blessée aussi profondément.

Bon sang. Il fallait vraiment qu'elle trouve un moyen de museler la voix dans sa tête.

Yolanda lui avait demandé de lui laisser du temps, et puisque c'était Eve qui lui avait fait du mal, elle devrait laisser sa mère déterminer de combien de temps et d'espace elle avait besoin. Mais trois jours s'étaient écoulés, et Yolanda ne lui avait toujours pas téléphoné. Eve ne pouvait pas laisser cette situation perdurer. Il fallait qu'elle essaie de réparer ses torts.

Et venir voir sa mère au bureau réduisait les risques que cette dernière fasse une scène.

Prenant une profonde inspiration, Eve poussa la porte de verre, remerciant Dieu que sa mère prenne toujours à la même heure son café de fin d'après-midi.

— Bonjour, maman.

Yolanda leva les yeux de la machine à café. Bizarrement, elle ne semblait guère surprise par la visite de sa fille. Un faible sourire s'accrocha à ses lèvres.

— Tu n'as pas l'air étonnée de me voir, nota Eve.

Le sourcil arqué, Yolanda appuya sur une touche de la machine. Une délicieuse odeur de café emplit l'air.

— Tu es ma fille. Je m'attendais à ce que tu finisses par venir, et si tu ne l'avais pas fait, c'est moi qui serais allée te trouver. Et puis… M. Leonard m'a prévenue de ton arrivée.

Eve émit un petit rire.

Après cela, un silence tendu s'instaura, teinté d'une légère gêne.

Cela ne leur ressemblait pas. Elles n'avaient jamais été mal à l'aise l'une avec l'autre. Puisque c'était Eve qui avait fauté, c'était à elle de se racheter. Par tous les moyens.

Fait encourageant, sa mère ne semblait pas aussi furieuse que samedi dernier. Mais… la tristesse assombrissait encore son regard, et Eve ferait n'importe quoi pour l'effacer.

— Maman, je suis désolée de t'avoir menti. Je pourrais prétendre que j'ai simplement omis de te parler de mon autre carrière, mais, en fait, je t'ai menti. Pendant quatre ans. Et je m'en veux beaucoup.

— *Pourquoi*, Eve ?

Yolanda s'appuya contre le plan de travail, frotta ses mains l'une contre l'autre, puis croisa les bras. Pour une femme qui était l'incarnation du calme, ses gestes agités trahissaient sa nervosité. À nouveau, Eve se sentit coupable.

— Je n'ai pas cessé d'y repenser, déclara Yolanda. Et la seule explication que j'aie trouvée, c'est que, pour une raison ou une autre, tu avais peur de me parler. Et si c'est le cas, alors je suis fautive. J'ai fait quelque chose qui t'a empêchée de…

— Non, maman.

Eve se précipita vers elle et saisit ses bras.

— Non, c'est moi qui suis en tort. Je suis la seule responsable.

Elle baissa les bras, cherchant ses mots. Après un instant, elle se lança.

— Toute ma vie, je t'ai vue travailler dur pour subvenir à nos besoins. À mes besoins. Je ne voulais surtout pas gâcher tes efforts. Alors, j'ai tout fait pour obtenir de bonnes notes et choisir un métier qui te rendrait fière. Ma plus grande peur était de te décevoir... ou de te faire honte. Mon métier d'enseignante, tu peux en parler à tes amis, à tes collègues, à ton pasteur. Mais avoir une fille qui crée et vend des sous-vêtements... Ce n'est pas quelque chose que tu pouvais révéler avec fierté.

— Et pourquoi pas ? rétorqua sa mère. Quoi ? Je ne porte pas de sous-vêtements ?

— Maman, tu m'as toujours déconseillé d'étudier l'art. Il y a aussi l'instabilité des métiers de la mode. Et puis, tu es une membre active de ton église. Que diraient les autres membres s'ils savaient que ta fille vend de la lingerie ?

— Alors, parce que nous vénérons Jésus, tu en conclus que nous n'aimons pas les dessous sexy ?

— Maman, je suis sérieuse !

— Moi aussi ! s'exclama sa mère en levant les mains.

Yolanda soupira.

— Ma chérie, reprit-elle, laisse-moi t'expliquer pourquoi j'étais si fâchée. Je suis ta mère avant tout. Et, en tant que mère, tu ne m'as pas laissé l'opportunité de me vanter de ta réussite, de fêter les grandes étapes avec toi. De te réconforter et d'être là pendant les moments difficiles. C'est mon travail de mère. J'ai eu le sentiment de ne pas être à la hauteur, alors que tout ce que je voulais, c'était être ton pilier et ton havre de paix.

— Tu l'as été, maman, murmura Eve.

— Non, c'est faux. Et quoi que tu en dises, c'est ma faute. En quelque sorte, je t'ai donné l'impression que tu devais faire tes preuves avec moi. Que mon amour pour toi dépendait de ce que tu fais, et non de ce que tu es. Et ce n'est pas vrai. Je t'aime, et je suis fière de toi. Est-ce que j'étais inquiète à l'idée que tu choisisses un métier qui ne t'apporte pas une sécurité financière ? Oui. Ce n'était pas ce que je souhaitais pour toi. Je voulais davantage. Mais, chérie, c'est ainsi que sont les parents. Nous voulons que nos enfants aient plus que ce que nous-mêmes avons eu. Pourtant, malgré mon inquiétude, j'aurais soutenu ton projet. Je t'aurais donné de l'argent, j'aurais été ton assistante, j'aurais fait de mon mieux pour répondre à tes besoins. Eve, tu es ma plus grande joie et ma plus grande réussite. Et si tu es heureuse – que ce soit en enseignant, en dirigeant une boutique de lingerie ou en ramassant les ordures le long de l'autoroute – alors c'est tout ce qui compte. Je serai toujours là pour toi.

Eve rit et pleura en même temps. Puis elle se jeta dans les bras de sa mère. Elles s'étreignirent longuement.

Le soir de leur dispute, Eve ne s'était pas sentie soulagée d'un poids. Mais aujourd'hui, si. Elle avait le cœur bien plus léger.

Elle était… libre.

Elle serra à nouveau sa mère dans ses bras puis la lâcha. Yolanda avait le regard embué quand elle sourit à Eve.

— Alors… Est-ce que ça signifie que tu veux des échantillons gratuits ?

— Bien sûr ! Quel intérêt d'avoir une fille propriétaire d'une boutique si je n'ai pas de produits gratuits ?

Leurs rires joyeux emplirent la pièce.

Vingt minutes plus tard, Eve sortit de l'immeuble. Un sourire aux lèvres, elle offrit son visage au soleil.

— Attention !

Eve projeta ses mains en avant lorsqu'elle heurta une surface dure. Ou plutôt, un torse ferme, comme elle s'en rendit compte quand des mains puissantes saisirent ses bras pour la maintenir en équilibre.

— Bonjour, belle inconnue.

Levant les yeux, elle se retrouva face à Gavin et à son charmant sourire. Elle se figea, attendant que le désir brûlant qu'elle éprouvait chaque fois qu'elle le voyait l'envahisse. Et…

Rien.

Elle n'éprouva rien, excepté une pointe de culpabilité pour lui avoir donné de faux espoirs, et peut-être un peu de tristesse, car Gavin était un homme fantastique. Il aurait été tellement moins compliqué de l'aimer plutôt que d'aimer Kenan.

Elle fit un pas en arrière.

— Bonjour, Gavin, dit-elle en souriant. Je suis contente de te revoir.

— Moi aussi.

Il posa un regard appréciateur sur sa silhouette, et, bien qu'elle vienne de découvrir qu'elle n'avait pas de sentiments pour lui, elle rougit. Car, eh bien, un homme séduisant venait de la reluquer. Certes, elle était amoureuse d'un autre homme, mais cela ne l'empêchait pas de se sentir flattée…

Bonté divine. Elle était amoureuse de Kenan.

Elle l'aimait en tant qu'ami depuis des années. Mais de là à être *amoureuse* de lui ?

Une vague de terreur déferla sur elle.

Ce n'était pas une bonne nouvelle. Vraiment pas.

Pour Eve, passer de l'amitié à l'amour n'était pas si choquant. Elle était sérieuse lorsqu'elle avait affirmé qu'il était la personne la plus extraordinaire qu'elle connaisse. Aucun homme ne l'avait jamais comprise, soutenue... aimée comme lui. Et puisqu'elle n'avait jamais été du genre à s'accorder des nuits sans lendemain, elle n'aurait pas pu compartimenter ses sentiments quand ils étaient devenus amants. Cependant, elle ne pouvait pas en dire autant de Kenan. Oui, ils avaient une liaison, mais il n'avait jamais dit vouloir plus qu'une amitié. Contrairement à elle, il collectionnait les brèves aventures, et ce n'était pas parce qu'il avait couché avec elle – plusieurs fois – qu'il avait soudainement développé des sentiments pour elle.

Son cœur s'emballa.

Qu'allait-il advenir d'eux ? Si Kenan la rejetait... Leur amitié survivrait-elle ? Elle ignorait si elle pourrait continuer à le voir s'il n'éprouvait pas les mêmes sentiments à son égard. Ce serait trop douloureux.

— Eve ? fit Gavin, la saisissant par le coude. Tout va bien ?

— Oui.

Elle expira un souffle tremblant, ébranlée par la révélation qu'elle venait d'avoir.

— Ça va. Je suis désolée, qu'est-ce que tu disais ?

Il pencha la tête et l'observa.

— Je disais que je t'ai téléphoné l'autre soir pour savoir si tu étais libre ce week-end. J'aimerais beaucoup que nous dînions ensemble.

Après cette prise de conscience, elle n'avait pas d'autre choix que de refuser.

— Gavin, tu es incroyablement gentil et adorable, et j'ai vraiment apprécié notre premier rendez-vous, mais je suis désolée. Je dois dire non. Je ne peux pas te voir ce week-end. Ou tout autre week-end. Je...

— Laisse-moi deviner. Kenan.

Était-elle donc si transparente ? Si oui, c'était pathétique.

— Comment as-tu… ?

— Comment j'ai su ? Je suis peut-être un peu lent à la détente, mais avec le recul, vous deux, vous avez toujours été très proches.

— Nous sommes amis depuis longtemps.

— C'est vrai, mais la façon dont mon frère te regarde n'est pas très… amicale. Pas plus que le baiser au club, malgré l'histoire que Kenan m'a racontée. Si je n'avais pas voulu entamer une relation avec toi, j'aurais remis en cause cette explication au lieu de la prendre pour argent comptant, mais…

Il haussa les épaules.

— Les signes étaient là. Kenan est amoureux de toi depuis très longtemps. Bien sûr, je suis déçu, mais pas étonné.

— Tu te trompes sur les sentiments de Kenan.

Elle aimerait tant qu'il ait raison… Mais il avait tort.

— C'était vraiment une comédie pour attirer ton attention. Cette chose entre ton frère et moi… c'est récent.

Il serra les lèvres, et elle eut l'impression qu'il réprimait un sourire.

— D'accord, fit-il.

Elle l'observa entre ses yeux plissés, puis finit par rire.

— Gavin, je suis désolée, dit-elle, reprenant son sérieux. Je ne voulais pas te faire de peine.

— Tu n'as pas à t'excuser, Eve.

Il la serra dans ses bras.

— Si quelqu'un mérite d'être heureux, c'est bien mon frère. Et il te mérite.

Il déposa un baiser sur sa joue.

— Comme c'est mignon, commenta une voix derrière eux.

Eve se dégagea de l'étreinte de Gavin et se retourna vivement.

Et elle fut face à Kenan. Son beau regard froid la parcourut avant de se poser sur Gavin.

— Je vous en prie, ne vous interrompez pas pour moi, dit-il d'une voix charmante mais teintée d'amertume.

— Kenan, ce n'est pas…

— Ce n'est pas ce que je crois ? Vraiment ? Allons, Eve, tu peux faire mieux que ça !

— Kenan, intervint Gavin, écoute ton grand frère. Le frère que tu évites depuis des jours. Ne gâche pas tout.

Il serra l'épaule de Eve.

— Au revoir, Eve, conclut-il.

Sur quoi, Gavin s'éloigna et entra dans l'immeuble de Rhodes Realty, la laissant seule avec Kenan.

— Kenan, dit-elle, je sais quelle image nous donnions, mais, franchement, il n'y a rien entre Gavin et moi. En fait, nous parlions de…

— Désolé, chérie. Je ne suis pas crédule à ce point. Ou plutôt, j'ai cessé d'être aussi naïf.

Que voulait-il dire par là ? se demanda-t-elle, interloquée. Faisant un pas vers lui, elle ignora les piétons qui passaient près d'eux, se concentrant uniquement sur son meilleur ami, sur l'homme qu'elle aimait de tout son cœur. L'homme qui la regardait à cet instant comme si elle était une parfaite étrangère.

— Kenan, si seulement tu voulais bien m'écouter… Je suis tombée sur Gavin par hasard. J'étais venue voir ma mère. Il ne s'est rien passé entre lui et moi.

— Rien hormis un baiser.

Il détourna le regard, mais elle eut le temps d'apercevoir son expression torturée avant qu'il ne la masque. Elle appuya les mains contre son cœur douloureux. Que se passait-il, au juste ? La scène que Kenan *croyait* avoir vue à l'instant n'était pas la seule chose qui le mettait dans cet état, manifestement.

— Kenan…

— Non, coupa-t-il, d'une voix aussi froide qu'un vent d'hiver à Boston. Je n'accepterai plus de mensonges. Je ne veux plus être le vilain secret ou le plan B de personne. Plus jamais.

— Je ne comprends pas ce que tu veux dire, répondit-elle, submergée par le désespoir et la colère.

Elle baissa les mains et les fixa, comme si elle pouvait voir son avenir avec Kenan lui filer entre les doigts. Elle avait essayé, pourtant. Elle s'était *battue*. Pour lui. Pour eux.

— Je ne t'ai jamais menti, et tu n'as jamais été un vilain secret pour moi. Je n'ai jamais eu honte de toi. Et je ne comprends même pas pourquoi tu parles de plan B. Kenan, tu es mon meilleur ami et… et…

Elle approcha et posa les mains sur ses pectoraux. Son espoir se réveilla quand elle sentit les battements sauvages de son cœur sous sa paume.

— Je t'aime, Kenan. En tant qu'ami, mais pas seulement. J'aime l'homme qui me complète, qui me donne de la joie, qui est l'autre moitié de mon cœur. Je suis amoureuse de toi.

L'air se bloqua dans ses poumons, et son pouls résonna dans ses oreilles. Son espoir fragile et néanmoins vif était en suspens. Mais tandis qu'elle observait le visage distant et fermé de Kenan, cet espoir mourut d'une mort lente et terrible.

La douleur dans sa poitrine s'agrandit, menaçant d'exploser à la moindre respiration.

Eve recula en titubant. Kenan tendit les mains vers elle, mais elle les écarta, incapable de supporter qu'il la touche.

— Tu ne me crois pas, lâcha-t-elle d'une voix rauque.

— Peut-être que ce baiser avec Gavin était platonique.

Il fixa sa bouche, et elle aperçut une étincelle dans son regard, qui ralluma son espoir traître. Mais quand il replongea les yeux dans les siens, son expression était si vide qu'elle eut le ventre noué.

— Mais je ne crois pas que tu sois amoureuse de moi. Comment pourrais-tu l'être alors qu'il y a à peine quelques semaines, je t'aidais à séduire mon frère ? Il possédait ton cœur depuis des années, Eve, des années. Et maintenant, subitement, je suis censé croire que ton cœur est à moi ?

Sa bouche se tordit dans une caricature de sourire cruelle.

— Non, je ne suis pas aussi chanceux. Et je ne crois plus aux contes de fées.

Comment se faisait-il qu'elle tienne encore debout ? Qu'elle respire encore après avoir subi une telle douleur ? Une part d'elle voulait lui marteler le torse, exiger qu'il se batte pour elle, pas seulement pour leur relation d'aujourd'hui, mais aussi leur relation future. Mais une autre part, celle qui avait peut-être pressenti cette issue, lui intima de se protéger. Eve rassembla le peu de fierté qui lui restait, et qu'elle refusait de sacrifier.

Oui, elle aimait Kenan, mais elle s'aimait aussi.

Et surtout, elle s'accordait de la *valeur*.

— Je ne peux pas t'obliger à me croire, et je ne peux pas te forcer à accepter un amour que je te donne librement, sans aucune condition. Mais s'il y a une chose que tu m'as apprise, c'est que l'amour est un cadeau. La loyauté se gagne. Mon amour est à toi, parce que c'est à moi de décider à qui je le donne, et non à toi de déterminer à qui il appartient. Malgré ce que tu penses, tu as largement mérité ma loyauté, ce qui veut dire que je ne te mentirai et ne te trahirai jamais. Alors, si tu ne me crois pas, c'est ta faute, pas la mienne.

Elle prit une inspiration tremblante. Elle n'arrivait pas à croire qu'après toutes ces années leur amitié se termine ainsi. Dans une rue animée. Parce que Kenan ne parvenait pas à surmonter ses propres problèmes pour croire à son amour. Et pour l'aimer en retour.

— Bien que nous ayons introduit le sexe dans notre relation, je croyais que nous étions assez proches pour que tu puisses me parler de tes problèmes, Kenan. Quels qu'ils soient. Peut-être que nous avons eu tort de coucher ensemble, car je t'ai perdu au profit des démons qui t'ont toujours poursuivi.

— Je ne vois pas de quoi tu parles.

Elle secoua la tête et sourit tristement. Elle avait beau essayer, elle n'arrivait pas à lui en vouloir. Parce qu'elle le comprenait mieux que lui-même. Et qu'elle l'aimait.

— Tout se résume à la peur, Kenan. Tu as peur de croire que je puisse t'aimer. Que je puisse te préférer à Gavin. Comment pourrais-je te choisir alors que tu as toujours pensé que tes parents ne t'ont jamais préféré à lui ? Tu ne peux pas accepter l'idée que tu es unique, et que t'aimer est aussi facile pour moi que de respirer. Alors, tu me repousses.

Elle leva les mains.

— Je ne peux pas te convaincre que je t'aime, que je ne veux que toi, car, pour cela, il faudrait que tu croies en toi. Et que tu me fasses confiance. En tant qu'amie, oui, tu me fais confiance. Mais de là à me confier ton cœur ? En prenant le risque que je le brise ? Non. Et ça m'attriste, Kenan. Car tu mérites mieux. Ce sont ta peur et tes incertitudes qui nous ont brisés. Et tu devras vivre avec ce fardeau.

Ne lui laissant pas l'occasion de répondre, de dire un mot de plus qui pourrait la dévaster davantage, elle pivota sur ses talons et s'en alla.

Elle s'éloignait de lui, mais elle se rapprochait d'elle-même.

- 13 -

Derrière la fenêtre de son bureau, Kenan regardait sans vraiment le voir le jardin clos à l'arrière de sa maison. Il glissa les mains dans les poches de son pantalon. Des mains qui lui semblaient un peu vides sans les verres d'alcool qu'il avait avalés depuis la révélation d'Achille et sa dispute avec Eve. Il avait passé la soirée du lundi et du mardi à boire. Mercredi, il avait arrêté l'alcool, toutefois il n'était pas retourné travailler et s'était fait porter pâle. Ce n'était pas un mensonge. Il était malade.

Malade d'amour.

Il soupira et passa la main sur son visage. Sa barbe de trois jours lui érafla la paume, lui rappelant qu'il devait se raser avant de retourner au bureau demain. Car il fallait qu'il y retourne. Il ne pouvait pas se terrer chez lui et panser ses plaies éternellement. Même s'il en avait envie. L'idée d'affronter les gens lui donnait envie d'ouvrir une autre bouteille de scotch.

Affronter les gens ?

Affronter Eve, plutôt. Chaque fois qu'il fermait les yeux, il revivait leur dernière discussion. Sa voix mélodieuse était dans son esprit, et il ne pouvait pas y échapper.

« Je t'aime, Kenan. En tant qu'ami, mais pas seulement. J'aime l'homme qui me complète, qui me donne de la joie, qui est l'autre moitié de mon cœur.

Ce sont ta peur et tes incertitudes qui nous ont brisés.
Et tu devras vivre avec ce fardeau. »

Aucune quantité d'alcool ne pouvait lui faire oublier ces mots. Des mots qui le suivaient jusque dans son sommeil. Ils le torturaient, le condamnaient. Car Eve avait dit la vérité. Il n'arrivait pas à croire qu'elle l'aime, qu'elle l'ait choisi plutôt que Gavin. Et, oui, c'était à cause de ses peurs et ses incertitudes. Il n'arrivait pas à les chasser. Pourtant, il aimerait y parvenir. Eve ne savait-elle pas qu'il mourait d'envie de la croire ?

Mais, comme il le lui avait dit, il avait cessé de rêver, de croire aux contes de fées et aux fins heureuses. Dès qu'il avait lu son certificat de naissance, il avait enfin compris que ce monde était dur, froid et empli de mensonges.

Alors, il avait laissé Eve partir, plutôt que de prendre le risque qu'elle lui brise le cœur si elle le quittait plus tard.

Si cela faisait de lui un lâche, eh bien, tant pis.

La mélodie de sa sonnette résonna dans la maison. Kenan ferma les yeux. S'il ne répondait pas, la personne qui était venue sans y être invitée, qui qu'elle fût, s'en irait. Plusieurs secondes passèrent, et la tension en lui se dissipa.

Hélas, on sonna à sa porte à nouveau. Une fois. Deux fois.

— Nom d'un chien !

Poussant un soupir, il sortit du bureau. Seules trois personnes étaient assez audacieuses pour camper devant chez lui jusqu'à ce qu'il daigne les recevoir. L'une d'elles l'avait rayé de sa vie quelques jours plus tôt. Quant aux deux autres, il s'était attendu à leur visite. Il était même surpris qu'il leur ait fallu autant de temps pour se manifester.

Ouvrant la porte d'entrée, il croisa le regard d'Achille.

Sans un mot, il s'effaça pour laisser son frère entrer.

— Bière ? Eau ? Whisky ? proposa-t-il en se dirigeant vers la cuisine.

— Une bière, ça me va.

Achille lui emboîta le pas. Il s'appuya contre le plan de travail et croisa les bras comme s'il s'agissait d'une simple visite de courtoisie. Mais Kenan savait que son frère était venu pour le secouer.

Il sortit deux bières brunes du réfrigérateur et en donna une à Achille. Ils burent en silence, face à face dans la cuisine.

Après quelques instants, Kenan lança :

— Vas-y. Dis ce que tu as à dire, qu'on en finisse.

Achille hocha la tête mais ne prit pas la parole tout de suite. Il but d'abord une gorgée de bière.

— Est-ce que tu as parlé à ta mère ? demanda-t-il.

Kenan se fendit d'un rire tranchant.

— Droit au but, hein ?

Il posa sa bouteille sur le plan de travail.

— Non, je ne lui ai pas encore parlé.

— Pourquoi ?

— Parce que je suis trop en colère. Elle reste ma mère, et je refuse de lui manquer de respect.

— Je comprends. Quand je me suis retrouvé en prison, j'étais furieux contre ma mère. J'avais frappé son petit ami parce qu'il l'avait frappée, mais c'était elle qui l'avait amené à la maison. Je lui en voulais car ce n'était pas le premier vaurien qu'elle fréquentait. Ensuite, je me suis senti très coupable, parce que j'accusais la victime. Ma propre mère. La seule personne qui me restait. Je l'aimais. J'ai compris que je pouvais être furieux contre elle et l'adorer malgré tout. L'important, c'est que l'amour gagne toujours.

Kenan sentit l'émotion l'envahir. Il avala une gorgée de bière pour faire passer la boule qui lui bloquait la gorge.

— Mais il y a autre chose, n'est-ce pas ? demanda Achille calmement. Quelque chose qui te perturbe. Beaucoup.

Kenan ricana.

— Si par « beaucoup », tu veux dire que j'ai une tête affreuse, je te remercie pour ta diplomatie.

Il fixa le sol. Souhaitait-il aborder le sujet qui le tracassait ? Pas vraiment. Mais Achille avait vécu des moments difficiles avec Mycah. Si quelqu'un pouvait le comprendre, c'était bien lui. Qui plus est, Achille était son frère. Il y avait quelques mois, Kenan l'avait soutenu. Manifestement, Achille voulait en faire autant pour lui. Alors Kenan lui en laisserait le loisir.

— Oui. Oui, il y a autre chose, admit-il.

Et il lui raconta tout.

Le projet Bromberg et la proposition qu'il avait faite à Eve.

Leur marché concernant Gavin.

Le début de leur liaison.

Le fait d'avoir surpris Eve et Gavin ensemble, puis la déclaration d'amour de Eve.

Le fait qu'il l'ait repoussée.

Il confessa même que le projet Bromberg était sa façon de faire ses preuves chez Farrell. De prouver qu'il était digne de travailler dans ce groupe.

Achille se redressa de toute sa hauteur. Il dépassait Kenan de quelques centimètres.

— Nous parlerons de Eve dans une minute, mais d'abord, revenons-en à cette histoire avec Farrell. Est-ce que tu te fiches de moi ? tonna-t-il. Si l'un de nous a sa place dans cette entreprise en dehors de Cain, c'est bien toi. Et tu es tout à fait digne d'y travailler, comme Cain, et comme moi. Ton projet ne détermine pas ta légitimité. Ces prochains mois non plus. Tu es parfait comme tu es. Et au diable ceux qui ne le savent pas.

Kenan cligna des yeux. Puis il s'éclaircit la voix.

— Tu as sûrement répété ton discours motivant avec Cain, ironisa-t-il d'une voix rauque.

— J'ai pris des notes, répliqua Achille, son sourire se détachant dans sa barbe épaisse. Tu sais ce que j'ai vécu avec Mycah. Comment j'ai laissé mon passé dicter mon avenir avec elle. Comment je l'ai laissé influencer la façon dont je me voyais et la valeur que je m'accordais. J'ai failli perdre Mycah. J'ai failli vous perdre, Cain et toi.

Achille serra l'épaule de Kenan.

— Si tu ne parles pas avec tes parents et que tu n'affrontes pas cette peur qui te ronge, tu vas perdre Eve. J'ai grandi dans un foyer où l'on ne possédait pas grand-chose, mais je n'ai jamais douté de l'amour qu'on me portait. Je n'ai pas eu ce fardeau à porter, Kenan. Et je suis désolé que tu doives le porter. Aucun enfant ne devrait vivre ça. Mais il y a une chose que je peux te garantir, car je vous ai observés, Eve et toi. Tu n'as jamais été le second dans son cœur. Elle te rend heureux. Accepte-le, Kenan. Et elle a raison. Tu dois être assez courageux pour mettre ton cœur en jeu. Et il n'y a pas de pari plus sûr qu'elle.

La fraîcheur de la bouteille de bière avait engourdi les mains de Kenan.

C'était la seule chose engourdie chez lui. Tout le reste de son corps pulsait. Comme si ses membres avaient été anesthésiés et que son corps était en train de se réveiller.

Toute sa vie, il avait eu l'impression de ne pas avoir sa place au sein de sa famille. Il portait le nom des Rhodes, mais il ne s'était jamais senti accepté. À présent, il comprenait pourquoi. Ce n'était pas sa faute. Cela n'avait jamais été sa faute. Et pourtant, il avait mené son existence avec l'idée qu'il était coupable.

Cette culpabilité l'avait même empêché d'avouer à Eve qu'il l'aimait depuis toutes ces années. Car il avait craint qu'elle ne le rejette. Craint qu'elle ne puisse pas le voir comme davantage qu'un ami, qu'elle ne puisse pas voir toutes ses qualités, simplement parce que sa mère et son père ne les voyaient pas.

Parce que lui-même ne les voyait pas.

Pourtant, Eve était la seule personne qui lui ait offert de manière inconditionnelle son amitié, son pardon… son amour.

« Je t'aime, Kenan. En tant qu'ami, mais pas seulement. J'aime l'homme qui me complète, qui me donne de la joie, qui est l'autre moitié de mon cœur. »

Tout à l'heure, lorsqu'il avait rejoué ces paroles dans sa tête, elles l'avaient fait souffrir.

À présent, elles lui procuraient une joie prudente.

Et elles lui donnaient de l'espoir.

Pouvait-il avoir un avenir avec Eve ? Saisir le bonheur qu'ils pourraient partager ?

Il voulait être assez courageux pour sauter le pas. Il avait envie d'être l'homme dont elle avait besoin. L'homme qu'elle méritait. Était-il cet homme ? Il l'ignorait. Mais elle l'avait choisi, et il ferait en sorte qu'elle ne le regrette pas.

Du moins, s'il pouvait obtenir son pardon, et la convaincre de lui accorder une autre chance.

Bon sang.

Il lui faudrait un miracle.

Ou alors… Il releva la tête et soutint le regard d'Achille.

Il lui faudrait juste un peu d'aide de sa famille.

- 14 -

Le soleil de début d'après-midi lui réchauffait les épaules. Kenan savoura cette sensation, les yeux rivés vers l'étang du Boston Public Garden. Le temps s'étant adouci, les canards et quelques cygnes étaient revenus. Des touristes et quelques habitants de la ville voguaient sur des bateaux en forme de cygnes tandis qu'un guide leur racontait l'histoire de la ville et du parc. Lorsque Kenan était enfant, il adorait cet endroit. Sa mère l'y avait souvent emmené. Ils nourrissaient les canards, Kenan grimpait sur les statues, et ils passaient du temps ensemble, tout simplement. Ces souvenirs étaient chers à son cœur.

Voilà pourquoi il avait demandé à sa mère de le retrouver ici.

Mais il avait les nerfs en pelote. Depuis qu'il avait téléphoné à sa mère hier soir, suite à sa discussion avec Achille, il avait réfléchi à ce qu'il comptait dire à sa mère. Comment aborder le sujet du mensonge sur son identité, un mensonge qui durait depuis sa naissance ? Comment demander à sa mère adoptive pourquoi elle n'avait jamais voulu révéler qu'elle était sa mère biologique ?

Il ne le savait toujours pas.

En toute franchise, il aurait préféré éviter cette conversation. Mais il ne pouvait pas reconquérir Eve, et avoir un avenir avec elle, s'il ne se confrontait pas à son passé.

Pour Eve, il était prêt à tout.

— Kenan.

Il se retourna pour faire face à sa mère et l'observa, le cœur serré. Elle n'avait pas changé : habillée avec élégance, elle arborait un air posé. Mais aujourd'hui, il la voyait avec un œil neuf. Il remarqua la forme de sa bouche et de ses pommettes, si semblables aux siennes. Il avait peut-être les yeux bleu-gris de Barron, mais leur forme était identique à ceux de Dana. Pourquoi n'avait-il jamais remarqué tout cela jusqu'à maintenant ?

Parce qu'il n'y avait pas prêté attention. Parce qu'il n'avait pas cherché de ressemblances dans le visage de sa mère adoptive. Mais maintenant, il les voyait dans le visage de sa mère biologique.

— Bonjour, maman.

Elle n'était pas assez près pour l'embrasser sur la joue, et il n'avança pas. Ils restèrent face à face, comme dans un duel, prêts à livrer un combat entre le mensonge et la vérité.

— Nous ne nous sommes pas retrouvés ensemble dans ce parc depuis bien longtemps, Kenan. Je vois que Roméo et Juliette sont revenus, observa-t-elle, désignant d'un signe de tête un couple de cygnes sur l'étang. Mais je suppose que tu ne m'as pas demandé de venir ici pour évoquer de vieux souvenirs.

— Non, en effet.

La frustration, la colère, l'amour et la peine tourbillonnaient en lui. Puisqu'il n'arrivait pas à les séparer, il les accueillit, comme Achille l'avait suggéré. En espérant que l'amour serait le vainqueur.

— Il fallait que je te parle. Et ce parc, où nous avons

168

de beaux souvenirs ensemble, me paraissait être un endroit sûr.

— Il nous faut un endroit sûr ? demanda-t-elle avec un petit rire. Ça n'augure rien de bon.

Il perçut sa nervosité.

— Papa et toi ne vouliez pas que je mène l'enquête sur mon adoption, mais je ne vous ai pas écoutés.

Il passa sous silence le rôle qu'Achille avait joué. Sa mère n'appréciant déjà pas son frère à cause de sa filiation avec Barron, il n'allait pas en rajouter.

— J'ai retrouvé mon certificat de naissance.

Il ne donna pas de détails – ce n'était pas nécessaire. Dana pâlit, puis des larmes brillèrent dans ses yeux. Elle porta une main tremblante à sa gorge. Ses lèvres bougèrent, mais aucun mot n'en sortit.

— Tu es ma mère biologique.

Elle ne nia pas.

— Laisse-moi te raconter ce que c'était que de grandir dans un foyer en me croyant adopté et abandonné par une mère biologique qui ne voulait pas de moi. J'aurais dû me sentir béni d'avoir été choisi par votre famille. Au lieu de quoi, j'avais le sentiment d'être un intrus. J'ai été élevé par un père qui n'a jamais vraiment réussi à faire croire qu'il me voulait pour fils. J'ai grandi avec le besoin de prouver que j'étais digne de porter le nom des Rhodes, de gagner ma place dans mon propre foyer. Mais, quoi que je fasse, je n'arrivais jamais à atteindre mon but. Je ne vous ai jamais suffi, simplement à cause des circonstances de ma naissance. Et tout ce temps – *tout ce temps* –, tu savais que j'étais ta chair et ton sang. Pourtant, tu m'as laissé croire le contraire. Tu as refusé d'assumer notre lien biologique. Il faut que je sache pourquoi.

Les larmes coulèrent sur le visage de sa mère. En tremblant, elle sortit de son sac un mouchoir, s'essuya les yeux puis pressa l'étoffe contre son visage, comme pour se cacher. Kenan lui laissa le temps de se ressaisir.

Enfin, elle releva la tête.

— Je suis désolée, Kenan. Tellement désolée. Je ne voulais pas…

Ses épaules s'affaissèrent.

— Non, je ne vais pas te présenter mes excuses. Tu mérites mieux de ma part, Kenan. Je te dois la vérité.

Elle dirigea son regard vers l'étang.

— Il y a des années, ton père et moi… Notre mariage battait de l'aile. Nous nous disputions sans arrêt. Je me sentais mal-aimée, et lui se sentait peu apprécié. C'était une période… difficile. À cette époque, j'ai rencontré Barron Farrell à une soirée. Nous étions assis l'un à côté de l'autre, et il pouvait se montrer très charmant. Quelques semaines plus tard, nous nous sommes recroisés pendant un gala de bienfaisance. Je ne suis pas fière de l'avouer, mais nous avons eu une brève liaison.

Les cris des canards grêlèrent le silence qui s'était instauré entre eux. Kenan étudia l'expression stoïque de sa mère. Mais il décela de la tristesse dans son regard. Et de la honte. Il serra les poings pour s'empêcher de la prendre dans ses bras. Il ne pouvait pas lui offrir du réconfort pour l'instant. Pas alors que le chaos faisait rage en lui.

— Je suis tombée enceinte, et je te le jure, Kenan – elle releva la tête et sa voix se raffermit –, jamais je n'ai envisagé d'interrompre ma grossesse, indépendamment des circonstances de ta conception.

— J'étais une erreur, lâcha-t-il, amer.

— Non ! protesta-t-elle en lui agrippant le bras. Non.

Ma liaison était une erreur, une trahison de mes vœux de mariage. Mais toi, tu n'as jamais été une erreur. Tu étais *à moi*. Tu es à moi. Tu l'as toujours été.

Simplement, tu ne l'as jamais avoué.

L'accusation lui brûlait les lèvres, mais il la retint.

Poussant un soupir, Dana le relâcha et s'enlaça la taille.

— Je sais que mes actes contredisaient – contredisent – mes paroles. Je ne cherche pas à me trouver des excuses. Mais, à l'époque, j'ai eu peur. Peur d'avoir un autre bébé d'un homme qui n'était pas mon mari. Peur de perdre mon mari, ma famille. Barron ne voulait rien avoir à faire avec toi. Nous savons tous qu'il était doué pour fuir ses responsabilités, glissa-t-elle avec une pointe de colère. J'ai dû avouer la vérité à ton père. Il était furieux, bien sûr. Non seulement je l'avais trompé, mais j'étais enceinte. Malgré tout… il a voulu sauver notre mariage. Pour protéger ma réputation, il a tenu à ce que nous prétendions t'avoir adopté. Ainsi, je pouvais te garder, t'élever, et tout le monde pouvait échapper aux dégâts et à la peine que le scandale aurait provoqués.

— Tu m'as sacrifié sur l'autel de ton mariage.

Elle inspira brusquement, mais cette fois non plus elle ne nia pas.

— Tu as sacrifié mon identité, mon sentiment de sécurité, une relation honnête et authentique avec papa et toi, pour que vous puissiez conserver votre union et votre famille parfaites. Tu sais ce qui est le plus triste dans tout ça ? Nous n'avons jamais été parfaits. J'ai grandi avec un père distant. Même quand j'étais enfant, je sentais qu'il me rejetait, mais je n'ai jamais réussi à comprendre pourquoi. Maintenant, je sais. C'est parce que je lui rappelais constamment l'adultère de sa femme. Il ne m'aurait jamais choisi pour diriger le groupe à sa

171

retraite, tout simplement parce que je ne suis pas son fils. Tout ce temps, tu savais, mais tu m'as fait croire que tout était dans ma tête. J'avais besoin de toi, maman.

— Je suis vraiment désolée, Kenan.

Elle tendit la main vers lui. Comme il ne bougea pas, elle la posa sur sa joue. Il y avait dans ses yeux un tel amour, une telle tristesse qu'il eut du mal à soutenir son regard.

— Tu n'imagines pas combien je regrette. Cela fait trente ans que j'ai des regrets. Chaque jour passé à te mentir, à te cacher qui j'étais, était un enfer. Tu es mon fils, pas seulement parce que je t'aime et que je t'ai choisi, mais parce que je t'ai mis au monde. Et je suis incroyablement fière de toi. Je t'aime.

Elle posa la main sur son autre joue.

— Dis-moi ce que je dois faire, Kenan. Ce que tu attends de moi. Avouer la vérité à tout le monde ? Je le ferai. Je ferai tout ce que tu veux.

Il posa les mains sur les siennes, des larmes lui piquant les yeux. Sa colère exigeait que Dana diffuse un communiqué de presse dans tous les médias pour dévoiler la vérité. Mais sa tristesse, son amour… son besoin de tourner la page ne demandaient pas que sa mère gâche sa vie, sa réputation et son mariage rien que pour apaiser son cœur meurtri.

Alors, que faire ? Il l'ignorait. Nathan, Dana et lui avaient beaucoup de plaies à panser sur le plan individuel et, un jour, sur le plan familial. Peut-être que Nathan et lui ne seraient jamais proches, mais pour la première fois cette pensée ne lui serra pas le cœur. Car il venait enfin de comprendre que ce n'était pas son fardeau mais celui de Nathan.

Il prit une grande inspiration. Le temps l'aiderait

à y voir clair. Et bien qu'il ne puisse rien faire pour apaiser la peine, la désillusion et la fureur encore en lui, il pouvait offrir la chose dont il avait le plus besoin dans sa vie : le pardon.

Il prit sa mère dans ses bras et l'étreignit. Elle s'accrocha à lui en sanglotant.

— Je te pardonne, maman. Je t'aime.

- 15 -

— Par ici, madame Burke.

La femme d'un certain âge, qui s'était présentée sous le nom de Charlene, conduisit Eve jusqu'aux bureaux de la direction de Farrell International.

Bien qu'elles n'aient jamais été officiellement présentées, Eve avait reconnu l'assistante de Cain Farrell. Ce qui n'avait fait qu'accroître sa curiosité. Pourquoi était-ce l'assistante personnelle du P-DG qui la conduisait vers une mystérieuse pièce, pour une mystérieuse réunion, après une convocation tout aussi mystérieuse ?

Eve avait failli refuser l'invitation de Cain. Quelle importance qu'il dirige l'un des conglomérats les plus puissants et les plus riches du monde ? Elle avait le cœur en morceaux. De plus, elle avait mis la dernière touche aux créations et aux prototypes pour le projet de Kenan quelques jours plus tôt. Elle n'avait donc plus à côtoyer Kenan ni ses frères. Sa rébellion avait duré environ dix secondes. Ensuite, elle avait cédé et accepté le rendez-vous.

Elle espérait que Kenan ne serait pas présent. Elle n'était pas prête à le revoir. Pas encore. Elle finirait par devoir l'affronter, mais…

Elle se ressaisit et se concentra sur la femme devant elle. C'était la curiosité qui l'avait conduite ici, mais déjà elle avait envie de faire demi-tour, afin de préserver son cœur et sa raison.

— Par ici, indiqua Charlene.

L'assistante montra une porte en verre. Les stores baissés empêchaient Eve de voir l'intérieur de la pièce.

— Entrez, ils vous attendent, dit Charlene en souriant et en entrouvrant la porte.

« Ils » ? Au pluriel ? Qui se trouvait dans cette pièce ?

Soudain nerveuse, Eve offrit un sourire tremblant à l'assistante puis entra. Elle se retrouva dans une salle de réunion pleine de gens. Parcourant l'espace du regard, elle aperçut une chaise de cuir vide au bout de la longue table de bois. Elle alla rapidement s'y asseoir, sans quitter des yeux l'homme qui se tenait debout à côté d'un écran.

Kenan.

Lorsque leurs regards se croisèrent, un courant électrique la traversa. Le désir se fichait que son cœur soit brisé et sa fierté en lambeaux. Tout ce que son corps traître savait, c'était que l'homme qui lui donnait des orgasmes à répétition n'était qu'à quelques mètres d'elle.

Bon sang, il lui avait tant manqué…

Et pas seulement sur le plan physique. Eve avait envie d'entendre sa voix profonde grave, de respirer son parfum réconfortant, de s'envelopper dans ses bras puissants.

Et, oui, elle avait envie de connaître à nouveau le plaisir dévastateur que seul Kenan pouvait lui offrir.

Dieu merci, ils n'étaient pas seuls. Sinon, elle aurait pu faire ce qu'elle s'était promis de ne pas faire : se jeter à son cou.

Détournant le regard, elle passa à nouveau la pièce en revue, remarquant Cain, Achille, et la femme de ce dernier, Mycah. Elle ne reconnut pas les autres personnes. En tout cas, elle avait sa petite idée quant à l'objet de cette réunion. Le projet de Kenan.

175

L'anxiété la tenailla. À présent, c'était pour Kenan qu'elle s'inquiétait.

Mon Dieu, faites qu'il réussisse. Il le mérite.

— L'un des éléments majeurs du changement d'image de la chaîne Bromberg passe par la modernisation de ses magasins, tout en conservant l'élégance et le luxe pour lesquels le groupe est réputé dans tout le pays. Nous recherchons une fusion de classique et de contemporain, afin de conserver notre clientèle de base et d'attirer une clientèle plus jeune. Et, bien sûr, d'augmenter les marges de profit. Voici un exemple de la manière dont nous comptons accomplir cette mission.

Il montra sur l'écran le logo noir et rose d'Intimate Curves. Le cœur battant, Eve redressa les épaules. Bien qu'elle soit tendue et nerveuse, elle était aussi très fière.

— Intimate Curves est une boutique de lingerie en ligne qui s'adresse exclusivement aux femmes de grande taille. Elle propose aussi des lotions, des bijoux et d'autres produits d'artisans et d'entrepreneurs locaux. L'entreprise existe depuis quatre ans et connaît un succès retentissant. J'ai joint les chiffres des deux dernières années dans vos dossiers afin que vous puissiez juger par vous-mêmes. Intimate Curves a non seulement généré un très gros bénéfice, mais sa réputation est également exemplaire tant au niveau régional que national. D'ailleurs, cette entreprise a reçu cette année le prix de la petite entreprise décerné par l'Association nationale des femmes entrepreneuses.

Sous la table, Eve joignit les mains tandis qu'une douce chaleur l'enveloppait. Elle ignorait si d'autres personnes dans la salle de réunion pouvaient déceler la fierté dans la voix de Kenan. Elle, en tout cas, la percevait. Elle l'entendait très bien, même.

— Si nous mettons en place ce changement d'image, la

brillante styliste et directrice de la boutique accepte de nous fournir six modèles exclusifs. Imaginez cela : Bromberg accueillera la seule boutique physique d'Intimate Curves, avec des créations qui ne seront pas disponibles en ligne. Avec une exclusivité de ce type, les ventes sont garanties.

— Et la propriétaire est totalement d'accord avec ça ? demanda d'un ton sceptique un vieux monsieur dont le costume coûtait sans doute plus cher que l'appartement de Eve.

Kenan posa brièvement son regard sur elle.

— Oui, en effet, répondit-il.

— Est-ce qu'elle sera le visage de sa marque ? enchérit l'autre homme.

Kenan hésita.

— Ça n'a pas encore été déci…

— Oui, j'incarnerai ma marque.

Les mots lui avaient échappé avant même qu'elle s'en rende compte. Elle n'avait pas eu l'intention de parler. Ni de révéler son identité. Depuis la conception d'Intimate Curves, elle s'était cachée derrière un logo et une marque, parce qu'elle redoutait les répercussions sur sa mère, et sur son travail d'enseignante. En vérité, elle s'était servie de ces raisons comme d'une excuse pour ne pas faire acte de foi, pour ne pas totalement réaliser son rêve d'être une femme d'affaires à temps plein.

À présent, tandis qu'elle soutenait le regard éclatant de Kenan, elle n'avait plus peur.

— Désolée de vous interrompre, dit-elle en jetant un regard circulaire avant de s'arrêter sur l'homme qui avait pris la parole. Je m'appelle Eve Burke, et je suis la propriétaire et la styliste d'Intimate Curves. Si le changement d'image de Bromberg est approuvé, je m'investirai totalement dans le point de vente physique, et je continuerai à fournir des modèles exclusifs pour Bromberg tout en gérant ma boutique virtuelle.

— Merci, Eve, murmura Kenan. Intimate Curves est un bon exemple des nouveaux partenariats que nous conclurons, tout en conservant les partenariats historiques. Le but n'est pas d'éloigner notre base de clients actuelle mais de la fidéliser et de l'agrandir. Et avec ce plan marketing, je suis sûr que la chaîne sera encore plus performante et profitable que jamais.

Kenan continua sa présentation durant encore quinze minutes. Lorsqu'il eut fini, Eve eut du mal à ne pas applaudir. Même si leur histoire s'était mal terminée, Kenan était avant tout son meilleur ami et, plus que quiconque, elle mesurait tout ce que ce projet signifiait pour lui.

Pendant que les personnes assises autour de la table procédaient au vote, elle retint son souffle.

Et quand la majorité valida le projet de Kenan, l'air qu'elle expira était un soupir de joie.

Elle jeta un coup d'œil vers Kenan et fut captivée par son regard lumineux. Il lui offrit un sourire, qu'elle lui rendit.

Peu après, la réunion s'acheva. Eve attendit au fond de la salle. Féliciter Kenan puis s'en aller – c'était son plan.

Un homme séduisant au teint mat s'avança vers elle.

— Je crois que les félicitations sont de mise pour vous aussi, mademoiselle Burke.

Ses épais cheveux bruns recouvraient son front et encadraient une solide mâchoire. Son regard d'un noir brillant la détaillait avec une intensité presque troublante.

— Les produits, le style et les chiffres de votre boutique sont impressionnants.

— Merci, monsieur… ?

Il lui tendit la main.

— Nico Morgan. Actionnaire minoritaire chez Farrell et futur investisseur dans le projet Bromberg.

Un faible sourire flirta avec ses lèvres, mais il n'atteignit pas ses yeux d'onyx. Et quand elle lui serra la main, un frisson la parcourut.

— Je me réjouis de notre future collaboration, mademoiselle Burke.

Après lui avoir adressé un signe de tête, il quitta la pièce. Elle le regarda partir, puis secoua la tête. Cet homme avait un charisme certain.

Une grande main chaude se posa sur ses épaules, et le frisson qui la traversa lui indiqua de qui il s'agissait avant même qu'elle ne se retourne.

— Eve ? Peut-on discuter une minute ?

Fermant les yeux brièvement, elle se retourna et offrit à Kenan un sourire poli.

— Félicitations, Kenan. Ton projet est formidable, et tout le monde a salué ton travail, comme je le pensais. Tu étais sensationnel.

— Merci. Tu m'as beaucoup aidé. Sans toi, mon projet n'aurait peut-être pas été approuvé. Tu m'as toujours soutenu, Eve, murmura-t-il.

Il saisit sa main.

— Accorde-moi cinq minutes. Je ne les mérite pas, mais je te les demande quand même. S'il te plaît.

Ce fut le « s'il te plaît » qui la fit céder.

— D'accord. Cinq minutes, pas plus. Il faut que je retourne travailler.

C'était faux. Elle avait pris sa journée quand Cain lui avait demandé de passer à son bureau, mais cela, Kenan l'ignorait. D'ailleurs, elle avait en effet une mission liée à son métier d'enseignante. Écrire sa lettre de démission.

— Merci, trésor.

La tenant toujours par la main, il prit la direction de son bureau. Elle devrait retirer sa main. Lui demander de ne pas la toucher. Seulement, elle n'y arrivait pas. Car elle *voulait* qu'il la touche.

Dès qu'ils entrèrent dans son bureau, elle trouva la force de retirer sa main. Passant le pouce sur sa paume, elle tenta d'effacer la marque de sa main sur la sienne. D'étouffer le désir que ce contact avait réveillé.

— Merci, Eve, murmura-t-il.

Elle tâcha de ne pas se noyer dans ses beaux yeux gris-bleu.

— Avant toute chose, je te remercie encore d'être venue. Je ne pensais pas que tu accepterais d'être présente si je t'invitais moi-même, alors excuse-moi d'être passé par Cain. Je tenais à ce que tu assistes à la présentation. D'abord, pour que tu puisses voir par toi-même l'enthousiasme que suscitent Intimate Curves et tes créations. Ensuite, pour des raisons plus égoïstes, j'avais besoin de toi. Je suis au maximum de mon potentiel quand tu es là, et je n'aurais pas pu réussir sans toi. En revanche, je ne m'attendais pas à ce que tu révèles être la propriétaire d'Intimate Curves. Je n'ai jamais été aussi fier de toi. Je suis très heureux pour toi, Eve.

— Je suis fière de moi.

Il esquissa un sourire sincère.

— Et tu as bien raison.

Il marqua un temps et fixa ses mains. Lorsqu'il releva la tête, la peine dans son regard lui coupa le souffle.

— Eve, reprit-il, je n'ai pas de mots pour te dire à quel point je m'en veux de t'avoir fait souffrir. De t'avoir blessée, et rejetée. Depuis que nous sommes enfants, j'ai toujours été ton filet de sécurité, et inversement. Mais j'ai déchiré ce filet, et cela, je ne me le pardonnerai jamais. Ceci dit, je ne suis pas trop fier pour demander ton pardon.

— Kenan…

— Je n'ai pas été honnête avec toi, Eve. Je t'ai dit je recherchais des informations sur ma mère biologique.

Elle fronça les sourcils. Qu'est-ce que cela avait à voir avec eux ?

— J'ai récemment découvert son identité. C'est Dana.

— Quoi ? Je ne… Comment ?

— Ma mère adoptive est en réalité ma mère biologique. Elle a eu une liaison avec Barron Farrell et est tombée enceinte. Pour éviter que quelqu'un le découvre, mes parents ont décidé de faire croire qu'ils m'avaient adopté. Et ils m'ont menti pendant toutes ces années.

— Mon Dieu, Kenan !

Elle se précipita vers lui et prit ses mains entre les siennes.

— Je n'arrive pas à le croire… Quand l'as-tu découvert ?

— Lundi dernier.

« Je n'accepterai plus de mensonges. Je ne veux plus être le vilain secret ou le plan B de personne. Plus jamais. »

Elle n'avait pas compris ce qu'il avait voulu dire ce jour-là. À présent, tout s'éclairait. Kenan avait découvert que ses parents lui avaient menti pendant trente ans. Ensuite, il l'avait vue avec Gavin et avait cru qu'elle l'avait trahi. Pas étonnant qu'il ait été si dévasté et qu'il se soit montré si froid… Le savoir n'atténuait pas sa peine, mais, au moins, elle comprenait mieux sa réaction.

— Kenan, je suis navrée. Je ne peux pas imaginer ce que tu ressens. Est-ce que tu tiens le coup ?

— Oui. J'ai parlé à ma mère. Papa et elle vont révéler la vérité à Gavin, mais il est inutile de rendre la nouvelle publique en dehors du cercle familial. Cela va prendre du temps, mais…

Il haussa une épaule.

— J'aime ma mère, même si je ne sais pas ce que l'avenir nous réserve. Ce que je sais en revanche, c'est que je ne peux pas envisager mon avenir sans toi.

Il prit son visage en coupe.

— J'ai une autre confession à te faire, Eve. Tu es la seule à posséder mon cœur. Il n'y a jamais eu personne d'autre que toi. Et quand tu m'as accusé d'avoir peur, tu n'imaginais pas à quel point tu avais raison. Durant la moitié de ma vie, j'ai eu peur de te dévoiler mes sentiments. Peur que tu ne me voies jamais autrement que comme un ami. Peur de te perdre. Peur de toujours passer après Gavin. Plutôt que de prendre le risque de la franchise, je t'ai caché la vérité. Mais je suis fatigué de me cacher. Je veux vivre libre. Avec toi.

Il appuya le front contre le sien, leurs deux souffles se mêlant. La joie, l'espoir et l'incrédulité le disputaient en elle. Kenan l'aimait depuis des années. *Des années.* Eh bien, il était un fantastique acteur, car elle ne s'était jamais doutée de rien. Tant de temps perdu… Elle voulait l'embrasser à perdre haleine, et en même temps elle avait envie de lui donner une tape sur la tête.

— Juste au moment où tu m'avais enfin donné ton amour, je te l'ai renvoyé à la figure. Eve, je te supplie de m'accorder une autre chance. Je passerai le restant de mes jours à te prouver que tu peux me confier la chose la plus précieuse dans ce monde : ton cœur.

— Finis, les secrets, déclara-t-elle, encerclant ses poignets. À partir de maintenant, il faut que nous soyons totalement honnêtes l'un envers l'autre. Et je vais commencer tout de suite.

Elle soutint son regard plein d'amour.

— Mon cœur et ma confiance sont à toi. Rien qu'à toi. Je t'aime, Kenan Rhodes.

— Eve...

Il lui donna un baiser avide et fougueux qui la fit chanceler et provoqua un tourbillon d'amour et de désir en elle.

Kenan était enfin à elle. Et elle était enfin à lui.

Pour toujours.

NAIMA SIMONE

Une proposition
indécente

Traduction française de
ROSA BACHIR

PASSIONS

HARLEQUIN

Titre original :
BLACK SHEEP BARGAIN

© 2022, Naima Simone.
© 2023, HarperCollins France pour la traduction française.

- 1 -

La vengeance est un plat qui se mange froid.

Quiconque croyait en cet adage manquait manifestement d'imagination.

Car, lorsque la vengeance n'était pas administrée immédiatement, la personne dont on voulait se venger pouvait oublier ses méfaits. Ou elle pouvait avoir une révélation, et ne plus être l'ordure qui méritait un châtiment.

Ou pire encore. Cette personne pouvait mourir.

Par conséquent, la vengeance était un plat qui se mangeait chaud, et même brûlant.

Nico Morgan se tenait devant une boulangerie-pâtisserie de Washington Street, dans une cacophonie de klaxons et de crissements de pneus. Les piétons défilaient autour de lui, pressés de rejoindre leur bureau, leur salle de classe ou leur *coffee-shop* préféré.

Mais aucun *coffee-shop* n'offrait d'aussi bons gâteaux que ceux alignés dans les vitrines de verre de la boulangerie-pâtisserie Evans.

Evans. Le nom était aussi simple que les produits et la famille qui tenait ce commerce.

Du moins… presque toute la famille.

Jetant un dernier coup d'œil à l'impeccable auvent vert, jaune et blanc, il avança et poussa la porte. Un gâteau à la vanille élégant et des cookies aux pépites de chocolat étaient peints sur la vitre brillante. Si ses souvenirs étaient bons – et Nico avait une excellente mémoire – Glory Evans exigeait que son personnel nettoie les vitres de la devanture chaque matin sans exception, et deux ou trois fois pendant la journée si besoin était. Selon le rapport du détective privé que Nico avait engagé, Glory était décédée depuis quelques mois, ne s'étant jamais vraiment remise d'un AVC survenu trois ans plus tôt. C'était sa petite-fille qui gérait la pâtisserie désormais.

Quand Nico pénétra dans la boulangerie, des odeurs de sucre, de vanille, de pain chaud et de café l'accueillirent. La plupart des gens trouveraient étrange que ces doux arômes fassent naître une onde de désir en lui. Mais la plupart des gens n'associeraient pas la femme qui venait de passer la porte battante de l'atelier à ces senteurs.

Athena Evans.

Nico serra les mâchoires, plissant les yeux pour observer la jolie gérante aux courbes sensuelles. Elle saluait chaleureusement les clients et discutait avec certains d'entre eux tout en portant dans ses bras un grand plateau argenté chargé de pâtisseries. Nico suivit sa progression lente mais régulière dans l'espace bondé, tout en s'attardant sur les traits familiers de son visage, la forme délicate de ses épaules, le balancement séducteur et apparemment innocent de ses hanches, le galbe de ses jambes.

Il n'y avait rien d'innocent chez Athena Evans.

Il le savait personnellement, et intimement.

Athena appela une jeune femme qui était derrière le comptoir – sa sœur. Reportant son attention sur son visage, Nico remarqua le supplément de chaleur subtil dans son sourire. Dans toute son expression, même. C'était parce qu'Athena ne souriait pas seulement avec sa bouche. Ses sourires adoucissaient ses pommettes saillantes et

188

éclairaient ses yeux noisette, qui semblaient alors plus verts que brun doré.

Son sourire était l'une des plus belles choses chez elle. C'était aussi devenu l'un des choses qu'il détestait le plus.

Aujourd'hui, c'était à la sœur d'Athena qu'était destinée cette démonstration d'affection. Tout en souriant, Athena souleva le plateau pour contourner le comptoir réfrigéré. Nico fut troublé par cette démonstration de force involontaire. Le désir pulsa dans ses veines tandis qu'il contemplait ses bras gracieux, révélés par sa robe d'été sans manches, dont la couleur jaune poussin flattait son teint brun chaud. Avec une facilité étonnante, elle posa le plateau sur le comptoir, ne montrant pas le moindre signe de fatigue. Des années passées à travailler dur dans cette boulangerie familiale l'avaient rendue endurante.

D'ailleurs, même si Athena était épuisée, elle ne le laisserait jamais paraître. Car elle s'efforçait toujours d'être la fille, la petite-fille ou la sœur parfaite.

Nico comptait sur cette vaine poursuite de la perfection pour qu'elle l'aide à accomplir son but.

C'était la seule raison pour laquelle il était ici, sur le lieu de travail de son ex-petite amie, trois ans après leur rupture.

C'était fou, les choses que l'on pouvait faire pour assouvir une soif de vengeance.

Une vague d'excitation le traversa. Car le projet sur lequel il travaillait depuis des années, qui était devenu sa raison de vivre, était en passe d'être réalisé. Mais aussi parce que Nico était de retour dans *cette* boulangerie, à quelques mètres de *cette* femme. Des courants électriques dansèrent sur sa peau tandis qu'il attendait qu'Athena le remarque, qu'elle le regarde, afin qu'il puisse voir sur son visage la stupeur, la haine… Il observerait avidement la moindre émotion, la moindre réaction.

Trois ans. Trois ans s'étaient écoulés, durant lesquels il s'était interdit de la revoir. Mais maintenant, par une étrange ironie du sort, il avait besoin d'elle. Personne d'autre qu'Athena Evans ne conviendrait. Et puis, il pourrait céder à son désir pour elle.

Jusqu'à ce que leur collaboration soit terminée.

Ensuite, ce serait lui qui mettrait fin à leur liaison.

Car, trois ans plus tôt, Athena lui avait rappelé une leçon très importante : ne jamais s'attacher.

Désormais, Nico ne faisait confiance qu'à la seule personne qui ne le laisserait jamais tomber. Lui-même.

Athena retira les éclairs et les donuts du plateau pour les ranger dans la vitrine, tout en discutant avec sa sœur et avec les clients. Quand elle eut terminé, elle passa en revue la salle. Nico se prépara.

Enfin, elle croisa son regard. Écarquilla les yeux.

Son visage était empreint de surprise, de peur. Et de fureur.

Il sourit, satisfait.

Sans le quitter des yeux, elle chuchota quelque chose à l'oreille de sa sœur. Kira Evans tourna vivement la tête vers Nico et le fusilla du regard. Le sourire qu'il arborait ne faiblit pas. Athena contourna le comptoir et alla vers lui. Cette fois, elle ne prit pas le temps d'échanger des politesses avec les clients au passage. Elle avançait d'un pas déterminé, toute trace de son sourire affable ayant disparu.

Lorsqu'elle s'arrêta devant lui et qu'il huma son délicieux parfum de sucre, de beurre et de pain frais, la froideur de ses yeux noisette ne l'empêcha pas d'avoir envie de poser les lèvres au creux de son cou… et de la croquer.

190

— Qu'est-ce que tu fiches ici ? lâcha-t-elle.

Elle secoua la tête avant qu'il puisse dire un mot.

— Tu sais quoi ? Inutile de me répondre. Car je ne veux pas savoir. Va-t'en.

Il haussa un sourcil.

— Je doute que ce soit une bonne idée, Athena.

— Je suis sûre du contraire.

— Il faut que je te parle. Accorde-moi cinq minutes. Que sont cinq minutes comparées à trois années ?

Une bouffée de colère l'envahit, mais il l'ignora. Autrefois, le fait qu'Athena le quitte l'avait fait souffrir, mais c'était du passé. Pour souffrir encore, il faudrait qu'il tienne à elle. Ce n'était plus le cas.

— Fais-moi confiance, il vaut mieux que tu entendes ce que j'ai à dire.

— Que je te fasse confiance ? À toi ? marmonna-t-elle en croisant les bras. Tu ne devrais pas commencer par ces mots-là.

— C'est l'hôpital qui se moque de la charité, ironisa-t-il. Nous pouvons rester ici et échanger des amabilités, ou nous pouvons sortir pour discuter. Et quand nous aurons terminé, tu pourras retourner à tes corvées en cuisine.

Il afficha un sourire narquois. Quand Athena et lui vivaient ensemble, elle aimait jouer le rôle de Cendrillon pour sa famille, alors il ne faisait que dire la vérité.

— Toujours un mufle, à ce que je vois.

Elle se fendit d'un sourire, bien différent de celui qu'elle avait offert à sa sœur. Celui-ci était totalement dépourvu d'amour et de chaleur. Mais Nico n'avait pas besoin de l'affection d'Athena. Il préférait son animosité. Au moins, ainsi, la situation était claire.

— Toujours dans le sacrifice et la dévotion aveugle,

à ce que je vois, repartit-il suavement, ne laissant qu'une légère pointe de causticité percer dans sa voix.

Car ce sens du sacrifice serait utile à Nico. Pour une fois.

Il soupira et consulta sa montre ancienne en or.

— Cinq minutes, ensuite je m'en vais. Et, Athena…

Il se pencha vers elle, si près qu'il put voir les stries dorées dans ses yeux noisette.

— Si tu refuses de me parler, tu le regretteras.

Elle parut irritée, mais aussi incertaine. Sans doute parce que pendant leurs dix-huit mois de relation, elle ne l'avait jamais vu exagérer ou la menacer. Il n'en avait pas eu besoin.

Il faisait des promesses. Qu'il tenait toujours.

— Cinq minutes, concéda-t-elle. Dans mon bureau, pas dehors.

Sans lui laisser le temps de protester, elle traversa l'espace de vente pour se diriger vers le bureau. D'un pas plus mesuré, il la suivit, conscient que les gens les observaient. Mais presque toute son attention était concentrée sur Athena. Sur la splendide masse de boucles brunes qui effleurait ses épaules tendues. Sur son dos gracieux, ses hanches rondes, son fessier à se damner.

Il détourna le regard. Athena – et son corps de déesse – n'avait plus le pouvoir de l'influencer. Oui, c'était une femme magnifique ; prétendre le contraire serait mentir. Mais il avait laissé sa beauté le mener par le bout du nez autrefois. Cela ne se reproduirait plus.

Athena poussa la porte battante menant à l'atelier puis emprunta un couloir. Des photos encadrées décoraient les murs, comme dans la salle principale. Des photos en noir et blanc de la boulangerie, ouverte dans les années 1960, ainsi que des clichés en couleur d'aujourd'hui. Des images de la famille prises au fil des décennies, qui montraient fièrement que ce commerce était non seulement une entreprise familiale mais aussi un précieux héritage, transmis de génération en génération.

Nico savait, d'après ses nombreuses conversations passées avec Athena, qu'elle tenait à ce que cet héritage reste dans la famille. À n'importe quel prix.

Une fois devant le bureau, elle sortit un trousseau de clés de sa poche et ouvrit la porte. Nico entra à sa suite dans la petite pièce, qui portait l'empreinte d'Athena. Des plantes sur les rebords de fenêtre. D'autres photos de famille sur le bureau. Des livres de cuisine et des boîtes de métal qui lui étaient familières, car elles se trouvaient autrefois chez lui.

Décidant de rester debout, il croisa les bras et plongea les yeux dans ceux d'Athena. Restant également debout derrière le bureau ancien et éraflé, elle soutint fermement son regard.

— Je suis sûre que tu n'as pas fait tout ce chemin jusqu'à Brighton pour me dévisager, puisque tu aurais pu faire cela n'importe quand au cours des trois dernières années. Alors, quel est ce mystérieux sujet important dont tu dois me parler ? demanda-t-elle, sarcastique.

— Barron est mort.

Elle haleta de surprise, et l'espace d'une seconde la compassion adoucit ses traits et fit fondre la glace dans son regard. Ce qui l'irrita. Elle pouvait garder sa pitié. Il n'en avait aucun besoin, et Barron ne la méritait certainement pas.

— Je suis navrée, Nico, murmura-t-elle.

Un frisson le parcourut, et ce ne fut que par la seule force de sa volonté qu'il masqua sa réaction. L'entendre prononcer son nom de sa voix sensuelle lui avait fait l'effet d'une caresse érotique.

Il lui semblait sacrilège qu'elle dise son prénom afin de lui présenter ses condoléances pour le décès d'un homme qui s'était contenté de féconder la mère de Nico, trente ans plus tôt.

— Pas moi, déclara-t-il d'un ton dur.

Elle le dévisagea, et il ne cilla pas.

— Depuis combien de temps ? demanda-t-elle.

— Presque neuf mois.

— Vraiment ? Je n'en ai pas entendu parler. Je ne lis pas les nouvelles du monde des affaires, mais… Tout de même, c'est une information importante. Est-ce que… ça va ?

— Si ça va ? Athena, je suis ravi, affirma-t-il en souriant. Ce salaud rôtit en enfer. Je ne pouvais pas rêver mieux.

Ou plutôt, si. Si sa mère avait vécu assez longtemps pour voir ça, la mort de Barron Farrell lui aurait procuré encore plus de joie.

Étant donné toutes les années de souffrance que Rhoda Morgan avait traversées après que Barron l'avait abandonnée avec un bébé, elle aurait dû assister à ses funérailles. C'était son droit, son dû.

— C'est ce que tu es venu m'annoncer ? demanda Athena. Le décès de Barron Farrell ? Je ne voudrais pas paraître insensi…

Il l'interrompit d'un revers de la main.

— Non, je ne traverserais même pas une pièce pour parler de la mort de Barron et je ferais encore moins vingt minutes de trajet pour annoncer cette nouvelle. Bien qu'une part de moi éprouve une grande satisfaction à l'idée qu'il soit enfin six pieds sous terre, je suis aussi perturbé.

— C'est compréhensible.

Elle reprit d'un ton plus doux :

— Tes sentiments envers lui doivent être… compliqués. Il doit y avoir des choses que tu voulais lui dire avant qu'il…

— Compliqués ? Ce que j'éprouve pour Barron Farrell est très simple. De la haine. Un mépris absolu. Mais tu as raison, il y a des choses que je voulais lui dire avant sa mort. Que c'était un salaud sans cœur. Que ce n'était pas un homme digne de ce nom, encore moins un père. Qu'un jour, il verrait son monde vidé de tout ce qu'il chérissait. Et que, ce jour-là, je serais présent pour voir ce monde s'écrouler autour de lui.

— Mais il t'a volé cela. En mourant.

Une colère brûlante et brutale surgit en lui.

— Oui. Il m'a volé mon droit de lui faire payer chaque larme que ma mère a pleurée, chaque sou qu'elle a épargné, chaque cheveu blanc précoce qu'elle a récolté.

Il n'avait pas prévu que la discussion prendrait une telle tournure. Enfonçant les mains dans ses poches, il traversa le bureau, pour tâcher de dissiper son agitation. La petite pièce n'offrant pas assez d'espace, il revint sur ses pas et remarqua une autre photo posée sur un vieux meuble de classement. Sur celle-ci, Athena et Glory Evans posaient ensemble devant la boulangerie.

La famille.

Athena s'y accrochait comme à une bouée dans une mer déchaînée.

Maintenant qu'il avait perdu sa mère, lui n'avait plus rien à quoi se raccrocher.

Rhoda Morgan était décédée depuis un an maintenant, et elle lui manquait terriblement. Dans les pires moments – comme les dimanches matin, quand il ne pouvait plus prendre le petit déjeuner chez elle, avant leur visite hebdomadaire au centre commercial Faneuil et au marché de

195

SoWa – il se persuadait qu'il était mieux sans attaches. Pas de liens, cela signifiait ne pas s'attendre à ce qu'ils soient rompus. Ne pas dépendre de gens qui pouvaient partir sans explication, ou mourir.

Ne pas se retrouver seul et brisé.

Ne pas utiliser ces liens pour attraper et piéger quelqu'un.

Comme il comptait le faire avec Athena.

La culpabilité le saisit, mais il l'ignora. Il n'avait pas à se sentir coupable envers Athena. Ni envers Barron. L'un comme l'autre l'avaient abandonné sans scrupules. Nico ne leur avait pas suffi. Alors, non, il n'éprouvait ni regrets ni honte.

Il comptait bien se venger.

Et venger sa mère.

— Il est décédé, Nico. On ne peut pas se venger d'un homme mort, dit-elle du même ton doux que tout à l'heure.

Ce ton lui rappelait une période durant laquelle il lui avait révélé des choses qu'il n'avait dites à personne, sauf à sa mère. Une époque où il avait eu foi… en elle. En eux.

— C'est là que tu te trompes, dit-il en se retournant vers elle.

— De quoi parles-tu ?

— Barron est peut-être mort, mais son héritage est bien vivant. Farrell International continue à fonctionner, et avec ses fils, à prospérer. Puisque je ne peux plus m'attaquer à lui, je vais m'attaquer à la seule chose dont il se soit jamais soucié : son entreprise.

— Attends une minute. Ses fils ? Je croyais qu'il n'avait qu'un fils en dehors de toi.

— Non, apparemment, Barron a pris l'habitude d'engendrer des enfants puis de les abandonner ainsi que leurs mères. La nouvelle a fait la une de la presse économique et des sites de potins. À la lecture du testament de Barron,

Cain Farrell a non seulement découvert qu'il avait deux frères cadets, mais aussi qu'il devait partager son héritage avec eux. Farrell International. Barron avait stipulé qu'ils devaient tous travailler ensemble pendant un an, sinon le conglomérat serait démantelé et vendu. Ils ont choisi de collaborer, et ces neuf derniers mois les affaires se sont très bien portées. Peut-être même mieux qu'avec Barron.

— Attends une minute. Tu as dit que Cain Farrell avait découvert qu'il avait *deux* frères. C'est faux. À moins que tu ne sois l'un des deux ? Non, ce n'est pas possible, puisque tu ne travailles pas pour Farrell International.

— Ce n'est pas faux. Barron a mentionné dans son testament les fils illégitimes qu'il a reconnus. Il a continué à nier l'existence de son fils aîné, comme il l'a fait pendant plus de trente ans.

Elle plissa ses yeux noisette, dans lesquels une lueur irritée brilla.

Elle était en colère ? Pour lui ? s'étonna-t-il. Il était très rare que quelque chose le surprenne. Athena venait de réaliser un exploit.

— Je déteste dire du mal des morts, mais… Quelle ordure ! s'exclama-t-elle.

Il réprima un sourire. Trouver Athena adorable pourrait le détruire. Et puisqu'il avait besoin d'elle, il était impératif qu'il garde cela à l'esprit. Si elle acceptait de l'aider – et il ne doutait pas qu'elle dirait oui – il ne répéterait jamais l'erreur de s'attacher à elle.

— Non pas que cela m'indiffère, mais je ne vois toujours pas en quoi tout cela me concerne, déclara-t-elle.

Il approcha et l'étudia durant plusieurs secondes.

— Ça te concerne parce que tu vas m'aider à obtenir ce que je désire le plus, Athena. La justice.

Pour sa mère. Pour lui-même.

— Je vais… t'aider ? demanda-t-elle, perplexe. Je ne comprends pas.

— J'étais sérieux quand je parlais de démanteler l'empire de Barron. Pour l'instant, Cain Farrell, Achille Farrell et Kenan Rhodes possèdent la majorité des actions, et le restant est partagé entre les actionnaires de Farrell International. Ou du moins, c'est ce qu'ils croient. J'œuvre depuis des années dans l'ombre. J'accumule les actions du groupe, via des échanges ou des achats, et maintenant j'en possède presque autant qu'eux. D'ici quelques semaines, je serai actionnaire majoritaire, et j'aurai le contrôle sur l'empire de Barron.

— Et que comptes-tu faire de ce contrôle si tu l'obtiens ?

— *Quand* je l'obtiendrai, rectifia-t-il. Je compte agir comme le digne fils de Barron Farrell.

Il esquissa un sourire.

— Cette déclaration énigmatique ne me dit rien qui vaille, marmonna-t-elle en croisant les bras. Mais peu importe, car je refuse d'être mêlée à… ça.

— Tu ne vas pas seulement être mêlée à ça, Athena. Tu seras ma partenaire.

Elle leva le menton, l'air choqué. Lentement, elle laissa retomber ses bras et le fixa. La tension satura l'air. Contre toute attente, Nico se sentit euphorique.

Comment avait-il pu oublier qu'Athena n'avait jamais eu de problème à le défier, à l'affronter ? Quand d'autres montraient de la déférence et même de la peur face à lui, elle le défiait avec son regard, ses mots… son corps. Non, Athena Evans ne s'était jamais mise à genoux devant lui.

À moins qu'elle ne le veuille.

— Et pourquoi dirais-je oui, alors qu'être ta partenaire pendant dix-huit mois était si surfait ?

Elle afficha un sourire presque hautain.

— Non, sans façon. Mais merci d'être passé. Ne laisse pas trois autres années s'écouler avant de revenir. À la réflexion, si.

— Tu sais ce que ton frère mijote, Athena ? demanda-t-il, appuyant les paumes sur le bureau et se penchant vers elle. Pendant que tu étais enchaînée à cette boulangerie et que tu te tuais à la tâche pour la maintenir à flot, as-tu la moindre idée de ce que ton frère manigançait derrière ton dos ?

S'il ne l'avait pas observée de si près, il aurait peut-être manqué la lueur d'angoisse dans son regard. Mais il la remarqua. Il nota aussi que rien d'autre dans son expression ou son attitude n'avait changé.

Elle était toujours la farouche gardienne de la famille Evans.

Il comptait sur cette loyauté indéfectible pour atteindre son objectif.

Pourtant, un embrun de colère s'alluma au fond de lui. Cette dévotion aveugle envers des gens qui, certes l'aimaient, mais qui ne l'avaient jamais appréciée à sa juste valeur, c'était ce qui les avait brisés, Athena et lui.

Il sortit de la poche de sa veste des feuilles pliées. Sans la quitter des yeux, il les posa sur le bureau et les fit glisser vers elle. Après plusieurs secondes, elle observa les papiers d'un air méfiant.

Une réaction sage.

Car Athena connaissait Randall Evans. Elle savait ce dont son petit frère était capable.

Nico pouvait accuser Athena de plusieurs choses, et les jours qui avaient suivi leur rupture, il l'avait fait, mais il n'avait jamais pensé qu'elle était lâche. Elle prouva son courage quand elle prit les papiers, les déplia et parcourut la première feuille. Elle n'aurait pas besoin de parcourir

199

les autres. La première page, sur laquelle était inscrite la mention « contrat de prêt », suffirait à l'éclairer.

Nico se redressa et patienta pendant qu'elle lisait le document. Elle était en train de découvrir que Randall Evans avait contracté un prêt de 300 000 dollars auprès d'une banque de la ville, avec la boulangerie en hypothèque. Ce qu'il pouvait faire puisque, étant l'aîné de la fratrie, il avait hérité de l'entreprise familiale après le décès de Glory Evans au début de l'année.

Correction : l'aîné *biologique* de la fratrie.

Techniquement, Athena était l'aînée, mais elle était aussi adoptée. Et, apparemment, elle n'était pas assez bien pour hériter de la précieuse boulangerie-pâtisserie Evans.

Pourtant, malgré cet affront, Athena continuait de travailler ici.

L'embrun de colère en lui se transforma en feu.

— Ça ne peut pas être…, murmura-t-elle.

— Vrai ? Réel ? Pourquoi ? Parce que Randall ne contracterait pas de dettes alors que tu as déjà du mal à payer les factures et les salaires ?

Elle détourna les yeux. Ce qui était une réponse suffisante.

— Il est écrit ici que le prêt est dû dans deux ans. Pourquoi me montres-tu cela maintenant ?

— Le prêt serait dû dans deux ans si ton frère effectuait les paiements mensuels. À ce jour, il a six mois de retard, et la banque est sur le point de réclamer le remboursement intégral. Si cela arrive… Non, *quand* cela arrivera, tout le solde sera dû, et si ton frère ne peut pas le payer, la boulangerie sera saisie.

Elle ferma les yeux et marmonna un juron. Le papier dans sa main trembla, avant qu'elle ne le pose sur le bureau. Pivotant sur ses talons, elle passa les mains dans ses cheveux, s'éloignant du document comme s'il était offensant.

Ou plutôt, menaçant. Car c'était une véritable peur que Nico avait aperçue dans son regard. Il sentit sa main le picoter du désir de… Quoi ? De saisir ce papier et de le déchirer en morceaux ? Cela ne changerait rien au fait que Randall avait mis Athena et leur famille dans le pétrin, en se comportant comme le crétin égoïste qu'il avait toujours été.

Nico avait-il envie de la prendre par les épaules et de la serrer contre lui ? De l'étreindre ?

Non, il n'en avait plus le droit. Et même s'il l'avait, il s'abstiendrait. Une caresse de sa peau soyeuse, une respiration de son parfum doux et chaud, et il commencerait à croire qu'il pouvait lui faire confiance. Qu'elle resterait auprès de lui.

Seule une personne dans sa vie avait toujours été présente pour lui, et elle était décédée.

Il ne pouvait plus compter que sur lui-même.

Et sur la certitude qu'Athena était dévouée à une famille ingrate.

Elle s'arrêta devant la petite fenêtre qui offrait une vue peu exaltante sur la cour. Le silence s'étira, mais Nico ne le brisa pas. Contrairement à la plupart des gens, surtout dans les cercles sociaux qu'il fréquentait désormais, le silence ne le dérangeait pas. Quand on grandissait à Roxbury, où la paix et le silence étaient des commodités rares, on appréciait les moments totalement dépourvus de bruit et de confusion.

Mais il ne fallait pas s'y tromper. L'ambiance dans ce bureau n'avait rien de paisible. Athena était en plein tourment intérieur. Sa tête baissée, exposant sa nuque vulnérable, ses épaules légèrement affaissées et le battement de ses cils contre ses pommettes en disaient long sur les sentiments qui la tenaillaient. La méfiance. L'inquiétude. La défaite. C'était lui qui avait provoqué ce chaos émotionnel. Athena ne devrait pas subir cela. Ce n'était pas juste. *Mince*. Malgré lui, il fit un pas vers elle… Elle pivota pour lui faire face.

— Pour régler ce problème, qu'est-ce que ça va me coûter ?

À nouveau, elle arborait un air froid et impassible. *Tant mieux*, songea-t-il, soulagé. Car il ne voulait pas d'une Athena brisée. Il avait besoin de la guerrière dont elle portait le nom.

— C'est pour ça que tu es là, n'est-ce pas ? continua-t-elle. Pour me faire une offre que je regretterais de ne pas écouter ? Tu as besoin de moi pour être ta partenaire, sinon quoi ? Tu laisses la banque exiger le remboursement ?

— Oui.

Elle inspira brusquement.

— C'est ton travail et celui de tes parents, de réparer les bêtises de ton frère, pas le mien, déclara-t-il. Tu acceptes les conditions de mon marché, et je rembourse le prêt. La boulangerie sera sauvée, jusqu'à la prochaine fois. Car nous savons tous les deux qu'il y aura une prochaine fois.

— Quelles sont les conditions ? lâcha-t-elle entre ses dents.

Il remit les mains dans ses poches, pour s'empêcher de la toucher. Il avait envie de la secouer. De lui faire comprendre qu'il était vain de sauver la mise à son frère, un presque trentenaire qui persistait à se comporter comme un gamin. Nico pouvait comprendre pourquoi les parents d'Athena excusaient le comportement de leur rejeton. Mais Athena ? Il ne comprendrait jamais.

— Tu fais semblant d'être ma fiancée pendant les trois

prochains mois. Cela implique que tu assistes à des dîners, des fêtes, ou à tout événement mondain où je jugerai ta présence nécessaire. Ta mission, en tant que fiancée, est de convaincre tout le monde, et en particulier Cain Farrell, Achille Farrell, Kenan Rhodes et leurs compagnes, que nous sommes amoureux et que nous formons un couple solide. En d'autres mots, Athena, ton seul objectif est de me donner l'image d'un type bien.

— Je ne suis pas magicienne, ironisa-t-elle. Or il n'y a que la magie qui pourrait accomplir un tel miracle.

Lâchant un rire incrédule, elle se pinça l'arête du nez. Puis elle le transperça du regard.

— Tu te rends compte que ton plan est insensé ? Sérieusement, prends une minute pour y réfléchir. Peut-être que l'absurdité de ton projet n'a pas eu le temps de s'enregistrer dans ton esprit.

Elle secoua la tête.

— De toutes les choses que je m'attendais à ce que tu me dises, Nico, celle-ci ne figurait même pas dans le top vingt.

— Et pourtant, tu vas accepter mon offre. Car si tu dis oui, tu garderas cette boulangerie. Sinon, tu la perdras. À toi de voir.

— Pourquoi ? lâcha-t-elle d'un ton désespéré. Pourquoi moi ? Et qu'est-ce que cette… comédie est censée t'apporter ?

Elle replongea la main dans ses boucles épaisses.

— Pourquoi fais-tu cela ? murmura-t-elle.

— Pourquoi je t'ai choisie ? Par pragmatisme. Pourquoi perdre du temps à trouver une femme qui jouerait le rôle de ma fiancée alors que j'en ai déjà une sous la main ? Et qui me connaît si bien ?

Il détailla ses yeux magnifiques, ses pommettes

203

saillantes parfaites, sa bouche pulpeuse, son corps aux courbes sensuelles.

— Qui plus est, une autre femme pourrait se faire des idées. C'est un arrangement. Rien de plus. Au bout de ces trois mois, je ne veux pas que ma partenaire s'accroche à une histoire qui n'aura jamais vraiment commencé. Avec toi, je n'ai pas d'inquiétudes. Tu n'auras aucun problème à me quitter.

Elle le lui avait déjà prouvé.

— Et avec toi avec mes côtés, continua-t-il, je pourrai intégrer le petit cercle des fils de Barron sans éveiller les soupçons. Qui se méfierait d'un homme heureux en amour ? En nous montrant à chaque événement mondain auxquels ils assisteront, je vais atteindre mon but. Pourquoi je fais cela ?

Il avança vers elle, laissant filtrer dans sa voix l'amertume qu'il avait accumulée pendant des décennies.

— Parce que je le peux enfin. Parce que mon ordure de père fulminera depuis l'enfer en découvrant que je possède son conglomérat bien-aimé. Parce que je ne peux pas exister dans un monde où le nom des Farrell est glorifié et vénéré alors qu'il ne mérite même pas un crachat.

Elle secoua lentement la tête.

— Non, Nico je ne peux pas t'aider. Tu projettes de détruire des vies et je refuse d'être ta complice. Et si tu penses que ton âme en sortira indemne... Je ne peux pas accepter.

— Tu dis non parce que tu t'inquiètes pour mon âme ?

Il laissa échapper un rire dur qui la fit tressaillir.

— Épargne-moi ta compassion factice, Athena. Résumons. Tu choisis de me laisser repartir, en sachant que l'entreprise de ta famille est à quelques semaines de la fermeture. Car, si je m'en vais, je ne reviendrai pas. Est-ce bien clair ?

Elle fixa le document sur le bureau, prit une profonde inspiration. Puis elle leva les yeux vers Nico.

— Oui, c'est très clair, déclara-t-elle. Ma réponse est toujours non.

Nico fut stupéfié. Des émotions qu'il n'avait pas éprouvées depuis trois ans le saisirent. La peur. Le doute.

Mais il ne laisserait rien paraître.

— Si c'est ce que tu veux, conclut-il.

Puis il sortit du bureau, sans se retourner.

Dans le passé, Athena lui avait volé son cœur. Puis elle l'avait quitté. Depuis qu'il la connaissait, elle n'avait pas cessé de le surprendre. Pourquoi avait-il cru que les choses avaient changé ?

Athena Evans n'avait jamais fait ce qu'il attendait d'elle.

- 2 -

Athena gara sa Nissan Altima de seize ans d'âge devant la maison victorienne de ses parents. Quand elle coupa le moteur, quelque chose crépita sous le capot en guise de protestation. Elle ferma les yeux et serra le volant.

Nico avait voulu lui acheter une nouvelle voiture lorsqu'ils étaient en couple, car il considérait celle-ci, un don de Randall, comme un vieux tacot. C'était le cas, mais cela ne voulait pas dire que ce véhicule avait moins de valeur aux yeux d'Athena. Ou qu'elle n'en avait pas moins besoin. Quand sa relation avec Nico s'était achevée, elle s'était félicitée d'avoir résisté. C'était avec cette voiture qu'elle était partie.

— Bon sang, murmura-t-elle.

Elle secoua la tête. Comme si cela pouvait chasser Nico de son esprit… Depuis qu'elle l'avait revu, elle ne cessait de songer à leur histoire passée.

Nico était réapparu après trois ans d'absence, ouvrant une porte en elle qu'elle avait pourtant verrouillée à double tour. À présent, il était impossible de refermer cette porte. Pourtant, elle avait essayé. Dieu sait qu'elle avait essayé.

Dès qu'elle avait aperçu Nico dans la boulangerie, toutes les émotions étaient revenues d'un coup, telle une rivière en crue détruisant un barrage fragile. L'exaltation vertigineuse. L'excitation palpitante. La douleur aveuglante. La colère brûlante. Le désir dévorant. Elle frissonna.

Seul Nico Morgan avait suscité en elle un tel torrent de sensations. Et elle le détestait pour cela.

Elle sortit de son véhicule. La demeure aux murs bleu clair, avec ses deux porches, ses pièces arrondies, ses grandes fenêtres et sa tourelle avait toujours été son foyer, bien qu'elle ait déménagé six ans plus tôt. Ses parents, son frère Randall et sa femme Gina ainsi que leurs deux enfants vivaient toujours ici. Tout comme Mama de son vivant.

Une douleur déchirante traversa sa poitrine. Huit mois. Cela faisait huit mois que Mama était décédée. Le chagrin et la peine s'étaient quelque peu atténués. Mais ils la prenaient encore au dépourvu parfois. Surtout lorsqu'elle venait ici, où l'esprit de sa grand-mère était encore présent, comme l'odeur du talc parfumé au lilas qu'elle utilisait chaque jour après son bain. Cette fragrance, ces souvenirs, enveloppaient Athena chaque fois qu'elle franchissait le seuil de la maison. Or, aujourd'hui, elle devait se montrer forte. Surtout au vu des nouvelles qu'elle devait annoncer.

Elle inspira à fond, puis expira lentement. Après quoi, elle remonta l'allée menant au perron. Comme si elle l'avait vue par la fenêtre – ce qui était tout à fait possible puisque Winnie Evans adorait surveiller les allées et venues des voisins – sa mère ouvrit la porte et l'attendit, un sourire aux lèvres.

— Bonjour, maman, dit Athena quand elle fut au sommet des marches.

Elle alla droit dans les bras tendus de sa mère. Tandis qu'elles s'étreignaient, l'inquiétude la saisit. Sa mère était-elle plus mince que la dernière fois qu'elles s'étaient vues ? La mort de Mama les avait tous dévastés, mais Winnie avait été particulièrement affectée. Elle n'avait presque pas quitté son lit pendant un mois.

— Comment te sens-tu, maman ?

207

— Bien, je vais bien. Cesse de te faire du souci pour moi.

Elle recula et la tint à bout de bras.

— Cette robe jaune te va à ravir ! Ta grand-mère a toujours aimé cette couleur sur toi.

Lui tapotant le bras, elle s'effaça pour la laisser passer.

— Entre, dit-elle. Je dois dire que ton coup de fil était une surprise. Une bonne surprise.

Athena sentit la culpabilité lui nouer le ventre.

Si seulement elle était venue simplement pour discuter. Si seulement Nico n'était pas passé à la boulangerie pour lui faire cette maudite offre.

Si seulement Randall n'avait pas contracté secrètement un prêt de *300 000 dollars* en hypothéquant la boulangerie d'Athena.

Non, ce n'était pas la sienne. C'était la boulangerie de Randall. Tout était à lui. Il possédait des documents pour le prouver. Comme il le lui avait rappelé maintes fois.

Peu importait qu'elle se lève à 4 heures chaque matin pour s'assurer qu'il y aurait des muffins, des donuts, des cupcakes et tout un assortiment de gâteaux pour leurs clients. Peu importait que Randall ne se soit montré chez Evans que onze fois depuis l'AVC de Mama trois ans plus tôt, et qu'il ne soit pas venu du tout depuis son décès – oui, Athena avait compté. Peu importait que le personnel, les fournisseurs et les clients la voient comme la patronne, puisqu'elle assumait toutes les responsabilités d'une gérante.

Rien de tout cela ne comptait car, même si elle était l'aînée de la fratrie, elle n'était pas du même sang.

La blessure ancienne lui serra le cœur, et Athena sourit de plus belle, pour cacher sa peine.

— Si je te préparais une tasse de thé, maman ? suggéra-t-elle.

Elle glissa un bras sous celui de sa mère et l'emmena vers le salon.

— Tu en as déjà pris un aujourd'hui ?

— Ce matin. Mais j'en reprendrai volontiers un maintenant.

Elles passèrent devant l'escalier de chêne brillant et gagnèrent le grand salon, doté de hauts plafonds, de grandes fenêtres et d'une alcôve arrondie. La pièce donnait sur une salle à manger et, par un autre couloir, sur la pièce centrale qui reliait les deux ailes de la maison : la cuisine de Winnie. Athena laissa sa mère s'installer sur le canapé puis se dirigea vers la cuisine. Après toutes ces années, elle savait exactement comment Winnie aimait son thé. Elle lui prépara une tasse et l'apporta dans le salon dix minutes plus tard.

— Voilà, dit-elle.

Elle posa la tasse sur la table basse puis s'assit à côté de sa mère.

— Tu es sûre que tout va bien, maman ? Tu sembles... fatiguée. Tu te reposes suffisamment ? Tu manges bien ?

— Oui, oui, et oui, répondit Winnie avec un petit rire. Cesse de t'inquiéter, chérie. Je vais bien. Maintenant, dis-moi ce qui est si important pour que tu aies quitté la boulangerie plus tôt afin de me rendre visite.

Athena ne quittait jamais Evans avant la fermeture, à 18 heures. Toute la famille le savait. Y compris Randall. Raison de plus pour qu'il ne prenne pas la peine d'y mettre les pieds. Athena était toujours là pour faire tourner la boutique.

« Quand on dit que nécessité est mère d'invention, ce n'est pas pour rien. Ton frère n'a jamais eu besoin de trouver comment tracer sa propre voie, puisque ta famille et toi l'avez toujours pavée pour lui. »

La voix de Nico résonnait dans sa tête. C'était lui qui lui avait dit ces mots un jour. Bon sang, il fallait qu'elle le chasse de ses pensées. De sa vie. Pourquoi avait-il choisi d'y revenir juste au moment où elle commençait à l'effacer de son esprit ? Et par *effacer,* elle voulait dire passer deux semaines consécutives sans que des images de lui n'envahissent son sommeil. D'accord, une semaine. Une semaine sans se réveiller moite, tremblante et excitée...

Cesse de penser à tes rêves érotiques alors que tu es assise à côté de ta mère. C'est impoli et tout simplement gênant.

— Maman, tu es assez importante pour que je quitte le travail plus tôt. Tu es importante, point.

— Ah, ce doit être quelque chose d'énorme, murmura Winnie.

Elle prit son thé et observa Athena par-dessus le bord de sa tasse.

— Maman, je suis sérieuse.

Athena soupira et posa les mains sur ses cuisses. Oui, elle temporisait. Pourtant, il valait mieux arracher le pansement d'un coup et en finir. Mais d'abord...

— Où est papa ? Ce que j'ai à dire le concerne aussi.

— Nous sommes mardi, il est chez le barbier. Il ne sera pas là avant deux heures.

Winnie reposa sa tasse.

— C'est sérieux à ce point ? interrogea-t-elle. Tu veux que je lui téléphone pour lui demander de rentrer ? C'est à propos de l'un de vous ? Kira, Randall ou toi ? Ou à propos de Gina, Mya ou Randall Jr ? ajouta-t-elle, mentionnant l'épouse et les enfants de Randall.

— Non, maman, lui assura Athena en serrant sa main. Nous allons tous bien, à ce que je sache. Il s'agit... d'autre chose. Je pourrai parler à papa plus tard. Je me suis juste dit que ce serait plus facile si vous étiez là tous les deux.

Prenant une grande inspiration, elle redressa les épaules.

— J'ai eu une visite-surprise aujourd'hui à la boulangerie. Nico Morgan.

— Ton ex-petit ami ?

Winnie parut déconcertée. Puis elle fit une moue dédaigneuse.

— Je croyais que nous étions débarrassés de lui. Que voulait-il ? Et cela faisait combien de temps que tu ne l'avais pas vu ? Quatre ans ?

— Trois ans, rectifia Athena.

Mais c'était un détail.

Winnie n'aimait pas particulièrement Nico. Elle avait cru qu'il voulait séparer Athena de sa famille. Nico avait ses défauts – il était émotionnellement indisponible, méfiant, obstiné, et bien trop sexy – mais il n'avait pas cherché à l'isoler de ses proches. Avait-il souhaité qu'elle fixe des limites ? Oui. Mais puisqu'il avait aimé tendrement sa propre mère, il n'aurait jamais exigé qu'Athena exclue la sienne de sa vie.

— Quatre, trois, peu importe, répondit Winnie en agitant la main. Qu'est-ce qu'il veut ? Rien de bon, je parie.

— Tu gagnerais ce pari.

Bon sang, comment annoncer la nouvelle ?

— Maman, il m'a montré un document bancaire attestant que Randall a contracté un prêt de 300 000 dollars. En utilisant la boulangerie comme garantie.

Sa mère ouvrit de grands yeux, Athena poursuivit :

— Et, comme il n'a payé aucune mensualité depuis six mois, la banque exigera le remboursement du prêt. Si Randall ne verse pas le montant restant dû, nous perdrons la boulangerie.

— Tu ne savais rien de tout cela ?

La question n'aurait pas dû lui faire l'effet d'une gifle. C'était pourtant le cas. Parce que c'était une question accusatrice. Qui sous-entendait qu'Athena était responsable de cet acte sournois qui pourrait détruire l'entreprise que ses grands-parents avaient fondée.

Car, pour Winnie, rien n'était jamais la faute de Randall.

Arrête. Tu n'as pas le temps pour ça. Elle ne voulait pas dire ça. Elle ne veut jamais dire ça.

Athena se répéta ce refrain. Contenant son amertume, elle soutint le regard de sa mère.

— Non, je n'étais au courant de rien, jusqu'à ce que Nico me montre une copie du contrat de prêt. Puisque papa et toi avez transféré le contrôle de la boulangerie à Randall, sans aucun garde-fou, il n'avait besoin d'aucune signature ou permission supplémentaire pour demander cet argent. En fait, nous ne savons pas si c'est le seul prêt qu'il ait contracté.

Athena sentit la terreur la gagner. D'où cette dernière pensée avait-elle surgi, elle n'en avait aucune idée. Qu'est-ce que Randall mijotait d'autre ? Et comment le découvrir ? Nico pouvait-il…

Non. Il était hors de question qu'elle lui demande de l'aide.

— Non, ton frère ne ferait pas cela ! Pas sans nous prévenir…

Athena dévisagea sa mère. Seul le respect pour la femme qui avait choisi de l'élever et de l'aimer l'empêcha de répondre : « Tu te fiches de moi ? » En revanche, elle ne pouvait pas contrôler ses expressions. Or Winnie était très douée pour les déchiffrer.

— Nous ne savons même pas si c'est vrai, plaida sa mère. Simplement parce que cette information vient de

Nico Morgan, que tu n'as pas vu depuis des années, nous sommes censés y croire ? Je ne pense pas que ton frère…

— J'ai vu les documents, maman. Ils sont authentiques. Et ils portent la signature de Randall.

Enfin la gravité des actes de son fils sembla s'enregistrer dans l'esprit de Winnie.

— Bonté divine, murmura-t-elle, portant la main à sa bouche. Trois cent mille dollars ? Athena, qu'allons-nous faire ?

Athena avait de meilleures questions : pourquoi Randall avait-il fait ce prêt ? Et qu'avait-il fait de l'argent ? Il vivait encore chez ses parents. Certes, il avait récemment acheté de nouvelles voitures pour sa femme et lui, et il était toujours tiré à quatre épingles, mais en dehors de cela ? Qu'est-ce qui justifiait l'emprunt d'une telle fortune ?

L'expérience lui avait appris qu'essayer de soutirer des réponses à Randall était comme essayer de clouer une salade de fruits au mur. C'était une mission impossible.

— Je ne sais pas, répondit-elle. D'abord, nous devons parler à Randall. Voir s'il reste de l'argent. Et s'il n'y en a plus, lui demander comment il compte s'en sortir.

Manifestement, il n'avait aucune intention de rembourser ce prêt, sinon, il aurait effectué les paiements mensuels. Mais cela, Athena se garda de le dire.

— Attends, attends, fit Winnie.

— Que j'attende quoi, maman ? Nous n'avons pas le temps. Cela fait déjà *six mois*. Si la banque n'a pas encore exigé le remboursement, elle le fera bientôt. Il nous reste peut-être des *semaines*, pas des mois, avant de perdre la boulangerie.

Une bouffée de colère l'envahit. Elle inspira et retint l'air dans ses poumons pour se calmer. Elle n'était pas responsable de la situation, mais il fallait agir. La famille devait prendre des décisions. Et la personne qui devrait être présente – celle qui était fautive – était absente, leur laissant le soin de payer les pots cassés. Comme d'habitude.

— Je sais, Athena, concéda sa mère avant de saisir son poignet. Je suis désolée, chérie. Je ne voulais pas élever la voix. Nous sommes… dans de beaux draps. Si c'est vrai…

— C'est vrai, assena Athena.

— Alors nous devons réfléchir et trouver une solution.

— Avec toute la famille.

Sa mère baissa les yeux.

— Maman, insista Athena d'une voix dure. Avec toute la famille, répéta-t-elle.

— Pourquoi Nico t'en a-t-il parlé ? Quel est son intérêt ?

— Maman…

— Athena, s'il te plaît, demanda Winnie d'un ton calme et néanmoins ferme. Pourquoi Nico t'a-t-il parlé de ça ? En quoi cela le concerne-t-il ?

Athena soupira. Elle choisit ses mots avec soin.

— Il a proposé… un marché. Si je lui rends service, il rembourse la dette.

Winnie laissa échapper un son de surprise. L'espoir brillait dans son regard.

— Comment ça ?

Elle se pencha vers Athena et prit ses mains entre les siennes.

— Tu es sérieuse ? Pourquoi ferait-il ça ? Tu as dit oui ?

— Quoi ? Non, je n'ai pas dit oui.

Athena se leva d'un bond, se libérant de l'étreinte de sa mère. Elle se frotta les mains pour tenter de débarrasser sa peau de la sensation d'être prise au piège.

Ou est-ce le dégoût dont tu essaies de te débarrasser ?

Dès que cette question déloyale jaillit dans son esprit,

Athena se força à remettre les bras le long de son corps. Elle s'éloigna du canapé. Et de sa mère.

— Athena, murmura Winnie.

— Non, maman.

Elle leva les mains comme pour se protéger de ce que sa mère s'apprêtait à lui dire. Car son instinct lui soufflait que ses paroles n'allaient pas lui plaire.

— Que veut-il que tu fasses, Athena ? Quelque chose d'illégal ?

— Non, bien sûr que non. Quelque chose de moralement discutable, peut-être, mais rien d'illégal. Oublie ça, maman. Je lui ai déjà répondu que je refusais son offre.

— Tu ne veux pas me dire de quoi il s'agit ?

— Non.

Elle croisa les bras, ne sachant pas pourquoi elle ressentait le besoin de… défendre Nico.

Le plan qu'il avait mis sur pied était si ridicule, et inspiré par tant d'amertume, qu'Athena refusait de l'aider. Impossible qu'elle participe à une telle machination sans que son âme soit souillée. Cependant, l'histoire de Nico ne lui appartenait pas, ce n'était donc pas à elle de la dévoiler. Nico Morgan lui avait peut-être brisé le cœur, mais elle avait toujours gardé ses secrets. Et elle ne comptait pas les révéler maintenant.

— Ça n'a pas d'importance, continua-t-elle. Maintenant nous devons…

— Comment peux-tu dire cela ? rétorqua Winnie en se levant. Bien sûr que c'est important ! C'est notre bouée de sauvetage, notre porte de sortie. Tu sais aussi bien que moi que ton frère n'a pas cet argent. S'il l'avait, il n'aurait pas contracté de prêt, pour commencer. Ton père et moi ne possédons certainement pas une telle somme.

Et nous ne pouvons pas perdre la boulangerie de Mama. Ce commerce était sa fierté, sa joie. C'était toute sa vie.

Winnie marqua un temps avant de reprendre la parole.

— Nous ne pouvons pas perdre Evans, murmura-t-elle d'une voix brisée.

— Je ne peux pas, maman, répondit Athena avec douceur.

Le désespoir et la peine creusèrent un vide en elle.

— Et Randall ? demanda-t-elle. Tu ne vas même pas lui demander d'agir, d'assumer la responsabilité de ses actes ? Il a mis Evans en danger, mais une fois de plus…

Elle ne termina pas sa phrase. Une boule de colère, de tristesse et de frustration s'était logée dans sa gorge, l'empêchant de prononcer un mot de plus. Elle scruta le visage de sa mère, espérant y voir quelque chose qui contredirait ses pensées.

Mais elle ne décela rien.

— Nous sommes une famille, Athena. Et les membres d'une famille se soutiennent.

— C'est vrai.

Néanmoins, pourquoi ne pouvait-elle pas se souvenir de la dernière fois où sa famille l'avait soutenue, elle ? Elle avait été déshéritée, en substance. Elle assumait la gestion de la boulangerie. On s'attendait à ce qu'elle donne sans compter, et sans se plaindre. Ce qu'elle faisait. Bon sang, elle en avait plus qu'assez d'être une fille modèle.

Évitant le regard implorant de sa mère, Athena se dirigea vers la cheminée. De nombreuses photos encadrées ornaient le manteau. Des images en noir et blanc, froissées par le temps. D'autres plus récentes, en couleur. Mais toutes étaient des photos de famille. Et sur presque tous les clichés, Mama était présente. Glory Evans, la matriarche de la famille Evans. La cheville ouvrière qui les reliait tous.

Winnie et Marcel Evans avaient adopté Athena lorsqu'elle avait un an, et, bien qu'elle n'ait pas le même ADN, elle ne les avait jamais vus autrement que comme ses parents. D'autres enfants adoptés éprouvaient le besoin de retrouver leurs parents biologiques, mais pas elle. Winnie et Marcel lui suffisaient. Quant à Mama… elle avait été bien plus qu'une grand-mère. Athena n'était pas une Evans de sang, mais sa relation avec sa grand-mère était plus profonde que celle que Mama avait eue avec ses autres petits-enfants. Et même avec sa propre fille.

Petite, Athena s'asseyait sur les genoux de sa grand-mère avec ses bols et ses cuillères en plastique, la regardant faire et imitant ses gestes, jusqu'à ce qu'elle soit assez grande pour troquer les œufs, la farine et le sucre factices contre de vrais ingrédients. Leur amour pour la création culinaire avait abouti non seulement à de nouvelles recettes mais aussi à une belle relation, faite d'amour et de respect.

Mama lui manquait tant…

Athena passa l'index sur l'une des dernières photos de sa grand-mère. Un cliché pris l'année dernière, pour son anniversaire, et sur lequel elle était entourée de toute sa famille. Tous souriaient, célébrant la nouvelle année de la femme qu'ils aimaient et vénéraient. Ils ignoraient alors qu'elle les quitterait trois mois plus tard.

Elle observa une autre image en noir et blanc. Glory et son mari, Thomas, devant la boulangerie Evans, ouverte en 1962. Ils avaient résisté à bien des épreuves, et reçu des menaces pour avoir commis le péché de tenir un commerce en étant afro-américains. Ils avaient connu le succès, et leur petite entreprise avait survécu à la mort de Thomas, survenue bien avant qu'Athena ne soit adoptée.

Malgré les coups durs, Glory avait tenu bon, sans jamais mettre la clé sous la porte.

Donc, Athena ne pouvait pas permettre que la boulangerie Evans fasse faillite. Ni permettre à quiconque de la faire sombrer. Elle laissa retomber sa main. Sa décision était prise. Elle allait accepter la proposition de Nico. Mais pas pour Randall. Ni même pour leur mère. Elle le ferait pour sa grand-mère.

Se retournant vers Winnie, elle déclara :

— D'accord. Je vais le faire.

— Oh ! Athena ! fit sa mère, l'air soulagé. C'est merveilleux. Je te remercie inf…

— Non, maman. Je ne veux pas te manquer de respect, mais, s'il te plaît, pas de remerciements. Je ne pense pas pouvoir les accepter pour l'instant. Il faut que je mette les choses au clair et que je sois franche. Tu refuses d'aller voir ton fils, celui qui a mis en péril la boulangerie, et d'exiger qu'il rende des comptes. Tu préfères me demander – me *supplier* – d'assumer ses responsabilités à sa place. Une fois de plus. Alors que tu sais très bien que cela me met dans une position délicate. Que cela m'oblige à côtoyer une personne que, de ton propre aveu, tu n'apprécies même pas. Mais l'autre solution, laisser Randall affronter les conséquences de ses actes, t'est insupportable.

Jamais elle ne s'était sentie aussi corvéable qu'à cet instant.

Sa mère tendit une main tremblante vers elle.

— Athena, ma chérie, je t'aime. Tu es si forte, et tu sais comment est ton frère…

— Il y a une chose que tu dois comprendre, maman. Je ne fais pas cela pour lui. Et même si je t'aime beaucoup, je ne fais pas cela pour toi. Je le fais pour Mama.

Levant le menton, elle ajouta :

— Et débrouille-toi pour que Randall fasse tourner la boutique. Car je ne peux pas lui sauver la mise et en même temps travailler toute la journée à la boulangerie. C'est à toi de décider quelle histoire tu lui raconteras, mais il faudra qu'il redouble d'efforts.

— Je m'en occuperai.

Winnie parlerait-elle à son fils, ou ferait-elle le travail pour lui ? Athena ne serait pas surprise de trouver Winnie à la boulangerie demain à la place de Randall. Elle riva les yeux au sol. Elle se sentait très fatiguée, tout à coup.

— Je t'appellerai, murmura-t-elle.

Elle se dirigea vers la porte d'entrée.

— Athena, je…

— Maman, je t'appellerai.

Sans risquer un autre regard vers sa mère, de peur d'être dépassée par ses émotions, elle quitta la maison de son enfance. Pour la première fois de sa vie, elle ne savait pas si elle se sentirait à l'aise quand elle reviendrait ici. Car, pour la première fois, elle n'avait pas l'impression que cette maison était son foyer.

- 3 -

Pourquoi Athena avait-elle cru qu'il serait simple d'entrer dans une tour d'affaires située en plein cœur de Boston et d'être reçue dans le bureau d'un milliardaire ? Pendant les vingt minutes de route, les dix minutes à chercher une place de parking et les sept minutes de marche jusqu'à l'immeuble dont Brightstar Holdings LLC occupait l'un des derniers étages, elle s'était convaincue que ce serait facile.

Apparemment, avoir eu une liaison avec ledit milliardaire ne suffisait pour avoir accès à son bureau.

Toutefois, Athena n'avait pas parlé au gardien de sa relation avec Nico.

— Je suis désolé, mademoiselle, répéta-t-il pour la troisième fois. À moins que vous n'ayez un rendez-vous avec M. Morgan – et selon son assistant, vous n'en avez pas – vous ne pourrez pas le voir aujourd'hui. Je vous suggère de prendre rendez-vous et de revenir à une date ultérieure.

En soupirant, elle sortit son téléphone de son sac. Nico n'avait sans doute pas changé de numéro en trois ans. Car il n'aimait pas le changement. Sans s'attarder sur la raison pour laquelle elle ne l'avait pas effacé de son répertoire, elle l'appela. Une sonnerie. Deux. Quand la quatrième retentit, elle sentit la déception la gagner. Mais juste avant qu'elle ne raccroche, une voix suave résonna dans son oreille.

— Athena ?

Apparemment, elle n'était pas la seule à ne pas avoir effacé ses vieux contacts.

— Oui, répondit-elle. Je suis dans ton immeuble, au bureau de l'agent de sécurité. Désolée de venir sans rendez-vous, mais il faut que je te parle, à propos de… d'hier.

Après une seconde de silence, Nico ordonna :

— Donne ton téléphone à l'agent.

Elle obéit.

— C'est pour vous, dit-elle.

Sans la quitter des yeux, l'homme accepta l'appareil.

— Oui ? répondit-il.

En une seconde, son expression passa de la suspicion à la contrition, teintée d'un soupçon de panique.

— Oui, monsieur. Tout de suite. Bien, monsieur.

Le gardien lui rendit le téléphone.

— Il aimerait vous parler.

Elle colla l'appareil à son oreille.

— Nico ?

— Il va t'accompagner jusqu'à mon bureau. Et, Athena ?

— Oui ?

— Je suppose que si tu es venue, ce n'est pas pour avoir la même conversation qu'hier.

Elle serra les dents.

— Non.

— Bien. À tout de suite.

Nico coupa la communication, et dans le silence menaçant qui s'ensuivit, Athena tenta sans succès de réprimer un frisson. Était-ce un frisson d'appréhension ou d'excitation ? Elle y songerait plus tard, quand elle ne serait pas sur le point d'entrer dans l'antre du lion.

— C'est ça, à tout de suite, marmonna-t-elle, rangeant

son téléphone dans son sac avant de s'adresser au gardien. On m'a donné l'ordre de vous suivre.

Il lui présenta le registre, une lueur amusée dans le regard.

— Si vous voulez bien signer, je vais vous conduire aux bureaux de Brightstar.

— Merci.

Quelques instants plus tard, ils entrèrent dans l'ascenseur. Tandis que les portes se refermaient sans bruit, Athena ne put s'empêcher de comparer cet environnement à celui qu'elle avait découvert trois ans plus tôt. Quand elle avait fait la connaissance de Nico, ses bureaux se trouvaient dans un bel immeuble en briques, dans le quartier de Back Bay. Il était millionnaire à l'époque, la holding qu'il avait fondée à vingt-quatre ans ayant connu l'une des croissances les plus rapides de la décennie. Une recherche sur Internet lui avait fourni une tonne d'informations sur la carrière de Nico, mais presque aucune sur sa personne.

Nico Morgan, natif de Boston, diplômé du MIT et de l'université Stanford, était titulaire de plusieurs diplômes en gestion des affaires. Avec l'aide d'investisseurs, il avait fondé Brightstar Holdings LLC à vingt-quatre ans, et gagné son premier million à vingt-six. À vingt-neuf ans, il avait étendu son activité. Brightstar possédait non seulement des actions d'autres sociétés, mais aussi des biens immobiliers, des brevets, des marques et d'autres actifs. Hormis quelques photos de Nico à la sortie d'un restaurant ou d'une galerie, et quelques potins, rien ne filtrait sur sa vie personnelle.

Toutes les informations qu'elle connaissait sur son passé, comme son amour et son respect pour sa mère, ou l'identité de son père, elle les tenait directement de lui. Tandis qu'elle montait vers le sommet de la tour de verre et d'acier, elle s'étonna une fois de plus que Nico, qui protégeait farouchement sa vie privée, lui ait révélé des éléments si intimes.

Retenant un soupir, elle se concentra sur ce qu'elle allait dire et se prépara à ramper, puisque moins de vingt-quatre heures plus tôt elle avait pratiquement chassé Nico de sa boulangerie.

L'ascenseur s'arrêta et s'ouvrit sur un hall élégant. Les bois clairs, les nuances de bleu céladon et de vert foncé créaient une ambiance relaxante. De magnifiques tableaux représentant des paysages ornaient les murs. Des canapés, des tables et un grand bureau circulaire meublaient l'espace, qui respirait la richesse et le luxe.

— Par ici, mademoiselle Evans.

Le gardien la guida vers un jeune homme qui se tenait derrière le grand bureau. *L'assistant de Nico,* supposa Athena.

— M. Morgan m'a demandé d'accompagner son invitée, Mlle Athena Evans. Il l'attend.

— Très bien, répondit l'assistant, dont la plaque nominative indiquait qu'il s'appelait Paul Landon. Je vais m'occuper de Mlle Evans. Merci.

Puis il s'adressa à Athena.

— Si vous voulez bien me suivre.

Elle offrit au gardien un sourire chaleureux.

— Merci pour votre aide, dit-elle.

— Je vous en prie, répondit l'agent avant de retourner dans l'ascenseur.

Après quoi, Athena suivit l'assistant, en ayant l'impression de se diriger vers son destin.

Quand Paul ouvrit les portes, Athena pénétra dans un vaste espace étonnamment lumineux. Des canapés et des fauteuils étaient installés de chaque côté du large couloir.

Athena passa devant une baie vitrée, une grande salle de réunion, ainsi que des bureaux, certains ouverts et d'autres fermés. Au bout du couloir, Paul s'arrêta devant une porte close.

Il frappa rapidement puis entra.

— Monsieur Morgan, Mlle Evans est là.

— Merci, Paul. Fermez la porte en repartant, s'il vous plaît.

Nico se leva. Athena posa le regard sur lui et avança.

Elle n'avait pas vu Paul sortir. Car Nico avait réquisitionné tous ses sens et accaparait toute son attention. Hier, elle avait eu l'impression de tomber dans un vortex, et aujourd'hui elle éprouvait la même sensation.

Combien de fois s'était-elle perdue dans ce regard onyx ? Comment des yeux si noirs pouvaient être si brûlants, c'était un mystère qu'elle n'avait jamais résolu. Quand Nico traversa l'immense espace, son regard de braise parcourut son visage, son chemisier sans manches vert menthe, son pantalon palazzo émeraude. Elle sentit ses bras nus la picoter, comme sous l'effet d'un coup de soleil, et se retint de les frotter. Elle refusait d'admettre, même en son for intérieur, que Nico avait un effet sur elle.

Un effet. Ha ! Un mot si faible pour décrire… l'attraction gravitationnelle qui semblait la mener vers lui.

Elle aimerait se dire que son abstinence de trois ans la rendait plus sensible à son magnétisme, mais ce serait un mensonge. Leur attirance avait toujours été puissante, électrique. Depuis leur rencontre lors de l'inauguration d'un restaurant jusqu'au jour où elle l'avait quitté…

Ce jour-là, Nico l'avait laissée partir. Il n'avait pas cherché à la retenir.

Ses parents biologiques. Nico. Et même, par certains côtés, ses parents adoptifs.

Pourquoi était-ce si facile pour les gens de renoncer à elle ?

Qu'y avait-il chez elle qui… ?

Non, elle avait trop souvent emprunté cette route, jalonnée de doutes et d'insécurités. Elle avait versé assez de larmes pour l'inonder, et cela n'avait rien changé.

— Merci de me recevoir, Nico, dit-elle, se réjouissant que sa voix soit calme bien que ses pensées soient sens dessus dessous.

— Appelle ça de la curiosité.

Penchant la tête, il glissa les mains dans ses poches, un geste qui écarta les pans de sa veste anthracite. Une cravate gris et noir barrait la chemise qui s'étirait sur son torse large, puissant et… Elle reporta vivement le regard sur son visage. Une onde de chaleur envahit son visage. *Seigneur, s'il vous plaît, faites qu'il n'ait rien remarqué ou, au moins, qu'il fasse semblant de n'avoir rien remarqué.*

Mais il s'agissait de Nico. Rien ne lui échappait. Et son sourcil arqué l'informa qu'il avait vu sa réaction.

Elle avait deux options. Nier. Ou faire comme si de rien n'était.

— De la curiosité ? répéta-t-elle.

— Oui, je me demande ce qui a pu t'arracher à ton travail et te pousser à venir jusqu'ici. Jusqu'à moi.

Venir jusqu'ici. Jusqu'à moi.

Ces mots n'auraient pas dû sonner comme une invitation érotique. Mais le désir dans ses veines et la chaleur entre ses cuisses indiquaient que son corps les avait perçus comme telle.

Il y avait eu une époque où elle n'avait pas eu besoin de permission pour plonger les mains dans les vagues épaisses et brunes qui encadraient le visage de Nico. Une époque où ces yeux profonds, noirs comme une obsidienne, brillaient de plaisir quand elle embrassait les traits forts de son visage. Son large front, ses pommettes saillantes, son nez arrogant et sa bouche indécente. Les angles, les plats et les courbes de sa tête formaient une œuvre d'art rude, brute et sensuelle.

Son corps long et puissant lui évoquait un loup. Dangereux, sauvage, splendide et avide. Nico avait toujours été avide d'en avoir plus, que ce soit le succès, les contrats, les sociétés, ou… elle. À cette pensée, elle frissonna. Seigneur, il avait si faim d'elle, autrefois…

Lorsqu'elle observa sa bouche, un courant électrique la traversa. Détournant la tête, elle concentra son attention sur le coin salon, puis admira la vue imprenable sur la ville et sur le port de Boston.

— Je suis venue pour te parler de… ta proposition d'hier.

— Regarde-moi, ordonna-t-il d'un ton brusque.

Malgré elle, elle obtempéra et reporta son attention sur lui.

— Ne sois pas timide, Athena, lança-t-il d'une voix suave et néanmoins ferme. Regarde-moi dans les yeux et dis-moi pourquoi tu es là.

Timide.

Ils savaient tous les deux ce qu'il voulait dire en réalité. « Ne sois pas lâche. Prononce les mots. » Car il voulait les obtenir. Il s'en repaîtrait.

Une vague de colère monta en elle, vive et brûlante.

— Ça t'amuse, hein ? lâcha-t-elle.

— Oui. Maintenant, dis-moi pourquoi tu es venue.

Elle afficha un sourire factice.

— Eh bien, je suis venue pour me vendre.

Elle plaisantait, pourtant ces mots semblaient trop près de la vérité, songea-t-elle, le ventre noué. Elle se vendait pour sa famille.

Seigneur…

— Va-t'en, assena-t-il d'un ton froid.

Elle le dévisagea, stupéfaite. La colère marquait ses traits et brillait dans son regard noir comme la nuit. Elle faillit chanceler. Seule sa fierté la maintint debout. Mais elle n'empêcha pas des picotements d'appréhension de danser sur sa nuque.

— Je te demande pardon ?

— Va-t'en. Si c'est ainsi que tu veux présenter les choses, je ne suis pas intéressé. Car je ne suis pas ta famille. Tes proches sont des victimes professionnelles qui s'attendent à ce que tu sois leur sauveuse. Je ne joue pas à ce jeu-là. Je t'ai proposé un marché. Soit tu acceptes mes conditions, soit tu les refuses. C'est à toi de décider. Mais la comédie de l'agneau sacrificiel ? Garde ça pour eux.

Ses mots accusateurs lui coupèrent le souffle. Elle resta là, martelée et secouée par l'horrible vérité qu'ils contenaient. Oui, elle avait voulu que son choix lui soit arraché, pour être une victime, pour n'avoir aucune responsabilité dans cette situation. Alors qu'en vérité elle avait autant de responsabilités que sa mère et le reste de la famille. Car elle aurait pu dire non. Elle aurait pu aller trouver son frère et lui ordonner de régler le problème qu'il avait créé.

Au lieu de quoi, elle avait fait ce qu'elle faisait toujours. Elle avait couru au secours de sa famille. À contrecœur, certes, mais le résultat était le même.

« Avec lui, ennuis assurés. Si tu ne fais pas attention, il t'entraînera dans ses histoires et te fera porter le chapeau. »

Ce n'était pas Nico qui l'avait mise en garde contre Randall, mais Mama. Bien qu'Athena rêve de hurler à Randall qu'il avait fichu la pagaille à cause de son égoïsme, une fois de plus, et de reprocher à Nico, eh bien… tout ce qui s'était passé entre eux, elle ne le pouvait pas. Elle ne le ferait pas. Car, au bout du compte, ce n'était pas pour eux qu'elle avait fait son choix.

Mais pour Mama et sa boulangerie, à laquelle elle avait consacré cinquante ans de sa vie. Si Athena devait sauver la mise à son frère une fois de plus en nouant un pacte diabolique, soit. Ce n'était qu'un petit sacrifice.

C'était le moins qu'elle pouvait faire pour la femme qui l'avait aimée inconditionnellement et qui ne lui avait jamais donné le sentiment qu'elle n'était pas une Evans à part entière.

— Tu as raison, admit-elle.

Nico parut étonné. Puis son regard se fit méfiant.

— J'ai raison ? Pardonne-moi si je suis surpris par ta déclaration, et sceptique.

Il l'étudia de son regard intense et perçant.

— Si tu es ici pour jouer les victimes, la porte est par là. En revanche, si tu veux assumer ton choix, alors dis-moi ce que tu as décidé et avançons.

— J'ai compris, Nico, dit-elle calmement.

— Ah ? Ce serait bien la première fois.

— Je t'ai blessé, et j'en suis désolée.

Il l'observa de longues secondes. Son regard noir ne révéla rien de ses pensées. Un talent qui l'avait toujours irritée, mais qu'elle admirait.

— Pourquoi es-tu venue ?

Elle avait l'impression d'avoir du sable sur la langue. Elle déglutit, puis répondit :

— Pour te demander si ton offre tient toujours. Si oui, j'ai changé d'avis et j'aimerais l'accepter.

— Ce n'est pas une offre, mais un marché. Car je veux quelque chose de toi en échange de ces 300 000 dollars, plus les intérêts. Tu es prête à accepter mes conditions ?

Avant qu'elle puisse répondre, il approcha, retirant

les mains de ses poches. La grâce et la puissance de sa démarche la firent frissonner. Malgré elle, ses cuisses se serrèrent, comme si elles se souvenaient de ces moments où il ondulait contre son corps, s'enfonçant loin en elle…

— Dois-je énoncer ces conditions, Athena ?

Il continua d'avancer, jusqu'à ne laisser que quelques centimètres entre eux. Il ne la toucha pas, mais son parfum douloureusement familier, aux notes boisées, taquina ses sens et fit jaillir dans son esprit des souvenirs malvenus.

— Je paierai la dette de ton frère, et je sauverai ta précieuse boulangerie. En échange, tu feras semblant d'être ma fiancée. Mon amante, Athena. Devant Cain et Achille Farrell, Kenan Rhodes et leurs compagnes, nous serons deux personnes éperdument amoureuses, qui semblent à deux doigts de trouver l'alcôve la plus proche pour faire l'amour. Je me fiche que tu éprouves de la rancœur chaque fois que je respire. Pendant les trois prochains mois, quand nous serons en public, tu feras croire à tout le monde qu'il n'y a aucun autre homme que tu désires.

Il baissa la tête jusqu'à ce que leurs souffles s'unissent.

— Aucun autre sexe que tu veuilles en toi.

Elle devrait être révulsée par son langage, par l'envahissement de son espace personnel, puisqu'ils avaient cessé d'être des amants depuis longtemps. Elle devrait, oui… Pourtant, un désir puissant vibrait entre eux. Mais sous ce désir pulsait la rancœur qu'il avait mentionnée.

Une rancœur qui aurait dû disparaître, au bout de trois ans. Mais qui était toujours là, pulsant dans ses veines et entre ses cuisses.

Athena recula d'un pas pour échapper au parfum de Nico. Tant pis s'il pensait qu'elle battait en retraite. Elle avait besoin d'espace.

— Ne t'inquiète pas, Nico. J'ai 300 000 raisons de donner le meilleur de moi-même.

— Et je compte en avoir pour mon argent.

Cela ressemblait à une menace... ou à une promesse. Il retourna vers le bureau et s'assit sur un coin.

— J'aimerais savoir, qui t'a suppliée de venir me voir ? Tes parents ? Ton frère ? Ou est-ce qu'ils ignorent que tu es là ?

— J'ai des conditions, moi aussi. Nous ne parlons pas de ma famille. Nous ne l'impliquons pas. À partir de maintenant, cette histoire ne concerne que toi et moi.

— Je vois que tu protèges les tiens aussi farouchement qu'autrefois. Dommage qu'ils n'aient jamais pensé à en faire autant pour toi, railla-t-il.

— On ne parle pas d'eux, protesta-t-elle fermement. Deuxièmement, avant que je ne commence... quoi que ce soit, je veux un contrat dans lequel il est écrit noir sur blanc que tu effaceras la dette de Randall, que ton plan réussisse ou pas.

— On dirait que tu ne me fais pas confiance, ironisa-t-il. Entendu. Tu n'es pas la seule à avoir des problèmes de confiance, trésor. Le contrat sera dans ta messagerie ce soir. Assorti d'un accord de confidentialité. Interdiction de parler de notre marché à quiconque, y compris à ta famille. Moi non plus, je ne veux pas qu'elle soit mêlée à mes affaires.

Mince. Elle se passa la main sur le front.

— Il y a un petit problème. J'ai déjà parlé du prêt à ma mère et de ton offre. Je n'ai pas donné les détails du marché que tu m'as proposé, mais elle sait que tu es impliqué.

— Eh bien, ça répond à ma question, n'est-ce pas ? C'est ta mère qui t'a offerte comme un agneau à un lion.

Il se fendit d'un rire sombre et sans joie.

230

— Tu n'es jamais fatiguée, Athena ? Être une martyre perpétuelle, ce doit être si épuisant.

— Tu violes déjà ma première clause, l'avertit-elle.

Mais dans son esprit, une voix pestait. *Oui, bon sang, c'est exténuant.*

— C'est vrai. Mes excuses.

Mais ni son regard dur ni son sourire maussade ne reflétaient le moindre regret.

— J'enverrai aussi un accord de confidentialité à ta mère.

— Tu es sérieux ? Tu vas vraiment envoyer un accord de confidentialité à ma *mère* ?

— Absolument. Je lui fais encore moins confiance qu'à toi. Elle possède un angle mort de la taille du pont Longfellow quand il s'agit de ton frère.

Elle aurait aimé avoir un argument à opposer.

— Autre chose, Athena ? Des clauses à ajouter ?

— Oui. Au sujet de ton plan…

Il ne bougea pas, pourtant l'espace qui les séparait sembla soudain rétrécir.

— Oui ?

Elle n'était pas dupe. Ce « Oui » presque gentil ne l'invitait pas à développer son propos. Malgré cela, elle répondit :

— Je ne veux pas être impliquée dans quoi que ce soit qui nuise à quelqu'un. Je refuse que tu m'entraînes là-dedans.

Lentement, il se releva, avec une grâce animale. Athena ne put rien faire d'autre que le regarder. Le contempler. Nico était l'incarnation de l'érotisme.

— J'avais fondé Brightstar depuis trois ans quand Barron est venu me voir à mon bureau, souriant et fier. Il se vantait d'être mon père. À l'entendre, il était responsable

231

de mon travail acharné et de mon succès. Il m'a même dit que j'avais hérité de son instinct de tueur.

Athena porta la main à sa gorge, comme pour capturer le souffle qui s'en échappa. Nico ne lui avait jamais dit qu'il avait rencontré son père. Pourquoi ?

— Nico…

— Je lui ai répondu que je savais exactement qui il était et je lui ai dit d'aller au diable.

Un sourire dépourvu de joie passa sur ses lèvres.

— En guise de réaction, il a essayé de détruire ma société. Mais je m'y attendais et j'étais préparé. Comme il n'a pas pu détruire ma holding ou ma réputation, Barron en a fait une affaire personnelle. Ma mère travaillait pour le grand magasin Bromberg, propriété de Farrell International. Barron l'a fait renvoyer. Maman n'avait pas besoin d'argent à l'époque, mais elle aimait son travail. Barron a fait en sorte qu'elle soit mise dehors par des vigiles, pour l'humilier. Tout cela pour se venger de moi et du fait que je n'avais pas besoin de lui.

— Je suis vraiment désolée. Rhoda était une femme si fière. Je ne peux imaginer comment elle… Je suis désolée, répéta-t-elle avec plus de douceur.

— Barron maniait cette maudite entreprise comme une arme. Elle était tout pour lui. Sa maîtresse. Son pouvoir. Son héritage. Il y tenait encore plus qu'à sa famille, qu'à ses fils. Et tout comme il s'est attaqué à ce que j'aimais le plus au monde, ma mère, je vais m'attaquer à ce qu'il aimait. Même s'il n'est plus là pour le voir. Il aurait sacrifié le bonheur, le bien-être et la paix de quiconque se mettait en travers de son chemin si cela protégeait sa réputation ou Farrell International. Quand j'aurai mené mon plan jusqu'à son terme, les deux seront en miettes.

Il inspira à fond puis expira. Sa colère était palpable.

— Et tes frères ? murmura-t-elle. Je me suis renseignée sur eux. À l'exception de Cain, aucun d'eux ne connaissait Barron et n'a grandi avec lui. Apparemment, Achille a une histoire similaire à la tienne. Tu as peut-être plus en commun avec eux que tu ne le penses. Tu les as rencontrés ? As-tu déjà envisagé le fait que tu puisses leur causer du tort ?

— Je ne cherche pas à avoir une famille. Ils ne savent pas que j'existe et je n'ai aucune affection pour eux, ni aucune obligation de loyauté envers eux. Ce sont des hommes qui ont la malchance de partager le même ADN que moi. Rien de plus.

Il se passa la main dans les cheveux.

— On les a fait chanter pour qu'ils dirigent le groupe Farrell. Un conglomérat fondé par un homme qui se moquait des gens de son vivant, et encore plus après sa mort. Alors, non, Athena, je ne vais pas renoncer. Pas tant que Farrell International ne sera pas un tas de gravats. Tu as le choix. Rester, en sachant ce qui va arriver. Ou partir. Mais si tu pars, cette fois, il n'y aura pas de seconde chance.

Elle pouvait s'en aller. Et la boulangerie de sa grand-mère disparaîtrait.

— Je reste, déclara-t-elle. Mais je tiens à te prévenir, j'essaierai encore de te convaincre qu'il existe une meilleure voie que celle que tu as choisie. La vengeance, Nico… Tu ne pourras pas échapper aux retombées. Je sais que tu ne vas pas me croire, ou que tu ne voudras pas me croire, mais je ne veux pas te voir souffrir.

Une lueur éclaira son regard, et son visage se durcit encore plus, malgré le sourire qu'il affichait.

— Tu as raison, je ne te crois pas, répondit-il d'une voix de velours. Soyons clairs, Athena. Nous faisons semblant d'être un couple fiancé et amoureux. C'est une comédie qui n'empiète pas sur la réalité. Nul besoin de t'immerger dans ton rôle. À moins que…

Son regard se posa à nouveau sur sa bouche. Elle voulut se mordiller la lèvre mais se retint, pour ne pas trahir son trouble. En revanche, elle ne put rien faire quand son souffle se bloqua dans ses poumons. Pourvu que Nico n'ait rien entendu… Ses yeux pétillants se reportèrent sur elle. *Oh ! si.* Il *avait* entendu.

— Je ne veux plus ouïr un autre mensonge de ta part, mais si tu veux répéter d'autres aspects de notre numéro d'acteurs, cela me va. Je suis du genre perfectionniste.

Le grondement grave de sa voix caressa sa peau nue, ses seins, faisant durcir ses tétons. Son ventre se contracta si fort qu'elle ravala un gémissement, tentant d'ignorer les pulsations dans son sexe. Sans y parvenir.

Elle détestait l'effet que Nico avait sur elle. Elle détestait… ce sentiment de vide. Ce besoin d'être emplie par lui.

— Clause suivante, murmura-t-elle. Nous réservons toutes les démonstrations d'affection aux apparitions publiques.

— Et tu gardes tes jolis mensonges pour toi.

Ils se regardèrent, et seule la respiration saccadée d'Athena ponctua le silence.

« Tu m'as quittée en premier ! »

Les mots résonnèrent dans sa tête. Le sol faillit se dérober sous ses pieds. Athena avait cru avoir tourné la page. Apparemment, elle s'était trompée. Leur relation l'avait *dévastée*.

Nico se considérait comme la victime. Il estimait qu'Athena avait constamment fait passer sa famille avant lui. Qu'elle l'avait abandonné. Mais il *les* avait abandonnés bien avant qu'elle ne le quitte. S'investir totalement dans une relation avec un homme qui refusait d'en faire autant

234

qu'elle l'avait épuisée. Voilà pourquoi elle n'avait pas pu rester. Or Nico n'avait vu son départ que comme une nouvelle preuve que sa famille la manipulait. Et il l'avait laissée s'en aller. Il n'avait pas essayé de la rattraper. Car ses sentiments pour elle étaient limités. Il n'était pas si différent de tous les autres êtres dans sa vie, en fin de compte.

— Trois mois, murmura-t-elle.

— Trois mois. Ensuite, nous repartons chacun de notre côté.

Il avança vers elle.

— Mais d'ici là, tu es à moi, et je suis à toi. Mieux vaut apprendre à faire semblant.

— Et toi ? rétorqua-t-elle d'un ton défiant. Tu peux *faire semblant* ?

Mais à quoi joues-tu, bon sang ?

Il ne lui répondit pas. Du moins, pas avec des mots. Il approcha si près que les pans de sa veste effleurèrent les volants de son chemisier. Il avança encore. Jusqu'à ce que son torse de granite se presse contre sa poitrine. Elle gémit malgré elle. Mortifiée, elle ferma les yeux. Comme cela ne fit qu'amplifier le désir qui la parcourait, elle les rouvrit rapidement.

Bon sang, cela faisait *si longtemps*. Si longtemps qu'on ne l'avait pas caressée. Si longtemps que le corps d'un homme ne s'était pas allongé sur le sien, les cuisses autour des siennes, le sexe appuyé contre son ventre. Non. Pas n'importe quel homme. *Cet homme.* Nico.

Il effleura sa joue du dos de la main, la faisant haleter. Puis il recula pour mieux la regarder. Il passa le pouce sur sa lèvre inférieure, ne semblant pas se soucier d'effacer son rouge à lèvres ou de se tacher le doigt. La caresse

235

n'était pas douce, et Athena aimait cela. C'était un geste si sauvage, si érotique…

Elle adorait quand il la touchait, tout simplement.

— Si je peux faire semblant de te désirer ? Faire comme si je brûlais de plonger la main dans ces magnifiques boucles ? Ou comme si j'avais une érection rien qu'en touchant cette bouche indécente et en me souvenant à quel point tu sais t'en servir ? Ou comme si j'étais sur le point de te prendre là, sur le sol, comme l'animal que tu me penses être ?

Il glissa le bout de son pouce entre ses lèvres. Elle eut à peine le temps de le lécher que, déjà, il le retirait.

Il fit un pas en arrière, emportant avec lui sa chaleur. La soudaine baisse de température la fit frissonner. Elle cligna des yeux, ébranlée par ce retour brutal à la réalité.

Humiliée, elle soutint son regard scrutateur.

— Je crois que j'ai répondu à ta question, conclut-il.

Il s'était joué d'elle. Bien évidemment, il avait remarqué ses réactions physiques – rien ne lui échappait jamais – et il en avait profité.

Qu'il aille au diable !

— Oui, j'avais remarqué, dit-elle, fixant ostensiblement la proéminence sous son pantalon.

— Touché, admit-il.

Ne cherchant pas à cacher la preuve de son excitation, il croisa les bras.

— Nous sommes d'accord, Athena ? Plus d'autres conditions à discuter ?

— Oui, nous sommes d'accord. Et, non, je n'ai pas d'autres conditions.

— Bien. Tu veux que l'on se serre la main pour conclure ?

Non, elle n'en avait pas envie. Nico le savait pertinemment. Voilà pourquoi il avait fait cette proposition.

Pour le contrarier, elle tendit la main. Elle vit de la surprise passer dans ses yeux, et peut-être même de l'admiration. Elle n'avait que faire de son admiration. Mais avoir réussi à l'étonner lui procurait une douce satisfaction.

Quand elle posa la paume contre la sienne, les longs doigts de Nico s'enroulèrent fermement autour de sa main. L'afflux de désir qui la traversa comme un train hors de contrôle la désarçonna. Elle s'était préparée à être troublée, mais pas à ce point. C'était ridicule. Elle venait de sentir son sexe en érection contre elle, pour l'amour du ciel ! Pourtant, une simple poignée de main provoquait des spasmes de désir puissants en elle.

Mais cela, Nico ne le saurait pas.

Arborant un air neutre, elle soutint son regard et serra sa main avant de la relâcher.

— Le contrat sera dans ta messagerie cet après-midi, Athena. Dès que tu l'auras signé et renvoyé, nous commencerons. Ne t'avise pas de me laisser tomber.

« Cette fois encore. » Il n'avait pas prononcé ces mots, pourtant ils résonnaient entre eux, clairs et sonores.

— Je n'en ai pas l'intention.

Sur quoi, elle quitta le bureau. Mais elle reviendrait.

Pour 300 000 dollars.

Et pour continuer à faire vivre le rêve de sa grand-mère.

- 4 -

Nico sortit de l'arrière de la berline, boutonnant d'un geste distrait sa veste de smoking, le regard fixé sur l'immeuble de deux étages face à lui. Le bâtiment était neuf, nota-t-il. Autrefois, Athena vivait dans un duplex près de la maison de sa famille, à Dorchester. Il jeta un regard circulaire dans cette rue tranquille de Cambridge. Les autres constructions étaient suffisamment différentes les unes des autres pour éviter une impression de monotonie. Le quartier semblait agréable, paisible. Néanmoins, Nico s'interrogeait. Pourquoi Athena s'était-elle installée ici ?

Grimpant sur le trottoir, il vérifia à nouveau le numéro en fer forgé noir sur le bâtiment, puis monta l'escalier couvert jusqu'au premier étage. Il s'arrêta devant une porte verte et frappa contre le battant.

Une étincelle d'impatience s'alluma en lui, qu'il étouffa impitoyablement. Il fallait qu'il garde les idées claires. Car, ce soir, il allait passer à la dernière étape de son plan. Un plan qu'il préparait depuis des années. Ce soir, il entrerait enfin dans le cercle intime de Barron, celui qu'il avait créé après sa mort. Nico n'avait pas le droit à l'erreur, pas avec les hommes qui étaient ses demi-frères.

Ses demi-frères.

Il grimaça. Et dans le même temps, quelque chose se serra dans sa poitrine.

Nico avait enquêté sur Cain Farrell, Achille Farrell et

Kenan Rhodes ces neuf derniers mois. Les trois hommes, autrefois des étrangers, semblaient s'être rapprochés et se soutenaient mutuellement. Leur collaboration était fructueuse, et Farrell International avait prospéré sous leur direction. Avec l'expérience de Cain, les connaissances en informatique d'Achille, qui avait récemment acquis une société de conception de jeux vidéo, et l'expertise de Kenan dans le domaine du marketing, qui lui avait permis de rajeunir le grand magasin Bromberg, ils avaient dépassé les attentes du conseil d'administration et des actionnaires.

Barron avait-il prévu une telle réussite ? Ou avait-il voulu que sa progéniture échoue sans lui à la barre ? Difficile de savoir, avec cette ordure. Nico penchait pour la deuxième hypothèse. Car Barron ne s'était sans doute pas attendu à ce que ses fils tissent des liens comme de vrais frères.

« Je n'ai aucune affection pour eux, ni aucune obligation de loyauté envers eux. Ce sont des hommes qui ont la malchance de partager le même ADN que moi. »

Les paroles qu'il avait dites à Athena une semaine plus tôt tournaient dans sa tête. Après les avoir prononcées, il s'était figé un instant, craignant qu'elle ne décèle une trace d'amertume dans sa voix. Durant toute sa vie, il avait vécu seul avec sa mère jusqu'à ce qu'elle décède. Il n'avait pas eu de père à qui téléphoner pour avoir des conseils. Pas de frères sur lesquels s'appuyer. Et cela ne l'avait jamais dérangé.

Jusqu'à ce qu'Athena le questionne sur ses demi-frères.

Elle avait toujours eu ce superpouvoir. Celui de lui faire éprouver des sentiments. Un pouvoir qui l'avait terrifié, qui l'avait mis à genoux. Et qui avait bien failli le détruire.

Athena lui avait appris une leçon précieuse, qu'aucun professeur d'université, aucun homme d'affaires rusé ni même son prétendu père ne lui avaient apprise.

Ne jamais montrer sa vulnérabilité ni accorder sa confiance à personne.

Seul un idiot répéterait l'erreur qui avait failli le détruire.

Or, Nico n'était pas un idiot.

Par conséquent, être seul ne le dérangeait pas.

Mais quand la porte de l'appartement s'ouvrit, sa certitude vacilla.

Bonté divine.

Il lui fallut rassembler tout son self-control pour ne pas plaquer Athena contre un mur et lui retirer sa robe si sexy.

Pour ne pas s'enfoncer profondément dans la chair étroite et moite qui avait marqué sa mémoire.

— Il y a un problème ? demanda-t-elle.

Elle jeta un coup d'œil à sa tenue, passant les mains sur ses hanches rondes et ses cuisses fines.

— Tu ne peux pas te plaindre, Nico. C'est l'une des robes que tu m'as fait envoyer. D'ailleurs, je suis sûre que tu ne l'as pas fait pour insinuer que je suis incapable de choisir moi-même mes vêtements.

— Je ne suis pas un idiot.

Si, il l'était, puisque c'était lui qui avait choisi cette tenue.

— Je n'oserais pas le supposer, répliqua-t-elle. Et si je le supposais, je ne te le dirais pas.

— Tu vas me laisser entrer ?

Elle hésita. Il ignorait s'il devait se sentir offensé ou amusé. En guise de réponse, elle haussa une épaule et s'effaça pour le laisser passer.

Il pénétra dans l'appartement, curieux de voir comment elle l'avait décoré. Lorsqu'il avait fait sa connaissance, les goûts d'Athena allaient du style bohème chic à l'éclectique – un joli terme pour dire bizarre. À l'époque, elle l'entraînait dans ses virées au marché aux puces de Cambridge pour y dénicher ce qu'elle appelait des « trésors ». Pour lui, c'étaient plutôt des objets étranges voire hideux. Parfois, la grand-mère d'Athena se joignait à eux, et toutes les deux pouvaient chiner des heures pendant que Nico les suivait et jouait les porteurs. Ces journées comptaient parmi les moments les plus heureux qu'il ait partagés avec Athena.

Nico parcourut du regard la vaste pièce de vie, séparée uniquement par un mur de briques rouges qui isolait la cuisine. Un couloir relié à l'espace salon lumineux menait sans doute à des chambres et à la salle de bains. Tandis qu'il avançait, il remarqua un balcon derrière les portes-fenêtres.

Mais ces détails ne retinrent pas son attention. Car une chose le frappait : le manque total de personnalité de ce lieu. Il observa l'espace à nouveau, certain d'avoir manqué... quelque chose. Quelque chose qui refléterait la personnalité dynamique et joyeuse d'Athena.

C'était comme si elle ne vivait pas ici.

Que s'est-il passé ?

La question lui brûlait les lèvres. Un étau lui comprima la poitrine. Ses paumes le picotèrent, les muscles de ses bras se tendirent, comme s'il allait... quoi ? La saisir ? L'attirer contre lui, la serrer fort ? Lui caresser le dos et exiger de savoir ce qui était arrivé et qui l'avait dépouillée de sa joie ? Car il avait la certitude que quelque chose s'était produit. Autrefois, décorer son appartement à son image procurait à Athena une joie infinie.

Qui l'avait privée de cette joie ? Et que devrait-il faire pour la lui rendre ?

— Nico ?

La voix sensuelle d'Athena l'arracha à ses pensées. Ces trois dernières années, durant lesquelles elle était sortie de sa vie, ne le concernaient pas. Et s'il commençait à s'y intéresser, il ne récolterait que des ennuis.

241

Trois mois.

Ils passeraient trois mois ensemble, dans un cadre défini. Ensuite, Athena s'évaporerait à nouveau. Mais cette fois, ce serait lui qui mettrait fin à leur « relation ».

— Tu es charmante, commenta-t-il d'un ton bourru.

— Cette guenille ? railla-t-elle.

Mais elle passa à nouveau les mains sur la robe de dentelle et de soie émeraude, un geste qui trahissait sa nervosité.

Il pourrait lui assurer qu'elle n'avait pas à s'inquiéter. Qu'elle était absolument renversante. Il pourrait ajouter que le col Bardot soulignait la beauté de ses seins.

Il pourrait déclarer que la dentelle épousait chacune de ses courbes parfaites tel un amant, et que la fente qui montait jusqu'à sa cuisse lui offrait un aperçu alléchant de sa longue jambe ferme.

Et il pourrait enchérir que son chignon était d'une parfaite élégance, mais que cette coiffure lui donnait envie de retirer chaque épingle jusqu'à ce que ses boucles rebelles et superbes emplissent ses mains.

Oui, il pourrait lui faire part de tout cela.

Au lieu de quoi, il détourna le regard de la tentation qu'elle représentait.

— Tu es prête ?

Il sentit plutôt qu'il ne vit son regard sur lui. Car, lâchement, il refusait de la regarder, de crainte qu'elle n'aperçoive ce qu'il cachait mal… Tant qu'il n'aurait pas repris contenance, il éviterait ses yeux trop perspicaces.

— Oui. Laisse-moi simplement prendre mon sac.

Quand elle se dirigea vers le canapé, il se dit qu'il pouvait se retourner sans risque. Et il remarqua le balancement subtil et sensuel de ses hanches et de son postérieur.

La soirée allait être longue…

Elle prit sur le canapé une étole assortie à sa robe puis revint vers lui.

— Attends, laisse-moi t'aider, fit-il.

Il saisit la bande de satin et la posa autour de ses épaules. Parce que les bonnes manières lui dictaient de le faire, et non parce qu'il avait envie de respirer son parfum de sucre et de vanille.

— Je l'admets, la styliste a fait un bon choix. Merci d'avoir organisé tout cela, murmura-t-elle. Je ne voulais pas paraître ingrate.

La styliste ? C'était le moment d'avouer qu'il avait choisi toutes les robes qu'il avait envoyées, dont celle-ci, qui lui avait rappelé le vert de ses yeux noisette. Mais il piégea cette confession derrière ses mâchoires serrées.

— Pas de quoi, se contenta-t-il de répondre.

Il recula.

Les contacts physiques feraient partie de leur numéro. Et, à en juger par la réaction qu'Athena suscitait chez lui à cet instant, la tâche serait bien plus ardue qu'il ne l'avait cru.

En son for intérieur, il eut un rire amer. L'hubris. On l'avait accusé d'en posséder plus que sa part une fois ou deux. À raison, il s'en rendait compte à présent. Il avait cru qu'être en présence d'Athena, la caresser de manière anodine, ou simplement la regarder, n'auraient pas d'effet sur lui. Pas après qu'elle l'avait trahi, et abandonné.

Mais il s'était lourdement trompé.

S'il voulait maintenir un semblant de contrôle sur cette situation, il lui faudrait se ménager. Et ne toucher Athena qu'en cas de besoin.

Avec résolution, il se dirigea vers la porte d'entrée et sortit, respirant l'air chaud et estival pendant qu'Athena fermait la porte de son appartement. Le chauffeur de Nico alla ouvrir la portière arrière. Lorsque Athena fut installée sur la banquette, Nico s'assit à côté d'elle.

Le parfum chaud et sucré d'Athena flottait dans l'air. Quand toute cette histoire serait terminée, Nico ferait nettoyer la voiture. Sinon, chaque fois qu'il y monterait, son parfum le hanterait tel un fantôme.

Tout comme ses souvenirs le hantaient.

Non, ce n'était pas vrai. Il n'avait pas passé ces trois dernières années embourbé dans le passé.

« Si je peux faire semblant de te désirer ? Faire comme si je brûlais de plonger la main dans ces magnifiques boucles ? Ou comme si j'avais une érection rien qu'en touchant cette bouche indécente et en me souvenant à quel point tu sais t'en servir ? Ou comme si j'étais sur le point de te prendre là, sur le sol, comme l'animal que tu me penses être ? »

Mince. Il en avait trop dit ce jour-là.

— Bien, parle-moi de cette soirée, dit-elle, nouant et dénouant nerveusement les mains. De quel événement s'agit-il, déjà ? Et quelle histoire allons-nous raconter ? Nous n'avons même pas préparé un récit sur notre rencontre, nos fiançailles, la demande en mariage.

Bien malgré lui – et contrairement au décret qu'il venait d'émettre stipulant qu'il éviterait les contacts physiques non nécessaires – il posa la main sur les siennes, pour l'apaiser. Elle se raidit, mais il ne retira pas sa main, bien qu'une petite voix lui crie de le faire. Athena et lui n'étaient pas un vrai couple. Il n'avait pas à la calmer. Il avait simplement besoin qu'elle soit une fiancée convaincante, et qu'elle lui donne l'image d'un homme inoffensif devant Cain, Achille et Kenan. Qu'elle le rende… humain.

Pourtant… il ne retira toujours pas sa main.

Et elle ne retira pas les siennes.

— Nous assistons à une fête pour célébrer la rénovation du grand magasin Bromberg, répondit-il.

— J'avais entendu dire qu'il allait fermer. Nous y faisions tous nos achats quand j'étais plus jeune. Moins maintenant, mais c'est une institution à Boston, depuis des décennies.

— Grâce à Kenan Rhodes, le magasin a changé d'image et a été modernisé, non seulement pour plaire à la clientèle d'habitués mais aussi pour attirer une clientèle plus jeune. Il propose un mélange de classique et de contemporain qui me paraît sensé. C'est pourquoi j'ai voté pour la validation du projet et investi dans la rénovation.

Le petit son qu'émit Athena attira son attention. Il se tourna vers elle.

— Quoi ? fit-il.

— Rien.

— Ce qui veut dire qu'il y a quelque chose. Je vais peut-être regretter de t'avoir posé la question mais, Athena, à quoi penses-tu ?

— Si je ne m'abuse, j'ai entendu dans ta voix de l'admiration pour ton frère. Et je ne connais peut-être pas grand-chose au monde des affaires, mais tu es actionnaire de Farrell International. Tu pouvais approuver la rénovation sans investir. C'est donc que tu crois en ce projet.

Surtout, ne détourne pas les yeux.

S'il le faisait, cela encouragerait Athena à croire qu'elle avait raison. Or elle était très loin de la réalité.

Une flamme d'irritation vacilla dans sa poitrine. Il suffirait d'une simple brise pour qu'elle se transforme en feu.

— J'admire tous les hommes d'affaires qui peuvent générer des bénéfices, répliqua-t-il froidement. C'est tout. Pour moi, Kenan Rhodes est l'un des directeurs du groupe dont je compte prendre le contrôle. Ce n'est pas un frère, malgré ta persistance à voir ce qui n'existe pas.

Il se fendit d'un rire ironique.

— Je suis surpris, Athena. Tu es pourtant bien placée pour savoir que les retrouvailles familiales joyeuses et les fins heureuses n'existent pas. Dans la vraie vie, ça ne marche pas comme ça.

— J'aurais dû cesser de croire aux retrouvailles joyeuses parce que je suis adoptée et que mes parents biologiques n'ont jamais cherché après moi ? murmura-t-elle.

Oh ! bon sang.

— Non, Athena, objecta-t-il doucement. Je ne voulais pas…

— Ou est-ce que j'aurais dû cesser de croire aux fins heureuses parce que ma dernière relation a si mal fini il y a trois ans que j'en porte encore les cicatrices ?

Il se figea, la flamme en lui se transformant en brasier. Une tension dense satura l'habitacle, et il eut l'impression d'étouffer. Lentement, il retira sa main, tout en guettant les émotions qui passaient sur le visage d'Athena. La fureur. La défiance. La tristesse… la douleur.

Les deux dernières ne firent qu'attiser le feu qui le consumait. Athena n'avait pas le droit de lui montrer son chagrin ou sa peine. C'était elle qui avait mis fin à leur relation. C'était elle qui l'avait quitté.

Elle l'avait jugé indigne d'avoir une place dans son monde.

Comme Barron.

Horrifié par cette pensée, il s'en éloigna comme si c'était une araignée venimeuse.

Il n'avait pas besoin d'Athena. Qu'elle se montre vulnérable ne changeait rien à cela.

— Oui, finit-il par dire. Exactement.

Il la vit tressaillir mais se persuada que cela le laissait indifférent.

Pourtant, il ajouta :

— J'ignore pourquoi tes parents biologiques t'ont confiée à l'adoption. Peut-être ne voulaient-ils pas de la responsabilité d'un bébé, ou peut-être souhaitaient-ils t'offrir une vie meilleure. Une chose est sûre, le fait qu'ils n'aient pas essayé de te contacter ou de te retrouver n'a rien à voir avec ta valeur en tant que personne. Tu es la meilleure chose que ces gens aient jamais créée, et bien que je ne sois pas toujours d'accord avec tes parents adoptifs, je pense que, sur ce point, nous sommes du même avis.

Elle le dévisagea, les lèvres entrouvertes. Il l'avait désarçonnée, et il était aussi surpris qu'elle.

Elle baissa la tête, ses longues boucles d'oreille effleurant ses épaules nues.

— Merci, Nico, murmura-t-elle.

Plusieurs secondes passèrent. La tension était toujours palpable, mais moins chargée en émotion.

Athena s'éclaircit la voix et reprit la parole.

— Alors, comment nous sommes-nous rencontrés ? Qu'allons-nous raconter ?

— La vérité. Nous nous sommes connus il y a trois ans mais nous avons perdu le contact. Quand je suis passé chez Evans, nous avons renoué. Nous changerons simplement les dates. Au lieu d'une semaine, nous dirons que cela remonte à quatre mois. Tout le monde aime les secondes chances en amour.

Il esquissa un sourire et ajouta :

— Si nous restons aussi près de la vérité que possible, cela limite le risque de se tromper. Et nous paraîtrons plus crédibles.

247

— Tu as beaucoup d'expérience en matière de manipulation, railla-t-elle.

Sans lui laisser le temps de répondre, elle continua :

— Et ta demande en mariage ?

Nico sentit sa tempe pulser. Le souvenir qui jaillit dans son esprit aurait dû s'affaiblir avec le temps. Mais il était bien vivace, hélas. Nico s'empressa de le chasser. Il ferma brièvement les yeux et prit une grande inspiration.

— Nico ? insista Athena.

— À toi de décider. Peu m'importe.

Il regarda par la vitre, la mâchoire crispée. S'il n'arrêtait pas de laisser le passé hanter son présent, il n'aurait pas à s'inquiéter qu'Athena ne respecte pas sa part du marché. Car ce serait lui qui ferait capoter son plan. Or il avait regardé sa mère souffrir trop longtemps pour tout gâcher maintenant.

Le reste du trajet se passa en silence, et ce ne fut que lorsqu'ils arrivèrent au dernier feu avant Bromberg que Nico sortit de sa veste une petite boîte noire.

— Tiens, dit-il. Tu vas en avoir besoin.

Elle considéra l'écrin pendant plusieurs secondes. Nico remarqua le léger tremblement de sa main quand elle le saisit et ouvrit le couvercle.

Le diamant coupe princesse de 5 carats était posé sur un lit de velours noir et scintillait sous la lumière des réverbères. Ce bijou alliait la beauté, l'élégance et l'opulence.

Et il était aussi impersonnel que possible.

Nico étudia Athena. Une émotion qu'il n'eut pas de mal à identifier passa sur son visage avant qu'elle ne la masque. Le désarroi.

Athena souhaitait porter cette bague autant qu'il désirait la glisser à son doigt.

N'était-ce pas étrange que la réaction d'Athena lui donne

envie d'arracher la bague de son écrin, de la glisser sur son annulaire et d'exiger qu'elle la porte et la trouve jolie ?

Si, très étrange.

— Ce n'est qu'une bague, Athena, fit-il valoir. Rien qu'un accessoire nécessaire, et il ne veut rien dire.

Contrairement à un autre bijou, acheté pour une demande en mariage avortée, il y avait bien longtemps. Mais il s'avérait que cet autre bijou n'avait rien signifié non plus.

— Je sais. Je...

Elle pinça les lèvres et observa la bague comme si elle contenait du poison. Enfin, elle prit le bijou et le glissa à son doigt d'un geste abrupt.

— Tu as raison, dit-elle. On ne peut avoir une fiancée sans bague de fiançailles.

Elle tourna la tête vers la vitre. Comme mû par une force implacable, Nico observa la main gauche d'Athena. Le diamant recouvrait toute la largeur de son annulaire, et symbolisait un statut de fiancée qui n'avait rien de réel. Parmi toutes les duperies auxquelles il était prêt pour se venger d'un défunt, celle-ci avait un goût de cendres.

Détournant son attention de la bague trompeuse, il regarda droit devant lui. Dans quelques instants, ils arriveraient chez Bromberg. Et la dernière partie de son plan pourrait commencer. Le secret de la réussite : rester concentré. Et de préférence, pas sur la femme qui était assise à côté de lui.

Leur chauffeur s'inséra dans la file de voitures qui s'était formée devant le grand magasin.

— Nous sommes arrivés, annonça Nico. Tu es prête ?

— Prête à duper tes frères et leurs compagnes afin qu'ils te fassent confiance et ne se doutent pas de la prise de contrôle hostile que tu t'apprêtes à opérer ?

Elle se tourna vers lui et lui offrit un sourire froid et tendu.

— Bien sûr. Je suis prête, Nico.

Un sentiment de culpabilité le tenailla. De culpabilité, et de honte. Mais Nico l'étouffa rapidement. Et il convoqua le souvenir du visage de sa mère, juste avant son décès.

Un visage pâle. Cireux. Marqué par la fatigue due à une toux constante. Enflé par l'accumulation de fluides. Une cardiopathie congénitale non diagnostiquée avait épuisé sa mère, sur le plan physique comme sur le plan mental. Avec des visites régulières chez le médecin, un traitement adapté et des changements dans son hygiène de vie, elle aurait pu limiter les effets de la maladie et vivre plus longtemps. Mais, parce qu'elle avait essentiellement occupé des emplois ingrats et mal payés qui n'offraient pas d'assurance médicale, et qu'elle était trop occupée à travailler pour pouvoir nourrir son fils, elle n'avait pas eu le temps de se concentrer sur sa santé. Quand Nico avait enfin pu prendre soin d'elle et la convaincre de se faire soigner, il était trop tard. La maladie avait progressé.

Un simple chèque de Barron aurait pu changer bien des choses. Mais, furieux que Rhoda ait refusé d'avorter, Barron l'avait punie. Et elle avait été trop fière pour le supplier de rester auprès d'elle. De toute façon, cela n'aurait rien changé. Quand Nico était né, Barron était déjà fiancé à une autre. Il n'avait plus besoin de Rhoda ou de leur enfant. Et il les avait abandonnés, les condamnant à une vie de misère.

Alors, au diable la culpabilité et la honte.

— Bien, finit-il par répondre tandis qu'ils arrivaient

devant l'entrée du magasin. Ton frère et la boulangerie dépendent de tes talents d'actrice.

Nico n'attendit pas que le chauffeur ouvre la portière et descendit du véhicule. Avec détermination, il tendit le bras à Athena. Elle posa la paume sur la sienne, et il serra sa main, le gros diamant s'enfonçant dans sa chair. Dès qu'elle fut sortie de la voiture, elle sourit, sans doute pour la presse qui s'était rassemblée sur le trottoir et pour les appareils photo braqués sur eux.

C'était une actrice accomplie. Il savait à quel point elle était douée.

— Ne t'avise pas de me menacer, glissa-t-elle entre ses dents, tout en continuant de sourire.

— Ce n'est pas une menace, ma belle, lui chuchota-t-il à l'oreille.

Les gens qui les observaient et les journalistes pensaient sans doute qu'il lui susurrait des mots doux.

— Juste un rappel, dit-il. Ou un encouragement. Interprète-le comme tu veux.

Relevant la tête, il lui tendit le bras. Athena posa la main au creux de son coude. Ce simple contact physique provoqua un afflux de désir qui alla directement dans son aine.

Ce qui lui rappela qu'il devait à tout prix se concentrer sur son objectif et sur cette soirée. S'il laissait Athena le distraire, il pourrait tout perdre.

Il y a trois ans, elle avait failli le détruire.

Cela n'arriverait plus. Cette fois, c'était lui qui était aux commandes. C'était lui qui avait établi le cadre de leur relation. Et c'était lui qui déciderait de la façon dont elle s'achèverait.

Quand ces trois mois seraient terminés, Nico retournerait à la vie qu'il menait depuis ces trois dernières années.

Une vie dans laquelle il ne comptait que sur lui-même. Une vie solitaire, certes, mais aussi sans douleur et sans risque. Sans Athena.

C'était ainsi qu'il la préférait.

- 5 -

Pendant ses dix-huit mois de relation avec Nico, Athena avait navigué dans la plus haute société de Boston. Les nombreux galas de bienfaisance, les dîners habillés, les vernissages, les réceptions… Elle avait découvert un monde d'opulence et de privilèges, qu'elle ne connaissait auparavant que par les articles dans la presse ou sur Internet.

Un monde qui ne lui avait pas manqué.

Et maintenant qu'elle était temporairement de retour dans ce royaume, où Nico évoluait avec une grâce qui contrastait avec son éducation modeste, elle rêvait d'être ailleurs. Ce soir, le grand magasin Bromberg était fermé au public. Le premier niveau et l'étage des restaurants avaient été transformés en un espace digne d'une réception au Metropolitan Museum. De longs rideaux or et crème cachaient les différents points de restauration. De minuscules guirlandes dorées étaient enroulées autour des colonnes qui montaient jusqu'au troisième étage, mêlées à des fleurs, donnant à cet espace habituellement trop éclairé un côté éthéré. Les hautes tables rondes recouvertes de nappes couleur champagne étaient entourées de chaises rembourrées de la même couleur. Un bar avait été installé le long d'un mur et des musiciens vêtus de smokings blancs jouaient des versions classiques des tubes du moment.

Les membres de l'élite de Boston se mêlaient dans ce décor.

Pas Athena.

« On ne peut pas faire une pochette en soie avec de la peau de cochon, grande sœur. Ce n'est pas ce que Mama disait toujours ? »

La voix de son frère s'était infiltrée dans sa tête, et pendant une seconde elle faillit regarder autour d'elle pour voir s'il avait réussi à s'incruster à cette fête. Ridicule. Elle secoua légèrement la tête puis fixa son verre de champagne avant de le vider. Cette pique arrogante, Randall l'avait lancée juste après qu'elle avait rompu avec Nico. Son frère avait pensé la consoler en lui rappelant qu'elle n'avait pas sa place dans les hautes sphères. Ce n'était pas la première fois qu'il insinuait une telle chose, mais ce jour-là ses paroles avaient marqué son âme au fer rouge.

À l'époque, Nico venait de lui lancer un ultimatum : « Si tu t'en vas pour retourner chez tes parents, ne prends pas la peine de revenir. » Lorsqu'elle l'avait quitté, il n'avait pas essayé de la contacter. De sauver leur histoire. Comme si elle n'était qu'un objet jetable, déjà oublié. Et le commentaire indélicat de Randall n'avait fait que confirmer ce qu'elle pensait.

Elle n'appartenait pas à ce monde. Et peut-être que Nico n'avait jamais pensé qu'elle y avait sa place.

Pourtant, c'était lui qui l'avait traînée ici ce soir. *Pour l'aider à réaliser son plan, pas parce que tu lui manquais ou qu'il avait besoin de toi.*

Il valait mieux qu'elle garde cela à l'esprit. Il lui avait fallu plus d'un an pour se remettre de leur rupture. Si jamais elle se relâchait, la route vers la guérison serait peut-être plus longue… ou infinie.

— Je ne sais pas ce qui a suscité cette expression sur votre visage, mais un autre verre de champagne ne peut pas vous faire de mal, c'est sûr.

Avant qu'Athena ne se rende compte qu'une autre personne venait de lui adresser la parole, la flûte vide qu'elle tenait avait disparu. Quelques secondes plus tard, une flûte pleine la remplaça. Athena leva les yeux et vit une jeune femme aux yeux bruns et à la bouche pulpeuse lui sourire. La plantureuse créature à la superbe chevelure bouclée but une gorgée de son propre champagne avant de reprendre la parole.

— Désolée. Vous me faites tellement penser à *moi* qu'il fallait que je vienne vous parler.

Athena fit mine de passer la foule en revue avant de reporter son attention sur l'inconnue.

— Parce que je suis noire aussi ?

— Oui, aussi, admit l'autre femme en riant. Ça m'ennuie de le dire, mais il est vrai que quand nous voyons quelques personnes noires dans la salle, nous gravitons autour d'elles comme si elles étaient des membres de la famille que nous n'avons pas vus depuis longtemps. En priant pour qu'elles soient sympathiques.

Athena hocha la tête et garda le silence. L'expérience lui avait appris que les gens en apparence amicaux avaient souvent des buts cachés. Mais sa réserve ne sembla pas décourager la jeune femme.

— Vous êtes maligne, dit cette dernière, levant son verre comme pour porter un toast. Vous ne me connaissez pas. Je pourrais venir vous voir, dire des commérages pour vous donner un faux sentiment de sécurité et ensuite raconter que vous avez critiqué les gens présents ici ce soir. Vous préféreriez être ailleurs, mais, manifestement, vous connaissez ces cercles sociaux. J'ai appris que les jolis visages peuvent cacher les âmes les plus viles. Et cela vaut pour les hommes comme pour les femmes.

Malgré elle, Athena émit un petit rire. Car cette femme

disait vrai. Mais les gens détestables n'étaient pas tous richissimes. Ce trait de caractère n'était pas lié aux tranches d'imposition.

— Eve Burke, dit-elle, lui tendant la main. C'est un plaisir de vous rencontrer… ?

— Athena Evans.

Elle serra la main d'Eve, l'esprit en ébullition.

Eve Burke. La fiancée de Kenan Rhodes. Et la fondatrice d'Intimate Curves, la boutique de lingerie haut de gamme que les invités pouvaient apercevoir pour la première fois ce soir. L'inauguration de la version physique de ce qui était auparavant une boutique de vente en ligne était le clou de la soirée. Nico lui avait expliqué tout cela après leur arrivée, pendant qu'ils buvaient un verre et dégustaient des petits-fours.

Mince. Qu'avait dit Eve ? Qu'Athena préférerait être ailleurs. Cela commençait mal. Athena était en train d'échouer dans sa mission. Le cœur battant, elle chercha quelque chose à répondre. Devrait-elle présenter des excuses ? Ou proférer un autre mensonge en affirmant qu'elle était ravie d'être chez Bromberg ?

Non… Elle ne pouvait pas ajouter un mensonge aux autres. Le plus grand étant celui qui ornait son annulaire.

Elle n'allait pas songer à cette bague maintenant, décida-t-elle.

Qu'avait dit Nico, déjà ? Qu'il valait mieux rester aussi près de la vérité que possible ?

— Pour être honnête, dit-elle, je ne suis pas très à l'aise dans ce genre d'environnement.

Puis elle se pencha vers Eve et chuchota :

— Je ne sais jamais de quoi discuter. Je doute que la plupart des gens ici veuillent savoir combien de temps il faut laisser une crème brûlée au frais avant de la servir.

Elle haussa les épaules.

— Alors je reste seule, à sourire comme une idiote. Une idiote qui aura mal aux mâchoires à la fin de la soirée.

— Mon Dieu, je crois que je pourrais vous prendre dans mes bras, murmura Eve. C'est la chose la plus fascinante que j'ai entendue de toute la soirée.

Athena gloussa, et Eve lui sourit.

— Alors, vous aimez la pâtisserie ? Êtes-vous cheffe pâtissière ? Traiteur ? demanda Eve. Pour être franche, je n'y connais rien en cuisine, encore moins en pâtisserie. Mais j'adore manger. Comme mes jolies courbes l'attestent.

Elle désigna d'un geste sa silhouette en forme de sablier, parfaitement soulignée par une robe moulante rose pâle.

— Ma famille tient la boulangerie-pâtisserie Evans dans le quartier de Brighton.

— Ai-je bien entendu ? La boulangerie Evans ? lança une autre jeune femme à la longue chevelure châtain clair et aux yeux verts pétillants.

Vêtue d'une robe sirène bleu royal qui flattait ses courbes voluptueuses et son petit ventre rond, elle se joignit à elles.

— À mon arrivée à Boston, je m'y rendais très souvent, ajouta-t-elle. Ils font les meilleurs biscuits à la cannelle de la ville.

Pour la première fois depuis son arrivée, Athena éprouva de la joie.

— Ma grand-mère les préparait chaque matin, dit-elle. Elle tenait à les faire elle-même, car elle ne voulait confier sa recette à personne en dehors de sa famille.

— Je la comprends ! s'exclama l'autre femme. Ils étaient fabuleux. Je me souviens de votre grand-mère. Petite et menue, mais avec une voix puissante ? Les cheveux gris et les yeux bruns ? Elle portait un tablier rouge brodé chaque fois que je la voyais.

Athena hocha la tête, envahie par une tristesse inattendue.

— Oui, c'était bien elle. C'est mon grand-père qui lui avait offert ce tablier, et elle ne travaillait jamais sans.

Athena fut surprise quand l'inconnue lui saisit la main et la serra doucement.

— Je suis navrée. Elle me traitait toujours avec gentillesse. Cela comptait beaucoup pour une jeune femme qui venait d'arriver en ville et qui n'avait pas d'amis.

— Merci, dit Athena d'une voix émue.

Pourvu qu'elle ne se mette pas à pleurer…

— Eve, surveille un peu Devon ! Tu sais que ses superpouvoirs n'ont fait qu'augmenter avec sa grossesse. Voilà qu'elle va faire pleurer cette pauvre femme dans son verre. Ce serait vraiment dommage de gâcher un si bon champagne.

La cliente de la boulangerie était donc Devon Cole, ou plutôt, Farrell maintenant, déduisit Athena. L'épouse de Cain. Et la jeune femme qui venait de parler était sans doute Mycah Farrell. Quant au géant taciturne derrière elle, au costume noir impeccable et à l'air exaspéré, il s'agissait probablement d'Achille Farrell. Le frère de Nico.

Athena observa le plus jeune membre de la fratrie avec curiosité. Il était aussi grand que Nico, mais c'était leur seul point commun. Ses longs cheveux noirs et épais noués en chignon et son teint brun chaud indiquaient le métissage de ses origines, et il était plus massif que Nico. Et puis, il avait les yeux gris-bleu éclatants des Farrell. Athena réprima l'envie de détourner la tête quand ils atterrirent sur elle.

En fait, Achille et Nico avaient un autre point commun, se rendit-elle compte. Tous deux avaient le regard intense et incisif. Athena était prête à parier que rien n'échappait à Achille, comme rien n'échappait à Nico.

— Ce qui est vraiment dommage, c'est que je ne peux pas boire de champagne, rétorqua Devon. Si je ne peux pas en avoir, alors tout le monde doit boire une rivière de larmes salées, plaisanta-t-elle.

Athena éclata de rire malgré elle, mais les autres ne semblèrent pas trouver sa réaction inappropriée. Au contraire, ils rirent avec elle. Même Achille sourit.

— Puisque j'ai même oublié ce que c'est que de ne *pas* être enceinte, je n'ai aucune compassion. Le goût de l'alcool n'est qu'un lointain souvenir pour moi, enchérit Mycah avec un soupir exagéré.

Avec son ventre très arrondi, la future maman semblait sur le point d'accoucher d'une minute à l'autre, en effet. Pourtant, bien qu'elle se plaigne de ne pas pouvoir boire, elle rayonnait de bonheur.

Achille posa son regard bleu sur Athena.

— Et vous êtes ? demanda-t-il.

Mycah lui donna une tape sur bras.

— Je vous prie de l'excuser, dit-elle à Athena avant de lui tendre la main. Je suis Mycah Farrell, et ce modèle de bonnes manières et de bienséance est mon mari, Achille.

— C'est un plaisir de vous rencontrer tous les deux, répondit-elle, serrant la main de Mycah et adressant un signe de tête à Achille. Je m'appelle Athena Evans. Je suis venue avec mon fiancé, Nico Morgan.

Elle pouvait être fière d'elle, elle avait réussi à prononcer le mot « fiancé » sans bredouiller.

Achille l'observa d'un air curieux, mais avant qu'elle ait le temps de s'interroger – d'accord, de paniquer – les trois jeunes femmes regardèrent dans la direction de Nico.

— Bonté divine, murmura Devon.

— Cet homme a toujours été… waouh, enchérit

Mycah avant de tapoter la main d'Achille. Mais pas aussi « waouh » que toi, chéri.

— Merci, fit-il d'un ton placide.

— Je me souviens l'avoir rencontré il y a quelques mois, quand le conseil d'administration s'est réuni pour valider la rénovation de Bromberg. C'est un homme très charismatique, dit Eve, se tapotant la lèvre inférieure. Le charisme, c'est très sexy.

— Je suis sûr qu'elle parle de toi, lança une voix masculine.

Athena jeta un regard par-dessus son épaule. Deux hommes, grands et bien bâtis, venaient de rejoindre le groupe. L'un arborait une chevelure brune, et l'autre avait les cheveux châtain clair très courts et le teint doré. Tous deux avaient les mêmes yeux bleu-gris qu'Achille.

Cain Farrell et Kenan Rhodes, conclut-elle.

Sans avoir fourni le moindre effort, elle se retrouvait entourée de la famille de Nico. La famille qu'il refusait de connaître. À cette pensée, la tristesse l'envahit. Nico était seul ; depuis le décès de Rhoda, il n'avait plus personne. Et ces gens autour d'elle pourraient être une famille pour lui, mais Nico refusait cette possibilité. Apparemment, il préférait mener une existence solitaire et se contenter de relations humaines superficielles.

Elle chassa ces pensées de son esprit. Cela faisait trois ans que Nico était sorti de sa vie. Elle n'avait pas à s'inquiéter pour lui.

Pourtant… Son sentiment de tristesse persistait.

— Bien sûr qu'elle parle de moi, répondit Kenan à Cain. Qui d'autre pourrait-elle décrire comme charismatique, sexy et splendide ?

— J'ai dû avoir une absence pendant un instant, car je

ne me souviens pas que Eve ait prononcé le mot *splendide,* rétorqua Cain.

— Toute cette pression liée à ta future paternité a dû affecter tes facultés mentales, riposta Kenan. Parce que Eve a dit *splendide,* c'est sûr.

— Oh ! bon sang, marmonna Achille d'un ton traînant.

Athena réprima un rire. Mais peut-être ne l'avait-elle pas retenu aussi bien qu'elle le croyait car elle attira l'attention des trois hommes.

— Athena, voici mes frères, Cain Farrell et Kenan Rhodes, dit Achille. Cain, Kenan, je vous présente Athena Evans, la fiancée de Nico Morgan.

— Enchanté, déclara Cain.

Il lui offrit une brève mais chaleureuse poignée de main. Kenan fit de même et lui sourit.

— Mes félicitations, dit-il. Il faudra que je félicite Nico également.

— Pourquoi pas maintenant ? suggéra Nico.

Il venait d'apparaître derrière Athena et de glisser un bras autour de sa taille.

Une décharge électrique la traversa. Elle était consciente que leur premier vrai contact physique après trois ans était destiné à tromper leur public. Son esprit lui soufflait d'être prudente, mais son corps réclamait d'autres caresses.

Après une seconde, Athena s'intima de se détendre et se pressa contre Nico. Comme autrefois. Tout son corps… soupira de contentement. Combien de fois avait-elle rêvé d'être ainsi blottie contre lui ? D'avoir le droit de le toucher ? Mais si c'était dans ces circonstances…

Mais peut-être étaient-ce des circonstances parfaites ? Athena pourrait s'autoriser à le toucher, et à être touchée par lui, pendant ces moments volés. Ce serait une comédie inoffensive. Dans un cadre sécurisant. Et Nico ne saurait jamais qu'elle savourait chaque caresse, chaque étreinte, chaque regard et chaque mot doux de lui. Ce serait son petit secret.

Cain serra la main de Nico et lui donna une tape sur l'épaule.

— Félicitations, Nico. Il faudra que vous m'appreniez comment cacher une relation sentimentale aux médias. Je parie que la pression est beaucoup plus supportable quand on y arrive.

Nico hocha la tête et caressa la hanche d'Athena. Ravalant un gémissement, elle but une gorgée de champagne, qui ne suffit pas à éteindre le feu du désir en elle.

— Heureuse de vous revoir, monsieur Morgan, dit Eve. Merci d'être venu ce soir, et d'avoir emmené Athena. Je dois vous prévenir, je vais officiellement demander sa garde.

— Je vous en prie, appelez-moi « Nico ». Et je vous accorderai un droit de visite, mais je tiens à conserver la garde principale.

— Soit, marmonna-t-elle d'un air amusé.

— Cain, Athena dirige la boulangerie-pâtisserie Evans, dit Devon à son mari. Je t'ai parlé d'une boulangerie que j'avais découverte à mon arrivée à Boston, tu te souviens ? Un endroit qui m'avait donné le sentiment d'être chez moi. C'était la boulangerie Evans.

— Le monde est petit, murmura Cain.

Lorsqu'il regarda Athena, elle se sentit gênée et résista à l'envie de porter la main à son visage. Tous les hommes Farrell avaient-ils des regards tranchants comme un scalpel ?

— Alors, vous êtes la propriétaire d'Evans ?

— Elle appartient à ma famille, rectifia-t-elle.

Elle sentit Nico se raidir à côté d'elle. Et cela la contraria. *Oui, je sais ce que tu penses de ma famille. Tu me l'as déjà dit. Ad nauseam.* Mais parce qu'ils étaient censés former un couple heureux, elle ravala sa réplique cinglante.

— Comment vous êtes-vous rencontrés, tous les deux ? demanda Mycah. Le milliardaire et la pâtissière. On dirait un joli téléfilm de Noël, ou le début d'une mauvaise plaisanterie.

Athena gloussa, et Nico esquissa un sourire.

— Je pense qu'il y a un peu des deux, dit-il.

— Et pour répondre à votre question, il a écrasé mes brioches, ajouta Athena.

Six regards furent braqués sur elle.

— C'est la vérité, dit-elle en haussant les épaules.

— Alors là, il faut nous en dire plus, déclara Kenan. Nico, j'ai l'impression que vous allez perdre des points. Mais pas d'inquiétude, nous ne vous jugerons pas. Enfin, pas trop.

Athena reprit la parole.

— Ma grand-mère avait une cliente de longue date, et chaque année pour son anniversaire elle lui préparait de petites brioches aux raisins. Cette année-là, Mme Lemmons était malade, et cela faisait des semaines qu'elle n'était pas venue à la boulangerie. Ma grand-mère n'était alors plus de ce monde, mais j'ai tout de même préparé les brioches et j'étais en route pour les apporter à Mme Lemmons. Je venais de trouver une place de parking dans son quartier, à Back Bay, et je me dirigeais vers son appartement quand quelqu'un – elle décocha à ce « quelqu'un » un faux regard réprobateur – est arrivé de nulle part et m'est rentré dedans, écrasant mes brioches avec son torse.

— Pour ma défense, dit Nico par-dessus les rires de leur public, j'étais en retard pour un déjeuner avec les responsables d'une œuvre de charité. Ce qui, d'ailleurs, n'a pas

263

impressionné Athena. Elle m'a traité de noms d'oiseaux et je crois même qu'elle m'a fait un doigt d'honneur.

— C'est faux ! objecta Athena en donnant une tape contre son ventre ferme.

Bien qu'elle soit absorbée par le souvenir de leur vraie rencontre – en réalité, elle livrait une course pour sa grand-mère et Nico allait déjeuner avec sa mère – elle fut aussi troublée par la sensation de ses abdominaux fermes et chauds contre ses doigts. Elle résista difficilement à l'envie de frotter sa main sur sa cuisse.

— Si, c'est vrai, affirma Nico.

— Alors, c'était un coup de foudre ? questionna Eve.

— Pour moi ? Oui, dit Nico. Pour elle ? Pas vraiment. J'ai dû faire des pieds et des mains pour la retrouver, présenter mes excuses à profusion, porter d'autres brioches à Mme Lemmons, qui m'a fait boire le thé le plus horrible du monde, et ensuite acheter mon poids en gâteaux pour mes employés. Tout cela avant qu'Athena daigne accepter un premier rendez-vous avec moi.

— Elle en valait la peine, en tout cas, gronda Achille.

Nico se pencha vers elle et déposa un baiser sur son front. Elle ferma les yeux pour en savourer la douceur. Une douceur artificielle.

— Oui, en effet, murmura Nico.

Athena soutint son regard.

Quel acteur phénoménal il faisait…

Pendant un instant, elle avait presque cru que cette tendresse dans ses yeux, cette chaleur dans sa voix étaient sincères. Mais elle n'était pas stupide.

Et tous les faux-semblants du monde ne changeraient pas la réalité.

Portant son attention sur leur public, elle reprit son rôle de fausse fiancée.

— Je trouve que ça s'est bien passé, dit Athena pour briser le silence qui régnait dans la voiture.

Un silence chargé, dense. Qui pesait lourd sur sa poitrine, comme une couverture étouffante. Athena avait envie de l'enlever, de s'en libérer. Et si pour cela elle devait passer par une conversation inepte, soit.

— Oui. Mieux que je ne le pensais, répondit-il.

Il pianota sur sa cuisse et regarda par la vitre.

Le silence se fit plus pesant encore.

— Je les aime bien, ajouta-t-elle.

Il raidit les épaules, mais ne dit rien.

— Tes frères et leurs compagnes, précisa-t-elle. Ils sont très sympathiques, bien plus que je ne l'imaginais. Tes frères… Ils avaient l'air de t'apprécier. Ils te respectent, c'est certain.

Elle remarqua la tension dans sa mâchoire ciselée.

— Tu es sûr que…

— Tu as remarqué leurs yeux ? l'interrompit-il d'un ton presque détaché. Les yeux des Farrell. Barron les a transmis à ses fils.

Il se tourna enfin vers elle, et dans la pénombre de l'habitacle son regard sembla encore plus noir.

— Tous ses fils, sauf moi.

Un sentiment de malaise l'envahit. Elle avait envie de lui dire d'arrêter là, d'abandonner le sujet. Mais elle était curieuse d'en savoir plus sur lui. De découvrir ces parties de sa vie qu'il avait gardées cachées pendant leur relation. Oui, il lui avait confié des choses qu'il n'avait dites qu'à sa mère. Mais il était resté sur ses gardes, pour se protéger.

D'elle.

Ce qui n'avait fait qu'agrandir le manque qu'elle avait ressenti. À l'époque, Nico la couvrait d'attentions : bijoux, vêtements, dîners dans de beaux restaurants. De beaux cadeaux, certes. Mais elle aurait préféré qu'il lui offre son cœur.

Trois ans plus tard, elle en était au même point. Elle voulait désespérément avoir… des miettes de lui.

— Alors que la plupart des hommes seraient fiers de la naissance de leur premier fils, ses premiers mots pour ma mère ont été : « Il n'a pas les yeux des Farrell. Cet enfant n'est pas de moi. » Il a même fait un test de paternité. Quand maman m'a raconté cette histoire, elle semblait embarrassée, honteuse. Comme s'il m'avait rejeté à cause d'elle. Elle s'en voulait de m'avoir donné ses propres yeux.

Il afficha un semblant de sourire.

— La seule fois où Barron est venu me voir, il a déclaré que bien que je n'aie pas ses yeux, j'avais hérité de son sens des affaires. Les maudits yeux des Farrell. Enfant, j'aurais donné mon âme pour les avoir. Quelques années plus tard, j'étais heureux d'avoir ceux de ma mère. Parce que je ne voulais pas voir mon père quand je me regardais dans un miroir. Et aujourd'hui, ne pas avoir les mêmes yeux que les fils de Barron me permet de conclure des contrats avec eux sans éveiller les soupçons sur mon identité. Ironique, hein ?

Athena se sentait à la fois furieuse et triste. Furieuse contre Barron Farrell, et triste à cause des dégâts qu'il avait causés. Quel genre d'homme faisait délibérément du mal aux gens, à ses propres fils, pour le plaisir ? Pas étonnant que Nico déteste Barron Farrell. Néanmoins…

Néanmoins, quel serait le prix de sa vengeance ?

Athena craignait que Nico ne devienne une réplique de son père.

— Je suis désolée, Nico, murmura-t-elle.

— Pourquoi ? demanda-t-il, se tournant pour lui faire face. Parce que j'ai eu une mère qui a joué le rôle des deux parents ? Parce que j'ai découvert que mon père n'était pas seulement un géniteur absent mais aussi une ordure ? Parce que j'ai laissé sa négligence et sa malveillance me donner de la force ? Ou tu es désolée d'avoir abordé un sujet dont je ne voulais pas parler ?

— Oui… et non. Oui, je suis désolée pour tout cela, mais surtout parce qu'aucun enfant ne devrait être rejeté par la personne qui est censée l'aimer inconditionnellement. On se persuade que ça ne laisse pas de cicatrices, mais on se berce d'illusions. Et même si l'on devient riche, fort ou puissant, ça ne change rien au passé et ça n'efface pas la peine. Je suis désolée que tu aies dû le découvrir.

— Tu l'as découvert aussi, n'est-ce pas, Athena ?

Une douleur familière lui serra la poitrine.

— Oui.

N'ajoute rien d'autre. Arrête-toi là.

Mais elle entrouvrit les lèvres et, comme arrachés par une force invisible, les mots se déversèrent.

— Je n'ai jamais recherché mes parents biologiques. Tu sais pourquoi ? Par peur. Je n'ai pas seulement peur de découvrir pourquoi ils m'ont abandonnée. Je crains aussi de faire de la peine à mes parents adoptifs en recherchant ma vraie famille. Je suis terrifiée à l'idée qu'ils me rejettent pour ça. N'est-ce pas pathétique ? J'ai trente ans et j'ai peur d'être abandonnée par mes parents adoptifs car j'ai déjà perdu ceux dont je ne me souviens pas. Ceux qui m'ont rejetée.

— Athena, tu n'as pas…

— Je ne sais pas pourquoi ils m'ont abandonnée. Je comprends ici, dit-elle en tapotant sa tempe. Mais ici – elle posa la main sur son cœur –, je me demande parfois ce qui chez moi les a poussés à me confier à des étrangers.

Elle émit un rire brut et reposa les mains sur ses genoux. Puis elle secoua la tête.

— Bon sang, j'ai l'air de m'apitoyer sur mon sort, et je parle comme une ingrate. Ces étrangers ont fini par être des parents absolument merveilleux. Je ne devrais pas me plaindre…

— Tu as le droit d'éprouver ces sentiments, ma belle. Et tu ne devrais jamais t'excuser de les éprouver.

Les mots « ma belle » lui réchauffèrent le cœur, et l'excitèrent, aussi. Ce n'était pas la première fois qu'il l'appelait ainsi. Autrefois, il murmurait ces mots contre ses lèvres juste avant de lui donner un baiser brûlant. Les criait contre son oreille pendant qu'il s'enfonçait en elle. Les soufflait contre son cou humide tandis que son grand corps musclé frissonnait au-dessus du sien.

— Et toi ? demanda-t-elle.

— Comment ça, moi ?

Prudence, lui souffla sa raison. Athena pourrait bien déchaîner la colère de Nico si elle répondait. Mais il fallait qu'elle sache.

— Tu étais blessé. Barron t'a fait du mal. Et c'est le but de ce plan, n'est-ce pas ? Lui faire mal à ton tour ?

Il ne bougea pas, mais elle sentit qu'il se renfermait.

— Notre comédie s'est terminée dès que nous avons quitté le grand magasin, Athena. N'essaie pas de faire semblant de me connaître.

Oh ! elle aurait dû se souvenir que lorsqu'il se mettait en colère, Nico n'explosait pas. Au contraire, il devenait froid, et blessant.

— Je n'oserais pas dire que je te connais, répondit-elle doucement. Même après avoir emménagé chez toi, après avoir partagé ton lit, après t'avoir aimé, je ne le dirais toujours pas.

— Après m'avoir aimé ? rétorqua-t-il avec un petit rire sombre. Tu m'aimais quand tu es partie sans te retourner ? Si c'est de l'amour, alors je n'en veux pas. L'amour est inconstant, sans foi et traître.

— Je dis la vérité. Je t'aimais même quand je t'ai quitté. Je t'aimais tellement que mon départ était une question de survie. J'avais deux options. Rester dans une relation en sachant que tu ne me donnerais que des miettes de toi alors que je me donnais tout entière. Ou partir et sauver ma peau.

— Tu ne m'as jamais offert l'occasion de t'en donner davantage. Tu ne l'as jamais demandé.

— Chaque fois que je disais « Je t'aime », je te le demandais.

Il rejeta la tête en arrière comme si elle lui avait asséné un uppercut. Une émotion se forma sur son visage, qui disparut avant qu'Athena puisse la déchiffrer.

Il se passa la main dans les cheveux.

— N'inverse pas les rôles, lâcha-t-il. Tu es partie parce que ta famille t'a téléphoné et que tu as accouru comme tu le faisais toujours. Depuis, rien n'a changé. Avant de faire l'inventaire de mes actes, tu devrais prendre les tiens en compte. Si cela t'aide de me faire des reproches, vas-y, mais nous savons tous les deux qu'aucun homme ne pourra jamais être de taille face à l'amour et à la loyauté que tu as pour ta famille.

— Tu voulais que je la raye de ma vie, objecta-t-elle avec véhémence. Tu as raison, je ne le ferai pas.

— Non, Athena.

Il s'adossa à la banquette, le regard opaque.

— C'est ce que tu n'as jamais compris, dit-il. J'avais juste besoin que tu me fasses une place, à moi aussi.

« J'avais juste besoin que tu me fasses une place, à moi aussi. »

Son esprit rejeta ses mots, mais ils vibrèrent dans son cœur.

Ce n'est pas vrai !

Mais sa protestation resta piégée dans sa gorge. Sa famille avait eu besoin d'elle – c'était encore le cas –, contrairement à Nico. Vers la fin de leur relation, elle n'était plus qu'une colocataire et une amante silencieuse.

Ironie du sort, il avait besoin d'elle maintenant qu'ils étaient séparés, pour infiltrer le cercle de ses demi-frères, alors qu'il n'avait jamais eu besoin d'elle quand ils étaient ensemble.

Et s'il avait l'impression qu'elle avait donné la priorité à sa famille, peut-être était-ce parce que sa famille en avait fait autant avec elle.

Mais est-ce vraiment le cas ? Ou tes proches ont-ils simplement profité de ta bonne volonté ?

Elle secoua la tête pour chasser cette pensée déloyale. Nico reprit la parole.

— Mais c'était il y a plusieurs années, et nous n'en sommes plus là. Nous n'en serons plus jamais là.

La voiture s'arrêta devant l'immeuble d'Athena. Nico ouvrit la portière et sortit en premier, puis lui tendit la main. Par réflexe, elle posa la paume sur la sienne et descendit. Dès qu'elle fut face à lui, il lâcha sa main et fit un pas en arrière. Un petit mouvement, mais lourd de sens.

— Nous avons fait nos choix par le passé, Athena. Dorénavant, concentrons-nous sur le présent. Respecte ta part du marché, et je respecterai la mienne. Ensuite, nous pourrons nous séparer. À nouveau.

Pour de bon. Il n'avait pas prononcé ces mots, pourtant ils résonnaient dans l'air chaud du soir.

Quelle idiote elle faisait ! Elle avait encore essayé d'escalader les murs qui protégeaient les émotions de Nico. Elle aurait dû se souvenir que la dernière fois qu'elle avait fait une tentative, elle avait fini par avoir le cœur brisé. Si elle recommençait, les dégâts pourraient être bien pires cette seconde fois.

Mais elle n'oublierait plus.

Car il venait de lui rappeler la leçon qu'elle avait apprise trois ans plus tôt.

Nico Morgan brisait les choses, mais il ne recollait jamais les morceaux.

- 6 -

— Salut, grande sœur. Tu m'as l'air très à ton aise, assise derrière mon bureau.

Serrant les dents, Athena leva les yeux de l'écran d'ordinateur au moment où son frère appuyait une épaule contre le cadre de la porte.

Randall lui offrit un sourire plein de charme et d'humour. Mais Athena n'était pas dupe. Son frère aimait lui lancer des piques subtiles pour lui rappeler que c'était lui, le propriétaire de la boulangerie, et qu'elle n'était rien de plus qu'une employée.

D'habitude, elle ne prêtait pas attention à son besoin immature d'affirmer sa domination. Mais aujourd'hui, elle n'était pas d'humeur.

Elle avait demandé – exigé – une seule chose avant d'accepter ce marché avec Nico. Que sa mère oblige Randall à gérer la boulangerie pendant son absence. Ces trois dernières semaines, Athena avait assisté à plus d'événements mondains que ces trois dernières années. Presque chaque soir, elle accompagnait Nico à des soirées, pour l'aider à paraître plus accessible et plus humain aux yeux de ses demi-frères. Et presque chaque soir, elle rentrait chez elle tendue, émotionnellement épuisée, et très excitée. Se caresser en pensant à Nico était devenu un rituel, comme se brosser les dents.

Douche. Brossage de dents. Orgasme.

272

Inutile de préciser que les réveils à 4 heures du matin pour se rendre à la boulangerie n'étaient plus d'actualité. Certes, elle aurait pu y aller en fin de matinée ou dans l'après-midi. Mais elle s'était abstenue, afin d'offrir à Randall l'occasion de prouver qu'il pouvait être un gérant responsable. Ainsi qu'un fils et un frère mature.

L'appel qu'elle avait reçu hier de l'une des employées lui avait prouvé que Randall n'avait pas saisi cette occasion.

Les salaires n'avaient pas été versés la semaine dernière. Kira en avait été informée et avait promis de prévenir Randall, mais, puisqu'il n'était pas passé à la boulangerie, les employés n'avaient pas eu leur chèque. Pourquoi Kira ne l'avait-elle pas appelée ?

Bon sang. Athena devait cesser de se bercer d'illusions. Elle savait parfaitement pourquoi sa sœur ne lui avait pas téléphoné. Leur mère le lui avait probablement interdit. Pour éviter qu'Athena sache que Randall avait été… Randall.

Elle éprouva de la colère et du ressentiment.

De la colère car sa mère préférait ne pas payer leurs employés loyaux et travailleurs plutôt que d'ordonner à son fils de *faire son fichu travail*.

Du ressentiment car ses parents, tout à fait conscients que leur fils était un adulte immature qui n'avait pas montré le moindre intérêt pour la boulangerie quand Mama était en vie, lui avaient tout de même confié les rênes de l'entreprise familiale. Parce qu'il avait un pénis.

Non, parce qu'il était un *vrai* Evans.

Pourtant, ils attendaient de leur fille aînée, à la filiation inconnue, qu'elle tienne la barre. Qu'elle continue de sourire, de s'investir, de travailler sans compter ses heures, tout cela sans aucune reconnaissance. Comme toujours.

Un charbon ardent brûla dans son ventre. Depuis quand était-elle devenue si cynique, si insatisfaite, si… amère ?

Et lorsqu'elle vit son frère s'étirer et avancer dans le bureau d'un pas léger, tel un roi sur ses terres, le charbon devint rouge incandescent.

Séduisant, le teint brun clair et les yeux presque noirs, Randall avait toujours été populaire. Extraverti, avenant, toujours prêt à s'amuser, il savait charmer son monde. Et on ne lui avait pas demandé de grandir. Randall Evans était le Peter Pan de Dorchester.

— Je peux te laisser terminer les paies, répondit-elle en souriant. Tu n'as qu'un mot à dire. C'est pour cela que tu es venu aujourd'hui ? Pour faire ton travail de patron ?

Randall maintint son sourire en place, mais il plissa les yeux. Pas étonnant. Ils savaient tous les deux qu'il n'était pas venu pour travailler.

— Non, dit-il, agitant la main dans sa direction. Tu peux finir. Et puis, je te fais confiance, tu sais te débrouiller.

Se débrouiller ? Elle *se débrouillait* depuis l'AVC de Mama, survenu presque trois ans plus tôt. Ses parents ne s'impliquaient plus dans la boulangerie depuis des années, et lorsque sa grand-mère était tombée malade, Athena l'avait remplacée au pied levé. Donc, oui, elle savait *se débrouiller.*

— Eh bien, j'espère que tu te souviens de la formation que nous avons reçue sur l'utilisation du logiciel de paie. Car je ne serai pas disponible ces prochains mois. La seule raison pour laquelle je suis ici aujourd'hui, c'est parce que nos employés ont passé une semaine sans salaire.

— *Mes* employés auraient dû me téléphoner à moi plutôt qu'à toi, s'il y avait un problème.

Elle ricana, et le sourire de Randall s'évanouit.

— Tu as quelque chose à dire ? gronda-t-il.

— Oui.

Elle pencha la tête pour l'étudier. Avec ses yeux

légèrement plissés, et ses lèvres pincées, il ressemblait tout à fait à l'enfant gâté qu'il était.

— Si Kira avait pu te téléphoner, elle l'aurait fait, dit-elle. Si les employés te connaissaient ou s'ils avaient ton numéro, ils t'auraient peut-être contacté. Mais ce n'est pas avec des « si » qu'on paie les factures et les salaires.

— Je suis le propriétaire de cet établissement, grande sœur. Maman et papa ont décidé que c'était à moi qu'il revenait, pas à toi. Ça veut dire que tu travailles pour moi, et si j'ai besoin que tu t'occupes des paies, tu le fais, et tu m'épargnes ton insolence.

Furieuse, elle se leva de sa chaise.

— Faux. Je ne travaille pas pour toi. Tu ne me verses pas de salaire. J'assure la gérance de cette boulangerie parce que tu es un patron absent. Je rends service à notre famille en assumant le rôle que tu as délaissé. Mais n'inverse pas les rôles, Randall. Tu ne m'as pas engagée. Et tu ne peux pas me donner d'ordres. Tu ne l'as jamais fait, et ne crois que tu peux commencer aujourd'hui.

Il afficha un sourire narquois.

— Et pourtant, tu es là. Pour gérer les affaires.

— Je ne le fais pas pour toi.

— Le résultat est le même.

Il haussa les épaules.

— Mais peu importe, reprit-il. Si tu ne veux plus t'en occuper, montre à Kira comment faire. Elle peut se charger des paies. Je ne sais pas quelle mouche a bien pu te piquer.

Dix. Neuf. Huit. Sept... Elle comptait à rebours en respirant lentement.

Tu ne peux porter la main sur lui. Primo, c'est ton frère. Deuzio, tu n'es pas faite pour la prison.

— Pourquoi es-tu là ? finit-elle par demander.

— Ai-je besoin d'une raison ? rétorqua-t-il.

Alors qu'il n'était pas venu depuis des années ? Oui, il avait besoin d'une raison.

—— Maman m'a téléphoné et m'a demandé de passer voir si tout allait bien, finit-il par répondre.

Plus probablement, leur mère lui avait demandé de passer en prétendant qu'Athena avait quelque chose à lui dire. En d'autres mots, elle laissait Athena se charger du sale boulot.

—— Kira ne peut pas s'occuper des paies puisqu'elle ne connaît pas le logiciel. Si tu as oublié comment il fonctionne, le numéro de l'entreprise informatique est dans la liste des contacts. La représentante pourra faire une remise à niveau pour tout le monde. Il faudra que tu la contactes dès que possible car je ne serai pas disponible pour la prochaine période de paie.

Elle tapa sur plusieurs touches puis ferma le programme.

—— En ce qui concerne la semaine passée, c'est réglé, et puisque tu es là, tu peux te charger de la période en cours.

Elle récupéra son sac dans un tiroir du bureau puis se dirigea vers la porte. S'arrêtant devant son frère, elle soutint son regard impertinent.

—— Alors, tu abandonnes la boulangerie, comme ça ? lâcha-t-il avec mépris. Tu nous laisses en plan ? Kira a dit que Nico Morgan était passé ici il y a quelques semaines. Ça expliquerait ce soudain changement d'attitude. Quand tu étais avec lui, avant qu'il te laisse tomber comme une vieille chaussette, tu te prenais aussi pour une princesse.

Elle accusa le coup.

—— Tu es sérieux ? fulmina-t-elle d'une voix râpeuse. Tu oses me dire cela alors que je suis venue ici chaque jour, pour notre famille ? Ces trois dernières années, depuis l'AVC de Mama, depuis son décès, où étais-tu ? Et même avant ? La seule chose que tu aies faite pour cette boulangerie, pour cette famille, c'est de nous mettre plus de dettes sur le dos ! tonna-t-elle.

Il parut sonné. Athena se fendit d'un rire sec.

— Oh ! oui, Randall, je suis au courant du prêt de 300 000 dollars. Et maman aussi. Alors ne t'avise pas de me donner des leçons. Nous ne nous jouons même pas dans la même cour.

— T-tu es courant ? Et maman aussi ? bredouilla-t-il. Comment as-tu su ?

— Quelle importance ?

Elle mit la sangle de son sac sur son épaule.

— Ce qui compte, c'est que tu as fait ce prêt sans en parler à papa ou à maman, et que tu n'as pas payé tes mensualités depuis des mois. Quand l'aurions-nous découvert ? Le jour où les autorités auraient mis des chaînes sur les portes de la boulangerie ?

Elle ne prit pas la peine de cacher son dégoût.

— Non, Randall, tu ne peux pas m'accuser d'abandonner Evans. C'est toi qui l'as abandonnée, en l'hypothéquant, sans penser un instant aux gens qui travaillent ici. Et tout cela pour quoi ? Qu'est-ce que tu as à nous montrer pour justifier une telle somme ? Tu peux peut-être donner tes réponses à maman.

— Qu'a-t-elle dit ? demanda-t-il, la saisissant par le bras.

La panique perçait dans sa voix.

— Qu'est-ce que nous allons faire, Athena ?

L'accord de confidentialité qu'elle avait signé l'empêchait de dévoiler la vérité à Randall. De lui révéler qu'elle avait accepté d'être la fausse fiancée de Nico pour qu'il rembourse le prêt. Athena n'aurait rien dit, de toute façon ; Randall méritait de se faire du mauvais sang à cause de son acte. Un acte inconsidéré, qui mettait en danger leur commerce, leur moyen de subsistance.

— Nous ? fit-elle, le sourcil arqué. Ce n'est pas nous qui avons contracté ce prêt. C'est toi. Je ne sais pas comment tu prévoyais de rembourser, mais tu devrais sans doute te retrousser les manches.

Il lui serra le bras.

— Et ton amoureux ? Tu ne peux pas lui demander un petit prêt ? C'est un milliardaire, après tout. Quelques centaines de milliers de dollars, c'est une paille pour lui. Il va…

— Non. Je refuse de lui demander une chose pareille. Ce n'est pas à lui de te tirer d'affaire. Je me fiche de savoir combien de millions il a de côté.

Le visage de Randall se tordit de rage.

— Tu te prends pour une sainte, lança-t-il, serrant son bras encore plus fort. Eh bien, Athena, tu n'en es pas une. Et quand ce salaud te laissera tomber une fois de plus, tu découvriras que tu ne vaux pas mieux que nous.

Se dégageant de son étreinte, elle recula, ignorant la douleur qui pulsait dans son bras.

— Ne me mets pas ça sur le dos, assena-t-elle.

Elle le défia du regard.

— Comme je l'ai dit à maman, c'est à toi de régler le problème. Et tu peux commencer par prendre tes responsabilités avec *ta* boulangerie. En venant tous les jours pour faire ton travail de patron.

En montrant qu'il tenait à ce magasin, bon sang.

— Et toi, où seras-tu pendant ce temps-là ? Trop occupée à jouer au gentil petit couple avec ton millionnaire pour aider ta famille ?

La pique atteignit sa cible. Mais l'attitude ingrate et égocentrique de Randall la hérissa encore plus.

Elle ne gratifia pas sa question d'une réponse. Au lieu de quoi, elle quitta la pièce, consciente qu'elle laissait la

278

boulangerie entre les mains de Randall. Et c'était une perspective effrayante.

Nico avait promis d'éponger la dette de Randall. Tout ce qu'Athena pouvait faire en attendant, c'était prier pour qu'il y ait encore une boulangerie à sauver dans trois mois.

- 7 -

Nico frappa à la porte d'Athena d'un geste impatient. Nul besoin de consulter son téléphone pour savoir qu'ils avaient environ quarante minutes avant que le bal de bienfaisance pour la recherche médicale en pédiatrie ne commence. De tous les événements sociaux auxquels ils avaient assisté ces dernières semaines, celui-ci pouvait être considéré comme l'événement de la saison. Avec des billets allant de 15 000 à 60 000 dollars, une vente aux enchères et des jeux dont les prix étaient des places pour la *Fashion Week* de New York ou un rôle dans un grand film, la soirée attirerait la plupart des membres de l'élite bostonienne. Non seulement Nico pourrait y côtoyer les Farrell, mais il pourrait aussi profiter de cette occasion pour développer son réseau.

Du moins, si Athena daignait lui ouvrir.

Il frappa à nouveau, l'inquiétude se mêlant à l'impatience. Tout à l'heure, lorsqu'il avait téléphoné pour s'assurer qu'Athena serait prête, elle avait semblé un peu… bizarre.

Au moment où il allait frapper une troisième fois contre le battant, Athena lui ouvrit.

Comme à chaque fois qu'il la voyait, il fut momentanément stupéfié. Par sa beauté. Par sa sensualité innée, rehaussée par la superbe robe lilas qui moulait chaque courbe de son corps délicieusement féminin.

Il réussit à ne pas la toucher. Il mériterait une médaille.

280

S'il restait à distance, ce n'était pas seulement pour éviter de mettre son plan en péril. C'était aussi pour une raison plus humiliante. En fait, il avait peur de perdre le contrôle. S'il la touchait, la goûtait, s'il redécouvrait l'étau humide et étroit de son sexe, il serait sur une pente glissante menant à une fosse dangereuse, dont il ne pourrait peut-être plus sortir.

Il avait fait un faux pas l'autre soir, à la réception chez Bromberg. Mettre le bras autour de sa taille, caresser sa hanche, respirer son doux parfum, la taquiner, plaisanter avec elle… Pendant un moment, il avait oublié que ce n'était qu'une comédie. Pendant un moment, il s'était laissé porter par son fantasme. Et quand ils avaient quitté la soirée, la réalité l'avait brutalement rattrapé.

Oublier qu'ils jouaient un rôle n'était pas envisageable. Pas s'il voulait sortir indemne de toute cette aventure.

Or il comptait bien rester sain et sauf.

— Athena, est-ce que tu es prête… Qu'est-ce qui ne va pas ?

Ce ne sont pas tes affaires, gronda une voix dans sa tête.

Mais quelque chose n'allait pas, c'était certain. En apparence, Athena était aussi belle et calme que jamais. Mais en l'observant de plus près, il remarqua les ombres qui assombrissaient le vert éclatant de ses yeux noisette, la rigidité de son corps gracieux. Le pincement de ses lèvres pulpeuses.

Des petits détails que la plupart des gens ne remarqueraient pas. Mais il n'était pas la plupart des gens. Il avait passé une année et demie à mémoriser chaque nuance de son visage, de son corps, de son attitude. Et trois ans à se rappeler… de tout.

— Athena, qu'y a-t-il ? Et ne me réponds pas qu'il n'y a rien.

Elle serra les lèvres et lui lança un regard agacé. Parce qu'il avait employé un ton autoritaire ou parce qu'il était entré sans y être invité, il l'ignorait. Peut-être pour ces deux raisons. Quoi qu'il en soit, elle alla dans le salon, laissant à Nico le soin de fermer la porte.

— Accorde-moi simplement quelques minutes pour prendre mon sac et enfiler mes chaussures, et je serai prête.

— Athena, dit-il avec plus de douceur. Nous n'irons nulle part tant que tu n'auras pas répondu à ma question.

Elle soupira, puis lui lança un regard noir. Mais, la seconde suivante, son expression s'adoucit. Se pinçant l'arête du nez, elle ferma les yeux un instant.

— Crois-moi, Nico, la réponse ne te plairait pas. Alors laisse-moi finir de me préparer pour que nous puissions partir.

— Non.

Alors que son instinct lui dictait de garder ses distances, il avança jusqu'à elle et saisit l'un de ses poignets.

— Regarde-moi, Athena.

Au bout de quelques secondes, elle obéit et releva ses cils épais.

— Parle-moi, ma belle. Qu'est-ce qui ne va pas ?

— Il s'agit de ma famille. De mon frère. Tu veux toujours en parler ?

Il étouffa la flamme de colère que la mention de Randall Evans venait d'allumer. Il n'était pas là pour parler du frère d'Athena ou de leur famille dysfonctionnelle.

C'était Athena qui le préoccupait.

Rectificatif. S'il ne pouvait pas la convaincre de parler de ce qui la perturbait, cela nuirait à son plan. Il avait besoin qu'Athena joue son rôle de fiancée de la manière la plus convaincante possible.

Il ne faisait pas cela pour elle, mais pour son propre intérêt.

Bon sang, qui croyait-il duper ?

— Oui, j'ai envie d'en parler, répondit-il.

Elle le scruta, comme pour soupeser la véracité de ses paroles. Puis elle se mordilla la lèvre inférieure. Il serra le poing pour s'empêcher de passer le pouce sur sa bouche.

Reportant son attention sur ses yeux, il remarqua une lueur de désir dans ses prunelles. Qui provoqua une réaction similaire en lui.

Elle cligna des yeux et secoua la tête.

— Je suis désolée. J'ai eu une journée… éprouvante. Je t'assure, ça va…

— Athena.

— Bon, d'accord. Tu es vraiment tenace, marmonna-t-elle. Hier, j'ai appris que les employés de la boulangerie n'avaient pas reçu leur paie hebdomadaire. Ma mère avait promis de demander à mon frère de me remplacer à la boulangerie pendant ma mission. Car je ne pouvais pas – je ne voulais pas – payer sa dette tout en travaillant à la boulangerie. Inutile de préciser que ma mère n'a pas tenu sa promesse. Et ce sont nos employés qui paient les pots cassés – en n'étant pas payés, justement.

Elle passa les mains sur ses cheveux noués en chignon.

— Je ne pouvais pas laisser passer une journée de plus sans qu'ils aient leur chèque, alors je suis allée à la boulangerie, et Randall est arrivé. Nous nous sommes disputés. Je lui ai parlé du prêt, sans évoquer notre arrangement. Je l'ai laissé se ronger les sangs, et peu après avoir quitté la boulangerie, j'ai reçu un appel de ma mère.

Inutile d'être voyant pour deviner la suite.

Pieds nus, Athena se dirigea vers la cuisine. Quelques instants plus tard, elle revint avec une bouteille de vin et deux verres. Sans lui demander s'il voulait se joindre à elle, elle le servit. Faisant glisser un verre élégant vers lui sur le bar, elle prit l'autre et avala une gorgée. Puis, fixant le liquide bordeaux, elle reprit :

— Maman n'était pas contente. Elle était déjà fâchée contre toi à cause de l'accord de confidentialité que tu lui as envoyé. Mais elle l'a respecté. Et comme elle ne peut pas s'en prendre à toi, elle s'est vengée sur moi.

Esquissant un sourire, elle but un peu de vin.

— Évidemment, Randall s'est plaint auprès d'elle, continua-t-elle. Il a déclaré qu'il ne pouvait pas être à la boulangerie parce qu'il avait plus important à faire. Et que je devais faire tourner la boutique, comme avant. Il a prétendu qu'il n'avait fait ce prêt que pour investir dans la boulangerie. J'ai rétorqué que c'étaient des mensonges. Mais maman a cru son fils chéri. Et parce que Randall est soi-disant très occupé, elle veut que je rembourse le prêt et que je revienne gérer la boulangerie à sa place. Tout cela parce qu'elle a écouté les jérémiades de Randall. Comme d'habitude. Quoi qu'il fasse, il n'y a jamais de conséquences pour lui.

— Que lui as-tu répondu ? demanda-t-il, essayant de rester neutre.

Elle posa doucement le verre sur le bar et croisa son regard. Les ombres dans ses prunelles trahissaient son tourment intérieur et sa peine.

— Je lui ai dit non. Ce n'est pas parce qu'elle a changé le scénario que je dois le faire aussi. Elle était furieuse.

Sa voix tremblante contrastait avec le sourire qui passa sur ses lèvres.

— Elle m'a traité d'égoïste. D'*égoïste*. Je crois que si elle m'avait traitée de garce, cela aurait été moins offensant, moins douloureux. Elle m'a dit de la rappeler

284

quand j'aurais décidé de faire passer la famille avant mes rancœurs mesquines.

Elle rit. Mais c'était le rire d'une femme blessée.

Puis elle reprit son verre et soutint son regard.

— Vas-y, dis-le, Nico. Je sais que tu n'apprécies pas plus ma mère qu'elle ne t'apprécie. Alors saisis l'occasion de me dire : « Je te l'avais bien dit. »

Plusieurs commentaires cinglants lui brûlaient la langue. Il pourrait dire que Randall n'était qu'un manipulateur paresseux. Que les proches d'Athena ne savaient pas respecter les limites. Qu'ils n'appréciaient pas Athena à sa juste valeur et qu'ils abusaient de sa gentillesse. De son besoin presque désespéré d'avoir leur approbation.

Oh ! oui, il y avait beaucoup de choses qu'il pourrait dire.

Au lieu de quoi, il lança :

— Qu'est-ce que tu aimerais pour le dîner ?

Athena se figea, le verre à mi-chemin de sa bouche.

— Je te demande pardon ?

— Le dîner. Je vais nous faire livrer. Tu as envie de quelque chose en particulier ?

Elle fronça les sourcils et reposa son verre.

— Et le bal ? Nous n'y allons pas ?

— Non.

— Mais pourquoi ? Je croyais que cette soirée était importante.

Parce que tu n'es pas en état d'assister à un gala de bienfaisance.

Parce que tu souffres.

Parce que quelqu'un doit prendre soin de toi aujourd'hui.

— Tous les bals se ressemblent, esquiva-t-il, haussant une épaule. À moins que tu ne meures d'envie d'y aller ?

Elle ébaucha un sourire. Un sourire faible mais chaleureux.

— En fait, je pense que je survivrai si je manque celui-ci.

— Bien. Revenons-en au dîner. J'avais envie d'un repas italien ou chinois. Est-ce que ça te va ?

— Les deux me semblent parfaits. Nico ?

Déjà occupé à ouvrir une application sur son téléphone, il releva la tête.

— Oui ?

— Merci.

— Pas de quoi. Alors, lasagnes ou omelette chinoise aux crevettes ?

— Je refuse de poursuivre cette discussion.

— Ha ! fit Athena, pointant sa fourchette sur lui avec un air triomphant. C'est une phrase de perdant.

— Non, c'est la déclaration de quelqu'un qui refuse de débattre avec une personne illogique, rétorqua Nico.

— Illogique ? Quand on commence à lancer des insultes, cela prouve qu'on est battu à plates coutures. Admets-le, tu as tort.

— Pas du tout.

— Oh ! si !

Nico serra les dents.

— Restons-en là. Même si tu te trompes complètement.

— Dis-le, insista-t-elle. Gandalf est un meilleur magicien que Dumbledore.

— Je ne sais pas ce qu'il y a dans ce tiramisu, dit-il, désignant le dessert qu'elle avait mangé à moitié, mais il te fait perdre la tête.

Elle ricana puis glissa une bouchée dudit tiramisu dans sa bouche et gémit de plaisir. Nico ravala un juron quand il sentit son sexe se dresser sous son pantalon de smoking.

— Tu es un mauvais perdant, Nico.

— Pour que j'aie perdu, il faudrait que tu aies remporté ce débat, Athena.

Elle rit de plus belle, et Nico réprima un sourire.

Se levant du canapé, il répliqua :

— Je ne sais pas si c'est une bonne idée, mais veux-tu que je te resserve du vin ?

Elle prit son verre sur la table basse et le brandit avec un grand sourire.

— Oui, s'il te plaît.

Il se dirigea vers la cuisine pour leur resservir du moscato. Quand il revint dans le salon, il observa l'espace. La décoration neutre le frappa une fois de plus. Les boîtes assorties dans la cuisine, le paysage sur le mur du salon et le tapis bleu roi dans le couloir étaient jolis. Tout était parfait – pour un appartement-témoin.

Il manquait quelque chose dans ce décor. Il manquait *Athena*.

— Pourquoi regardes-tu autour de toi comme ça ? demanda-t-elle.

— Comme quoi ? demanda Nico.

Il lui donna son verre et se laissa tomber sur le canapé.

— Comme si tu essayais de résoudre une énigme.

Devrait-il répondre ?

Ils avaient passé une soirée agréable. Durant laquelle leur passé épineux n'avait pas fait intrusion. Athena était recroquevillée sur le canapé, habillée d'un T-shirt ample et de leggings noirs. Lui avait retiré sa veste, son nœud papillon et retroussé ses manches. Depuis qu'ils étaient à nouveau dans la vie l'un de l'autre, c'était le moment le plus détendu qu'ils aient partagé. Presque comme s'ils étaient tacitement convenus de baisser les armes. Du moins pour ce soir.

Et cela l'ennuyait beaucoup de gâcher cette trêve temporaire.

— Laisse-moi deviner à quoi tu penses, dit-elle. Nous

passons une merveilleuse soirée, sans joutes verbales, sans que le sang ait été versé, et tu ne veux pas la gâcher avec une possible dispute. Alors laisse-moi te faire une promesse.

Elle leva la main comme pour prêter serment.

— Je jure solennellement de ne pas être offensée par ce qui sortira de ta bouche. Ou, au moins, de ne pas le montrer.

Il eut un rire amusé. Après un instant, il acquiesça d'un signe de tête.

— Je suppose que tu t'es installée à Cambridge pour être plus près de ta grand-mère, mais qu'est-ce qui s'est passé ? Dans cet appartement, précisa-t-il. Je me souviens de ton ancien appartement, et de l'empreinte que tu as laissée dans le mien. Des objets kitsch, des meubles chinés aux puces, des photos ou des tableaux d'artistes de la région. Ça… – il désigna d'un geste le centre de table sur la table basse, une coupe de fruits parfaitement neutre – c'est presque aseptisé. Ça ne te ressemble pas.

Elle observa l'espace comme si elle le voyait pour la première fois. Et peut-être était-ce le cas, en un sens. Elle le voyait à travers le regard de Nico.

— Tu as raison. Je me suis installée ici quand Mama est allée vivre dans une maison de retraite il y a quelques années. Si je n'étais pas à la boulangerie, je passais du temps avec elle, et je ne venais ici que pour dormir et me doucher. Et depuis qu'elle est partie, j'ai juste…

Elle haussa une épaule.

— Je crois que je n'ai jamais considéré cet endroit comme autre chose qu'un relais d'étape. J'ai du mal à le voir autrement.

— Pourquoi étais-tu si inquiète pour ta grand-mère ? N'était-ce pas en partie pour te rassurer qu'elle s'est installée dans cette maison de retraite ? Cambridge Grounds est l'un des meilleurs établissements de la région.

— Oui, c'était un endroit merveilleux. Ce n'était pas le problème… Attends une minute. Comment sais-tu dans quelle maison de retraite elle résidait ? Je n'ai jamais mentionné le nom, et nous avons rompu avant qu'elle n'aille à Cambridge Grounds.

Mince.

Il s'adossa lentement au canapé. Pendant deux ans, il avait tenu promesse en gardant ce secret. Cela n'avait pas été difficile. Bien qu'il n'apprécie pas la plupart des membres de la famille d'Athena, il avait toujours respecté et apprécié Glory Evans. Quand il avait décidé de demander la main d'Athena, c'était à Glory qu'il avait rendu visite, pas au père d'Athena. Cela montrait toute l'estime qu'il avait pour elle. Il avait eu l'intention de garder leur secret bien après son décès, sans se douter que le destin le remettrait sur le chemin d'Athena.

— Nico ?

Elle scruta son visage, comme si elle y cherchait des réponses. Et peut-être qu'elle les trouva dans ses yeux ou dans son silence. Ou, plus logiquement, son esprit vif les trouva.

— Toi. C'était toi, murmura-t-elle, une émotion fugace passant sur son visage. Mama a dit qu'elle avait bénéficié d'une subvention ou d'une aide sociale, qui lui permettait d'aller vivre à Cambridge Grounds. Nous ne voulions pas qu'elle quitte la maison, mais elle a insisté, affirmant que toutes les dépenses seraient couvertes. À l'époque, je n'ai pas douté de cette histoire. Pas même quand j'ai visité l'établissement. Le personnel était professionnel et attentif, l'immeuble et les jardins, impeccables. J'étais simplement heureuse qu'elle soit dans un endroit sûr, propre et confortable. Elle y était bien. Jusqu'à…

Sa voix s'évanouit. Une sombre douleur obscurcit son regard. Nico fut saisi par l'envie de la prendre sur ses genoux. De l'envelopper de son corps et de la protéger de cette souffrance. Mais ce n'était pas ce qu'elle attendait de lui.

— Dis-moi la vérité, Nico.

Athena avait besoin de savoir. Alors, il céda.

— Oui, j'ai payé la maison de retraite de ta grand-mère.

Elle retint son souffle et le dévisagea, les yeux écarquillés.

— Pourquoi ? demanda-t-elle d'une voix éraillée. Pourquoi l'as-tu fait ? Nous avions rompu. Nous…

— Parce que ta grand-mère me l'a demandé.

Elle eut un mouvement de recul, comme si sa déclaration lui avait fait l'effet d'un coup de poing.

— Quoi ? Non, tu mens. Pourquoi aurait-elle fait cela ? Elle savait ce que…

— Oui, elle savait ce que tu ressentais à mon égard. Mais elle t'aimait. Elle s'inquiétait pour toi.

Il passa la main sur sa mâchoire, mal à l'aise à l'idée de trahir la confiance de Glory Evans, même si elle n'était plus de ce monde. Mais, sachant quel genre de femme elle avait été, Nico pensait qu'elle ne lui en aurait pas voulu. Surtout si cela signifiait libérer Athena de ses chaînes.

— Glory n'approuvait pas le fait que tu sois revenue vivre chez tes parents après son AVC.

Athena haleta de surprise.

— Athena, murmura-t-il, tendant la main vers elle.

Il s'était pourtant promis de ne pas la toucher.

Mais elle recula, s'appuyant contre le dossier du canapé.

— Ce n'est pas vrai, affirma-t-elle. Je suis revenue pour prendre soin d'elle. Parce que je l'aimais. Ce n'est pas vrai.

Bon sang.

Cette souffrance dans sa voix… Il ne pouvait pas la supporter.

Sans plus attendre, il se leva et la rejoignit. Glissant les mains sous ses bras, il l'aida à se lever. La seconde suivante, il s'assit à sa place et prit Athena sur ses genoux, l'entourant de ses bras. Bien qu'il l'étreigne, une part de lui se prépara à être repoussée. Ils n'étaient pas devant un public ; il n'avait aucune raison légitime de la toucher. Aucune raison, sauf le besoin de la protéger. Alors, il attendit qu'elle s'agite, se lève et lui demande ce qu'il fabriquait.

Mais elle n'en fit rien.

Au lieu de quoi, elle enfouit le visage au creux de son cou, son souffle chaud caressant sa peau. Elle mit les bras autour de son torse et se blottit contre lui, comme si elle avait envie qu'il la réchauffe… qu'il la protège. Cette pensée n'aurait pas dû susciter un grondement de satisfaction en lui. Elle n'aurait pas dû lui procurer du plaisir ou le pousser à déposer un baiser sur le sommet de sa tête.

— Elle t'aimait, répéta-t-il contre ses cheveux. Elle adorait tous ses petits-enfants, mais elle avait trouvé un alter ego en toi. Et elle voulait le meilleur pour toi. Elle souhaitait que tu sois heureuse, apaisée… libre. Voilà pourquoi cela l'attristait que tu sois revenue chez tes parents. Parce qu'elle détestait être un fardeau pour toi.

— Elle n'aurait jamais pu être un fardeau, répliqua-t-elle, serrant sa chemise. C'était ma grand-mère. J'aurais fait n'importe quoi pour elle.

— Elle le savait. Et elle savait aussi…

Il hésita, la famille d'Athena étant un sujet sensible.

— Elle savait que ta famille attendrait de toi que tu t'occupes d'elle, finit-il par dire. Et que tu accepterais cette responsabilité parce que tu aimais ta grand-mère. Glory ne pouvait rien y faire la première année, mais dès qu'elle a retrouvé une partie de sa mobilité et de sa capacité à parler, elle m'a téléphoné. Ta grand-mère était une femme fière. Je connaissais son histoire, je savais que son mari et elle avaient bâti leur entreprise en partant de rien. Ce n'était sûrement pas facile de faire appel à moi, un homme qui, pensait-elle, avait fait du mal à sa petite-fille. Mais elle l'a fait. Pour toi, elle aurait tout sacrifié. Et il faut que tu comprennes une chose, Athena.

Il prit son visage en coupe pour qu'elle n'ait pas d'autre choix que de le regarder. Pour qu'elle voie la vérité dans ses yeux.

— Venir me voir. Me demander de payer les frais de sa maison de retraite. Quitter la seule maison qu'elle ait connue depuis des décennies. Glory a fait tout cela pour toi. Parce qu'elle savait que si elle ne partait pas, tu ne partirais pas non plus. Et, plus que tout, elle voulait que tu retrouves ton indépendance, ta liberté.

Athena poussa un soupir tremblant. Une larme coula sur sa joue.

Bien que sa raison le mette en garde, il effaça sa larme… avec ses lèvres. La saveur salée explosa sur sa langue, et il passa de l'autre côté, essuyant une autre larme.

Le désir l'enivra, le déséquilibra. Le consuma. Avant qu'il ne commette un péché qu'ils regretteraient tous les deux, il releva la tête et vit son visage empourpré. Il n'aurait pas dû la toucher. Ni essuyer ses larmes. Il n'aurait pas dû la bercer, l'étreindre, enfouir le nez dans ses cheveux, respirer son doux parfum vanillé. Il avait franchi une limite, et maintenant il avait du mal à revenir en arrière.

Néanmoins, il ne pouvait pas profiter de la vulnérabilité d'Athena.

Laissant retomber ses mains, il murmura :

— Athena.

Elle lâcha sa chemise mais saisit ses poignets, s'accrochant à lui.

— Elle t'a toujours apprécié, murmura-t-elle. Elle t'a toujours fait confiance. En y réfléchissant, je ne suis pas étonnée qu'elle ait fait appel à toi. Je suis...

Elle embrassa sa paume. Des courants électriques pulsèrent dans son bras, le long de sa colonne vertébrale. Il serra les dents, étouffant l'envie de prendre possession de sa bouche délectable et de frotter son sexe contre le sien.

— Je suis heureuse qu'elle ait eu quelqu'un vers qui se tourner, et que ce quelqu'un ait été toi. Merci d'avoir pris soin de ma grand-mère, Nico.

Il retint le grondement qui monta dans sa gorge quand elle embrassa à nouveau sa main.

Il fallait qu'il remette de la distance entre eux, avant de faire quelque chose de stupide qu'aucun d'eux ne pourrait effacer.

Doucement mais fermement, il libéra ses poignets de l'étreinte d'Athena et prit à nouveau son visage entre ses mains.

— Tu sais qui je suis, Athena. Ce que je suis, gronda-t-il. Et pour l'instant, tout ce à quoi je pense, c'est à t'embrasser.

Il lui inclina légèrement la tête en arrière, et approcha la sienne jusqu'à ce que leurs souffles se mêlent, s'unissent.

— Mais je n'ai pas pour habitude de profiter des femmes quand elles sont vulnérables. La prochaine fois que tu seras sur mes genoux, les fesses contre mon sexe et les lèvres contre ma peau, je ne me retiendrai pas. Pas avant que tes ongles s'enfoncent dans mon dos et que ta voix soit rauque d'avoir crié mon nom.

Il approcha encore, ne laissant que quelques centimètres d'espace entre eux.

— Pas avant que ton magnifique corps tremble de plaisir.

La relâchant brusquement, il se redressa et inspira. Mais cela ne lui fit aucun bien. Le parfum d'Athena emplissait ses narines, recouvrait sa langue. Athena le fixait, le regard assombri, les lèvres entrouvertes, comme pour le supplier en silence de faire ce qu'il venait de décrire. Et, Dieu lui vienne en aide, il faillit céder.

— Ma belle, gronda-t-il. Lève-toi.

Elle écarquilla légèrement les yeux. Après un bref hochement de tête, elle se releva et marcha jusqu'à la fenêtre. Elle mit les bras autour de sa taille, comme pour se protéger. Mais de qui cherchait-elle à se protéger ? De lui… ou d'elle-même ?

Peut-être des deux.

Si elle était prudente, elle devrait se méfier d'eux deux.

Il se leva, l'étudia, saisi par le même désir impérieux qui l'avait poussé à étreindre Athena. Mais cette fois, il résista.

— Ça va ? s'enquit-il.

— Je vais bien, assura-t-elle, remettant les bras le long de ses côtes. Je suis désolée, j'ai dépassé les limites ce soir. Ça ne se reproduira plus.

— Tu n'as rien fait de mal. Mettons cette soirée sur le compte de l'émotion, et oublions tout ça.

Ignorant son attraction presque tangible, il prit sa veste de smoking sur une chaise.

— Je t'enverrai par message le programme de la semaine prochaine, dit-il.

— D'accord.

Elle marqua un temps.

— Nico ?

Il se retourna vers elle, la main sur la poignée de la porte. Elle était toujours près de la fenêtre, l'air triste et las.

— Oui ?

— Merci. Pour tout. Je n'oublierai jamais ce que tu as fait.

Il hocha la tête, puis ouvrit la porte et… s'immobilisa. Bon sang, il fallait qu'il sorte de cet appartement. Qu'il s'éloigne d'Athena avant de finir par avoir plus que le goût de ses larmes sur sa langue. Pourtant, il resta là, incapable de bouger, les mots qu'il aurait dû dire des mois plus tôt pesant lourd sur son cœur.

— Je suis navré pour ta grand-mère, finit-il par déclarer. C'était une femme bien. L'une des personnes les plus extraordinaires que j'aie rencontrées, et quand quelqu'un comme elle décède, elle laisse un vide dans ce monde. Un vide qu'on ne peut pas remplir. Qui ne devrait pas être rempli. Je suis content qu'elle ait fait partie de ta vie, Athena. Et je sais qu'elle était heureuse de t'avoir.

Sans laisser à Athena l'occasion de répondre, et sans se retourner, il sortit et ferma doucement la porte derrière lui. Pendant un long moment, il resta ainsi, la main encore enroulée autour de la poignée.

« Je n'oublierai jamais ce que tu as fait. »

Les paroles d'Athena sonnaient comme un avertissement, une menace.

Car il avait besoin qu'Athena oublie cela, justement, et qu'elle continue à être mal à l'aise et méfiante avec lui. Ils étaient des partenaires temporaires, qui iraient chacun de leur côté dans quelques semaines.

Si jamais cela changeait, Nico pourrait baisser la garde.

Et cela, il ne pouvait pas se le permettre.

- 8 -

Nico était en train de lire un rapport sur la rénovation du magasin Bromberg quand il fut interrompu par la sonnerie de son Interphone. Jusqu'ici, le projet lancé par Farrell International dépassait les attentes, en particulier grâce à l'ouverture de la boutique Intimate Curves. L'espace d'un instant, Nico s'était senti heureux pour Kenan et Eve, à sa grande surprise. Il était présent lorsque Kenan avait présenté le projet devant le conseil d'administration et fait l'éloge de la boutique de Eve, élément clé du changement d'image de Bromberg. Kenan avait eu raison, l'investissement était fructueux.

Toutefois, cela n'expliquait pas le bonheur que Nico avait éprouvé. Ni pourquoi ce bonheur ressemblait étrangement à de la fierté.

Fronçant les sourcils, il pressa le bouton de son Interphone.

— Oui, Paul ?

— Désolé de vous déranger, monsieur Morgan. Le service de sécurité vient de m'appeler. Un certain M. Randall Evans souhaite vous voir, bien qu'il n'ait pas de rendez-vous, précisa son assistant d'un ton désapprobateur. Dois-je programmer un rendez-vous ?

Nico s'adossa à son fauteuil, envahi par une vague de colère. Il serra les poings, ses ongles s'enfonçant dans sa chair.

Que faisait Randall ici ? Nico et lui n'étaient pas amis.

De tous les membres de la famille d'Athena, son frère était celui que Nico appréciait le moins.

D'autant plus que la dernière fois qu'il avait vu Randall, ce dernier avait menacé de gâcher la demande en mariage que Nico avait prévu de faire. À moins que Nico ne lui donne de l'argent pour sa dernière combine en date.

Une menace ? Non, une promesse. Que Randall avait tenue.

Athena était responsable de ses propres choix, et elle avait choisi de faire exploser sa relation avec Nico. Mais c'était son frère qui avait allumé la mèche.

Athena avait assuré qu'elle n'avait pas parlé à Randall de leur arrangement. Alors pourquoi était-il venu ?

Il n'y avait qu'un moyen de le découvrir. Pinçant les lèvres, Nico appuya à nouveau sur la touche de l'Interphone.

— Dites à l'agent de sécurité de le laisser monter.

— Bien, monsieur.

Nico se leva et ferma le bouton de sa veste de costume, se préparant à livrer bataille. Il ignorait pourquoi Randall lui rendait visite, mais c'était sans doute pour une question d'argent. Trois ans s'étaient écoulés depuis leur dernier échange, mais Randall n'avait guère changé. La preuve, il avait contracté un prêt dans le dos de sa famille.

Après quelques minutes, on frappa à la porte. Nico contourna son bureau juste au moment où Paul entrait, suivi de Randall.

— Monsieur Morgan, M. Evans est ici, annonça son assistant, s'écartant pour laisser entrer Randall. Souhaitez-vous du café, du thé, de l'eau ?

Randall sourit et s'apprêta à répondre, mais Nico le prit de court.

— Non, merci. M. Evans ne restera pas longtemps.

L'expression de l'autre homme s'assombrit. Était-il

gêné ou contrarié, Nico l'ignorait. Et, franchement, il s'en moquait.

— Merci, Paul.

Son assistant hocha la tête puis quitta la pièce.

— Qu'est-ce que tu veux, Randall ? lâcha Nico de but en blanc.

Au diable la politesse.

Randall sourit. Mais ses yeux noirs lançaient des éclairs.

— Content de te revoir, Nico. J'ai été surpris d'apprendre que ma sœur et toi aviez repris votre relation. Nous sommes une famille très soudée, comme tu le sais, alors tu imagines ma surprise quand ma mère m'a mis au courant.

Randall se balança sur ses talons.

— Mais je ne vais pas te mentir, cette situation me préoccupe. Et j'ai fait part de mes inquiétudes à Athena. En tant que frère, je la soutiens… jusqu'à un certain point.

— Et si tu en venais à ce point ? répliqua Nico d'un air las, alors qu'en réalité il fulminait.

Aux yeux de n'importe qui d'autre, Randall Evans pourrait passer pour le gentil frère qu'il prétendait être. Mais Nico savait que c'était en réalité un salaud égoïste et cupide.

— Tu t'es montré ici sans rendez-vous. Je n'ai accepté de te recevoir que par curiosité, pas par loyauté envers ta sœur. Car, soyons honnêtes, tu n'es pas loyal envers elle. Ou envers quiconque, d'ailleurs. Alors, si tu en venais à la raison de ta visite ? J'ai du travail.

Une fois de plus, Randall parut irrité, mais il se ressaisit. Apparemment, il croyait pouvoir débarquer dans ce bureau et contrôler la conversation. Son narcissisme était tel qu'il pensait pouvoir tromper son monde sans être démasqué. Avant-hier, Athena avait fait les frais de ses manipulations.

Le plus triste dans cette histoire ?

La famille Evans le laissait faire, comme d'habitude.

Dans quelques semaines, quand Nico aurait remboursé le prêt contracté par Randall, Athena continuerait à gérer la boulangerie à la place de son frère, et Winnie Evans continuerait de cautionner la situation. Randall ne subirait aucune conséquence et ne regretterait même pas ses choix imprudents. Qui allait les sortir du pétrin la prochaine fois que Randall mettrait la boulangerie familiale en danger ? Car il y aurait une prochaine fois, c'était certain.

— D'accord. Je suis venu pour deux raisons. Pour m'assurer que ma sœur est entre de bonnes mains – Nico ricana et vit Randall serrer les poings dans ses poches – et pour te proposer une affaire.

— Nous y voilà, murmura Nico en croisant les bras.

Sa première inclination fut d'opposer un refus automatique et de mettre Randall à la porte. Mais, une fois encore, il y avait cette fichue curiosité. Non pas qu'il ait la moindre intention d'investir dans le projet de Randall ou de lui donner de l'argent. Mais la suite risquait d'être amusante.

— Tu es un homme d'affaires rusé, et tu sais reconnaître les bons investissements, glissa Randall en souriant.

Comme si des compliments allaient changer quoi que ce soit…

— J'ai l'opportunité d'investir dans une toute nouvelle chaîne de salons de coiffure. Des salons haut de gamme. Chaque salon emploiera uniquement les meilleurs coiffeurs, les meilleurs barbiers et les meilleures esthéticiennes de la région. Il y aura tous les services de base, mais aussi une gamme exclusive de produits de soin. Nous allons devenir les leaders du marché.

Son enthousiasme filtrait dans sa voix et brillait dans ses yeux. S'il s'était agi de n'importe qui d'autre que Randall,

Nico aurait pu être intéressé. Mais il s'agissait de Randall. Et Nico n'avait aucune confiance en lui.

— Et ? insista Nico, certain que Randall n'avait pas tout dit.

— Et j'ai besoin de 100 000 dollars pour investir dans le projet. Quand les salons seront ouverts et opérationnels, tu récupéreras ton argent. C'est un investissement sans risque.

— Ah, vraiment ? fit Nico, le sourcil arqué. Chaque fois que quelqu'un prononce les mots « investissement sans risque », ça éveille mes soupçons. Car il y a toujours un risque. Qu'est-ce qui te fait penser que tes salons sont différents des salons qui existent déjà ? Quelle cible démographique vises-tu ? Où est ton plan de développement ?

Randall ne trouva rien à répondre.

— Tu ne peux pas venir ici et t'attendre à ce que je te prête 100 000 dollars en comptant sur ton charmant sourire et sur le fait que je fréquente ta sœur.

Randall se rembrunit.

— C'est un projet sûr, répliqua Randall. Je l'ai étudié sous tous les angles et nous avons déjà plusieurs investisseurs. Avec toi, c'est personnel.

Nico ricana.

— Tu as fichtrement raison. Tu n'es pas venu ici en professionnel. Sinon, tu aurais pris rendez-vous et tu aurais un dossier à me présenter, avec des projections que je pourrais analyser. Qui plus est, tu ne me demandes pas d'être un investisseur. C'est toi l'investisseur, et tu attends de moi que je t'avance l'argent.

— Tu veux que je signe un papier ? Pas de problème. Rédige une reconnaissance de dette et je la signerai.

— Bizarrement, je doute qu'un morceau de papier t'oblige à me rembourser en cas d'échec.

Comme le prouvait la copie du contrat de prêt portant la signature de Randall, que Nico gardait dans un tiroir.

— Tu n'as même pas essayé d'écouter mon idée, hein ? lâcha Randall d'un ton méprisant. Cent mille dollars, c'est une paille pour toi. Tu es toujours le même salaud égoïste que tu étais il y a trois ans.

Nico hocha la tête.

— Les loups se reconnaissent entre eux, répliqua-t-il. Maintenant que ma curiosité a été satisfaite, tu peux partir. J'ai un rendez-vous dans dix minutes.

Il retourna vers son bureau mais la voix sournoise de Randall l'arrêta.

— Tu es tellement arrogant que tu te crois intouchable. Mais rappelle-toi ce qui s'est passé la dernière fois. Tu avais des projets pour ma sœur. Une demande en mariage, si ma mémoire est bonne. Et que s'est-il passé quand tu ne m'as pas donné ce que je t'ai demandé ? J'ai fait exploser votre couple. Alors, tu peux me regarder de haut autant que tu veux, mais c'est moi qui ai le pouvoir. Je peux gâcher ta vie cette fois encore si tu refuses de me donner ce que je veux. Et nous savons tous les deux qui Athena écoute vraiment. Si tu ne veux pas que l'histoire se répète, il me faut un chèque de 100 000 dollars d'ici la fin de la semaine.

Nico se retourna lentement vers Randall, qui affichait un sourire suffisant.

Des souvenirs de cette soirée-là lui revinrent en mémoire. En Technicolor, avec un excellent son.

Randall s'était rendu chez Nico et lui avait demandé de l'argent pour une affaire prétendument juteuse. Tout comme aujourd'hui. Bien évidemment, Nico avait dit non.

Puis Randall avait remarqué la petite boîte de velours noir contenant la bague que Nico avait achetée pour Athena.

Il avait alors menacé de pousser Athena à rompre si Nico ne lui versait pas la somme demandée.

Une semaine plus tard, Athena était partie.

Un feu fait de souffrance, de rancœur et de chagrin tourbillonna en lui, détruisant les souvenirs comme des flammes dévoreraient du papier, ne laissant derrière lui que des bords brûlés et des cendres.

Une seule chose empêcha ce feu d'être incontrôlable, de les consumer Randall et lui.

Randall ne pourrait pas pousser Athena à l'abandonner cette fois. Pas alors que la boulangerie était en danger. Athena ne quitterait pas Nico avant la fin de ces trois mois contractuels. Avant qu'il ait accompli son but.

Après cela, Nico la laisserait s'en aller. Ou plutôt, ce serait lui qui s'en irait.

— Tu sembles bien sûr de ton influence sur ta sœur, Randall, murmura Nico. Un peu trop sûr, à mon avis.

Il leva le menton et afficha un sourire dur et cruel.

— Je te souhaite bonne chance. Car tu n'auras pas un dollar de moi. Maintenant – il consulta ostensiblement sa montre – je dois vraiment mettre un terme à cet échange, aussi… divertissant ait-il été. Tu connais le chemin.

Nico retourna vers son bureau sans prendre la peine de jeter un coup d'œil par-dessus son épaule. Ce ne fut que lorsqu'il fut assis qu'il lança un regard vers l'autre homme, et ce fut pour le voir quitter la pièce.

Nico appuya le menton sur ses mains jointes.

Il n'était pas assez fou pour croire que c'était la dernière fois qu'il voyait Randall Evans.

- 9 -

— Waouh, murmura Athena.

Elle aurait aimé trouver quelque chose de plus sophistiqué à dire, mais rien ne lui était venu à l'esprit. La demeure ancienne de Beacon Hill, avec ses pierres blanches, ses grandes baies vitrées et ses tourelles, était tout simplement époustouflante.

— C'est quelque chose, n'est-ce pas ? commenta Nico.

Elle détacha son regard de l'édifice pour observer Nico.

— « Quelque chose », en effet. C'est la première fois que tu visites la maison de ton père ?

Nico soutint son regard.

— Oui.

Sa réponse laconique n'invitait pas à la discussion, mais Athena l'avait averti qu'elle ferait tout pour le convaincre que sa quête de vengeance était destructrice.

Alors, elle insista.

— Tu penses pouvoir entrer là-dedans ? demanda-t-elle. Jusqu'à maintenant, tu étais à peine plus qu'une connaissance professionnelle pour eux. Kenan et Eve comprendraient si tu prétendais que tu n'as pas pu te libérer.

— Pourquoi devrais-je avoir le moindre problème à entrer dans la maison de Barron, qui est maintenant celle de Cain ? Parce que mon père ne m'a jamais laissé pénétrer dans ce sanctuaire autrefois ? Dis-moi, Athena, tu as peur que mon cœur soit blessé ?

— Pour ça, il faudrait que tu aies un cœur, marmonna-t-elle.

Il ricana. Elle glissa le bras autour du sien et serra doucement sa main.

— C'est une étape difficile, que tu veuilles l'admettre ou pas. Je serai à tes côtés ce soir. Nous affronterons cela ensemble.

« Cela » étant le passé, et les années d'enfance que Nico et sa mère auraient pu apprécier si Barron avait été un homme intègre, ou s'il avait eu une âme. Nico ne voulait sans doute pas qu'elle le soutienne – ou il croyait peut-être ne pas avoir besoin de son soutien – mais il n'avait pas le choix. Il avait subvenu aux besoins de Mama jusqu'à son dernier souffle ; Athena paierait cette dette. Mais pas en l'aidant à voler l'entreprise de son père, qui était désormais celle de ses frères.

Glory Evans chérissait les liens familiaux, et si elle avait pu récompenser Nico pour sa générosité, elle lui aurait fait ce cadeau. Alors, Athena le ferait à sa place. Nico croyait qu'il avait besoin de se venger pour se sentir entier ; elle lui rendrait ce que Barron lui avait vraiment volé. Ses frères.

— Alors, nous sommes une équipe maintenant ? demanda-t-il d'un ton cynique.

— Ta propension à soupçonner tout le monde t'aide sûrement dans le monde des affaires, mais ce doit être terrible dans les relations privées.

Dans leur relation, en l'occurrence. Si seulement Nico lui avait ouvert son cœur, ils auraient pu avoir une chance de vivre une histoire vraie, et durable. Mais de l'eau avait coulé sous les ponts. « Rien n'arrive par hasard, il y a toujours un but caché », disait Mama. Athena avait beaucoup souffert quand elle avait mis un terme à son histoire avec Nico, mais elle s'était épargné la douleur dévastatrice de tomber plus profondément amoureuse de lui si elle était restée.

Nico Morgan n'était pas un homme à qui une femme pouvait donner son cœur, pas si elle voulait le récupérer intact.

— Tu as de la chance que je sois de nature optimiste, poursuivit-elle. Car tu pourrais pousser une sainte à être condamnée pour ivresse sur la voie publique.

— Heureusement que tu n'es pas une sainte.

Une onde de chaleur parcourut ses bras nus et sa colonne vertébrale, complètement exposée par sa robe de soirée de dentelle rouge. Elle tenta de détacher son regard du sien, sombre et pénétrant. Sans succès. Et elle n'arriva pas non plus à échapper aux images qui la bombardaient. Il y avait quelques jours à peine, elle s'était retrouvée sur ses genoux et avait embrassé sa main, se délectant de ce parfum de bois de santal et de musc qui n'appartenait qu'à lui.

Elle l'avait poussé à aller plus loin.

Heureusement, Nico avait refréné ses ardeurs. C'était mieux ainsi, pour tous les deux. La dernière chose dont ils aient besoin était que le sexe vienne compliquer leur marché.

Mais ce raisonnement froid et logique n'arrêtait pas la marche du désir. Si un cœur brisé et trois ans de séparation ne réalisaient pas l'impossible, alors rien ne le pourrait. Il fallait simplement qu'Athena accepte cet état de fait. Cela ne voulait pas dire qu'elle devait céder à ses pulsions incessantes.

Même s'il était très difficile de…

La sonnerie de son téléphone retentit dans l'air du soir. Athena tressaillit tout en poussant un soupir de soulagement. Les mains tremblantes, elle saisit son sac et prit son téléphone. Mais dès qu'elle jeta un coup d'œil à l'écran, son soulagement fit place à de l'agacement, et à de la peur.

Elle leva les yeux vers Nico.

— Désolée, il faut que je réponde. Je ne serai pas longue.

Les yeux noirs comme une obsidienne de Nico s'assombrirent encore, si c'était possible, mais il acquiesça d'un bref hochement de tête. Elle passa le pouce sur l'écran et colla l'appareil à son oreille – en se persuadant que le nœud dans son ventre n'était pas dû au fait qu'elle avait l'impression d'avoir déçu Nico.

— Oui, Randall ?

— Bonsoir également, grande sœur.

Fermant les yeux, elle se pinça l'arête du nez. Ils ne s'étaient pas reparlé depuis leur dispute, alors que pouvait-il lui vouloir ? Surtout à 20 heures.

— Je suis occupée, Randall, alors tu veux bien me dire ce que tu veux ?

Il émit un rire sec.

— Laisse-moi deviner. En rendez-vous galant avec ton millionnaire ? Ce qui veut dire, pas de temps pour ta famille.

Encore ce refrain…

— J'ai décroché mon téléphone, non ? Qu'est-ce que tu veux ? insista-t-elle sans masquer son impatience.

Bon sang, comment un presque trentenaire pouvait-il encore se comporter comme un bambin trop gâté ?

Et, franchement, elle se montrait un peu injuste envers les bambins.

— Puisque tu me le demandes si gentiment, ironisa-t-il, maman est en train de trier les affaires de notre grand-mère, il faut que tu viennes pour la soutenir.

La peine et le chagrin l'étreignirent, et elle dut étouffer un gémissement de douleur. Elle posa la main contre sa

306

poitrine, comme si cela pouvait apaiser son cœur meurtri. Durant les mois qui avaient suivi le décès de Mama, personne n'avait eu la force de trier les vêtements, les bibelots et les bijoux.

Pourquoi sa mère le faisait-elle maintenant… Que s'était-il passé ? Qu'est-ce qui avait changé ? Était-elle en état de…

Une grande main se posa sur sa nuque. Sa chaleur et sa force apaisèrent Athena. Elle le regretterait peut-être plus tard mais, ici, ce soir, elle décida de s'appuyer sur la force de Nico.

Elle contempla la demeure devant elle, mais dans sa tête elle vit la pièce joyeuse et accueillante dans laquelle sa grand-mère avait l'habitude de jouer au solitaire ou de classer les pièces de monnaie de sa collection.

Mama lui manquait terriblement. Et Athena avait besoin d'elle, plus que jamais.

— Athena ? Tu m'as entendu ? Nous avons besoin de toi, il faut que tu viennes à la maison.

Elle prit une inspiration tremblante et secoua la tête, bien que Randall ne puisse pas la voir.

— Je ne peux pas pour l'instant. Je passerai voir maman demain. Assure-toi qu'elle va bien.

— Quoi ? tonna Randall avec une fureur presque palpable. Je t'ai dit que maman avait besoin de toi. On se fiche de ton rendez-vous galant. Il s'agit de notre mère. Viens. Maintenant.

La colère en elle était comme de l'essence, et les mots furieux de Randall, comme une allumette. Pour qui se prenait-il ?

— Je te demande pardon ? lâcha-t-elle, serrant son téléphone si fort que les coins s'enfoncèrent dans sa chair. Je crois que tu as oublié que c'est à moi, ta sœur, que tu parles, pas à ta femme ou à ta fille. Comme je l'ai dit, je ne peux pas annuler mes projets ce soir, d'autant que je suis prévenue au dernier moment. Et même s'il est très difficile de trier les affaires de Mama, maman n'est pas seule. Elle vous a, Kira, papa et toi.

— Ce n'est pas pareil. Et d'ailleurs je ne suis pas à la maison en ce moment…

— Ah, vraiment ?

Elle se raidit, submergée par une nouvelle vague de fureur.

— Eh bien, laisse-moi te donner le même conseil que celui que tu m'as offert. Rentre à la maison *maintenant*. Ta famille a besoin de toi. Bonsoir, Randall.

Elle interrompit l'appel et coupa la sonnerie de son téléphone. Un nouvel appel de son frère le fit clignoter, mais Athena le rangea dans son sac.

— Désolée, dit-elle avec un sourire forcé. Ça n'arriv…

— Est-ce que ça va ? s'enquit Nico.

— Je…

Elle voulut prétendre qu'elle allait bien, mais le regard aiguisé de Nico l'en empêcha.

— Je suis furieuse. Verte de rage. Et j'ai de la peine pour ma mère, à l'idée qu'elle range seule les affaires de ma grand-mère. Mais je vais m'en remettre. Je me suis engagée à être présente ici ce soir, et je ne vais pas te faire faux bond, si c'est ce qui t'inquiète.

— Ce n'est pas ce qui m'inquiète. Je me fais du souci pour toi. Ton frère peut être…

Il fronça les sourcils et serra les lèvres, comme pour retenir ses paroles.

Elle se surprit à rire.

— Tu essaies d'être diplomate, à ce que je vois. Oui,

Randall peut être un insupportable crétin, et il était au meilleur de sa forme à l'instant. Mais je ne peux pas…

Elle serra les lèvres.

— Je ne peux pas continuer à combler les manques et à permettre qu'il fuie ses responsabilités sans conséquences. Il veut que j'aille chez mes parents et que j'aide maman à trier les affaires de Mama, mais il ne lui est pas venu à l'esprit qu'il devrait être présent aussi. Il ne s'est même pas dit que je ne serais peut-être pas disponible. Randall ne pense jamais aux conséquences pour les autres, seulement pour lui-même.

Elle observa le ciel nuageux et néanmoins parsemé d'étoiles. Nico fit dériver sa main de sa nuque jusqu'au creux de son dos nu. Le courant électrique que provoqua ce doux contact alla directement au cœur de sa féminité. Ses cuisses tremblèrent, et seule la fierté l'empêcha de poser les mains sur ses seins soudain enflés et sensibles.

— Nous devrions sans doute entrer, murmura-t-elle.

Elle était impatiente d'être entourée de gens. Un public l'aiderait à tenir ses bonnes résolutions. Du moins, elle l'espérait.

— C'est sans doute impoli d'arriver en retard à une fête de fiançailles.

Il acquiesça d'un signe de tête et la conduisit vers les grilles de la maison puis vers le perron. L'édifice était encore plus majestueux de près. Athena était impressionnée, comme elle pourrait l'être devant le Louvre ou le Met. C'était une construction à apprécier pour sa beauté et son architecture, mais qui manquait… de chaleur.

— Quatre générations de Farrell ont vécu ici, expliqua Nico, la flamme d'une applique projetant des ombres sur son profil. Je t'ai menti tout à l'heure. Je ne suis jamais entré à l'intérieur, mais je suis déjà venu ici. Adolescent, je passais en voiture, pour essayer d'apercevoir mon père et sa famille. Quand c'est finalement arrivé, je me suis demandé ce que j'avais attendu.

Il fixa la porte comme s'il revoyait son père, sa femme et le fils que Barron avait élevé.

— Un sentiment de revanche ? De satisfaction ? De joie, peut-être, parce que je les avais enfin vus ? Je n'ai rien éprouvé de tout cela. En fait, je me suis senti pitoyable. Pis que pitoyable. Après cela, je ne suis plus jamais revenu.

— Jusqu'à ce soir.

Elle se tourna vers lui et prit sa main dans la sienne.

— Jusqu'à ce soir, oui, dit-elle.

Il serra sa main et ne la lâcha pas.

La porte d'entrée s'ouvrit et un homme d'un certain âge, aux cheveux blancs, au port altier et au regard franc apparut.

— Bonsoir, dit-il. Votre nom, s'il vous plaît ?

— Nico Morgan et Athena Evans, annonça Nico.

L'homme avait sans doute une liste d'invités dans sa tête car il s'effaça pour les laisser entrer.

— Bienvenue à la fête de fiançailles de M. Rhodes et Mlle Burke.

Il les accompagna dans l'immense vestibule.

Les talons aiguilles d'Athena claquèrent sur le sol de marbre immaculé. Au-dessus de leur tête était suspendu un lustre en cristal majestueux. Des œuvres d'art aux cadres travaillés étaient accrochées aux murs, et contrairement à ce qu'Athena avait imaginé, l'espace était chaleureux et accueillant. Des fauteuils et des méridiennes invitaient les gens à s'asseoir le temps de se débarrasser de leurs affaires.

— Si vous voulez bien me suivre, dit l'employé de maison.

Il emprunta un couloir et passa devant un superbe escalier de marbre.

Nico et elle le suivirent, main dans la main, les phalanges d'Athena effleurant la cuisse puissante de Nico. Un contact léger, mais qui affola son pouls.

Elle avait un faible pour ses longues jambes fermes.

Quelques instants plus tard, l'employé de maison s'arrêta à l'entrée d'une vaste pièce de la taille d'une salle de bal. Une soixantaine d'invités habillés en smoking et en robe de soirée étaient rassemblés. L'ambiance joyeuse ne semblait pas factice. Les gens souriaient, buvaient du champagne, et semblaient sincèrement heureux de célébrer le futur mariage de Kenan et de Eve.

D'après l'expérience d'Athena, dans le monde de Nico, ce… bonheur sincère pour quelqu'un d'autre était rare.

Et réjouissant.

Elle chercha du regard le couple de fiancés, et le repéra à l'autre bout de la pièce. Bien qu'ils soient entourés de gens, Kenan avait le bras autour des épaules de Eve, et tous deux étaient collés l'un à l'autre. Leur amour était flagrant. Si la pièce avait été plongée dans l'obscurité, ils brilleraient comme un phare dans la nuit.

Un sentiment d'envie prit Athena au dépourvu. À une époque, l'amour la faisait rayonner, elle aussi.

Si elle était restée plus longtemps auprès de Nico, il aurait pu finir par posséder son cœur et son âme.

Elle lui aurait volontiers tout donné d'elle, s'il lui avait tout donné de lui en retour.

Non, c'était faux.

Si Nico lui avait offert ne serait-ce qu'un fragment de lui, elle ne serait pas partie. Peut-être seraient-ils fiancés à présent. Ou même mariés.

Bon sang, Athena. Reprends-toi.

Elle détacha son regard de Kenan et de Eve. Elle ne pouvait pas se permettre de baisser la garde et de s'engager sur la pente dangereuse du passé.

— Mais quelle beauté !

La voix féminine l'arracha à ses pensées moroses. Athena faillit gémir de soulagement quand Devon se dirigea vers elle, splendide dans une robe Empire vert émeraude. Elle posa les mains sur les bras d'Athena et s'exclama :

— Vous êtes renversante ! Cette tenue est superbe.

Athena réprima l'envie de passer les mains sur la robe de soie et de dentelle rouge, qui semblait avoir été cousue sur elle. Avec son décolleté plongeant et son dos nu, cette création en révélait plus que toutes les autres tenues qu'elle avait portées auparavant. Mais la lueur de désir dans les yeux de Nico tout à l'heure avait effacé toute crainte d'en montrer trop.

— Merci, dit Athena en souriant. Vous êtes très en beauté, vous aussi. J'adore votre robe, et vous êtes très sexy.

Devon sourit.

— Oh ! quelle flatteuse vous faites ! Mais Cain est de votre avis, dit-elle, agitant ses sourcils.

Athena gloussa.

— Je vais aller me chercher un verre, intervint Nico, l'air gêné. Athena, tu veux boire quelque chose ?

— Oui. J'aimerais un verre de moscato, s'il te plaît.

— D'accord. Madame Farrell ?

— Je vous en prie, appelez-moi Devon.

Elle montra son verre presque plein et lui sourit.

— Cidre pétillant. Mais je vous remercie. Et mes excuses pour vous avoir traumatisé avec ma remarque sur Cain.

— Pas de souci. Le whisky m'aidera à oublier, répondit-il d'un ton suave.

Devon rit.

— Heureusement que nous ne servons que les meilleurs alcools.

— Je reviens tout de suite.

Il se fraya un chemin dans la foule, et Athena suivit du regard sa silhouette haute et puissante. Une bouffée de tendresse l'envahit. Nico lui manquait déjà…

Était-elle en train de retomber amoureuse ? Allait-elle finir avec le cœur en morceaux, comme la première fois ?

Un éclair de terreur la traversa.

— Oh ! trésor, fit Devon en lui tapotant la main. Je connais ce regard. Votre cher et tendre vous manque déjà et vous êtes impatiente qu'il revienne avec votre verre de vin. En fait, il vous faut quelque chose de plus fort. Allons vous chercher ça. Ensuite, vous pourrez me dire ce qui vous terrifie. En fait, je peux le deviner. Je suis tombée amoureuse de Cain Farrell, après tout.

Devon la prit par le bras et l'entraîna dans la direction opposée à celle que Nico avait prise.

— Nous ne nous connaissons que depuis quelques semaines, mais sachez que vous n'êtes pas seule.

Devon se trompait.

Athena était seule.

Quand il s'agissait de Nico Morgan, elle l'avait toujours été.

Et elle le serait toujours.

— Merci, Mark, dit Nico en serrant la main de son interlocuteur. Mon assistant programmera un rendez-vous afin de régler les derniers détails.

L'homme d'un certain âge, à l'allure distinguée, afficha un grand sourire.

— Ça me va. Il me tarde d'avoir de vos nouvelles. Content de faire des affaires avec vous, Nico.

313

— Moi aussi.

Après un bref signe de tête, Nico reprit son chemin vers le bar, qui avait été interrompu par l'homme d'affaires. Une interruption bienvenue. Cela faisait un mois que Nico s'efforçait de conclure un accord avec Mark Hanson. Et maintenant, le contrat était en passe d'être finalisé. Mark avait des vues sur une société de télécommunications que Brightstar détenait. Nico n'avait été prêt à s'en séparer qu'à un certain prix, et seulement si Mark y ajoutait cinq actions Farrell International. Il avait fallu négocier, mais ils venaient de parvenir à un accord.

Ce qui voulait dire qu'il ne manquait plus que six actions à Nico pour contrôler l'empire de son père.

Il devrait éprouver une vive satisfaction. Ou, à tout le moins, un sentiment d'excitation. Pourtant, tandis qu'il naviguait entre les invités, en saluant d'un signe ceux qu'il connaissait, seule une résolution sinistre et creuse envahit ses entrailles. Nico avançait sur le chemin de la justice, mais le plaisir qu'il s'était attendu à ressentir...

Où était-il ?

Nico le méritait.

Il lança un regard dans la direction de Kenan et Eve. Leur amour était presque palpable. Le détective privé lui ayant fourni un rapport complet, Nico connaissait toute leur histoire. Ces deux-là méritaient leur bonheur. Aussi longtemps qu'il durerait. Car, selon son expérience, l'amour ne résistait pas à l'épreuve du temps et à l'adversité. Nico espérait presque se tromper...

— Leur bonheur est écœurant, hein ?

Nico quitta les fiancés des yeux pour reporter son attention sur Cain. Chaque fois qu'il parlait à ses demi-frères, Nico sentait son cœur battre plus vite. En particulier avec Cain. Parce qu'il avait été l'enfant que Nico avait observé de loin. Celui qu'il avait envié si longtemps. L'enfant choisi, alors que Nico avait été l'enfant rejeté.

Une part de lui voulait examiner Cain, découvrir ce qui le rendait si aimable et méritant pour que Barron l'air reconnu à sa naissance et élevé. Mais dans quel but ? Voulait-il essayer de lui ressembler ? Il était trop tard pour cela, et pourtant... Le garçon à la curiosité insatiable en lui refusait de renoncer. Et ce même garçon *seul,* qui avait rêvé d'avoir un frère, ne pouvait s'empêcher d'être nerveux face à Cain. Nico cachait ces sentiments derrière une façade réservée. Il parvenait à se détendre avec Kenan, et même avec Achille. Mais face à Cain, il redevenait le garçon vulnérable et meurtri qu'il avait été, et cela lui faisait peur.

Et maintenant, il était là, face à Cain, incapable d'échapper à son regard perçant. Le regard des Farrell.

Ayant désespérément besoin de son whisky, Nico s'adressa au barman.

— Un whisky. Sec. Et un verre de moscato.

Puis il observa Cain, le sourcil arqué.

— Vous trouvez peut-être leur bonheur écœurant, mais sachez que c'est votre femme qui m'a donné envie de boire, en révélant à quel point vous la trouviez sexy.

Cain sourit.

— Elle a dit vrai.

— Bonté divine, marmonna Nico en prenant son verre. J'aurais dû commander un double.

Cain rit et lui donna une tape sur l'épaule.

— Désolé.

— C'est bizarre, je n'ai pas l'impression que vous soyez vraiment désolé.

Cain haussa les épaules, un sourire impénitent étirant ses lèvres.

— J'aurai essayé, au moins.

Il marqua une pause pendant que Nico récupérait le verre d'Athena.

— Merci d'être venus ce soir, reprit Cain. Eve s'est vraiment attachée à Athena. Tout comme Devon et Mycah. Je suis sûr que ça signifie beaucoup pour Eve que vous soyez présents à sa fête de fiançailles.

— Pas de quoi. Tout le plaisir est pour nous.

Cain garda le silence et l'observa de près. Nico se retint de froncer les sourcils ou de lui demander pourquoi il le fixait ainsi. Enfin, Cain secoua la tête, un sourire contrit aux lèvres.

— Désolé, ce n'était pas poli de vous dévisager. J'ai promis à Devon de m'améliorer. C'est juste que j'ai l'impression de vous connaître. Depuis le début, et je n'arrive pas à mettre le doigt dessus.

La panique le saisit, teintée d'un soupçon d'excitation. Qui Cain voyait-il quand il regardait Nico ? Lui-même ? Leur père ?

Et si Cain devinait leur lien de parenté ? Non, Nico ne le souhaitait pas. Pas encore.

N'est-ce pas ?

Bon sang, *non*. Il ne le souhaitait *pas*.

— Merci, Cain. Merci beaucoup, grommela Achille en marchant vers eux.

Nico but une gorgée de whisky pour masquer son amusement.

— Qu'est-ce que j'ai fait ? demanda Cain en levant les mains. Je n'ai pas bougé d'ici. Nico est témoin. Dites-lui, Nico.

Nico haussa les épaules et but une autre gorgée d'alcool.

— Ça dépend. Qu'est-ce que vous m'offrez en échange de ma coopération ?

— Vous êtes sérieux ? rétorqua Cain, une lueur amusée dans le regard.

— Tu es coupable parce que ta femme est coupable, affirma Achille en pointant l'index sur Cain. Tu sais très bien que je déteste ces soirées et que Mycah est ma bouée de sauvetage. Devon l'a embarquée pour passer « un moment entre filles », quoi que ce truc veuille dire. Devon, ma femme et votre fiancée – il fit un signe à Nico – ont disparu, sans doute pour nous casser du sucre sur le dos. Ce qui signifie que tous les trois, nous allons nous faire passer un savon ce soir. C'est une fête de fiançailles, Cain. *Retiens* ta femme.

Nico cligna des yeux, oscillant entre la stupeur et l'envie de rire. Il n'avait jamais entendu Achille parler autant d'un coup depuis sa rencontre avec son plus jeune demi-frère.

— J'irais bien la chercher, dit Cain, mais je surveille les parents.

Achille tendit ses larges épaules.

— C'est vrai, j'avais oublié. Comment ça se passe ?

Il vint à côté de Nico et lui prit le verre de vin des mains.

— J'imagine que c'est pour Athena ? Elle n'en aura pas besoin.

Il but un peu de vin, grimaça, puis reprit une gorgée.

— Rien ne vaut une bonne bière, conclut-il.

— Jusqu'ici, tout va bien, dit Cain pour répondre à la question d'Achille.

Il lança un regard à Nico.

— Désolé, je me montre malpoli encore une fois. Les parents de Kenan viennent ce soir.

— Ils ne sont pas contents de ce mariage ? s'étonna Nico.

— C'est compliqué, marmonna Achille. La mère ne pose pas de problème. C'est le père qui est juste…

mécontent. Alors, nous sommes de garde pour éviter les interférences. Comme… *zut*. Maintenant.

— Bon sang, marmonna Cain avant de traverser la pièce.

Achille le suivit, et pour une raison inexplicable Nico leur emboîta le pas.

Après quelques instants, ils arrivèrent à côté de Kenan et Eve, juste au moment où un couple d'un certain âge et un charmant jeune homme rejoignaient le groupe. Kenan souriait mais il semblait tendu, et la joie dans son regard bleu-gris avait disparu. Eve glissa le bras autour de sa taille avant de s'adresser au couple. Les parents de Kenan, supposa Nico.

— Bonsoir, Nathan, bonsoir Dana. Je suis ravie que vous ayez pu venir ce soir. La fête n'aurait pas été complète si toute notre famille n'était pas réunie pour célébrer nos fiançailles.

Elle s'adressa ensuite au jeune homme qui les accompagnait, et son sourire devint plus chaleureux.

— Je parle de toi aussi, Gavin. Merci d'être venu.

— Pas de quoi. Est-ce que je peux embrasser ma future belle-sœur ? demanda Gavin.

Il s'adressa à Kenan.

— Ou est-ce que je risque un coup de poing dans la figure ? demanda-t-il en souriant.

— Peut-être, fit Kenan. Mais je me sens d'humeur magnanime.

— Hé, je suis là, intervint Eve avec un petit signe de la main. C'est moi qui décide, rappela-t-elle en riant.

Elle donna l'accolade au frère de Kenan et l'embrassa sur la joue.

— C'est bon de te revoir, dit-elle.

— Maman, dit Kenan, tendant les bras à sa mère.

L'air soulagé, Dana Rhodes avança vers son fils. Ils s'étreignirent, et Nico réprima l'envie de détourner la tête.

Dans des moments comme celui-ci, la mère de Nico lui manquait avec une telle force qu'il peinait à tenir debout. Il ne pourrait plus jamais tenir sa mère dans ses bras, respirer son parfum ou entendre sa voix. Cette pensée lui fit l'effet d'un coup de poing en plein ventre. Il se raidit et inspira à fond.

Il sentit quelqu'un appuyer une épaule contre la sienne. Comme pour le soutenir. Nico jeta un coup d'œil sur sa gauche et vit qu'il s'agissait d'Achille. Son demi-frère ne le regardait pas mais il était… là.

Achille avait perdu sa mère, lui aussi. Si quelqu'un pouvait comprendre ce que Nico ressentait, c'était bien lui.

Nico devrait s'écarter ; il n'avait pas besoin de soutien. Encore moins d'un étranger. L'ADN de leur père les liait peut-être, mais cela, Achille l'ignorait.

Pourtant, Nico ne bougea pas.

Et pour l'heure, il choisit de ne pas analyser pourquoi.

Kenan s'adressa à son père.

— Bonsoir, papa. Merci d'être venu.

Ils échangèrent une brève poignée de main.

— Merci de nous avoir invités, dit Nathan Rhodes. J'ai été agréablement surpris que tu nous demandes de venir, puisque je n'étais pas sûr que soyons encore considérés comme des membres de ta famille.

Il adressa des regards appuyés vers Cain et à Achille, et fit une moue dédaigneuse.

Eh bien…

C'était extrêmement impoli.

— Nathan, murmura la mère de Kenan, l'air embarrassé.

— Allons, papa, intervint Gavin. Pas ce soir.

Mais l'expression de Nathan se durcit. En voyant la

colère et la peine dans le regard de Kenan, Nico décida d'intervenir.

— Si je ne m'abuse, vous êtes Nathan et Dana Rhodes, de Rhodes Realty ?

Il s'avança, serra la main de Dana puis celle de Nathan.

— Je suis désolé de vous interrompre. Je suis Nico Morgan, je possède la société Brightstar Holdings. Peut-être en avez-vous entendu parler ?

Nathan se détendit et hocha la tête. Toute son attitude changea, passant de l'agressivité à l'amabilité.

— Bien sûr. C'est un plaisir de vous rencontrer, monsieur Morgan.

— Je vous en prie, appelez-moi Nico. Cela fait long-temps que j'admire le travail de votre entreprise et sa réputation. Je suis conscient que c'est la fête des fiançailles de votre fils, mais je pense qu'il faut profiter de chaque opportunité, plaida-t-il en souriant. Cela vous ennuie si je vous vole quelques minutes de votre temps ? Kenan ? Ça ne vous dérange pas si je vous emprunte votre père ?

— Euh, non, fit Kenan.

Kenan esquissa un sourire et glissa un bras autour des épaules de Eve.

— Ça ne m'ennuie pas. Et toi, chérie ?

— Si cela m'ennuie que notre famille se serve de toutes les occasions pour faire des affaires ? Non, ça ira. Allez-y, tous les deux. Mais ne nous oubliez pas

Nico crut voir de la gratitude briller dans les yeux de Eve.

Il prit Nathan par le bras.

— Nathan, si nous allions prendre un verre ? J'ai entendu dire qu'ils étaient gratuits, plaisanta-t-il.

Nathan rit. C'était la réaction que Nico avait espéré obtenir.

Tandis que Nathan et lui s'éloignaient du groupe, Nico

sentit son cœur battre dans sa poitrine. Eve n'avait pas parlé de lui lorsqu'elle avait dit « notre famille ». Mais il avait eu l'impression que si. Et la chaleur qui avait alors couru dans ses veines le perturbait.

Car, pendant que cette douce chaleur s'était répandue en lui, il avait rêvé de faire partie de cette famille.

- 10 -

Installée à l'arrière de la limousine, Athena regardait droit devant elle.

À côté d'elle, Nico était bien silencieux.

Elle lui lança un regard oblique. Nico semblait distant, et cela depuis qu'elle était sortie du bureau dans lequel Devon, Mycah et elle s'étaient isolées. Athena avait bu un cognac et ses nouvelles amies avaient siroté un cidre pétillant. Cette réunion impromptue entre filles avait été plaisante. Les deux jeunes femmes lui avaient raconté des anecdotes sur leurs couples respectifs et l'avaient questionnée sur son « histoire d'amour ». Et, bien qu'Athena se soit sentie coupable de leur mentir, elle avait été heureuse de discuter avec ces jeunes femmes qu'elle appréciait de plus en plus.

Malheureusement, lorsqu'elle avait rejoint les autres invités, sa joie avait été atténuée par l'air réservé de Nico. Une réserve qui n'était pas flagrante. Nico semblait aussi charmant et courtois qu'à son habitude. Mais Athena avait remarqué une différence. Elle avait perçu la tension en lui.

Qu'avait-il bien pu se passer ?

La question lui brûlait la langue. Mais la dernière fois qu'elle avait essayé de parler de la famille de Nico, il s'était renfermé. Et elle en avait souffert.

Risquant un autre regard, elle l'étudia. Le visage tendu. Le regard sombre et lointain. La posture rigide.

Tous ces signes indiquaient qu'il souffrait. Et sa douleur était presque palpable. La raison lui commanda de le laisser tranquille. Mais son stupide cœur…

— Nico ?

— Oui ?

Elle attendit quelques secondes.

— Regarde-moi, s'il te plaît.

Il tourna la tête et la fixa de ses yeux onyx.

— Tu voulais mon attention, ma belle. Tu l'as.

— Ne fais pas ça, dit-elle doucement. Ne me rejette pas.

— C'est ce que je fais ?

— Tu sais bien que oui. Mais ça ne marchera pas cette fois.

Au risque d'être repoussée, elle posa la main sur sa cuisse ferme.

— Parle-moi, Nico.

Il serra la mâchoire, comme s'il cherchait ses mots, puis jeta un coup d'œil à sa main. Quand il reporta son attention sur son visage, son regard était si intense qu'elle faillit vaciller. Tant de colère, de chagrin, de peur… de désir.

Toutes ces émotions brillaient dans ses yeux.

Si elle possédait un tant soit peu de bon sens, elle n'insisterait pas.

Mais apparemment, quand il s'agissait de Nico, elle n'avait aucune sagesse.

— Je t'en prie, laisse-moi entrer, murmura-t-elle.

Combien de fois avait-elle prononcé cette phrase durant leur relation ? Tant de fois que c'était devenu un mantra. Et à chaque fois, elle avait pensé qu'il refuserait de s'ouvrir à elle. Pour être honnête, elle doutait que cela change maintenant.

En soupirant, elle souleva sa main de sa cuisse et…

Nico la recouvrit de la sienne, la maintenant en place.

Elle se figea, ses doigts se pliant par réflexe ou… sous l'effet du désir.

Seigneur, qu'était-elle en train de faire ?

— Tu veux que je te laisse entrer, gronda-t-il. Tu es sûre de cela ? Car, je te préviens, ce n'est pas un endroit fleuri et ensoleillé. C'est laid. C'est effrayant. La moitié du temps, je n'ai pas envie d'y être non plus. Tu veux toujours que je te laisse entrer, Athena ?

— Oui, répondit-elle sans hésitation.

Il se pencha vers elle.

— Je suis rempli de haine, lâcha-t-il. Envers Barron pour nous avoir gâché la vie, à ma mère et à moi. Envers ma mère parce qu'elle est décédée. Envers toi parce que tu es partie. Envers mes frères, parce que… parce que…

Il pinça les lèvres.

— Parce qu'ils possèdent ce que tu as toujours voulu, murmura-t-elle. Parce qu'ils te font éprouver des sentiments.

— Oui, avoua-t-il. Ce soir, quand je les ai vus ensemble, pour fêter les fiançailles de l'un d'entre eux, avec leurs compagnes respectives, en train de se soutenir… Ça m'a rappelé tout ce que j'aurais pu avoir… Tout ce que, à une époque, je rêvais d'avoir. Des choses qui étaient à ma portée, mais qui m'ont filé entre les doigts.

À nouveau, il soutint son regard, et la douleur qui marquait ses traits lui serra le cœur.

— Des frères. C'est ce que je voulais. Quelqu'un avec qui affronter les difficultés. Quelqu'un qui me soutienne et m'aime inconditionnellement. Quelqu'un qui m'accepte tel que je suis, avec tous mes défauts. Quelqu'un qui me donne un sentiment d'appartenance.

La respiration saccadée de Nico emplit l'habitacle.

— Ils auraient pu être tout cela pour moi. Je l'ai vu ce

soir. Je l'ai *senti*. Et je me suis dit que sans le testament et la malveillance d'un seul homme j'aurai pu avoir tout cela.

— Nico...

Mais il ne l'entendit pas, trop accaparé par le passé, par le chagrin.

— Qu'est-ce que j'ai fait, à part *naître,* bon sang, pour que mon père me déteste à ce point ? Pourquoi m'a-t-il jugé indigne d'être reconnu comme son fils, même après sa mort ? Pourquoi a-t-il refusé de me donner des frères, une famille ? J'ai envie d'aller au cimetière, de déterrer ce salaud et de lui poser la question, parce que j'ai besoin de savoir. J'ai fichtrement besoin...

— Arrête, l'interrompit-elle, retirant sa main de sous la sienne pour prendre son visage en coupe. Arrête, Nico. Je ne te laisserai pas déterminer ta valeur en fonction de Barron Farrell. Rien que de t'entendre l'appeler « père » me tord le ventre, alors je refuse que tu laisses son opinion biaisée avoir la moindre importance.

Nico lui saisit doucement les poignets et les écarta de son visage. Un visage qui était devenu un masque dur et distant. Mais son regard tourmenté contrastait avec cette froideur.

— Merci, Athena, murmura-t-il. J'apprécie...

— Non.

Sans crier gare, elle se mit à califourchon sur lui. Les grandes mains de Nico saisirent ses hanches – pour la tenir ou pour l'éloigner, elle l'ignorait – et elle resserra les jambes autour de lui.

— Non, répéta-t-elle.

— Bon sang, Athena ! Mais qu'est-ce que tu fais ?

— Je fais en sorte que tu ne m'ignores pas.

Elle approcha le visage du sien. La colère de Nico était palpable. Mais cela ne l'empêcha pas de caresser du bout

325

des doigts l'arc de sa pommette, la ligne arrogante de son nez. Elle s'arrêta juste au-dessus de sa lèvre inférieure. Ses doigts picotèrent en guise de protestation.

Elle prit son visage en coupe.

— Le fait que Barron vous ait abandonnés Rhoda et toi n'a rien à voir avec toi ou avec ta mère. Certains hommes ont l'instinct paternel d'un quokka. Barron en fait partie. Tu ne t'es jamais dit que Barron t'avait rejeté parce qu'il était jaloux ? Tu es tout ce qu'il n'a jamais pu être. Tu as réussi seul, grâce à ton travail acharné et à ta persévérance. Tu n'avais ni un nom connu ni un héritage pour te faciliter la tâche. Notre présent marché mis à part, tu es honnête. Tu es intègre, et tu es respecté. Malgré toute sa fortune et tout son pouvoir, Barron n'était rien de tout cela. Et cela le rendait sûrement fou de rage de n'être en rien responsable de l'homme que tu es devenu. Alors, au lieu d'être fier de son fils, Barron a essayé de détruire tout ce qu'il y a en toi qu'il n'aurait jamais pu avoir. Une bonne réputation. La société que tu as bâtie. L'amour de ta mère. Et au bout du compte, une famille.

Elle passa les pouces sur ses joues, s'émerveillant de sa beauté sauvage, presque cruelle.

— Il a essayé, Nico. Il a essayé de te détruire. Mais il n'a pas réussi. Et il n'a pas pu te voler ta chance d'avoir une famille. Tes frères sont là. Tout ce que tu as à faire, c'est leur tendre la main. Je suis sûre qu'ils t'accepteront, et qu'ils t'aimeront.

— Comme toi ?

S'il avait dit cela sur un ton sec ou sceptique, elle serait peut-être retournée à sa place sur la banquette. Mais il avait prononcé ces mots d'une voix triste. Et cela la dévastait.

— Tu me connaissais, tu dormais à mes côtés, tu couchais avec moi depuis un an et demi. Et pourtant, tu es partie. Mes frères me connaissent depuis, quoi, quelques semaines ? Si tu n'as rien trouvé d'assez bien chez moi pour rester avec moi, pourquoi m'accepteraient-ils dans leur cercle ?

Elle fut sans voix.

— Pas de réponse ? Ça ne fait rien, Athena. J'ai déjà…

Elle l'interrompit en pressant la bouche sur la sienne.

Profitant du fait que ses lèvres étaient entrouvertes, elle glissa la langue dans sa bouche, poussant un gémissement. La saveur du whisky se mêlait à celle de Nico. Elle n'oublierait jamais ce goût unique, musqué, addictif. Cela faisait si longtemps, et elle avait si faim de lui…

Il serra ses hanches jusqu'à lui faire presque mal, et elle craignit qu'il ne la soulève pour la remettre à côté de lui. Elle fut soulagée et ravie quand Nico remonta sa robe. L'air frais embrassa ses jambes nues… la chair moite entre ses cuisses. Nico l'attira vers lui, ses pectoraux épousant ses seins, et son sexe déjà rigide se pressant contre le sien.

Un plaisir sauvage et brut se propagea en elle, réveillant des terminaisons nerveuses endormies depuis longtemps et lui arrachant un cri strident. Cette faim presque écrasante qui la consumait lui avait manqué. Par nécessité, elle avait enterré cette facette d'elle, mais avec un seul baiser, un seul glissement de sa verge contre son sexe, Nico l'avait ressuscitée.

Nico émit un grondement contre ses lèvres. Un son qui vibra contre ses seins, transformant ses tétons en pointes tendues et douloureuses.

— Donne-m'en plus, supplia-t-elle.

À peine avait-elle prononcé ces mots qu'elle reprit possession de sa bouche.

Ou du moins, elle essaya.

Nico lui saisit le menton d'une main prudente mais

ferme. Ce geste possessif et dominateur provoqua des spasmes de désir au cœur de sa féminité. Elle tenta de secouer la tête pour dissiper la brume de désir dans son esprit, mais elle n'y parvint pas. Nico ne la laissa pas faire.

Alors elle s'agita.

— Plus de quoi ? Sois précise, ma belle. Plus de ça ?

Il lui mordilla la lèvre inférieure, puis l'embrassa, sa langue s'engageant dans un duel érotique avec la sienne. Quand il releva la tête, elle s'efforça de l'embrasser encore, mais il lui maintenait toujours le menton. Au comble de la frustration, elle le fusilla du regard. Il émit un petit rire malicieux, érotique.

— Ou plus de ça ? demanda-t-il.

Serrant sa hanche, il la pressa contre lui tout en hissant le bassin. Il appuya le sexe contre le sien, visant en particulier le petit bouton de chair sensible.

— Oh ! mon Dieu, dit-elle dans un souffle.

Elle rejeta la tête en arrière.

Une onde brûlante la parcourut, partant de ses cuisses, remontant vers son ventre, ses seins et son dos, avant de redescendre jusqu'à la plante de ses pieds.

Était-elle à ce point faite pour le plaisir, pour les caresses de Nico, qu'une seule caresse sur son clitoris suffirait à la faire jouir ?

À en juger par la façon dont son corps s'allumait comme une torche, la réponse était oui.

— Que choisis-tu, ma belle ?

Il déposa des baisers sur ses lèvres, sur son menton, tout en roulant des hanches.

— Est-ce que je fais l'amour à ta bouche, ou est-ce que je pénètre ton sexe déjà moite ?

— Pourquoi je ne pourrais pas choisir les deux ?

Elle plongea les mains dans ses cheveux noirs et épais. Leur texture soyeuse lui avait manqué.

— Je veux les deux, affirma-t-elle.

Elle crut voir de la joie dans son regard. Le sourire avide qui étirait ses lèvres ressemblait à une promesse.

— Tu es gourmande, murmura-t-il, caressant sa mâchoire. Une des choses que j'appréciais le plus chez toi.

Appréciais. Pas *aimais.*

La douleur que cette pensée provoqua était vive, mais Athena l'étouffa. Les ébats auxquels ils s'apprêtaient à se livrer n'avaient rien à voir avec l'amour. Nico et elle avaient eu une chance de vivre une véritable histoire d'amour, et ils l'avaient gâchée. Pour l'heure, tandis que Nico unissait sa bouche à la sienne, la léchant, la suçotant, la possédant, Athena ne voulait qu'une chose, atteindre le plaisir suprême.

Bientôt, des picotements coururent sur sa nuque, dansèrent le long de sa colonne vertébrale et se rassemblèrent au creux de son dos. Un cri étouffé lui échappa.

— Vas-y, Athena, l'encouragea-t-il. Apaise ta faim.

Il glissa la main sous son string, trouvant directement le bouton sensible et ferme au sommet de son sexe.

— Mais la prochaine fois, ce sera mon tour, dit-il. Tu jouiras pendant que je serai en toi.

Il encercla fermement son clitoris, appliquant exactement la bonne pression pour intensifier ses sensations.

Après seulement quelques secondes, elle explosa.

Elle cria, arqua le dos, se frottant contre son sexe raidi. Le plaisir intense qui venait de la traverser était délicieux, tout à fait délicieux, mais pas suffisant.

Il était loin d'être suffisant.

Dès que les frissons se dissipèrent, Nico demanda :

— Cette robe a une fermeture Éclair ?

329

Plutôt que de répondre, elle posa la main sur la fermeture cachée sur le côté. Elle la baissa puis fit glisser les bretelles de sa robe sur ses bras, se dénudant pour lui. Peut-être aurait-elle dû avoir un élan de pudeur quand il promena son regard sur ses seins. Peut-être aurait-elle dû au moins essayer de se couvrir.

Mais elle n'en avait pas envie.

Elle voulait que Nico la voie, qu'il la désire.

Elle exulta en voyant une rougeur colorer ses pommettes. En regardant ses yeux s'assombrir. Le désir de Nico avait hanté ses rêves, et le revoir enfin, dans la réalité…

Oh ! oui, elle voulait voir ça.

Il captura un téton entre ses lèvres et taquina l'autre entre le pouce et l'index.

Elle enfouit le visage dans ses cheveux, en gémissant, son corps se cambrant sous l'effet du plaisir qu'il lui donnait. Elle pourrait dire qu'il l'honorait, mais ce serait un mensonge. Il n'y avait rien de révérencieux dans la façon dont sa langue la léchait, dont ses dents la mordillaient. Rien de déférent dans la manière dont ses mains massaient et pressaient sa chair.

Il la possédait. Il la corrompait.

Et elle adorait cela.

Relevant la tête, il la transperça du regard. Puis il posa la main sur sa nuque, embrassa ses lèvres. Elle accueillit son baiser avec avidité.

— Que veux-tu ensuite ? demanda-t-il. Je te fais jouir à nouveau et nous nous arrêtons là. Ou je te pénètre et je nous consume tous les deux. À toi de voir.

— Consume-nous, susurra-t-elle contre les lèvres.

Il recula et la regarda de longues secondes. Et il vit sans doute sur son visage ce qu'il cherchait, car il finit par hocher la tête. Il posa les mains sur la taille de son pantalon, s'apprêtant à le retirer.

— Laisse-moi faire, dit-elle, écartant ses mains.

Mais elle ne commença pas par son pantalon. D'abord, elle tira sur son nœud papillon. Ensuite, elle déboutonna sa chemise. Quand elle eut défait le dernier bouton, elle poussa un soupir et caressa son torse large et ferme. Elle laissa ses doigts passer sur ses tétons plats et tendus. Mais elle ne s'attarda pas, car un vide béant en elle réclamait que Nico l'emplisse.

Elle baissa la fermeture de son pantalon, ses doigts effleurant sa peau. Il serra les cuisses et émit un sifflement aigu. Ses mouvements agités ne firent que renforcer son excitation. Glissant les mains dans son caleçon noir, elle enroula la main autour de sa verge rigide.

Leurs gémissements emplirent l'habitacle de la limousine.

Son sexe chaud et ferme pulsait entre ses mains. Elle ne put résister à l'envie de l'étreindre. De le caresser.

Comment avait-elle pu tenir trois ans sans toucher Nico, sans être nue contre lui, sans respirer son parfum ? Déjà, son odeur musquée taquinait ses sens et la faisait saliver d'envie. Déjà, elle sentait le poids de son sexe sur sa langue…

— Non, ma belle.

Il saisit ses bras et ce ne fut qu'à cet instant qu'elle se rendit compte qu'elle était sur le point de s'agenouiller pour réaliser son fantasme.

— Pas cette fois. J'ai trop envie de toi. J'ai trop besoin d'être en toi.

Il posa une main sur son sexe moite et gorgé de désir et glissa l'autre dans ses cheveux, l'attirant vers lui jusqu'à ce que leurs souffles se mêlent.

— Tu es sûre ?

— Oui.

Elle n'avait aucune hésitation. Aucun doute.

Hochant la tête, il prit son portefeuille dans sa veste.

— Non, dit-elle, secouant la tête.

Nico l'interrogea du regard.

— Je prends la pilule, expliqua-t-elle. Et j'ai fait un test. Tu n'as aucune raison de me croire mais je…

— Je te crois.

Il reposa le portefeuille. Sans prendre de préservatif.

— J'ai fait un test, moi aussi.

Un silence chargé s'ensuivit.

— Et je n'ai couché avec aucune femme depuis toi.

Quoi ?

— Ça fait…

— Trois ans. En effet, dit-il.

Pourquoi ? Comment ?

Les questions se bousculaient dans sa tête, mais lorsque Nico l'embrassa, elle ne se soucia plus des réponses. Pour l'instant.

— Athena, gronda-t-il, accueille-moi en toi.

Il n'eut pas besoin de le lui dire deux fois. Elle glissa la main sous l'élastique de son string et…

Nico l'empoigna et le déchira.

Soit. Au moins, il était retiré.

Plongeant le regard dans le sien, elle se remit à califourchon sur lui, haletante. Lentement, elle descendit sur lui jusqu'à ce que la couronne de son pénis effleure son sexe moite.

Et il entra en elle.

La douleur et le plaisir se mêlèrent, la faisant gémir. Le front appuyé contre le sien, une main sur sa nuque et l'autre serrant sa hanche pour la maintenir, il se mit à onduler, pour prendre possession d'elle. Pour la conquérir tout entière.

Lorsqu'il fut enfoncé jusqu'à la garde, il s'arrêta, lui laissant l'opportunité de se réhabituer à lui.

Comme si elle pouvait s'habituer à cela… à cette fusion de leurs corps et de leurs âmes.

Elle noua les bras autour de son cou.

— J'avais peur, lui chuchota-t-elle à l'oreille.

Il rejeta la tête en arrière et la scruta de son regard onyx.

— Peur de quoi, Athe…

Elle plaqua la main contre sa bouche pour l'interrompre, et son souffle chaud et saccadé réchauffa sa paume. Le feu dans les yeux de Nico s'embrasa. Elle ferma les siens et se mordilla la lèvre inférieure pour étouffer le cri qui était monté dans sa gorge.

— C'est pour ça que je t'ai quitté, murmura-t-elle. J'avais peur de tomber profondément amoureuse de toi et de me perdre. De disparaître. Je craignais qu'il ne reste plus rien de moi. J'avais peur de t'aimer plus que moi-même, et j'avais peur des choses que je pourrais faire à cause de cet amour démesuré.

Des choses comme rester auprès d'un homme dont le cœur était si endurci qu'il ne pourrait pas l'aimer en retour.

Tremblante de désir, elle se souleva, le plaisir ondoyant en elle tandis que son sexe dur glissait sur sa chair lisse et humide. Quand il ne resta plus que sa couronne en elle, elle redescendit, et cria encore. Le souffle court, elle se pencha vers lui et embrassa le lobe de son oreille.

— Il ne s'est pas passé un jour sans que je ne regrette ma décision, avoua-t-elle. Car, non, tu n'es pas parfait. Mais tu es beau, loyal. Tu es une perfection imparfaite, et je…

Il retira la main qu'elle avait plaquée sur sa bouche et prit possession de ses lèvres, interrompant sa confession.

Dieu merci. Car elle était en proie à tant d'émotions qu'elle aurait pu dire des choses qu'elle aurait regrettées. Des choses qui l'auraient exposée encore plus qu'elle ne l'était maintenant, nue à l'arrière de cette limousine.

— Chevauche-moi, bon sang, ordonna-t-il d'une voix rauque.

Elle obéit. Ondulant sur lui, elle enchaîna les mouvements de va-et-vient, sans aucune inhibition. Chaque compliment qu'il lui faisait, chaque ordre qu'il lui donnait de sa voix rauque de désir la rapprochait de l'orgasme. Déjà, des courants électriques la parcouraient. Et quand il glissa la main entre eux et frotta son bouton de chair turgescent, elle s'atomisa.

Il ne tarda pas à la suivre. Elle l'étreignit pendant qu'il était secoué de spasmes extatiques. Le cri brut qu'il poussa résonna en elle.

Dans le silence qui s'ensuivit, Athena se rendit compte que la limousine était à l'arrêt. Depuis combien de temps Nico et elle… Et où étaient-ils, d'ailleurs ? Relevant la tête, elle jeta un coup d'œil par la vitre fumée. Ils étaient garés devant chez elle, constata-t-elle.

Nico se pencha et appuya sur une touche pour baisser légèrement la vitre de séparation.

— Conduisez-nous à mon appartement, dit-il.

— Bien, monsieur, répondit le chauffeur.

Nico appuya à nouveau sur la touche pour refermer la vitre. Puis il lança un regard à Athena.

— Tu es d'accord ? demanda-t-il. Je n'ai pas envie que notre soirée se termine maintenant.

— Oui, je suis d'accord.

Il glissa les mains dans sa chevelure bouclée, écartant les mèches qui lui barraient le visage.

— Bien, murmura-t-il.

Elle devrait au moins être gênée à l'idée que le chauffeur sache qu'ils avaient fait l'amour dans la voiture. Mais, blottie contre Nico, enivrée par son parfum de bois de santal et de sexe, et le corps encore vibrant après leurs ébats cataclysmiques, elle n'arrivait pas à s'en soucier.

Tandis que la limousine se dirigeait vers l'appartement de Nico, elle enfouit le visage au creux de son cou et ferma les yeux.

Demain.

Demain, il serait bien assez tôt pour s'inquiéter des conséquences. Car Athena ne se faisait guère d'illusions, il y aurait des conséquences. Mais cela pouvait attendre...

Demain.

- 11 -

Un parfum de vanille, de sucre et de sexe taquina les sens de Nico avant même qu'il n'ouvre les yeux. Immédiatement, des images de la soirée précédente et des premières heures du jour assaillirent son esprit.

Le meilleur trajet en limousine de sa vie… Athena et lui, de retour dans son appartement luxueux, s'adonnant à des ébats plusieurs fois au cours de la nuit…

Nico l'avait prise comme un homme possédé.

Comme un homme qui ne savait pas quand il pourrait la toucher, la goûter encore.

Oui, il avait été frénétique.

Et maintenant, son lit était vide.

Inutile d'ouvrir les yeux ou de tendre la main pour le vérifier. Le vide qu'il ressentait dans sa poitrine était un indice suffisant.

S'asseyant sur le lit, il regarda autour de lui, confirmant ce qu'il savait déjà. Athena avait filé à l'anglaise.

Une vive déception le tenailla. Il tenta de l'ignorer, mais à quoi bon ? Il jeta un coup d'œil à l'horloge numérique sur son chevet. 6 h 10. Depuis combien de temps Athena était-elle partie ? Avait-elle au moins attendu que la sueur sèche avant de…

— Ah, tu es réveillé.

Athena était dans l'embrasure de la porte, habillée de

la chemise blanche qu'il avait portée hier. Un vêtement qui était bien plus beau sur elle.

— Bonjour, dit-elle.

— Bonjour.

Plusieurs autres mots se formèrent dans sa gorge, mais il fut incapable de les prononcer. Il ne put qu'admirer les magnifiques boucles relevées sur le sommet de sa tête, les longues jambes nues et galbées, le joli visage illuminé par un sourire timide mais charmant.

— Comment se fait-il que tu sois déjà debout ? demanda-t-il.

— Je voulais nous préparer un petit déjeuner et je suis allée voir ce que tu avais dans ta cuisine. Tu as tout ce qu'il faut, d'ailleurs. J'ai pensé à une omelette, du bacon et du pain perdu. Ça te va ?

— C'est parfait. Mais d'abord, c'est toi que je croque.

Il tendit la main vers elle et regarda, satisfait, sa poitrine se soulever et s'affaisser rapidement, ses yeux noisette briller de désir.

— Approche, ma belle.

Au moment où elle fit un pas vers lui, son téléphone sonna ; Nico reconnut la sonnerie d'hier soir.

Il laissa retomber son bras, l'appréhension et une impression de déjà-vu lui nouant le ventre. Il avait déjà vécu cette scène avec Athena. Trois ans plus tôt.

Elle jeta un regard vers le téléphone qu'elle avait laissé sur le chevet.

— Vas-y, dit-il, désignant l'appareil d'un signe de tête. Réponds.

Ils savaient tous les deux qu'elle allait prendre l'appel, tout comme ils savaient qui cherchait à la joindre.

Elle semblait indécise mais Nico régla la question en

sortant du lit. Il alla dans la salle de bains et ferma la porte derrière lui.

Lorsqu'il eut pris une douche et qu'il revint, une serviette autour de la taille, Athena était assise au bord du lit, vêtue de la robe rouge qu'elle portait la veille. Une colère impuissante s'embrasa en lui. Il alla dans le dressing, attrapa un bas de jogging et l'enfila d'un geste brusque. Il attendit encore plusieurs minutes, le temps de se calmer, avant de retourner dans la chambre. Mais il était toujours tenaillé par un sentiment d'impuissance.

Et il détestait cela.

Il en voulait à Athena d'avoir provoqué ce sentiment.

— J'en conclus que le petit déjeuner est annulé, lança-t-il.

— Nico, je suis navrée.

Elle se leva du lit.

— C'était maman.

— Évidemment. Laisse-moi deviner. Elle a besoin de toi, il faut que tu ailles chez elle. Ou, alors, il y a un problème à la boulangerie.

La grimace d'Athena lui fournit sa réponse.

— Je suis navrée, répéta-t-elle. Randall est aux abonnés absents, Kira est malade, et une autre employée a un empêchement. Il manque du personnel. Et puis, cela fait longtemps que maman n'a pas travaillé là-bas. Elle a besoin de moi, et je ne peux pas…

Elle secoua la tête et haussa les épaules.

— Je ne peux pas la laisser tomber.

— Non, bien sûr.

Athena soupira.

— Nico, ne fais pas ça. Pas après… S'il te plaît, essaie de comprendre.

— Pas après quoi ? Pas après la nuit dernière ?

La fureur qu'il s'était efforcé de contenir se déchaîna.

338

— Qu'est-ce que notre nuit a à voir avec ça ? s'exclama-t-il. J'ai une sacrée impression de déjà-vu, Athena. Mais tu sais ce qui a changé depuis la dernière fois ? Je ne te supplierai plus de t'affirmer. De fixer des limites pour toi, pour nous. Parce qu'il n'y a pas de nous. Alors, non, je n'ai pas à comprendre. Il s'agit de toi, de la personne que tu tiens à être. Je ne peux pas me battre pour que tu voies les choses autrement, ou que tu sois autrement, puisque tu ne veux pas changer.

— Que veux-tu que je fasse, bon sang ? tonna-t-elle. Que je laisse ma mère en plan ? Oui, mes parents et mon frère peuvent être agaçants et épuisants, mais ils restent ma famille. Je ne peux pas les abandonner.

— Est-ce que je t'ai demandé une seule fois de les abandonner, Athena ? gronda-t-il, avançant vers elle.

Il s'arrêta, fit volte-face et marcha d'un pas ferme dans la direction opposée. Se passant les mains dans les cheveux, il tira sur les mèches, la douleur l'aidant à se ressaisir, puis il se retourna vers Athena.

— Je ne t'ai jamais demandé d'abandonner les tiens pour moi, Athena. Je n'ai jamais tenté de t'isoler comme ils m'ont accusé de le faire. Je t'ai seulement demandé de faire de la place pour moi, pour nous. Ce qui voulait dire, établir des limites, protéger notre relation. Quand nous étions en train de déjeuner et que ton frère appelait en disant que ta mère avait besoin de toi pour préparer le dîner, tu laissais tout tomber, moi compris, pour obéir à ta famille. Quand ta grand-mère t'ordonnait de quitter la boulangerie afin que Randall puisse te remplacer et apprendre à assumer tes responsabilités, tu choisissais de rester « juste au cas où ». Résultat : tu arrivais avec une heure de retard à nos rendez-vous. Tu laissais ta famille t'appeler à toute heure, pour n'importe quel motif, alors

339

que cela te dérangeait et que cela me dérangeait. Puisque tu ne faisais pas de notre relation une priorité, puisque tu ne la respectais pas, pourquoi ta famille l'aurait-elle fait ?

Il afficha un sourire sans joie.

— Tu es complice de la situation, Athena. Les tiens ne découvriront jamais s'ils peuvent gérer seuls leur vie ou la boulangerie parce que tu refuses de t'effacer, de les laisser faire. Et tu ne le feras pas, parce que tu as peur qu'ils découvrent qu'ils n'ont pas besoin de toi.

Elle tressaillit.

— Ce n'est pas vrai, murmura-t-elle.

Arrête, lui commanda une voix dans sa tête. *Arrête tout de suite.*

Mais il ne le pouvait pas. Il ne le voulait pas.

— Si, c'est vrai. Tu es terrifiée à l'idée qu'ils ne dépendent pas de toi. Et si cela arrive, où sera ta place dans la famille Evans ? T'aimeront-ils moins ? Ça te fait sacrément peur de découvrir les réponses à ces questions.

— Arrête, dit-elle, levant les mains comme pour se protéger. *Arrête, Nico.*

La peine dans sa voix le fit taire aussi efficacement que si elle avait plaqué la main contre sa bouche.

Le bruit de leurs souffles saccadés ponctuait l'air, et les mots rudes de Nico semblaient résonner dans la pièce. Cette même voix qui l'avait poussé à se taire lui intimait maintenant de présenter ses excuses, mais Nico ne pouvait pas s'y résoudre. Il avait peut-être été dur, mais il n'avait fait que dire la vérité.

Malgré tout… Il avait envie de prendre Athena dans ses bras, de la réconforter.

— Je m'en vais, annonça-t-elle, le regard sombre et tourmenté.

C'était lui qui l'avait mise dans cet état.

— Je vais appeler mon chauffeur pour qu'il te recon- duise chez toi.

Il alla prendre son téléphone. Athena avait envie de partir, et il avait besoin qu'elle s'en aille.

Cette situation était… pénible. Elle le ramenait à une époque qu'il s'était promis de ne jamais revisiter. Une époque où il avait été vulnérable et faible, comme une marionnette entre les mains d'Athena.

— Tu n'as pas à faire ça. Je peux appeler un…

— Athena, mon chauffeur est passé te prendre, il te reconduira chez toi, décréta-t-il.

Elle haussa les épaules.

— Soit. Je voulais juste… Comme tu veux.

Sur quoi, elle quitta la chambre.

Il ne la suivit pas.

Décidément, l'histoire se répétait.

— Eh bien, soit je me fais vieille, soit j'avais complè- tement oublié à quel point cet endroit pouvait être bondé.

Winnie gloussa et se laissa tomber sur la chaise derrière le bureau.

— Attends de voir le coup de feu de la fin d'après-midi, avertit Athena en souriant.

Elle s'assit sur la chaise face au bureau et soupira.

— Tous ces étudiants affamés, tous ces gens qui ont besoin d'un en-cas après le travail. Ça fait un paquet de monde.

— Eh bien, heureusement qu'ils sont là, dit-elle en riant. C'est grâce à eux que notre affaire fonctionne. J'ignore comment ta grand-mère faisait toutes ces années. Elle n'avait jamais l'air fatigué. Comme toi. Chérie, je te remercie d'être venue aujourd'hui. Dès que tu es arrivée, j'ai retrouvé mon calme. Je n'avais plus à m'inquiéter de rien et les employés non plus. Quand tu es là, tout marche comme sur des roulettes. Merci.

— Pas de quoi.

La gratitude de sa mère lui réchauffait le cœur. Athena devrait s'en satisfaire, et s'en tenir là. Mais elle n'y arrivait pas.

« Tu as peur qu'ils découvrent qu'ils n'ont pas besoin de toi… Tu es terrifiée à l'idée qu'ils ne dépendent pas de toi. Et si cela arrive, où sera ta place dans la famille Evans ? T'aimeront-ils moins ? Ça te fait sacrément peur de découvrir les réponses à ces questions… »

Toute la journée, les paroles de Nico l'avaient tourmentée. Plus précisément, la vérité dans ses paroles l'avait tourmentée.

Nico avait raison. En effet, elle n'avait pas fixé de limites avec sa famille, et elle avait permis que cette situation perdure. Qui plus est, elle avait agi ainsi pour elle-même, pas pour eux. Parce qu'elle avait peur, et parce qu'elle avait besoin d'avoir une place. Parce qu'elle avait besoin d'être une Evans. Mais il était temps qu'elle cesse de se cacher. Et qu'elle affronte la vérité.

— Maman ?

— Oui, chérie ?

— Pourquoi n'as-tu pas demandé à Randall de venir t'aider aujourd'hui ?

Elle inspira. *Allez… continue.*

— En fait, pourquoi n'est-ce pas Randall qui est là, à ta place ? D'autant que sa présence à la boulangerie faisait partie de notre accord.

Sa mère parut irritée. Elle posa les mains à plat sur le bureau.

— Athena, tu ne vas pas recommencer. Ton frère travaille sur un nouveau projet. Une nouvelle chaîne de salons de coiffure. Il avait un empêchement, alors je me suis portée volontaire pour venir à sa place. Pas de quoi en faire un plat.

— Et la dernière fois que j'ai dû m'occuper des salaires ? répliqua-t-elle. Où était-il ce jour-là ?

— Athena, arrête. Je commence à être fatiguée de tes critiques constantes envers Randall. Et ne crois pas que j'ignore d'où ça vient.

— Je ne comprends pas. Pourrais-tu éclairer ma lanterne ?

Sa mère balaya ses paroles d'un revers de main.

— Je t'en prie, Athena. Ton frère m'a rapporté qu'il t'a téléphoné pour que tu viennes à la maison l'autre soir, mais que tu étais trop occupée avec Nico. Tu fais passer *cet homme* avant la famille, comme avant. Rappelle-toi comment cela s'est fini la dernière fois.

— *Cet homme* nous aide à sauver la boulangerie, je te rappelle. La boulangerie que Randall a mise en danger. Tu as questionné Randall sur ce prêt ? Ou tu as oublié de le faire, comme tu as omis de lui demander de gérer la boulangerie ?

La colère obscurcit le regard de sa mère. Elle se redressa sur sa chaise.

— Je te demande pardon ? Je ne sais pas pourquoi tu es si irrespectueuse, tout à coup. Mais je suis toujours ta mère, et je ne te laisserai pas me parler sur ce ton. Je n'avais pas mesuré à quel point cela te coûtait de nous donner un coup de main.

Athena agrippa les bras de la chaise. Elle se fendit d'un rire incrédule.

— Tu es sérieuse, maman ? Tu me dis ça à moi ? À *moi* ?

Elle plaqua la main sur sa poitrine.

— Je sacrifie tout à notre famille. Je rembourse le prêt pour Randall, en ce moment. Tu ne t'attendais même pas à ce qu'il le fasse lui-même. C'est devenu ma responsabilité, et je l'ai assumée. Parce que j'ai toujours fait tout ce que je pouvais pour vous tous, y compris réparer les dégâts causés par Randall. Qui a géré cette boulangerie chaque jour depuis l'AVC de Mama ? Moi. Même quand papa et toi avez donné la boulangerie à Randall, j'ai continué à venir chaque jour et à gérer les affaires, parce qu'il se moque de ses devoirs. Il ne prend pas la peine de rendre des comptes puisque personne – ni toi, ni papa, ni moi – ne lui en demande.

— C'est de ça qu'il s'agit ? demanda Winnie en l'étudiant de près. Tu nous en veux d'avoir donné la boulangerie à Randall plutôt qu'à toi ? Je sais que tu travaillais avec Mama et que tu étais très proche d'elle, mais il faut que tu comprennes pourquoi nous avons pris cette décision. Randall est l'aîné. C'est bien normal qu'il doive…

Une sensation glacée envahit Athena.

Sa mère venait sans doute de prendre conscience de ce qu'elle venait de dire car elle porta la main à ses lèvres, l'air affolé.

— Oh ! chérie, je ne voulais pas… Tu sais ce que je voulais dire…

Mais Athena était déjà debout. Elle avança comme dans un brouillard.

Il est l'aîné. C'est bien normal… Il est l'aîné. C'est bien normal…

Les mots tournaient dans sa tête et lui martelaient le cœur. Chaque coup écartait davantage le rideau derrière lequel elle cachait sa peur secrète. Athena pensait que sa mère avait fait un lapsus, mais le sentiment qu'elle éprouvait n'en était pas moins réel.

344

Ses parents voyaient Randall comme l'aîné des enfants Evans. Parce qu'il était de leur sang.

Et qu'Athena… ne l'était pas.

— Athena ! Attends, ne pars pas…

Mais Athena ne l'écouta pas. Elle sortit du bureau et ferma la porte derrière elle. Elle parvint à traverser l'espace de vente, à répondre aux gens qui lui parlaient, à mettre un pied devant l'autre, à pousser la porte.

L'air chaud de fin d'après-midi ne suffit pas à faire disparaître le froid qui s'était infiltré en elle. Comme en pilote automatique, elle prit dans la poche de son jean son téléphone portable. Il y avait une seule personne qu'elle pouvait appeler. Sans réfléchir davantage, elle parcourut la liste de ses contacts et passa l'appel.

Quand la voix de Nico résonna dans son oreille, le bouclier derrière lequel elle s'était protégée commença à se fissurer.

— Nico, dit-elle d'une voix éraillée. J'ai besoin de toi.

- 12 -

Pour la seconde fois de la journée, Nico se réveilla dans un lit vide.

Mais, contrairement à ce matin, il ne se demanda pas où était passée Athena.

Les odeurs émanant de la cuisine lui assuraient qu'il la trouverait là-bas. Sortant du lit, il s'étira et jeta un coup d'œil à l'horloge. 20 h 25. Cela faisait environ six heures qu'il avait enfreint plusieurs règles du Code de la route pour se rendre à Brighton après l'appel d'Athena.

« Nico, j'ai besoin de toi. »

S'il s'attardait trop longtemps sur cette phrase, il sentirait encore le goût de la peur sur sa langue. Le trajet depuis son bureau jusqu'à la boulangerie avait été le plus court et le plus long de sa vie. Quand il s'était garé devant chez Evans, il avait vu Athena debout sur le trottoir, les bras fermement serrés autour de la taille. Il avait commencé à se calmer – jusqu'à ce qu'elle lève la tête et qu'il voie son regard tourmenté.

Elle avait murmuré « Tu avais raison » avant de se réfugier dans ses bras, en sanglotant comme si elle avait perdu quelqu'un, ou comme si quelqu'un lui avait brisé le cœur.

Nico l'avait guidée jusqu'à sa voiture et l'avait emmenée chez lui.

Non pas dans son appartement du centre-ville, mais dans sa maison.

Une demeure de Beacon Hill achetée deux ans plus tôt, et dans laquelle Athena n'était jamais allée. Elle avait à peine remarqué qu'ils n'avaient pas emprunté le trajet habituel, et elle n'avait guère prêté attention à la maison de style néoclassique quand Nico l'avait portée jusqu'au premier étage. Dès qu'il l'avait posée sur le lit de la chambre principale, elle s'était endormie, soit parce qu'elle avait trop pleuré, soit parce qu'elle était épuisée. Après lui avoir ôté ses chaussures, il s'était déchaussé à son tour, avait retiré sa cravate et sa veste et s'était blotti contre elle. Lui aussi avait plongé dans le sommeil.

Maintenant, il avait besoin de réponses, se dit-il tandis qu'il gagnait la cuisine. Premièrement : Athena allait-elle bien ? Deuxièmement, à propos de quoi avait-il raison ?

Il entra dans la cuisine, accueilli par de douces odeurs de caramel, de sucre et de crème. Athena était devant l'îlot central et déposait des biscuits sur un plat.

— Eh bien, je vois que tu t'es occupée, commenta-t-il, appuyant une hanche contre le plan de travail et croisant les bras.

Elle continua sa tâche et désigna d'un signe de tête un gâteau posé à côté des biscuits.

— Biscuits à la cannelle, et gâteau aux framboises avec un croustillant caramel et un glaçage parfum crème brûlée.

Elle lui offrit un sourire las.

— J'espère que ça ne te dérange pas. Je pâtisse quand je n'arrive pas à dormir.

— Tu aurais pu me réveiller.

Elle répondit d'un signe de tête négatif.

— C'est une magnifique maison, dit-elle. La cuisine est superbe.

— Merci.

Il s'écarta du plan de travail et se rapprocha d'elle.

— Neuf chambres, huit salles de bains. Je l'ai achetée il y a deux ans, pour avoir un endroit où recevoir, mais je n'ai encore reçu personne. Il y a deux salles à manger, dont l'une avec un dôme de verre, un salon, une bibliothèque, un balcon à deux niveaux, un jardin clos et un patio. Je te ferai faire la visite plus tard. Pour l'instant, dis-moi ce que tu voulais dire quand tu as déclaré que j'avais raison. Que s'est-il passé pour que tu pleures dans mes bras ?

Elle attendit d'avoir déposé le dernier biscuit sur le plat avant de répondre.

— Tu avais raison à propos de ma famille. De moi. Comme tu l'as dit, j'avais peur d'avoir les réponses à mes questions. Et à raison. Car elles sont conformes à ce que je craignais.

— Chérie…

— Non, l'interrompit-elle, faisant un pas en arrière. Tu avais raison. Toutes ces années, j'ai beaucoup travaillé, je me suis sacrifiée, j'ai tout donné à ma famille et à la boulangerie. Sans jamais me plaindre. Parce que les membres d'une même famille doivent se soutenir. Mais ils ne m'ont jamais vue comme un membre de leur famille. Ou de leur vraie famille. Je ne suis pas une vraie Evans. Et toutes ces années, je me suis évertuée à gagner leur amour, à gagner ma place, alors que c'est peine perdue. Je ne leur suffirai jamais. Je ne serai jamais une Evans.

— Athena…

Il contourna l'îlot central et la prit dans ses bras. Elle serra sa chemise et enfouit le visage au creux de son cou. Elle ne pleura pas mais il sentit son corps trembler contre lui.

— Athena.

L'attrapant par les hanches, il la hissa sur l'îlot. Après s'être calé entre ses cuisses, il lui saisit le menton. La nuance brune de ses prunelles engloutissait presque le vert et l'or. Il passa le pouce sur sa pommette.

— Est-ce que j'ai à me plaindre des membres de ta famille ? Oui. Mais est-ce que j'ai douté un jour de leur amour pour toi ? Jamais. Il est évident qu'ils t'aiment. Ça se voit à la façon dont ils te regardent, dont ils parlent de toi. Peut-être qu'ils ne te traitent pas toujours avec équité, mais je pense que c'est par ignorance et non par malveillance. Mes questions portaient moins sur eux que sur toi. Je voulais que tu découvres qui tu es en dehors d'eux. Tu es plus que la fille de Winnie Evans ou la grande sœur de Randall. Tu es même plus que la petite-fille de Glory Evans. Quelle est ta place dans ce monde ? Et si elle n'est pas à la boulangerie, pourquoi n'es-tu pas en train de réclamer cette place ? Tu mérites bien plus que ce dont tu te contentes. Et tu t'en contentes par peur d'être rejetée. Ce n'est pas juste pour ta famille, et ce n'est certainement pas juste pour toi. C'est à cela que je voulais que tu réfléchisses.

— Qui serais-je sans la boulangerie ? demanda-t-elle, incertaine. Pendant très longtemps, elle a été le centre de mon monde. C'est là-bas que j'ai découvert la pâtisserie et que j'en suis tombée amoureuse. C'est là-bas que Mama est devenue ma meilleure amie, en plus d'être ma grand-mère.

Elle posa la main sur le cœur de Nico.

— Tu pensais que j'avais accepté ton marché pour sauver Randall. Ce n'est pas vrai. Je l'ai fait pour ma grand-mère. Elle a créé cette boulangerie avec son mari. Elle y a mis tout son cœur. Je ne pouvais pas la voir disparaître à cause de l'égoïsme et de l'avidité de mon frère. J'ai fait tout cela pour Mama.

Il aurait dû le deviner. Après tout, Athena avait changé de logement pour Glory. S'il avait une âme, une conscience, il lui avouerait dès maintenant qu'il avait remboursé le prêt contracté par Randall depuis des semaines. Mais il garderait le silence. Car, si Athena était au courant, rien ne garantissait qu'elle resterait pendant ces deux prochains mois. Or, Nico n'avait pas encore atteint son but.

Oui, continue de te dire que c'est la raison pour laquelle tu veux qu'elle reste avec toi.

Il ferma brièvement les yeux. Entre Athena et lui, il s'agissait d'un marché, rien de plus. Il le fallait. Nico ne pouvait pas permettre qu'il s'agisse de quoi que ce soit d'autre. Car, d'ici deux mois, peut-être même avant, Athena s'en irait. C'était ainsi.

— Athena, ta grand-mère n'a jamais voulu que son commerce devienne un fardeau pour toi. Son héritage est ici – il tapota doucement la tempe d'Athena – et ici, dit-il, posant la main sur son sein, à l'endroit où battait son cœur. C'est la raison pour laquelle elle m'a téléphoné et demandé de l'aide. Elle savait que tu ne prendrais pas ta liberté toi-même, alors elle a essayé de te la donner. Elle voulait que tu sois heureuse. Que tu sois épanouie. Chérie, c'est toi, l'héritage de Glory, pas la boulangerie.

Athena ferma les yeux et baissa la tête. Quelques secondes plus tard, elle posa les lèvres sur les siennes.

— Merci, dit-elle, déposant un baiser au coin de sa bouche.

— Pas de quoi.

Elle mit la main dans ses cheveux et l'attira vers elle. Et quand elle inséra la langue entre ses lèvres, il la laissa mener le jeu. Mais toutes ses bonnes intentions furent réduites en cendres quand elle passa la main sur son torse, son ventre et qu'elle serra son sexe à travers son pantalon.

— Ma belle…, l'avertit-il, posant la main sur la sienne.

— Je veux me perdre en toi, Nico. S'il te plaît, laisse-moi faire.

Elle ne voulait pas se perdre dans le plaisir, mais en lui. Il était impossible qu'il résiste à cette requête.

Il prit le contrôle de leur baiser, lui inclinant la tête et déchaînant son désir. Il plongea la langue dans sa bouche, l'embrassant avec l'ardeur d'un homme affamé. Et Athena le dévora avec la même force.

— Pousse ça, ordonna-t-il, désignant les gâteaux derrière elle.

Elle s'empressa d'obéir, faisant glisser les plats sur le côté. Nico se mit à la déshabiller. Il commença par son T-shirt, puis il la débarrassa de son jean et de sa culotte, la laissant nue sur l'îlot. Elle était le repas le plus délicieux qu'il mangerait dans cette cuisine.

Et il comptait bien se repaître d'elle.

Se penchant vers elle, il saisit ses jambes et les hissa sur ses propres épaules, l'offrant à son regard, à ses mains. À sa bouche. Il caressa, lécha, suçota sans relâche son corps sensuel. Il enfonça les doigts entre les muscles tremblants de son sexe. Forma un chemin avide avec sa langue jusqu'au cœur de son intimité. Lécha le faisceau de nerfs sensible, en savourant chacun des frissons qui indiquaient que son plaisir s'intensifiait. Elle voulait se perdre en lui ? Non, c'était plutôt lui qui se perdait en elle.

Ses cris étaient comme des caresses pour ses oreilles. Elle agita les hanches, et il plaqua un bras sur son ventre pour la maintenir en place. Il alla et vint en elle avec ses doigts, cherchant le point le plus sensible. Et quand il le trouva, il le frotta tout en suçant son clitoris, ne lui laissant pas de répit. Mais apparemment Athena n'en voulait pas puisqu'elle exigeait qu'il continue.

Après quelques secondes, elle se raidit contre sa bouche, et il sentit son sexe se contracter autour de ses doigts. Son cri de plaisir rebondit entre les murs de la cuisine. Et tandis que son pénis pulsait furieusement, il continua d'enfoncer les doigts en elle. Ce ne fut que lorsqu'elle s'effondra sur l'îlot qu'il releva la tête. Et s'attaqua à la fermeture de son pantalon.

Il avait besoin d'être en elle. Maintenant.

— Athena ?

Il déposa un baiser enflammé sur son nombril.

— Oui ou non ? demanda-t-il.

— Oui. S'il te plaît, oui.

Elle tendit les bras vers lui, le visage encadré par ses jolies boucles brunes. Ses yeux brillaient de plaisir et sa bouche était enflée des baisers échangés.

— Je te veux en moi.

Avant même qu'elle ait fini de prononcer ces mots, il s'enfonça en elle. Glissant une main dans ses cheveux, il l'amena au bord de l'îlot, se retira, l'étau de son sexe chaud et étroit autour de sa chair durcie lui arrachant un râle profond. Puis il donna un autre coup de reins puissant.

Bonté divine…

Il n'y avait rien de meilleur au monde.

Les gémissements d'Athena se déversèrent dans sa bouche, et il absorba chacun d'entre eux tandis qu'il enchaînait les va-et-vient. Elle épousait si parfaitement son corps qu'elle semblait avoir été créée pour lui.

— Caresse-toi, ma belle, lui intima-t-il d'une voix rauque. Emmène-nous sur les sommets du plaisir.

Avec enthousiasme, elle glissa la main entre eux et traça des cercles autour de son clitoris, se rapprochant de la jouissance, un peu plus, et encore un peu plus…

Avec un cri sonore, elle se raidit et s'atomisa entre ses bras.

Elle se contracta autour de lui, exigeant qu'il la suive, et après trois ou quatre coups de reins, il la rejoignit.

Et, pour une fois, il ne se soucia pas de savoir où il atterrirait.

- 13 -

Nico consulta sa montre et fronça les sourcils. Il avait rendez-vous dans une heure et demie au siège de Brightstar. Sans cela, il aurait commis une chose impensable, se faire porter pâle. Ou à tout le moins, il aurait travaillé ici, dans le bureau de sa maison.

Il avait laissé Athena endormie dans son lit. À cette pensée, il sourit.

Mais le sentiment de tendresse qui accompagna cette pensée le perturba. Que se passait-il entre Athena et lui ? Qu'était-il en train de faire ?

Il n'en savait fichtrement rien.

Son employé de maison apparut dans l'embrasure de la porte.

— Monsieur Morgan, un monsieur souhaite vous voir.

Surpris, Nico cligna des yeux. Cela faisait deux ans qu'il avait acheté cette maison, et il n'avait jamais eu un seul visiteur. Et qui diable osait se montrer à 7 h 30 du matin ?

— Qui est-ce ? demanda-t-il à Phillip.

— Il dit s'appeler…

— C'est moi, Achille.

Achille Farrell apparut derrière Phillip. Il faisait deux bonnes têtes de plus que le majordome.

— Désolé, la patience n'a jamais été mon point fort. Pas plus que les bonnes manières.

Nico aurait dû être contrarié – après tout, Achille était

entré dans sa maison sans invitation. Au lieu de quoi, il dut étouffer un petit rire.

— Phillip, ça ira. Je vous remercie.

L'employé de maison fit un bref signe de tête, s'effaça pour laisser passer Achille puis ferma la porte en repartant.

— Eh bien, je mentirais si je disais que je ne suis pas surpris, déclara Nico, traversant la pièce pour serrer la main d'Achille. Que me vaut cet honneur ?

— Une bonne nouvelle que je voulais vous annoncer en personne.

Achille sortit de la poche de son jean un fin cigare. Tandis que Nico acceptait le cadeau, Achille sourit. C'était la première fois que Nico le voyait sourire vraiment.

— Je suis papa, dit Achille.

Nico sentit son cœur s'emplir de joie. Il était très heureux pour Achille. L'amour que son demi-frère portait à son épouse et à leur enfant se lisait sur son visage. Toutefois, Nico se sentait aussi triste et désarçonné. Triste parce qu'il ne pouvait féliciter Achille qu'en tant que partenaire en affaires, et non en tant que frère. Et désarçonné car il se demandait pourquoi Achille était ici, à cette heure matinale, pour lui annoncer une nouvelle qu'il devrait partager avec sa famille.

— Félicitations, Achille.

Il sourit et lui donna une tape sur l'épaule.

— À vous et à Mycah. Je suis très heureux pour vous.

— Merci. Natia Michelle Famille est née hier. Quatre kilos et trois cents grammes. Je suis repassé chez moi ce matin pour me doucher et me changer, et prendre des affaires pour Mycah. Je déteste tous ces événements mondains, mais j'ai toujours rêvé d'offrir des cigares si jamais j'avais un enfant. Puisque Cain et Kenan étaient déjà à l'hôpital, je leur ai donné les leurs. Mais il fallait que je donne mon dernier cigare à mon autre frère pour la naissance de ma petite fille.

— Merci beau…

Nico se figea.

— Je vous demande pardon… quoi ? fit-il d'une voix rauque.

Achille hocha la tête et l'observa de son regard bien trop perçant.

— Mon frère. Oui, je suis au courant. Tes yeux ne sont peut-être pas gris-bleu comme ceux de Cain, de Kenan et les miens, mais je pense que tu ne te rends pas compte à quel point Cain et toi vous vous ressemblez. Et puis, il y a le fait que tu as acheté des actions de Farrell International sous différents noms et à travers différentes sociétés. Les choses les plus incroyables arrivent quand on envoie l'informaticien désœuvré aux archives. Il fait des recherches. Et quand tu as commencé à être gentil – Achille avait dit le dernier mot comme si c'était un juron – et à te montrer avec ta fiancée, eh bien, ça a éveillé mes soupçons. Il ne m'a pas fallu longtemps pour trouver un certificat de naissance et déterrer le passé. Barron croyait être un salaud rusé, mais ce n'était pas le cas. Et il avait un dossier sur toi épais comme un annuaire. Il ne t'appréciait pas beaucoup. Ce qui pourrait bien faire de toi le favori pour décrocher le titre de frère préféré.

Nico était incapable de parler. Il était trop choqué pour cela. Achille *savait*. Il savait qu'ils étaient frères. Le soulagement, la joie, la peur et le chagrin déferlèrent sur lui, menaçant de le faire tomber. Il serra les genoux pour garder l'équilibre.

— La question est, poursuivit Achille, quels sont tes projets maintenant ? Je serais le premier à reconnaître que je ne suis pas un homme d'affaires né. Mais j'ai du bon sens, et j'en sais assez pour reconnaître une prise de contrôle hostile. Tu projettes de prendre le contrôle de Farrell International, et la suite, je ne peux pas la deviner. Mais je ne te laisserai pas faire. Pas pour des questions d'argent ou de pouvoir. Je n'avais ni l'un ni l'autre il y a encore quelques mois. Je pourrais subvenir aux besoins de ma famille si tout ça disparaissait demain. D'ailleurs – il sourit – ma femme le pourrait aussi. Mais je te contrerai, pour Cain et pour Kenan. Je ne leur ai pas encore fait part de ce que j'ai découvert, mais je compte le faire. Je voulais juste te parler en premier, et juger par moi-même si tu es l'homme que je te crois être.

— C'est pour ça que tu es venu ? Pour me mettre en garde ? demanda Nico, le cœur battant.

Il n'arrivait pas à réfléchir. Ou plutôt, trop de pensées tournaient dans sa tête. Une part de lui avait envie de prendre son frère dans ses bras – maintenant qu'il pouvait l'appeler ainsi à voix haute –, de discuter avec lui, de rire avec lui… comme un frère. Comme un membre de la même famille. C'était une chose dont il rêvait, surtout depuis le décès de sa mère.

Mais l'autre part de lui, celle qui avait été rejetée et trahie tant de fois, n'arrivait pas à croire à sa bonne fortune. Cette part se renferma, n'osant pas… espérer. De peur de voir ses attentes déçues.

— C'est tout ce que tu retiens de mon discours ? Tu ressembles vraiment à Cain, marmonna Achille. Je vais te dire la même chose que notre frère m'a dite un jour. Tu n'es pas seul. Tu ne l'es plus. Tu es notre frère, l'un des nôtres. Et nous nous battrons pour toi. Même si nous devons te combattre en même temps. Ce n'est pas un problème. Quels frères ne se bagarrent pas ? Mais mets-toi bien ça en tête. *Nous nous battrons pour toi.* Tout ce que tu as à faire, c'est cesser d'être si fichtrement obstiné. Mais n'attends pas trop longtemps. Je reviendrai, et cette fois, je ne serai pas seul.

Il désigna d'un signe de tête le cigare.

— Savoure-le.

Puis Achille quitta la pièce, laissant dans son sillage un chaos émotionnel.

— Est-ce que c'est vraiment arrivé ?

Il releva vivement la tête et vit Athena devant le bureau. Une fois de plus, elle lui avait emprunté une chemise. Elle le dévisageait, les yeux écarquillés et les lèvres entrouvertes.

— Est-ce qu'Achille Farrell vient de te démasquer ?

Athena entra dans le bureau, jetant un rapide coup d'œil à la vaste pièce aux meubles de bois sombre, aux tapis luxueux et aux hautes étagères. Puis elle porta son attention sur Nico, qui se tenait au centre de la pièce telle une statue. Avec n'importe qui d'autre, elle aurait pu penser que c'était l'effet du choc. Mais Nico n'était pas n'importe qui. Et tandis qu'elle l'observait, son regard noir s'aiguisa. Lui tournant le dos, il marcha d'un pas ferme jusqu'à la grande baie vitrée et plongea le regard vers le jardin.

Elle le suivit et posa la main au creux de son dos.

— Nico ? Je ne voulais pas écouter aux portes mais quand j'ai entendu des voix…

— Tu as écouté à la porte.

— Oui, avoua-t-elle, ne voyant pas l'intérêt de nier. Achille n'avait pas l'air d'être fâché. Pas du tout, même. Apparemment, il souhaite t'accueillir dans sa famille. Et il pense que Cain et Kenan aussi.

— C'est ce qu'il a dit.

Son ton neutre la décontenança. Elle eut envie de le secouer pour obtenir une vraie réaction de sa part.

— C'est une bonne chose, non ? insista-t-elle, se penchant pour observer son profil puissant et ciselé. Vous pouvez être des frères, désormais. Former une famille. Et tu peux abandonner ton stupide projet de vengeance.

— Mon stupide projet de vengeance ?

Il se retourna enfin vers elle.

— Vouloir la justice après la façon dont cet homme a rejeté ma mère, m'a rejeté, c'est stupide ? La justice pour tous les emplois mal payés, tous les appartements miteux, tous les patrons infects et tous les maigres chèques, c'est stupide ? La justice pour la mort de ma mère bien trop précoce, c'est stupide ? gronda-t-il. Qu'est-ce que la visite d'Achille Farrell change à tout cela ?

— Rien ne peut changer le passé. Même Dieu ne le peut pas. Tout ce que nous avons, c'est le présent, et l'espoir d'écrire notre futur. Et tu as l'occasion de le faire, Nico. Tu peux écrire un bel avenir qui sera très différent de ton passé. Mais tu ne peux pas le faire si tu t'accroches à ce passé.

Il émit un son incrédule et se dirigea vers le bureau.

— C'est bien joli, Athena. Mais ça n'a rien à voir avec la vraie vie. J'ai fait une promesse à ma mère, et à moi-même. Faire payer Barron Farrell. Et je ne reviendrai pas dessus. Pour rien ni personne.

— J'étais à l'enterrement de Rhoda.

Il raidit les épaules, mais ne dit pas un mot.

— Même si notre relation était terminée, il fallait que je rende hommage à la femme qui m'avait accueillie dans sa famille comme si j'étais sa fille. La femme qui, je le sais, n'aurait pas approuvé le chemin sur lequel tu es engagé. Pas parce qu'elle se souciait de Barron. Mais parce qu'elle t'aimait trop. Elle aurait su que la vengeance, la malveillance, la haine ne laisseraient pas de marque sur la victime visée. Et qu'elles laisseraient des cicatrices sur toi. Ce n'est pas ce qu'elle aurait voulu pour toi.

Il fit volte-face.

— Tu ne sais pas de quoi tu parles, fulmina-t-il.

Et à cet instant, tandis qu'elle voyait se mêler dans son regard la colère, la tristesse, la souffrance, elle *sut*.

Elle sut qu'elle l'avait perdu.

— Si, je le sais, dit-elle doucement. Mais tu es si embourbé dans ta haine que tu ne vois plus qu'elle.

Elle secoua la tête.

— Tu te souviens quand tu m'as dit que tu éprouvais de la haine envers tout le monde ? Barron. Moi. Tes frères. Et même ta mère. Mais tu as oublié quelqu'un sur la liste. Toi. Tu te détestes. Pour ne pas avoir protégé ta mère. Pour ne pas avoir gardé ton père dans ta vie. Pour ne pas avoir sauvé ta mère à temps. Pour ne pas être digne de valeur. Pour toutes sortes de raisons stupides. Et, crois-moi, ces raisons sont insensées. Mais elles n'en sont pas moins réelles pour toi. Et parce que tu ne peux pas t'aimer, tu ne seras jamais capable d'accepter l'amour de quelqu'un d'autre. Ni celui de tes frères. Ni le mien.

Car elle l'aimait, comme elle venait de le confesser. Peut-être n'avait-elle jamais cessé de l'aimer.

Et cela faisait d'elle une idiote. Car Nico ne l'aimait pas en retour.

Elle ferma les yeux et prit une inspiration tremblante.

— Je m'en vais, déclara-t-elle calmement.

Il glissa les mains dans ses poches.

— Tu t'en vas, répéta-t-il. Nous avions un accord.

— Oui, et je le romps.

— Tu t'enfuis, l'accusa-t-il avec un sourire sinistre. Tu retournes dans ta famille. Ton frère m'avait prévenu que ça arriverait. Il m'avait dit qu'il pouvait mettre sa menace à exécution cette fois encore. Et il l'a fait, n'est-ce pas ?

— De quoi est-ce que tu parles ?

— De ce qui s'est passé il y a trois ans. Il est venu chez moi et m'a demandé de l'argent. Et quand j'ai refusé de lui en donner, il m'a menacé. Il m'a averti qu'il pouvait te pousser à me quitter si je ne lui donnais pas ce qu'il voulait, alors qu'il savait que j'avais l'intention de te demander en mariage. Moins d'une semaine plus tard, tu étais partie. Et la semaine dernière, il m'a rendu visite et a rejoué le même scénario. Et nous y voilà. Tu me quittes. À nouveau.

Une demande en mariage ?

Une douleur grandit dans sa poitrine et explosa en mille morceaux.

— Bon sang, tu es irrécupérable.

Le feu de la colère chassa la douleur. Elle était furieuse contre Randall, et contre Nico. Mais bien vite les flammes s'éteignirent, la laissant épuisée. Et brisée.

— Je suis vraiment désolée pour toi, Nico. Tu dois être terrifié maintenant que tu viens de me révéler tout cela. Pour ton information, je ne fuis pas. Si la banque réclame le remboursement du prêt, tant pis. Randall devra assumer les conséquences, voilà tout. Je ne réparerai plus les dégâts qu'il a causés, c'est terminé. Et je refuse de te regarder t'autodétruire une fois de plus.

Elle marcha vers la porte mais s'arrêta juste avant de sortir. Elle s'appuya contre le cadre pour se soutenir. Il était hors de question qu'elle fonde en larmes devant Nico. Elle attendrait d'être rentrée chez elle pour cela.

— Nico, je ne voudrais pas que tu interprètes mal ce qui s'est passé ici ou que tu déformes la réalité afin qu'elle colle à ton histoire. Je ne t'ai pas quitté. C'est toi qui m'as poussée à partir. Je t'aime. J'aime tout de toi – chaque cellule brillante, ambitieuse, généreuse, vulnérable, obstinée, arrogante, de ta personne. Tu es parfait à mes yeux. Mais je ne peux pas rester avec quelqu'un qui a si peur de vivre. Peur d'aimer. Je ne resterai pas dans cette prison avec toi. Quand tu décideras d'être aussi libre que je devrais l'être selon toi, tu sais où me trouver.

Et elle s'en alla.

Sans doute pour de bon.

- 14 -

Nico frappa à la porte de la maison qui avait vu grandir quatre générations de Farrell. Autrefois – jusqu'à la semaine dernière – l'idée d'être exclu de cette famille le mettait en colère. Mais maintenant, elle ne le faisait même pas tressaillir. Désormais, il s'en moquait, simplement.

Et n'était-ce pas le cas pour tout depuis ces cinq derniers jours ?

Oui, tout lui indifférait.

Il se moquait du rendez-vous prévu avec Mark Hanson, qui lui aurait permis d'obtenir davantage d'actions de Farrell International.

Il se moquait même du rendez-vous auquel il allait se rendre maintenant.

Le vide qui s'était creusé dans sa poitrine depuis qu'Athena avait quitté sa maison – et sa vie – s'agrandissait de jour en jour, menaçant de l'engloutir. Athena avait dit l'aimer, pourtant, elle était partie.

Pourquoi avait-il accepté ce rendez-vous aujourd'hui ? Il ne le savait même pas. Cain Farrell lui avait téléphoné pour lui demander de venir dans sa maison de Beacon Hill plutôt que dans les bureaux de Farrell International. Si Nico avait été un homme d'affaires aussi rusé que sa réputation le prétendait, il serait venu avec un avocat. Mais non, il était venu chez Cain pour affronter Dieu seul sait quoi, et il n'arrivait même pas à s'en soucier.

L'employé de maison l'accueillit et le conduisit jusqu'à la bibliothèque. Ses trois frères l'attendaient.

Cain était debout, les mains dans les poches, tandis que Kenan était perché sur un coin du bureau. Quant à Achille, il était adossé à une étagère, les bras croisés. Tous le dévisageaient.

— Eh bien, ne reste pas là ! lança Kenan. Approche et laisse-nous te regarder de près.

Le regarder de près ? Kenan parlait comme s'ils ne s'étaient jamais vus. Mais en un sens, c'était vrai. Ils ne s'étaient jamais vus en tant que frères.

Le ton presque jovial de Kenan éveilla sa méfiance. Nico avança dans la pièce. Il s'arrêta à quelques mètres de ses frères, se préparant à… tout.

À tout, sauf à l'étreinte ferme et chaleureuse dans laquelle Cain l'entraîna.

— Il se ramollit avec l'âge, ironisa Kenan.

Achille ricana.

Mais Nico les entendit à peine. L'homme qui le serrait dans ses bras avait presque toute son attention. Lentement, Nico leva les bras et serra Cain contre lui.

Après plusieurs instants, Cain le relâcha et lui donna une tape dans le dos.

— Et nous, pas de câlins ? plaisanta Kenan.

Puis il descendit du bureau et tendit les bras.

Avant que Nico puisse protester ou acquiescer, son cadet l'étreignit brièvement. Et la boule d'émotions dans la poitrine de Nico s'agrandit.

— Moi, je ne te prendrai pas dans mes bras, grommela Achille. Je t'ai donné un cigare.

Kenan gloussa. Et, bien que Nico soit stupéfait par l'étrange tournure de la situation, il rit aussi.

— Bien, dit Cain, le transperçant de son regard

gris-bleu. Où est-ce que tu étais, tout ce temps ? Pourquoi n'es-tu pas venu nous voir au lieu de tenter une prise de contrôle hostile ?

— C'est vrai, Morgan, enchérit Kenan. Ce n'est pas la bonne manière de procéder.

Nico attendit d'être sur la défensive, comme d'habitude. Il voulait que la rancœur l'emporte. Mais seule la vérité monta en lui. Et il ne la refréna pas. Il révéla toute son histoire.

— Je suis navré pour ta mère, déclara Cain quand Nico eut fini son récit. Si quelqu'un peut comprendre à quel point Barron était un salaud, c'est bien moi. Et je vais te dire ce que j'ai déjà dit à Achille et à Kenan. J'ai grandi avec Barron, mais ce n'est pas moi qui ai eu de la chance. C'est toi. C'était une ordure qui se servait de ses poings autant que de sa voix pour se faire obéir. Alors je ne t'en veux pas de vouloir détruire son entreprise. C'était la seule chose qu'il aimait. J'aurais fait la même chose à ta place.

— C'était brillant, enchérit Achille. Si je n'avais pas enquêté sur toi, je n'aurais rien vu venir. Mais pourquoi ne t'es-tu pas adressé directement à nous ? Pourquoi cette comédie avec Athena ? Vous êtes vraiment fiancés, d'ailleurs ?

— Parce que je…

La réponse qu'il avait préparée – « Je ne vous faisais pas confiance » – mourut sur ses lèvres. Il était grand temps qu'il se montre honnête. Et n'était-ce pas ce qu'Athena avait attendu de lui ? Être ouvert ? Ne pas avoir peur de vivre ? D'aimer ? Cela s'appliquait aussi à l'amour pour ses frères.

— Parce que je voulais une famille. Et je croyais que

365

je ne pourrais jamais l'avoir. Barron m'avait rejeté, alors pourquoi auriez-vous voulu de moi ?

— Parce que Barron était une ordure ? suggéra Kenan.

— Oui, c'est vrai, admit Nico avec un petit rire. Mais… Je ne pouvais pas accepter l'idée que ce soit si facile.

— Et Athena ? insista Achille.

— C'est bien réel entre nous. Enfin, presque, rectifia Nico.

Il expliqua rapidement leur marché, et la façon dont il avait gâché leur relation.

— Oh ! oui, maugréa Achille. Tu es bien un Farrell. Se comporter comme un idiot avec la femme que l'on aime, c'est un trait de famille.

— Hélas, c'est vrai, enchérit Kenan. Que vas-tu faire, Nico ?

— Je n'en sais rien.

Il regarda les hommes qui étaient face à lui, et pour la première fois de sa vie, il eut l'impression d'être soutenu. Ses frères ne le jugeaient pas. Et, avec le temps, peut-être l'aimeraient-ils. Et il pourrait les aimer en retour.

— Je l'aime, murmura-t-il.

Oui, il l'aimait comme un fou.

Et il en avait assez d'avoir peur.

De fuir.

Il avait accusé Athena de fuir, mais tout ce temps, c'était lui qui fuyait.

Kenan roula des yeux.

— Évidemment que tu l'aimes !

Il tapa des mains, l'air joyeux.

— Heureusement pour toi, je suis le coach en relations de cette famille. J'ai réussi tout seul à sauver les histoires de ces deux-là, dit-il, désignant Cain et Achille.

366

— Je n'ai pas la même version que toi, répliqua Cain d'un ton traînant.

— Quoi qu'il en soit, reprit Kenan, nous sommes là pour t'aider.

— Une minute, monsieur l'entremetteur, objecta Cain en levant les mains.

Il se tourna vers Nico, reprenant son sérieux.

— Nico, si je t'ai demandé de venir ici, dans cette maison, c'est aussi pour te faire une annonce. Kenan, Achille et moi avons discuté. Barron ne t'a pas peut-être pas reconnu, mais nous, si. Tu es l'aîné, et si les choses avaient été faites avec justice, tu serais le P-DG de Farrell International. Barron t'a privé de ton héritage, de ton nom, et il a essayé de détruire ton entreprise. C'est à cause de lui que ta mère a eu une vie difficile, qui a aggravé sa maladie. Barron n'a pas été juste avec toi, mais nous, nous le serons. Je te laisse la place de PDG. Nous nous sommes tous mis d'accord.

Nico était stupéfait. Et ému. Ne trouvant plus ses mots, il dévisagea ces hommes, ses frères. Ils se sacrifiaient pour lui. Et ils allaient déclarer au monde, de la manière la plus claire possible, que non seulement Nico faisait partie de Farrell International, mais aussi de leur famille.

Il ferma les yeux pour retenir une soudaine montée de larmes.

— Mince. Nous l'avons achevé, murmura Kenan.

Oui, en effet.

367

- 15 -

— Ce n'est pas un peu exagéré, cette convocation ? lança Randall.

Le frère d'Athena entra dans le bureau de la boulangerie, le sourire aux lèvres.

— Bonjour, maman, dit-il.

Athena garda le silence et regarda son frère embrasser leur mère sur la joue. D'habitude, Winnie rayonnait quand Randall lui accordait son attention, mais aujourd'hui, elle se contenta de lui tapoter l'épaule et de murmurer un bonjour.

Une semaine s'était écoulée depuis qu'Athena et sa mère s'étaient expliquées, dans ce même bureau. Winnie lui avait téléphoné plusieurs fois, mais Athena n'avait pas été prête à lui parler.

Elle était prête à présent.

Désormais, elle se sentait forte.

— Bonjour, grande sœur, dit Randall en se dirigeant vers Athena. Ça fait longtemps, hein ?

Après avoir déposé un baiser sur sa tête, il prit place sur une chaise face à elle.

— Athena, tu m'as demandé de venir. Que se passe-t-il ? Et je ne savais pas que maman serait présente aussi. Pourquoi tous ces mystères ?

Bon sang, Randall était un vrai moulin à paroles. Pourquoi cela ne l'avait-il jamais dérangée auparavant ?

368

Ou plutôt, si, cela l'avait dérangée. Mais elle avait pris sur elle.

Ce temps-là était révolu.

— Merci à vous deux d'être venus. Désolée si ça paraît un peu exagéré, mais je ne voulais pas discuter de cela à la maison puisque papa n'est pas au courant du prêt.

Elle sortit d'un dossier une copie d'un document tamponné de la mention « Payé » qu'elle fit glisser jusqu'à Randall.

— Voici le contrat pour le prêt de 300 000 dollars.

L'original était arrivé dans sa messagerie électronique quelques jours plus tôt. Athena avait pleuré en ouvrant le mail. Nico avait sauvé la boulangerie de sa grand-mère, bien qu'Athena n'ait pas totalement respecté sa part du marché. Oui, il lui avait brisé le cœur, mais il l'avait aussi sauvée.

Le sourire de Randall s'évanouit, et Winnie émit un son de surprise.

— Tu as réussi, Athena, murmura son frère. Tu l'as remboursé. Comment as-tu… Je n'en reviens pas !

Il saisit le document, le parcourut rapidement, puis leva les yeux vers elle.

— Je me fiche de savoir comment tu as fait ! s'exclama-t-il. Merci !

— C'est bien là le problème, répliqua-t-elle d'un ton mélancolique. Tu te fiches de savoir comment j'ai réussi. Ce qui m'indique que tu mettras à nouveau cette boulangerie en danger. Mais ça n'a plus d'importance pour moi. Ce n'est plus mon problème, parce que je démissionne.

— Athena, fit Winnie, posant une main sur son bras. De quoi parles-tu ? Est-ce à propos de ce que j'ai dit…

— Non. Et oui.

Il fallait que sa mère entende la vérité.

— C'est à propos de ce que tu as dit. Et c'est aussi à propos de moi. Je choisis de me donner la priorité. Tant que je reste ici, je suis coincée. Je ne me suis jamais donné une chance de découvrir qui je suis en dehors de cette boulangerie. Et il me tarde de le découvrir. Le fait est, maman, que papa et toi avez pris la décision de donner Evans à Randall. Donc, vous devez en assumer les conséquences. Bonnes ou mauvaises. Et lui aussi.

Elle s'adressa à son frère.

— Il est temps que tu te comportes en adulte, Randall. Je ne serai plus ton filet de sécurité.

— Qu'est-ce que tu racontes ? tonna-t-il en se levant d'un bond. Tu vas nous laisser tomber ? Partir, comme ça ? Ce n'est pas ainsi qu'on traite sa famille !

— Non, c'est toi qui traites mal ta famille. Maman et papa ne te le diront pas, alors je vais m'en charger. Tu es un gamin égoïste et trop gâté. Il faut que tu mûrisses, parce que tu as une femme et des enfants à charge. Personne ne peut se permettre que tu fasses n'importe quoi.

Elle posa les mains sur le bureau et se pencha en avant, le transperçant du regard.

— Et si tu retournes voir Nico Morgan et que tu essaies encore de lui extorquer de l'argent, je reprendrai ces 300 000 dollars sans l'ombre d'une hésitation.

Elle se redressa. Et sourit.

— Il va falloir que tu te mettes au travail, petit frère.

Puis elle alla déposer un baiser sur la joue de sa mère.

— Je t'aime, maman. Je t'en prie, respecte ma décision et ne m'appelle plus au sujet de la boulangerie ou de Randall.

Elle la serra dans ses bras et l'embrassa à nouveau.

— Je t'appelle et je te donne des nouvelles, d'accord ?

— D'accord, chérie, murmura Winnie.

Puis, les larmes aux yeux, Athena quitta le bureau, et la boulangerie.

Et elle se sentit... libérée.

- 16 -

— C'est le restaurant le plus étrange que j'aie jamais vu, marmonna Athena.

Elle suivit Eve dans la tour qui abritait les bureaux de Farrell International.

— Ha ! fit Eve. Nous passons juste prendre Devon. Elle est venue voir Cain.

Elle glissa un bras sous celui d'Athena.

— Je suis impatiente de parler à Mycah et à Achille de ta nouvelle aventure professionnelle. Un service traiteur. Ça tombe sous le sens ! J'ai déjà prévenu Kenan que Farrell serait ton premier client.

Athena sourit tout en retenant des larmes soudaines. Le soutien inconditionnel de sa nouvelle amie la touchait beaucoup.

— Eve, tu n'avais pas à…

Eve balaya son objection d'un revers de main.

— Je t'en prie. C'est bien normal de se soutenir mutuellement. Et je sais de source sûre que tu es une excellente cuisinière.

— Devon, glissa Athena avec un petit rire. C'est elle, ta source sûre.

— En effet. En parlant de Devon, où est-elle ? Il me tarde de prendre la petite Natia dans mes bras. Elle est adorable, Athena, s'extasia-t-elle en soupirant.

— Encore un soupir et je vais finir par croire que tu es prête à avoir ton propre bébé.

— Pas du tout, mademoiselle. J'adore les bébés, et j'aimerais en avoir un avec Kenan, *un jour*. Mais pour l'instant, Intimate Curves est le seul enfant dont j'aie besoin.

— Ton entreprise t'empêche peut-être de dormir certaines nuits, mais, au moins, tu n'as pas besoin de changer des couches, plaisanta Athena.

— C'est vrai, approuva Eve avec un petit rire.

Athena passa en revue le hall de l'immeuble. Elle remarqua au fond du vaste espace une estrade, devant laquelle des gens étaient rassemblés. Un brouhaha d'excitation s'élevait dans l'air.

— Je me demande ce qui se passe.

Eve ne répondit pas, occupée à faire signe à Devon qui venait de sortir d'un ascenseur. L'épouse de Cain se dirigea vers elles en souriant.

— Bonjour, les filles, les salua-t-elle. Allons-y, ça va commencer.

— Qu'est-ce qui va commencer ? interrogea Athena. Pourquoi ai-je le sentiment que vous me cachez quelque chose, toutes les deux ?

— Parce que tu es sacrément maligne, rétorqua Eve. Viens, suis-nous.

Elles l'entraînèrent vers la foule de gens massés au fond du hall, et avant qu'Athena puisse les questionner davantage, Cain, Achille et Kenan apparurent sur l'estrade.

Un instant plus tard, Nico les rejoignit.

Mon Dieu !

Cela faisait plus d'une semaine qu'elle ne l'avait pas vu. Mais il lui semblait que cela faisait des mois, voire des années. Le désir la frappa tel un coup de poing et elle inspira brusquement. Ses cheveux bruns encadraient son beau visage et effleuraient sa mâchoire. Quand son regard onyx passa sur l'assemblée, Athena retint son souffle. Elle attendit… attendit… Enfin, Nico posa les yeux sur elle. Aussitôt, un feu s'embrasa en elle.

Arrête, voulut-elle lui hurler. *Tu n'as pas le droit de me regarder comme ça. Comme si tu me désirais. Comme si tu… m'aimais.*

Elle reporta son attention sur Cain, qui se plaça devant les micros. Elle frissonna, encore marquée par le regard de Nico.

— Je vous remercie d'être venus assister à cette conférence de presse spéciale, d'autant plus que vous avez été prévenus il y a peu de temps, commença Cain. Je serai bref et je ne répondrai pas aux questions aujourd'hui. Nous organiserons une session de questions et réponses à une date ultérieure.

Il jeta un coup d'œil à ses frères, qui se tenaient derrière lui, côte à côte.

— Comme vous le savez, il y a un an, Barron Farrell, notre père, est décédé. Son testament contenait une clause inhabituelle. Achille Farrell, Kenan Rhodes et moi-même, qui jusqu'à la mort de Barron ignorions que nous étions frères, devions diriger Farrell International ensemble pendant une période d'une année. Le jour de la lecture du testament, nous étions des inconnus les uns pour les autres, mais depuis nous sommes devenus de véritables frères. Cependant, notre histoire ne s'arrête pas là. Nous avons un autre frère. Nico Morgan, que certains d'entre vous connaissent peut-être déjà en tant que P-DG de Brightstar Holdings. Nico est le fils aîné de Barron Farrell.

Une cacophonie de cris, de questions et de flashs d'appareils photo explosa.

Athena reporta son attention sur Nico. Elle était sous le choc, mais aussi heureuse pour lui, et pleine d'espoir.

— Nous sommes à l'aube d'une nouvelle ère, continua Cain. Nous avons peut-être commencé ce voyage en tant qu'étrangers, mais nous le poursuivrons en tant que frères. Le conseil d'administration vient de se réunir. Je suis fier de vous annoncer le nouveau nom de notre groupe. Dorénavant, nous sommes Brightstar Farrell Incorporated. Mes frères et moi sommes unis pas les liens du sang, et par ceux des affaires. Merci à tous.

Sous une avalanche de questions, Cain descendit de l'estrade, suivi de ses frères. Athena était incapable de bouger. Devon et Eve allèrent rejoindre leur mari et leur fiancé respectifs, mais elle resta figée sur place. Et elle ne bougea pas davantage quand Nico apparut face à elle.

Elle ne put que l'observer, et espérer…

— Tu m'as manqué, Athena.

Ça.

— Je t'aime.

Et ça.

— Je t'en prie, Athena, pardonne-moi de t'avoir repoussée. Je n'ai plus peur de vivre. Je n'ai plus peur de t'aimer ou d'être aimé de toi. S'il te plaît, ma belle, aime-moi.

Et ça.

— Nico, murmura-t-elle.

— Grâce à toi, j'ai une famille. Mais avec toi, j'ai un foyer.

Il leva les mains vers son visage mais, à la dernière seconde, s'arrêta, comme s'il hésitait à la toucher.

— Reviens chez nous, Athena, murmura-t-il.

Quelque chose en elle se fissura. Et les derniers morceaux de sa résistance s'écroulèrent enfin. Athena décida de tout

375

donner d'elle à Nico. De prendre tous les risques. Elle avait foi en Nico. Si elle tombait, il la rattraperait.

Saisissant ses poignets, elle amena ses mains puissantes sur ses joues puis embrassa l'une de ses paumes.

— Je t'aime, Nico. Et je reviendrai toujours vers toi. C'est auprès de toi qu'est ma place.

Désormais, plus aucun obstacle ne se dressait entre eux.

Il l'embrassa, et elle s'abandonna entre ses bras.

Elle l'aimait, pour toujours.

Vous avez aimé
Amoureux de sa meilleure amie et
Une proposition indécente ?
Retrouvez sur Harlequin.fr les premiers volets
de votre série « Séduisants héritiers » :

1. *Scandaleuse union*
2. *Une liaison avec son patron*
3. *Amoureux de sa meilleure amie*
4. *Une proposition indécente*

AZUR

GLAMOUR. INTENSE. IRRÉSISTIBLE.

Poussez les portes d'un monde fait de luxe, de glamour et de passions. Ici, les hommes sont beaux, riches et arrogants ; les femmes impétueuses, fières et flamboyantes. Entre eux, le désir est immédiat… et l'amour impossible.

11 romances à découvrir tous les mois.

DIVERTIR ♦ INSPIRER ♦ ÉMOUVOIR

Retrouvez prochainement, dans votre collection
PASSIONS

Idylle en Arizona, de Stella Bagwell - N°1078

Enceinte et célibataire depuis peu, Roslyn décide d'entamer un *road trip* jusqu'en Californie pour prendre un nouveau départ. Épuisée, elle est obligée de faire une halte en Arizona, où Chandler, un séduisant vétérinaire, lui vient en aide et lui offre l'hospitalité. En sa présence, le cœur de Roslyn s'emballe et elle se sent si bien qu'elle prolonge son séjour. Pourtant elle sait que cette idylle ne pourra pas durer et qu'elle devra bientôt repartir...

Un bébé avec son rival, de LaQuette

Amara est dans une situation intenable : elle a passé une nuit torride avec Lennon Carlisle, son rival dans le dossier qu'elle défend. Cet homme politique influent pourrait en effet détruire sa carrière d'avocate... Malgré tout, Amara est follement attirée par Lennon et, quand elle se découvre enceinte de lui, elle est plus désemparée que jamais. Elle sait qu'elle doit réfréner ses sentiments, au risque de voir ses ambitions partir en fumée...

Scandaleux projet, de Cynthia St. Aubin - N°1079

Série : Les héritiers Kane 1/3

Pour évincer son frère de l'entreprise familiale, Samuel Kane met en place un plan afin qu'il enfreigne la règle de leur père : pas de romances au bureau. Et Arlie Banks, une amie du lycée et la seule femme que son frère n'ait pas réussi à conquérir, est l'appât idéal. Du moins Samuel le croit-il, car à mesure qu'il côtoie Arlie, ce n'est pas son frère mais lui-même qui se prend à rêver d'une liaison avec elle...

Une aventure si tentante, de Zuri Day

Sasha est déterminée à s'offrir une aventure avec un inconnu, au cours d'un bal masqué. Elle jette son dévolu sur un irrésistible Zorro et la nuit qu'elle passe avec lui dépasse ses fantasmes les plus fous. Aussi est-elle stupéfaite de découvrir que Zorro est Jake Eddington, un ami de son ex ! Autre problème : ce dernier lui a demandé de ne pas révéler qu'ils ont rompu. Sasha ne peut ignorer son attirance pour Jake, même si leur liaison pourrait provoquer le plus retentissant des scandales...

PASSIONS

Magnétique attirance, de Maisey Yates - N°1080
SÉRIE : IRRÉSISTIBLES RANCHERS 2/3

Shelby serait ravie d'aider sa sœur à préparer son mariage si elle n'était pas obligée de côtoyer Kit Carson, le frère du marié. L'agaçant rancher a toujours exercé sur elle un attrait magnétique… Le désir est si brûlant entre eux qu'ils finissent par y céder pour une aventure sans lendemain. Alors, quand Shelby découvre sa grossesse, elle est bouleversée. Comment dire à Kit, qui ne veut ni se marier ni avoir d'enfant, qu'il sera bientôt père ?

Retour dans le Wyoming, de Rachel Lee

C'est à contrecœur que Vanessa se rend dans la maison de son enfance, dont elle vient d'hériter et qui est pleine de douloureux souvenirs. Elle n'a qu'une envie : la vendre au plus vite ! Les travaux nécessaires ont été confiés à un certain Tim Dawson. Vanessa est tout de suite troublée par l'entrepreneur et se prend d'affection pour son fils Mathew. Leur présence égaye son quotidien, si bien qu'elle n'est plus sûre de vouloir quitter cette ville qu'elle a tant haïe…

Seconde chance pour un mariage, d'Andrea Laurence - N°1081

À l'instant où Mason lui demande s'il peut réemménager chez eux, Scarlet sent son cœur battre à tout rompre. A-t-il oublié que s'ils sont en instance de divorce, c'est sur sa demande à lui, ou prend-il simplement plaisir à la tourmenter ? Bien sûr, il s'agirait d'offrir un foyer à la petite fille de son frère mourant. Mais est-ce une raison suffisante pour cohabiter de nouveau avec Mason alors qu'elle s'efforce de préserver ce qui reste de son cœur meurtri ?

Captive d'un secret, de Cat Schield

Nate Tucker – le séduisant producteur du groupe de rock de sa sœur jumelle Ivy – veut qu'elle emménage chez lui à Las Vegas ? Lorsqu'il lui fait cette proposition, Mia se retrouve confrontée à un terrible dilemme. Bien sûr, elle est amoureuse de Nate et porte son enfant, mais cet homme n'est-il pas aussi celui que sa sœur lui a confié aimer en secret ? Et puis, ne s'était-elle pas promis de quitter Nate pour ne pas provoquer la colère d'Ivy si celle-ci venait à découvrir la vérité ?

Promesses à Sunset Ranch, de Charlene Sands - N°1082

SÉRIE : SECRETS ET RIVALITÉS 3/4

Elle le croyait disparu. Il voulait l'oublier. Leur histoire, bâtie sur un mensonge odieux, était vouée à l'échec. Leur passion, fondée sur le plaisir charnel, devait rester éphémère. Mais il y a toujours un « mais ». Lorsque Katherine et Justin se retrouvent à Sunset Ranch, ils doivent soudain faire face à leur destinée – et veiller sur cet enfant qu'ils ont, malgré eux, conçu ensemble...

Tant de souvenirs à Sunset Ranch, de Charlene Sands

SÉRIE : SECRETS ET RIVALITÉS 4/4

Casey Thomas est de retour chez lui, dans la maison de son enfance. Bien trop près de Sunset Ranch et de la belle Susanna qu'il a dû abandonner dix ans plus tôt. En revoyant son premier amant, qui a piétiné son cœur, Susanna est bouleversée. Cet homme, cette femme, amenés à se côtoyer jour après jour, vont devoir lutter contre le désir qu'ils éprouvent encore l'un pour l'autre – et contre le brûlant souvenir qui pour toujours les unit...

RESTEZ CONNECTÉ AVEC HARLEQUIN

Harlequin vous offre un large choix de littérature sentimentale !

Sélectionnez votre style parmi toutes les idées de lecture proposées !

 www.harlequin.fr   **L'application Harlequin**

- **Découvrez** toutes nos actualités, exclusivités, promotions, parutions à venir…

- **Partagez** vos avis sur vos dernières lectures…

- **Lisez** gratuitement en ligne

- **Retrouvez** vos abonnements, vos romans dédicacés, vos livres et vos ebooks en précommande…

- Des **ebooks gratuits** inclus dans l'application

- **50 nouveautés tous les mois** et + de 7 000 ebooks en téléchargement

- Des **petits prix** toute l'année

- Une **facilité de lecture** en un clic hors connexion

- Et plein d'autres avantages…

Téléchargez notre application gratuitement

SUIVEZ-NOUS !   facebook.com/HarlequinFrance
twitter.com/harlequinfrance

VOTRE COLLECTION PRÉFÉRÉE DIRECTEMENT CHEZ VOUS

Vous souhaitez découvrir nos collections ? Une fois votre 1er colis à prix mini reçu, si vous souhaitez continuer à recevoir nos livres, cela se fera automatiquement. Vous n'avez aucune obligation d'achat et cette offre est sans engagement de durée !

Dans votre 1er colis, 2 livres au prix d'un seul
+ en cadeau le 1er tome de la saga *La couronne de Santina*.
8 tomes sont à collectionner !

☛ **COCHEZ la collection choisie et renvoyez cette page au**
Service Lectrices Harlequin – CS 20008 – 59718 Lille Cedex 9 – France

Collections	Prix 1er colis	Réf.	Prix abonnement (frais de port compris)
❑ AZUR	4,75€	AZ1406	6 livres par mois 31,49€
❑ BLANCHE	7,40€	BL1603	3 livres par mois 25,15€
❑ PASSIONS	7,90€	PS0903	3 livres par mois 26,79€
❑ BLACK ROSE	8,00€	BR0013	3 livres par mois 27,09€
❑ HARMONY*	5,99€	HA0513	3 livres par mois 20,76€
❑ LES HISTORIQUES	7,40€	LH2202	2 livres tous les deux mois 17,69€
❑ SAGAS*	8,10€	SG2303	3 livres tous les 2 mois, 29,46€
❑ VICTORIA	7,90€	VI2115	5 livres tous les 2 mois 42,59€
❑ GENTLEMEN*	7,50€	GT2022	2 livres tous les 2 mois 17,95€
❑ NORA ROBERTS*	7,90€	NR2402	2 livres tous les 2 mois prix variable**
❑ HORS-SÉRIE*	7,80€	HS2812	2 livres tous les 2 mois 18,65€

*livres réédités / **entre 18,75€ et 18,95€ suivant le prix des livres

F23PDFM

N° d'abonnée Harlequin (si vous en avez un) ⎵⎵⎵⎵⎵⎵⎵⎵

Mme ❑ Mlle ❑ Nom : _____

Prénom : _____ Adresse : _____

_____

Code Postal : ⎵⎵⎵⎵⎵ Ville : _____

Pays : _____ Tél. : ⎵⎵⎵⎵⎵⎵⎵⎵⎵⎵

E-mail : _____

Date de naissance : _____

Date limite : 31 décembre 2023. Vous recevrez votre colis environ 20 jours après réception de ce bon. Offre soumise à acceptation et réservée aux personnes majeures, résidant en France métropolitaine, dans la limite des stocks disponibles. Prix susceptibles de modification en cours d'année. Vous pouvez demander à accéder à vos données personnelles, à les rectifier ou à les effacer. Il vous suffit de nous écrire en nous indiquant vos nom, prénom et adresse à : Service Lectrices Harlequin CS 20008 59718 LILLE Cedex 9. Service Lectrices disponible du lundi au vendredi de 9h à 17h : 01 45 82 47 47.